U0871217

荊楚文庫

劉珊詩文集

〔清〕劉珊 撰

岱樵詩集

〔清〕何毓秀 撰

子銘先生遺集

〔清〕李皋 撰

荊楚文庫編纂出版委員會
崇文書局

荊楚文庫

劉珊詩文集 岱樵詩集 子銘先生遺集

LIUSHAN SHIWENJI DAIQIAO SHIJI ZIMING XIANSHENG YIJI

圖書在版編目（CIP）數據

劉珊詩文集／（清）劉珊撰；魏友，徐克謙點校. 岱樵詩集／（清）何毓秀撰；魏友，徐克謙點校. 子銘先生遺集／（清）李皋撰；魏友，徐克謙點校. -- 武漢：崇文書局，2019.10
ISBN 978-7-5403-5798-6

Ⅰ. ①劉… ②岱… ③子…
Ⅱ. ①劉… ②何… ③李… ④魏… ⑤徐…
Ⅲ. ①古典文學－作品綜合集－中國－清代
Ⅳ. ① I214.91

中國版本圖書館 CIP 數據核字（2019）第 228118 號

責任編輯：李豔麗
整體設計：范漢成　曾顯惠　思　蒙
責任校對：董　穎
責任印製：田偉根
出版發行：崇文書局有限公司（中國・武漢）
地址：武漢市雄楚大道 268 號 C 座
電話：(027) 87293001　郵政編碼：430070
録排：武漢偉創偉業廣告有限公司
印刷：湖北新華印務有限公司
開本：787mm×1092mm　1/16
印張：29.25
版次：2019 年 10 月第 1 版　2019 年 10 月第 1 次印刷
定價：110.00 元

ISBN 978-7-5403-5798-6
9 787540 357986 >

《荆楚文庫》工作委員會

主　　任：應　勇

第一副主任：王曉東

副 主 任：王艷玲　梁偉年　肖菊華　尹漢寧　郭生練

成　　員：韓　進　陳　亮　盧　軍　陳樹林　龍正才

雷文潔　趙淩雲　尚　鋼　陳義國

辦公室

主　　任：陳樹林

副 主 任：張良成　陳　明　李開壽　周百義

《荆楚文庫》編纂出版委員會

顧　　問：羅清泉

主　　任：應　勇

第一副主任：王曉東

副 主 任：王艷玲　梁偉年　肖菊華　尹漢寧　郭生練

總 編 輯：章開沅　馮天瑜

副總編輯：熊召政　陳樹林

編委（以姓氏筆畫爲序）：朱　英　邱久欽　何曉明

周百義　周國林　周積明　宗福邦　郭齊勇

陳　偉　陳　鋒　張良成　張建民　陽海清

彭南生　湯旭巖　趙德馨　劉玉堂

《荆楚文庫》編輯部

主　　任：周百義

副 主 任：周鳳榮　周國林　胡　磊

成　　員：李爾鋼　鄒華清　蔡夏初　王建懷　鄒典佐

梁瑩雪　黄曉燕　朱金波

美術總監：王開元

出版説明

湖北乃九省通衢，北學南學交會融通之地，文明昌盛，歷代文獻豐厚。守望傳統，編纂荊楚文獻，湖北淵源有自。清同治年間設立官書局，以整理鄉邦文獻爲旨趣。光緒年間張之洞督鄂後，以崇文書局推進典籍集成，湖北鄉賢身體力行之，編纂《湖北文徵》，集元明清三代湖北先哲遺作，收兩千七百餘作者文八千餘篇，洋洋六百萬言。盧氏兄弟輯録湖北先賢之作而成《湖北先正遺書》。至當代，武漢多所大學、圖書館在鄉邦典籍整理方面亦多所用力。爲傳承和弘揚優秀傳統文化，湖北省委、省政府决定編纂大型歷史文獻叢書《荊楚文庫》。

《荊楚文庫》以"搶救、保護、整理、出版"湖北文獻爲宗旨，分三編集藏。

甲、文獻編。收録歷代鄂籍人士著述，長期寓居湖北人士著述，省外人士探究湖北著述。包括傳世文獻、出土文獻和民間文獻。

乙、方志編。收録歷代省志、府縣志等。

丙、研究編。收録今人研究評述荊楚人物、史地、風物的學術著作和工具書及圖册。

文獻編、方志編録籍以 1949 年爲下限。

研究編簡體横排，文獻編繁體横排，方志編影印或點校出版。

《荊楚文庫》編纂出版委員會

2015 年 11 月

總　目　録

荊楚文庫

劉珊詩文集

〔清〕劉珊　撰　　魏　友　徐克謙　點校

前　言

劉珊，字介純，號海樹，湖北漢川人。生於乾隆四十四年（1779），自幼聰明穎異，文名早著，年方弱冠，便已名動公卿間，海内文學之士願納交者甚衆。先後與薛玉堂、李兆洛、查揆、陸繼輅等江南名流交往。嘉慶十二年（1807）中舉人，十六年（1811）成進士，分發安徽，以知縣用。歷授桐城、天長、合肥等地知縣。嘉慶二十四年（1819），劉珊以吏干在外官考核中表現卓异，特旨升任泗州（治今安徽泗縣）知州，不久署理潁州（今安徽阜陽）府事。道光二年（1822），又奉特旨升任廬州（今安徽合肥）知府，大府奏調潁州。道光四年（1824）正月二十三日卒於官，年四十有六。原配方氏，妾張氏，有子二人，女五人，其中一子一女皆早殤。生平事迹主要見陸繼輅撰《潁州知府劉君墓志銘》（載《崇百藥齋三集》卷十二）。劉珊著述，載陸繼輅所撰墓志及《同治漢川縣志》卷十九《藝文志上》，唯卷數記載頗有不同。凡《亦政堂詩集》十二卷、《亦政堂續集》三卷（《縣志》作五卷）、《委蛇雜俎》二卷（《縣志》作四卷）、詞集一卷、《劉氏藏書記》十二卷（《縣志》未著録）。後二書今未見著録，或已佚失。

劉珊歷仕嘉慶、道光兩朝，中進士後一直在安徽地方上做官，所至多惠政，有政聲。關於作爲政治人物的劉珊，可以指出以下兩點：

第一，富有政治才幹。劉珊知天長縣時，境内發生饑荒，他以書勸捐助賑，對邑中富民動之以情，喻之以理，其賑濟條例更是條分縷析，細密周全。在向天長百姓催納賦税時，劉珊深知地方胥吏在催科過程中的奸滑苦民，於是因勢利導，通過詳析利弊、開喻勸導的方式，勸民自納，并爲設一法，責成一姓中的最大户收繳其姓應納賦税，既可使普通百姓免遭胥吏敲詐勒索，又可使有司考核無憂。可見他施政多方，善於視情况而异。在劉珊擔任合肥令前，合肥因地勢高於它縣，不能蓄水，雨水稍不應期，耕者即束手無策，因此年谷往往歉收。劉珊到任後，與當地紳士耆老倡議疏浚溝洫，興建水利，并親自深入鄉村，向民衆喻以溝洫之制、蓄泄之利。事竣，百姓得其便利，由此累歲大稔。

第二，具有民本思想，多方爲民興利除弊。如他知天長縣時，嚴懲强行向販賣私鹽的貧民敲詐勒索，乃至强擄民女釀成命案的地方豪强。前述催科之法也是一例。又如泗州多水患，民爲所苦。前三任知府爲緩解水患，奏請疏浚濉河。假帑至七萬三千有餘，每年攤入地丁銀，號爲“河帑”。泗州百姓未享浚河之利，已受帶徵之累。劉珊甫一上任泗州知州，即奏請豁免，以紓民力。兩江總督孫玉庭奏請於朝，得允，泗州百姓甚爲感激劉珊。他的詩歌創作中關心民生疾苦的作品也很不少，讀者讀其詩即知，此不贅言。

泗州、潁州、廬州等地，在當時皆民風剽悍，獄訟不息，加之土地貧瘠，號稱難治。劉珊在上述地方任上，不務虚名，重在實幹，故所至多有實績，從前述數例即可見其一斑。總之，劉珊作爲一個封建時代的地方官員，關心民瘼，給人民做了一些好事，這是值得肯定的。

劉珊作爲一個值得關注的歷史人物，主要不在政治方面，而在於他是個杰出的文學家。劉珊在青年時代便已以文學創作嶄露頭角，贏得當時文壇的贊譽。他自幼熟讀《楚辭》《文選》及六朝文，好爲駢儷之作，文辭華縟，但又注重實用。他的散體文創作同樣注重實用，以議論見長，立論平正，説理曲折盡意，富有氣勢，時人以“清雄”“氣盛”稱之。但劉珊突出的文學成就，主要是在詩歌創作方面。

劉珊勤奮博學，爲政著述不輟，在做官的同時創作了大量的詩歌作品，粗略統計，他的詩集所收作品將近 1100 首。劉珊在嘉慶、道光年間詩名顯著，其《亦政堂詩集》刊行後，大江南北廣爲傳誦；他又曾爲安徽一帶詩酒主盟，其《咏蓼花詩》四首甫出，海内詩人便争相酬和，和詩累至成帙，甚至有海島詩僧慕其詩名，特地携詩前往訪謁，由此可見其詩在當時的流傳之廣、影響之大。

劉珊爲詩，本於性情，主於才力，以宗唐爲主，詩風綿麗豪放兼具，詩歌體式衆體皆備，頗得唐詩風韵。舉凡李白之豪放飄逸，杜甫之實録民生，元白詩派之長篇歌行，韓孟詩派之“以醜爲美”，諸種具有代表性的唐詩風貌，皆可於其集中求而得之。陸繼輅評其詩風曰：“怪君雙管能齊下，才戲蘭苕又掣鯨。”符葆森《國朝雅正集》論絶句云：“近唯海樹此體得唐賢三昧，如《折柳枝詞》《漢宫求仙謡》，前代遺音，於兹未墜。”丁宿章《湖北詩徵傳略》論其詩曰：“五七古選聲作色，華艷動人；律詩使事典切，琢句渾成，而神韵又極高朗，氣調才力，不減於唐；七絶藴藉含蓄，實稱絶調。其挫籠萬有，窮極工巧，而仍歸雅正，不落纖佻，是非有真才力、真境地，何能望其肩背。洵乾、嘉以來，吾楚稱詩之一大家也。”從這些評論來看，清人對劉珊詩歌評價甚高，且認爲與唐人詩歌同調。

在清代詩壇宗唐與宗宋紛争不斷的背景下，劉珊的詩歌創作無疑爲我們研究宗唐詩派在清代中期詩壇上的文學創作活動，提供了寶貴資料，應是清代詩歌史上值得注意的重要一環。遺憾的是，尚無人注意到這一點，也未能在清代中期文學史中給劉珊一席之地。

要之，《劉珊詩文集》是研究清代中期文學、政治的有價值的歷史文獻，應予以注意。《劉珊詩文集》分爲三大部分。第一部分爲《亦政堂詩集》，第二部分爲《亦政堂續集》，第三部分爲《委蛇雜俎》。本次點校，各部分所用底本如下：

一、《亦政堂詩集》十二卷。有清嘉慶二十三年（1818）石梁官舍刻本，正文各卷結尾，皆分兩行署“嘉慶戊寅春開雕於石梁官舍”“秣陵陶士立仿宋書竹坡吴儀董刊”。本次點校據《清代詩文集彙編》影印國家圖書館藏石梁官舍刻本爲底本。

二、《亦政堂續集》三卷。有清道光二十九年（1849）閩學使署刻本，本次點校據《清代詩文集彙編》影印南京圖書館藏閩學使署刻本爲底本。

三、《委蛇雜俎》二卷。有兩種不同版本，分别爲清嘉慶二十一年

（1816）石梁官舍刻本、嘉慶二十一年秣陵吴儀刻本。兩相對照，藏於南京圖書館的石梁官舍刻本爲節本，所收篇目皆收入吴儀刻本，除刊刻字體和個别地方外，兩書中相同篇目的字句内容皆相同。本次點校據《清代詩文集匯編》影印國家圖書館藏吴儀刻本爲底本，而以石梁官舍刻本爲校本。

本書根據《荆楚文庫》點校條例，對原文加以新式標點。凡補缺、正訛等處以及兩本有异文而義皆可通者，酌作簡要的校勘記。凡形近而訛等明顯舛誤，徑予改正；冷僻的异體字統一改爲通行的繁體字，不出校記。

整理本書的分工情况如下：魏友主要承擔全書文字的點校工作，徐克謙教授負責審閲全書稿件，并答示點校者的諮詢。崇文書局的編輯和南京圖書館的工作人員，對本書的整理出版予以多方面關懷和積極支持，特在此一并致謝。

目　　録

亦政堂詩集

亦政堂續集

委蛇雜組

陳　序

漢川劉子，官江南五六年，人重其官，學重其人。吾不知劉子之學之所至也，則既知其官之有餘，人之足以信於友，而更證之於所自輯之詩，乃益有以重劉子者。序其詩，以劉子之重，而非吾言之重之也。劉子絶人之才，無所不能爲，自爲其詩，兼衆體而持之以正。即其游京師，陟遼瀋，師友之參會，山川之奇勝，宜於雄傑駿儈，獨喜自豪異，乃能縱而斂，華而質，深於情而篤於古，娓娓乎不已，坎坎乎不自盈焉。吾不謂其率然而成之，肆然而出之也。方今士大夫豐食於家，著勤能於時，其賢而有立者，不必以詩見也。若求之古人，恒以爲不得已而有作，非其才之不可竭，則其志之不可鬱，起於帟帷，曁於民物，綢繆悱惻而故爲言，豈誠得已哉！劉子不舍所學，故重其政；學古人之爲人，故重其言。言必道古，政必近民，見之於詩，不可没也。吾嘗曰："官如劉子可以學，學如劉子可以詩。"質之讀劉子詩者，其信歟否歟？嘉慶二十三年九月，陳斌謹序。

李　　序

余與漢陽劉君海樹同官安徽者六七年，而蹤迹乖左，未嘗得相見。方海樹之須次於會城也，工飲善游，爲一時詩酒主盟，以倜儻聞。逮補天長令，不一年而政聲四馳，則又以賢能聞。聞之，輒傾耳而慕焉。余既謝事，去年冬復游於皖，始得識海樹，疏朗俊上，照暎眉宇，如所聞也。既一再見，乃得誦其所爲詩，如其人也。海樹之言曰："吾之治詩也，始嘗精思於唐人，所爲詩時似焉；繼以爲詩之工當不盡於此，退而求諸宋，規而模焉，不能似也；乃及金、元、明諸人，彌不似也。是其爲進耶？爲退耶？"余曰："詩固無所爲唐、宋也。自《擊轅》、《續竹》，昌爲《三百》，導爲漢魏，泛濫爲六朝，大備於唐，演於宋、元、明，作者萬數，所爲詩十百萬數，自今以往，日出而未已，不可以計量也。語漢魏者卑六朝，而六朝之詩不可廢；尊唐者黜宋，而宋詩不可廢。自此以降，皆如是也。自闢町畦，則以揣摩家爲蹈襲，而揣摩家未嘗無傳詩；貴爲宗派，則以矜創者爲無師法，而矜創者未嘗無傳詩。凡分門角户、隨所好尚者，無不如是也。夫詩之道，性情而已矣，性情之所至，神彩附焉，肌肉附焉，藻飾附焉，其所附者無不適，隨其性情之所至以爲量焉。詩之善者，其性情之深者也，性情益深，其爲詩益工，其傳之亦益遠。而讀詩者又各如其性情之所至，而學之，而嗜之。老與少不同候，南與北不同地，憂與樂不同遇，作之者然，讀之者亦然，而有其無不同者，性情爲之也。天之生人也，日新而月異，累而至於千萬年，而靡有同焉；若其形體知識，則固靡有不同者也。其於性情亦若是已矣，而屑屑焉較之以時代，則是漢之後不當復有唐，唐之後不當復有宋，宋之後遂可以不復有詩也。且不同者有其同者也，而必造作詭異以求立異，是知其不同而不知其同也；同者有其不同者也，而必刻眉劃目以求其相肖，是知其同而不知其不同也，是皆自忘其性情者也。故治詩者，治其性情而已。能自治其性情，乃能治古人之性情，乃能治天下人之性情。其内揵也肫，其涉物也循，以處有事無事而常若澹然，莫窺其根，則海樹之性情也已，則海樹之詩也已。”因識其語，以諗讀是詩者，亦庶幾可以得其人焉。嘉慶二十有三年六月，武進李兆洛序。

查　序

今之詩蓋寥寥矣。吾於劉君介純之爲政，而知介純之詩可久也。始吾遇諸皖，其爲人妮古而矘俗，尊文而尚誼，君子也。嘗出西郭門，登盛唐山，望樅陽江漢武斬蛟處，酹酒余忠宣祠，賦詩而别。比官淮南北，距介純所治，恒三五百里而近。販夫走卒，村傭市駔，負載兩邑間，輒稱述美政，以爲廉且厚。嗚呼！彼酷者，吾不知矣；其廉者，每操切刻深爲已甚，使其民之苦廉吏，或反甚於苦酷吏者。胡爲其然邪？夫在詩人曰忠厚，在君子曰豈弟。今介純通於政事已如此，吾故曰於介純之政，而知介純之詩之可久也。且古之作詩者不必傳，傳亦不必久，非其有幸不幸也。匠人之於宫室，宎廇同，梁梠同，瓴甋堲墁無不同，而自其潰於成，以距於隳壞之日，或什伯倍蓰，無一同，何也？州縣之吏，因革乘除，計利弊，算緡粟，程久暫，無不同；及其敝也，或以歲計，或不及以歲計，又何也？蓋非其幸不幸，其精神爲之也。爲政者之精神可百年，則受百年不敝之實；作詩者之精神可百年，則受百年不敝之名。介純之於其詩，綿麗爲工，鬱伊善感。其言己也，務盡其性情；其言人也，務盡人之性情，而因以自訓其性情。夫性情者，精神所由出也，吾故謂介純之於政與詩，二而一者也。介純年二十成進士，不得入承明廬備載紀之官，以墨綬去，顧不以自卑，學校農桑，爲之不遺於其職。讀其詩，懽懽慆慆，若唯恐無以行其意。蓋自其游京師，攬遼海，登醫無間，冠佩陸離，高睨闊武，數千里震盪，感慨不能自已者，已如此焉。嘉慶己卯，暮春三月既望，獨游江亭，西南風作，江聲浩然，吾念吾友，乃歸次第其所作，且慨然曰："舍性情不可與言詩，舍性情不可與爲政。"海寧查揆。

亦政堂詩集

卷第一　古今體詩八十九首

登三山絶頂

山腰裹仄徑，苔滑那容步。探足界榛莽，轊軻斷樵路。攀蘿升峭崖，迴頭驚欲仆。屈膝據地行，石稜割衣袴。作氣排雲巓，崎嶇絶恐怖。身比捷猱輕，心争飛鳥赴。喘息定松陰，寒濤激耳怒。叠嶂鈎長虹，斷壑塞濃霧。層折轉湘帆，肯被山靈誤。長嘯破天風，逝將真宰訴。

采石磯望太白樓

太白久從天上去，千秋詞壘尚孤懸。無邊風月誰爲主，如此江山總是仙。一葉春浮歸客夢，萬峰青壓酒人船。何當搔首樓頭問，手把芙蓉接斗躔。

過香鑪峰

萬山環蒼翠，玆峰獨秀挺。倒攝大江流，飛瀑掛松頂。懸知白雲深，林巒晝虚迥。中有仙人居，九天聞咳謦。空香自縹緲，天地無差等。不緣鐘磬清，塵夢那得醒。颯颯御長風，此心趠畦町。却顧翠微巓，逸興滿烟艇。

道士洑

是誰操鬼斧，一揮半山闢。嶄然截江滸，精鐵千仞積。雷轟幾脱錐，雲生并少隙。長蛟盤漩渦，顧影動妖魄。蒼鶻鐃健突，愁絶奮羽翮。相傳歷洪荒，横亘大江隔。祖龍鞭巨靈，上下頓齊割。五丁驅之奔，叱使負鰲脊。至今劖削痕，苔封莫泯迹。我來擊檝過，興懷探奇僻。側目絶猨踪，舉足乏梟舄。俄驚驚飈生，一葉中流擲。浪花灑篷背，天水破空碧。不見鱖魚肥，煙蓑徒委積。何當念險阻，俯首感疇昔。

十月十六日夜吴和村載和書至

夜闌村户喧，争傳遠僕至。持書問平安，反復驗封字。爲道故人言，關山勞夢寐。他鄉無長物，寄將一函淚。張鐙開秘緘，繾綣感君意。重詢堂上歡，乃不忘童稚。更囑掩才華，旦夕窮經笥。戔戔寸楮中，縈君千萬思。豈徒誇金蘭，直足勵風誼。起視山月高，寒光射簷翠。

擬唐人春日宫詞

東風凄絶亂鶯啼，銀蒜垂垂繡幕低。自是上陽斜照暖，杏花紅近御樓西。

應城道中

竹樹千家合，昏煙障夕巒。板橋春雨滑，野店杏花寒。雙騎雲中出，孤城畫裏看。謫仙何處隱，惆悵倚吟鞍。

寄懷吴和村

天涯何處短長亭，萬里歸來雜醉醒。門外儘教湘水碧，夢中愁見越山青。書傳下第經時達，賦到登樓點筆停。一自南徐分手後，隔江風笛不堪聽。

同方静峰丈仁柳村丈陶蕭月波秀才蔚鴻游查臺寺

水色上巖扉，林陰合四圍。鳥鳴不知處，空翠落人衣。雲伴山僧宿，春隨釣艇歸。溪橋回首望，寺影淡斜暉。

送春詞

薔薇花落石欄曲，細草如茵碾寒緑。美人愁被東風吹，低枝斜觸搔頭玉。漠漠紅襟燕子歸，畫簾委地怨斜暉。故凭欄杆打紅豆，銜住香泥未忍飛。鴛鴦停繡東家女，解爲留春春不許。柳葉編成七寶車，送春知是歸何處。翦綵重張五色旛，落花風裏爲招魂。一種啼鶯嬌不語，可憐天祗易黄昏。凌亂楊花墮還起，百尺游絲罥難止。春寒不管倚樓人，一味凄凉皺池水。流水三生夢欲醒，餘情莫更化浮萍。團圞不敵飄零苦，悔共湔裙去踏青。記得踏青纔赴約，又見濃陰罨畫閣。小院沈沈春雨深，苔花蝕斷鞦韆索。

卉木林

雲關紺殿倚松楸，招手湖雲籠佛頭。半榻花陰凉午夢，一簾山色壓重樓。竹鳴斜磵風初度，樹曳殘虹雨乍收。坐久渾忘僧對語，夕陽鐘磬共夷猶。

秋柳用王新城尚書韻四首

一夜蕭疏悵别魂，更誰攀折倚重門。秋如可畫憑烟抹，緑到無情賸水痕。雙屐懶尋沽酒店，短篷愁繫賣花村。從前多少纏綿意，付與西風總莫論。

新寒八月雁飛霜，猶是絲絲挂野塘。細雨當筵曾撲帽，秋風搗練乍開箱。不勝短鬢思陶令，無那纖腰問楚王。一自章臺愁欲綰，衹今誰過碧雞坊。

舞盡春風金縷衣，舊時婀娜未全非。夢歸白下啼烏早，門掩黄昏落葉稀。横笛樓空人已去，卷簾巢冷燕高飛。隋家多少花如雪，一樣秋深與願違。

江干兒女記相憐，長向啼鶯説禁烟。一桁晚風腸欲斷，半鈎殘照恨如綿。碧欄杆畔無多地，紅板橋頭似隔年。故侶相逢盡寥落，不堪重問酒鑪邊。

秋　　鐙

秋鐙繁不寐，獨下玉階頭。河影淡將没，露花寒欲流。夢殘巴峽雨，心繫洞庭舟。坐待荒雞唱，更聲數未休。

中秋陳竹亭作梅招飲同家素存叔從弟璠夜登縹緲臺聽竹亭家僮吹雙笛

千金之擲難買今宵月，萬户之侯不易手中杯。長鯨渴飲百壺盡，乘興還登縹緲臺。臺上空明敞四牖，眼底明湖都化酒。引手碧天弄晶丸，袖掩寒光逼箕斗。魚鱗蹙蹙涼雲飛，乘槎者誰胡不歸。坐使鳳鸞下空際，婉轉雙聲吹羽衣。主人舊識霓裳譜，水調歌翻唐樂府。青天入破海倒流，湘妃對泣愁風雨。不然錢塘龍鬬涇河龍，大小橫吹破陣雄。兩龍角嘯怒濤立，寒蟾匿走摇蒼穹。一拍紅牙奏梅落，秋空碾净月華灼。露珠涼逼酒人醒，倦倚罘罳玉肩削。

同方丈静峰夜坐

一榻疏林外，三更短夢回。月隨人影去，秋帶雁聲來。拔劍孤雄略，談詩折辨才。相看五陵下，松柏漫低徊。

送遠曲

柳已十圍大，天涯知幾春。可憐今夜酒，猶是故鄉人。

搗衣曲

鴛鴦瓦上夜霜飛，寒到砧聲力漸微。畢竟不知人去處，年年空搗月中衣。

秋草和方鑑湖丈塘二首

江南江北尚芊綿，無復青青拾翠鈿。細雨天寒雲夢渚，夕陽人隔洞庭烟。拋殘弱柳長堤外，送盡飛花短笛邊。舊是玉鈎斜斷處，曲終紅豆更相憐。

河梁分手淚潸潸，憔悴空教悵玉顔。日落龍沙迷漢冢，霜寒馬色度秦關。平原燒盡蒼鷹下，絶塞風高白雁還。迴首當時歌舞地，幾家思婦唱刀環。

九　　日

十載臺荒不到家，衹今歸辦釣魚楂。寒霜郭外初聞雁，秋雨籬邊未着花。青史文章空海内，白頭祖父尚天涯。故人消盡龍山會，何處風高落帽斜。

暮秋同方鑑湖静峰柳村諸丈登黄鶴樓分賦

危欄低壓暮雲平，天際帆開葉葉輕。萬井風烟雙郡合，兩山樓閣一江横。夜寒星動魚龍窟，秋老霜清鸛鶴聲。千載玉虬歸去渺，何人吹笛下滄瀛。

漢陽贈孫林庵孝廉甡

元亭問字到江城，短屐高冠絶俗情。山水清懷成痼疾，風騷餘事及科名。中郎倒屣輸前輩，員外乘軒重後生。談到西湖舊游處，不堪黄葉作秋聲。

村居早起

湖上日已紅，殘霜半在地。落葉交村衢，冰花雜紫翠。隔水聞鐘聲，響入凍雲墜。薄霧開疏林，溟濛露丹寺。破巢鳥啄翎，敗塒雞鼓翅。携筐人出門，種麥促牛飼。似聽鄰翁言，寒極曉難寐。潑水戀枯衾，何如趁墟市。

晚坐憶江南諸子

山中失昏曉，寂寞循空階。松陰漏寒月，縱横森玉釵。愁耳逆孤雁，清哀俄滿懷。蒼然眄雲壑，暝色連江淮。間關怨修阻，枕簟弛形骸。思深不入夢，豈獨愁天涯。亂星綴林表，繁霜明斷崖。黄葉没屐齒，悽惻歸蕭齋。

白船歌并序

吾鄉多白船，鋭首長身，僅容一槳。三五結偶，横盪湖心，不勞力而獲魚甚夥，因爲作歌。

青草湖水緑如油，微風不動波涵秋。漁人貪逸謝罾罟，徒手單乘一葉舟。舟長如櫪狹且鋭，舴艋艄舲無其細。左支密網繚短垣，右拖白板叠霜砌。八尺長橈雙手持，一刀劃破碧琉璃。蘆碕吹火夕陽落，三三兩兩張罘罳。或爲鷺拳立汀溆，或爲雁陣排參差。合圍時或縱横弗，掉尾白龍交曳練。光明逼射鮫人宫，睒閃潛鱗銀海眩。張皇鼓鬣躍舟輕，頗似圖窮匕首見。就中鯿鮊多所愚，四腮但少松江鱸。退結那更臨淵羨，餌名並乏直鈎沽。中流倘遇狂飈起，倒使青天見船底。翻然跨背儼騎牛，疾趁迴瀾行更駛。

過潄玉軒謝鑑湖翁贈橘

天寒着屐到山莊，玉手新搓橘已黄。故樹秋風零落盡，一枝猶帶洞庭霜。

折柳枝詞

青青堤上隔征塵，折取新枝贈遠人。亦解長條羈不住，要君知是故園春。

賈　　生

宣室從容侍漢文，可憐巫蠱尚紛紛。當時不遣長沙傅，湘水何人更弔君。

漢宫求仙謡

五柞深宫夜乞靈，冰函瑶笈費丁寧。穆王池上西王母，又控青鸞下漢廷。

咏白雁寄呈舅氏浴咸先生

玉門迢遞一行斜，暗度西風淺水涯。霜滿戍樓秋入塞，月寒沙渚夜聞笳。素衣零落催黄葉，殘夢依稀宿葦花。萬里孤飛同白首，瀟湘何處不思家。

得家大人書

兩字平安萬里餘，關山冰雪念踟躇。蜀門西上青天遠，渝水東流白髮疏。松菊每勞荒徑問，寒暄轉切異鄉書。春風漸向平蕪緑，盼斷雙騶返故廬。

思歸曲爲舅氏浴咸先生作

白帝城高秋夜長，半床寒月一林霜。風煙滿目悲殊俗，只有雞聲似故鄉。

讀應山楊忠烈公絶筆

萬種孤臣憤，都歸絶筆中。心長懸北闕，頭已付東風。先生血書“刀斫東風，于我何有”。一死垂青簡，千秋貫白虹。本絶筆中語。宗邦祠宇在，異代振頑聾。

夢中作

水國泠泠秋氣空，一船遥刺楚江中。美人淚漬芙蓉露，公子衣寒薜荔風。何處鳴琴山月白，誰家吹笛澗花紅。大羅天上無多路，便引青鸞控碧穹。

咏唐史小樂府七首

燔玉不殉君，喋血不從主。晚出太宗朝，骨鯁乃良輔。
輔國攬兵權，朝恩沮軍事。始終無叛心，猶數高驃騎。
栲栳歌聲續，深宫定省違。吁嗟張良娣，罪浮武與韋。
再起衡山隱，難教作股肱。何如富春渚，垂釣老嚴陵。
皃翠當廷褫，梁公氣絶倫。可憐天子貴，唤作典籌人。
子晋羽衣歸，洗兒同一笑。蓮花如有知，肯比六郎貌。
靈武賴中興，馬嵬有明誨。千秋莫蔽辜，露刃遷西内。

擬古九首

讀書志仕進，利禄先入主。瑣屑據胸懷，安能澤諸古。矧此得失心，盛氣助凌侮。願持箄瓢風，一洗光明府。

治經不治史，泥古鮮變通。治史不治經，雜霸紛交訌。讀書論其世，聖言誠折衷。或不求甚解，微理期貫融。義熙識甲子，夫豈真夢夢。

朝出自里門，暮出自里門。所見無異趨，稼穡敦本原。偶志在輕肥，譬自抉籬藩。農田茁芝草，當作不祥論。不見十户産，坐爲名花傾。種豆南山下，葉沃還培根。

初日上林端，湖光懸屋脊。鳴機人未眠，桑陰聲軋軋。百年苦晝短，遑墮此遥夕。感激愛時光，勤讀布文席。精氣結聰明，古人不我隔。下筆馴有神，所期戒速獲。

百感勞吾心，片語不得道。躑躅四野中，天地與終老。秋風振林柯，生機孕枯槁。物理有循環，而胡鬱懷抱。昂藏七尺身，攘攘繫温飽。俯仰逐時趨，安得顔色好。

薰風自南至，眷此中田禾。夜氣息朝露，膏潤豈在多。君子寶生理，不絶如縷覶。泉源茍不竭，涓滴皆盈科。天心慎來復，毋爲伐性柯。

入山何必深，但得遠塵境。草石鬱幽馨，空趣壟能領。林莽團墟烟，窈窅極淵静。鳥聲破清晝，宙合頓虚奝。快然愜天懷，人壽因之永。咄哉彼何人，勞勞戀臺省。

溪流無競心，水活雲自定。智者胡取斯，動以静能勝。野葛不爲絺，粉坼落苔徑。柔蔓葆天年，無用乃獲賸。松柏矜歲寒，後凋理固應。斧斤入深山，或恐一朝罄。

立言貴不朽，此理良非誣。不本功德出，空言胡爲乎。東漢尚節義，著作推鴻儒。清談侈魏晋，拉雜同榛蕪。無已托歌咏，山水可範模。野人拾香草，敢望貢祥符。時鳥偶變聲，祇自鳴其愚。

秋海棠

小院娉婷試薄妝，嫩紅狼籍最堪傷。犡牆傍晚微經雨，鴛瓦初寒未有霜。落葉聲中千里夢，擣衣砧上九迴腸。離魂倩影知誰是，一種秋風舊草堂。

橘枝詞二首

嘉樹蘢葱夾岸青，離離朱實綴芳馨。淮南一夜霜飛早，贏得秋心滿洞庭。

玉屑珠胎欲滿林，淡香濃碧任相尋。儂家自愛花如雪，不爲秋深一樹金。

南　　國

南國西風早，霜林徹夜號。寒生八月雨，秋漲九江濤。歲歉魚租减，村荒米價高。重陽佳節近，空待菊花醪。

野　　望

一行堤柳暮淒淒，遠色青蒼入稗畦。鴉軋數聲秋水外，轆轤人在夕陽西。

村居雜咏

橙　　湖

橙花一樹開，臨流不堪折。湖上春雨深，紛紛落香雪。

白楊港

深林掩竹扉，斷港繫漁罟。豈是北邙山，白楊嘯風雨。

青草湖

不買沃洲山，開門遞遥矚。年年春草生，替染湖光緑。

鳳凰臺

臺上月流時，臺下花開處。不見鳳凰飛，吹簫人已去。

白家堤

野水悠悠緑，隨風入堰西。兒童牽犢飲，不上白家堤。

青林觜

湖上曉風生，桃花紅欲曙。漁舍絶無人，水鳥自來去。

竹家山

古木髠無蔭，荒塍水一灣。黄花迷野塚，人指竹家山。

楊腰陂

裊裊垂楊緑，纖腰細雨中。春風看舞罷，何處楚王宫。

鶴仙步

孤鶴下長天，松風響還静。夜來山月空，踏碎梅花影。

過醉菊亭旋别

放棹橙湖東，例挈澆山酒。野棠花亂飛，草色遍山藪。便詣方干廬，小别情逾厚。開榼出蒻蒸，主客共濡首。坐待南風生，夕陽挂疏柳。渴懷詎盡傾，歸帆遽却走。争如未見時，淡漠相安久。悵然賦新詩，還令達座右。

玉符珮歌并序

珮爲先大母彌留所賜，今距去玉時已三易寒暑，檢尋敝簏，愴然感賦。

于闐美玉堆羊脂，秋雲割截蟾肪劙。誰剖琅玕爲符節，湘妃紅沁啼痕滋。苔封蘚護出宫邸，珠襦玉碗同流離。袖底鏗鏘誤鸞鳳，鞶間風雨蟠蛟螭。大母愛孫珠在掌，玉筭期排蕊花榜。撰杖教親珩瑀儀，含飴時弄珮瑺響。寢門侍疾霜風凄，芝草無靈斷金齏。續命絲懸易琀飯，探懷輾轉遺孫枝。敢云比德果如玉，但冀守身長執圭。撤帨懿言猶在耳，俄看隴樹寒雲起。被褐久存懷璧思，設衣肯忘陳器美。遺棬手澤總傷心，賜硯深恩況淪髓。他年獻璞當書紳，誓持介節侔貞珉。秖讀李密《陳情表》，摸挲塵篋徒沾巾。

擬唐人西宫春怨

倚遍春風十二欄，玉街草滿共誰看。離絃怕入君王聽，獨抱雲和不忍彈。

聞大父奉使西蜀即由巴江入漢久不得消息有作

符竹飄零滯使車，頻年衰鬢賦皇華。舳艫秋帶牂牁雨，旌斾寒生灩澦沙。萬里封書遲白雁，十年樽酒待黄花。蕪田半種陶潛秫，盼到含飴眼更賒。

雨中宿繡水寺

幽居在溪南，乘興一孤往。門掩落葉中，閣浮水雲上。薄暮寂梵音，人影散蒼莽。皐比雜蒲團，跼促不盈丈。煮酒滌秋心，哦詩激清吭。淅瀝鳴窗蕉，入耳紛愁響。曠論絶拘牽，相與罄疇曩。既醉冥無言，顛倒作奇想。念欲披羽衣，起酌斗中沆。抱月懸冰懷，開襟成獨朗。俯瞰渺滄桑，蜉蚍固相攘。蠢然識故吾，清濁頓如兩。何期解餘酲，仍苦絆塵鞅。夢夢視彼天，夜色空朧膔。

病中二首

丈室維摩肯破禪，藕花香供膽瓶鮮。夕陽紅斷西墻外，一樹垂楊一暮蟬。

習静初知夜氣清，無眠竟夕轉愁生。禁他月落雞鳴後，獨聽殘鐘第五聲。

卧病杏花山館

夏木澄清晝，開軒絶點埃。片雲過疏雨，斜日隱輕雷。藥石緣相契，烟霞客不來。錦囊遲得句，擊鉢未容催。

病小愈漫成二首

北風吹雨過，枕簟落秋聲。小院桐陰合，凉雲滿地生。道心孤鶴立，病骨一蟬輕。誰遣幽栖客，終宵對短檠。

林嵐開夕瘴，坐對愜幽情。籬落夕陽上，門前秋水生。雁聲京口樹，潮信廣陵城。迢遞江關路，無因達舊盟。久不得江南故人消息。

寄静峰柳村兩丈

極目淼無際，孤村水上浮。青山雙屐雨，紅藕一船秋。地近書慵寄，詩多債不愁。閑時對樽酒，何必羨封侯。

杏　花

曉烟漠漠暗香籠，紅粉依稀出漢宫。二月正逢江北燕，一枝初送嶺南風。村邊酒賣斜陽外，樓角春寒細雨中。無限傾城好顔色，銷魂誰更問墻東。

送趙孟碧參軍使旋閩中

雁行嘹唳下西風，悵望星軺發漢東。溢浦江聲殘雪外，穆陵山色夕陽中。篴樓顧曲離懷破，簫市銜杯俠氣空。閩海春深如見憶，封題須及茘枝紅。

晚夏三首

湖天雨過緑楊陂，漁舍參差曬網時。長是日斜秋水外，一汀沙草浴鸕鷀。

微雲疏雨挂西樓，小點流螢悵玉鈎。未到白藏司令節，驚心桐葉已成秋。

散髮疏林罷宿酲，庾郎鮭菜糝香羹。閑看碌碡當塲卧，絡緯蕭蕭上豆棚。

新　柳

白門煙鎖小樓沈，一樹依依緑不禁。夜雨初歸如別久，春風無故覺情深。板橋舊夢鶯聲入，驛路新陰馬色侵。横笛何人凭水榭，未逢攀折已成吟。

毛客山墓

蔓草斜陽繞斷螭，江聲如唱鮑家詩。可憐萬里青山客，曾樹襄陽墮淚碑。

漢江奉寄鑑湖静峰柳村諸丈兼懷家瘦岑叔

春風寒食雨中催，榆柳新陰向夕開。隔院簫聲隨夢遠，卷簾山色過江來。千秋白社遲高會，十載黄壚負逸才。更有三生難忘處，謝家池草漫追陪。

沌陽寄内

沌陽春醸一江寒，白袷腰圍帶漸寬。一種東風楊柳色，可憐憔悴倚樓看。

寄絮亭妹茝

柳陰漠漠草芊芊，曲徑啼鶯破曉烟。二月東風寒食節，一江春雨杏花天。愁中把酒詩偏少，夢裏聞雞客最先。遥念紅窗應擱筆，夜鐙辛苦飼蠶眠。

望武昌

縱目江天外，憑陵勢欲吞。千峰盤雉堞，九派瀉蛟門。野闊人烟漫，樓高樹色昏。更憐《鸚鵡賦》，無計可招魂。

卷第二　古今體詩八十一首

賑饑謡

商賑饑，縣官肥。官米糶，胥吏飽。男婦迤邐各襁負，侵晨擁擠直至酉。垂死始得粥一箪，踏斃老稚十二三。吁嗟饑民猶菜色，縣官乃報時雨得。

紀　　事

塚纍纍，誰家墓。昨日高阡卜牛眠，今時平作官塘路。衆鬼啾，啾車輪。馬足踏，踏鬼頭。那堪江洗官塘壞，白骨槎枒墮澎湃。一天風雨夜凄凄，明朝寒食憑誰酹。

雜　　感

離家纔百里，何事嘆飄蓬。戎馬天無厭，時秦蜀賊匪未靖。饑寒市欲空。麥愁三月雨，笛怨五更風。寂寞荒江畔，悲歌孰與同。

古　意

迤邐小紅橋，前年折柳條。日斜江上望，春淚似春潮。

春閨怨

已分珠沈海，長年淚染襟。憐君非固寵，負妾豈初心。柳絮輕風亂，梨花暮雨深。春寒容易犯，早晚慎登臨。

幽　栖

幽栖常近市，累月少人過。分淺鐘情至，才清折福多。江山消短鬢，風雨罷長歌。杜宇啼殘後，歸期問薜蘿。

雨後沿江奉懷静峰柳村兩丈

終朝近喧塵，寂寞仍吾素。開門泝江流，屢枉青山顧。柳色約春寒，鳥聲争薄暮。清景接幽懷，欲歸還復住。坐念幽人居，縹緲隔雲樹。别來曾幾時，渴若平生慕。風雨自多愁，非關積離愫。

夜　坐

薄游經漢水，寥落感無端。客夢春江遠，鐘聲夜雨寒。愁中百花盡，曙後一鐙殘。預想携雙屐，名山許獨看。

漢南柳枝詞

春陰漠漠雨濛濛，腸斷章臺別夢中。江上柳花飛不定，夕陽何處楚王宫。

夷門故吏歌贈侯梨村少府際會

夷門故吏髯如戟，飄零慣作沘陽客。豪宕那期忤上官，黄綬輕揮甘落魄。放浪江湖春復秋，花茵月榭從淹留。千金破産作秦贅，暫住春風燕子樓。年年折盡河橋柳，短策珊瑚長在手。日高不復夢雞聲，夜静何須愧牛口。篋中剩有舊朝衣，呼兒典質武昌酒。酒酣時復撥檀槽，清歌一曲哀《離騷》。絶迹朱門耻彈鋏，等閑誰唱《鬱輪袍》。我家漢南三百里，大父携持來漢邸。與君比屋共論詩，袛此風塵足知己。時棹白蓮舫，復控青絲騎。芳草夜歸黄鵠磯，梨花曉入紅山寺。舞劍飛觴意淋漓，骯髒肯下沅湘淚。君不見東陵種瓜秦邵平，又不見南山射虎漢將軍，斗大金印棄如屣，世人戀職徒紛紛。

大别山

陵谷幾變遷，兹山獨不改。木石歷洪荒，蒼翠自千載。蜿蜒勢若趨，沔漢扼其頞。回抱却月城，嵐光壓寮宷。蘭若峙平峰，豁然臨爽塏。上與雲霄通，嘘吸逼真宰。隔江黄鶴飛，招摇坐相待。

留別侯黎村

東風祖帳草萋萋，一劍飛花舞鸝鵜。日落離心何處盡，漢江無際楚雲低。

雨霽江上

孤館逢新霽，羈愁頓欲空。斷烟横浦外，疏雨夕陽中。酒幔花如雪，漁舟網作篷。行行忘徑遠，白袷趁輕風。

題程普菴上舍燾壽培集後二首

輪蹄萬里劇縱横，短鬢秋風雪漸盈。一劍夔門工論史，十年蠻郡佐談兵。才華未盡逢奇數，歌泣無端出至情。被褐餘歸行卷在，英雄髀肉悵平生。

霜笳急拍斷啼猿，滿目蒼茫一卷存。世胄晚成名士志，國殤春弔美人魂。集中有弔蜀藩官人詩。榆關鐃吹黄雲落，菊部笙歌白雪翻。迴首戟門清讌日，幾行哀怨入湘沅。

聞傳野園垣歸自黔陽適抱騎省之悲余讀其詩未見其人賦以寄慰

知心何必定逢君，曾把詩編嘆絶群。春水三篙初返棹，秋風一劍罷從軍。篋中剩貯蠻箋粉，衣上長留雁磧雲。廡下衹今誰舉案，白頭争遣弔斜曛。

舟中夢吴和村

凉月入船露光泫，柳影一身壓冰簟。草根蟋蟀鳴秋風，客夢迢迢寒不倦。誰教季子千金軀，涉江遠踏雙鷖鳧。相逢不道離思苦，手折芙蓉搏露珠。

敝　　裘

披來容易薄寒侵，短袖蒙戎斷客吟。幾度荒村權貰酒，十年孤館借爲衾。彫零漸似羈人鬢，温燠猶存老母心。肯爲輕貂棄塵篋，江鄉五月尚相尋。

秋歸同瘦岑叔

秋色忽如此，門前落葉深。蹉跎游子恨，慰藉老親心。新雨蟬聲足，斜陽雁影沈。不應怨遲暮，流水自鳴琴。

秋圃雜咏

雞冠花

籬落一枝紅，翹翹倚翠桐。閑時思絳幘，渾欲鬬秋風。

老少年

七尺珊瑚短，亭亭閲歲華。衰顔能自轉，不作女兒花。

蛾眉豆

憑將螺黛染，一抹翠痕低。皓齒臨風啓，應知是瓠犀。

韭　花

雨後雪盈畦，時時飛野蝶。秋風翦未殘，如展少師帖。

木　瓜

可是宣州種，寒香隔院浮。秋風不思報，亂向小園投。

橙　子

訝許瞿曇面，香堪玉手攜。江南知別久，不復憶霜齏。

夜　坐

蟋蟀爾何情，依人徹夜鳴。凉雲衣上落，秋草夢中生。鐙細三更落，荷香一畝清。兒童看熟睡，永夜賦初成。

望仙女峰

十二巫峰峭，何年此處生。海風吹不去，秋色滿孤城。鸞鶴盤空下，樓臺返照明。扁舟思欲發，梵磬一聲清。

城中寄李梅坨丈

秋色入斜暉，歸心上釣磯。淮南落木早，江北故人稀。山影千家合，湖光一縣圍。遥知高隱處，吟望白雲扉。

湖　上

秋色蒼然來，泠泠隔川澳。林昏不見人，坐聽雨聲到。

秋原漫興二首

江鄉風物自清華，柳陌菱塘一帶斜。月墮曉烟寒作雨，日殘秋水淡生霞。鱖魚晚賣依村市，菰米香炊負郭家。待摘霜柑三百顆，東陵不羨故侯瓜。

湖村夕靄散紛紛，疏柳門前上薄曛。汀草緑眠烏犉小，浪花青浴白鷗群。家貧葉落添薪少，歲儉禾枯剥棗勤。隔岸酒家通略彴，雙柑長許覓微醺。

寄静峰柳村兩丈

累月不相見，淒其秋更深。殘陽隱孤塢，片雨過疏林。何處一聲笛，吹來空外音。湖南烟水闊，莫是老龍吟。

紀潦十首

沮洳原傍漢江隈，頻見滔滔過頳來。穲稏浮沈依荇藻，波濤日夜走風雷。百年小值滄桑變，九載真同降割災。未到重陽秋色老，携家兩度已登臺。

誰教鐵鏁斷支祁，百沸鯨波瀉不遺。墟墓有踪悲絶壑，流亡無路哭臨歧。樹梢月挂篷窗近，浪裏風摇板屋欹。一曲楚些聽不得，哀鴻争向笛中吹。

百里蒼茫失翠微，更無人與弔斜暉。水蒓帶濕難爲爨，野莧和根不療饑。隘巷苔深魚盡上，新巢萍滿燕思歸。扁舟直放湖天外，蓑笠何從覓釣磯。

最苦三農望眼賒，頻年河伯共生涯。羞携少婦依浮宅，忍遣嬌娃入聘家。負販只增貪賈息，轉移空抱昔賢嗟。可堪年少逢多難，愁對西風鬢欲華。

畛域俄看盡入溟，争移田具斷艏舲。家室相對情皆薄，休戚無關劵不靈。幾樹蟬聲催夢斷，滿湖魚氣逼人腥。共憐身世同泡影，驀向秋空一涕零。

長波一色逿糢糊，郡邑低浮雉堞無。五夜鳴钲催板築，萬家撤屋陷泥塗。蒼黄乍覺天河决，澎湃還疑地軸孤。安得錢王射潮手，渚宫重爲控雕弧。

林皋蕭瑟斷墟烟，百里漁莊釜盡懸。貓虎無靈祈報絶，歲時虚度餉遺捐。村荒鳥啄空倉粟，禾盡人催貸種錢。翻覺兒童能食苦，羹榆飯藿已年年。

紛紛逃徙太郎當，客路相看意轉傷。群嫗龍鐘羈廡下，孤兒狼籍置途傍。羸縢嶢集千屯雜，綯索宵連萬户長。回首江村蝦菜美，風沙滿眼劇蒼涼。

白帝秋高夜氣嚴，風霜先爲逼窮檐。縱横野市攤農具，羞澀朱門鬻嫁奩。人病幾家調藥餌，時荒累月斷齏鹽。誰能康濟酬初願，廣厦長裘一例兼。

鳩形鵠面悔餘生，到處哀首祝癸庚。兩度潰防仍不制，三回播種竟無成。時艱怕見催租吏，歲儉難爲守法氓。惟有竟陵賢令尹，關心民瘼自吞聲。時惟鄰宰詹公應甲防堤禱雨，引咎自劾，繼以痛哭，遠近德之。

村居二首

小艇湖風一笠斜，午陰涼近野人家。垂楊影落波紋細，誤引游魚上斷叉。

到處漁歌擊槳枝，翠荇牽引賽蓴絲。一灣沙水蘆根短，憶煞江南擘蟹時。

雪　霽

早起野烟散，雲罅露微旭。凍雪封遠村，晶光烱遥矚。岸草迷燒痕，參差隱茅屋。竹樹影交鋪，剡藤畫盈幅。放舟衝斷澌，琤瑽擊寒緑。天空雲破碎，淡然落汀曲。一與清景會，客懷頓已足。日夕湖風生，袖手忘皺瘃。沙觜立移時，指點雙鸘鴰。

讀柳村丈哭鑑湖翁詩感賦

寂寞成千載，徒聞草樹凄。夜臺無雁至，荒塚有猿啼。衰祚生難繼，微名死尚擠。韓陵一片石，端仗故人題。

湖　　上

湖雲澄夕陰，樹色蒼然絶。日暮峭帆歸，寒汀蝕殘雪。

贈李雪坪丈庚清

卅年作客遍天涯，琴筑飄零興更賒。早入幕僚空許國，老歸鄉里尚無家。愁懷對月頻呼酒，淚眼逢春不看花。一卷勞君重寄訊，東風回首失蒹葭。

湏口阻雪

紅梅花發亂縱横，驛路春逢暮雪平。一夜東風滿湏口，孤篷寒重水無聲。

山行遇雨

驅馬入層壑，蹊徑森縱横。叢篁布崖厂，茨棘鈎冠纓。滃然濕雲出，疑是炊烟生。颯颯墮山雨，席帽欹相迎。暝色合諸嶂，空際生微明。松風雜泉石，徒聞蒼翠聲。林端綴茅屋，歸樵無遠行。借問苦竹凹，懸與遥崗平。

田家雜詩

桑柘日已繁，濃陰庇百里。村氓無賢愚，各各勤耒耜。鞭犢使知耕，教牛如教子。比鄰慶插禾，勸工意良美。日落晚風清，良苗盡興起。四野聞桔槔，歡呼競相砥。筋力苟不勞，坐食即生侈。試聽布穀鳴，彼鳥尚解此。

感興二首

林樾清陰覆野廬，商飈正是夜來初。家貧漸覺交情薄，年少時虞世故疏。秔稻全收餘草樹，湖山久住狎禽魚。秋聲慣入勞人聽，自潑新篘快讀書。

斫地誰當激楚吟，元龍意氣足千尋。蟬聲傍晚鳴秋急，樹色臨湖着雨深。牖下何甘雌伏志，鐙前空訴鶚搏心。十年一刺藏懷袖，早夜摩挲直到今。

菊　影

瓦盆木榻看斜支，酒影花痕認即離。别有性情常自寫，絶無香色與人知。曉霜殘月相逢早，秋雨寒鐙入夢遲。莫是柴桑留粉本，衹今潑墨尚淋漓。

夜由漢口出岷江

高秋寒月出昏黄，夜半争催百里航。萬堞樓臺低入水，一江鐙火暗飛霜。吴天夢遠雞聲動，蜀道書迴雁影長。不爲浮生傷落拓，中流擊檝自蒼凉。

白　菊

疏林黄葉點霜飛，相對寒香影共微。半畝夕陽人醒醉，一籬殘月夢依稀。杜郎插去思華髮，陶令歸來感素衣。晚節自憐無俗韻，西風長日掩荆扉。

梅影四首

知是烟痕是水痕，横斜多半倚頹垣。清歸泥滓偏生色，寒到冰霜獨返魂。但使傳神追碧落，不辭忍凍待黄昏。空山一笑相逢處，舊夢依稀總莫論。

未到空朦月上扉，已傳消息付斜暉。江風零落吹羌管，海色蒼茫罷玉徽。帝子波心離復合，夫人帳底是耶非。五更霜重殘鐙落，囑與多情緩緩歸。

尋來籬落又橋邊，記取銷魂只偶然。名士枕流長對語，美人臨鏡自相憐。只應夢蝶能消受，賴有泥鴻共渺綿。無限江南離别意，一封空寄隴頭烟。

十幅生綃畫可移，紙窗撩亂夢醒時。水邊翠袖垂三折，雪後紅欄壓一枝。僧院月明初入定，女廊風動乍生疑。更憐疏竹摇清晝，雙鬢婆娑向晚欹。

重過漱玉軒感賦

彈指西風歲月更，谷音長使姓名驚。文姬已嫁遺經散，先生詩纂爲嫁女挾去。允子初歸譜系輕。以某氏子爲後。日落短垣秋草没，夜殘孤塚野烟横。一樽淚盡西州路，獨有羊曇恨未平。

雨　　後

幾日青山失，横窗暮影斜。雲寒低草色，春老困楊花。屐響人無夢，帘收酒不賒。惟餘新汲水，石鼎試烹茶。

落花十首

小簾紅雨落葳蕤，燕子歸來每恨遲。芳草欄杆閑一角，黄昏庭院立多時。客初有夢愁寒食，春漸無心戀酒旗。惆悵玉人消息斷，垂楊垂柳尚絲絲。

自别朱門首重迴，斷烟殘夢付空臺。亦知南國非長計，祗悔東風爲早開。到處楊枝和雨送，當時草色共春來。如何一片斜陽裏，玉管金鈴事事哀。

飄零猶是舞僊僊，腸斷江南罨畫邊。流水送歸清净域，春陰做盡别離天。縱能小住無多日，待得重逢已隔年。爲語游絲牽百丈，風前好與寄纏綿。

門巷依稀暗麴塵，小瓢清酒餞花神。閑情不少沾泥恨，國色從無到老人。半夜雨風成隔世，一生心力盡三春。最憐深樹啼鶯急，長向空庭説舊因。

繡帔璚裾迥絶群，忍教一夜化輕雲。可能終歲如三月，生怕全開到十分。碧甃草深殘暮雨，朱扉人去鎖斜曛。餳簫聲斷重樓寂，夢裏還疑隔巷聞。

娉婷孤影下迴廊，苔滿鞦韆倚壞墻。名士左遷甘浪蹟，美人春病尚嚴粧。牛羊仄徑愁深踏，風雨回心悔太狂。一種芳情留水面，聚來猶得覆鴛鴦。

橘刺藤稍一架横，竹欄欹處亂紅平。和將别酒全如淚，化作春泥尚有情。黯質只應償薄命，冶容休更願他生。殷勤囑與司香尉，送上飛霞舊石城。

亭亭空見緑成陰，舊夢如烟恨不禁。落日安歸知别苦，春風初度記恩深。飄零敢道分香怨，慰藉難甘種玉心。碎錦坊前人去遠，斷雲孤雨到而今。

鸞飄鳳泊總萋迷，一例春歸謝若溪。曬晝乂頭簾影細，浣衣砧畔水痕低。坐來長日都如夢，吟到傷心不忍題。願把餘生化蝴蝶，情絲牽惹上桑梯。

酒醒金谷罷凭欄，白苧紅鹽一笛殘。山水無情成獨笑，樓臺空好倩誰看。名場客老風華減，絶代人歸去住難。究竟蓬萊春不斷，衹今迴首憶漫漫。

自醉菊亭歸却寄柳村丈

我家橙湖北，君家楊葉陂。楊葉漸黄落，一夜秋風吹。我行鼓蘭檝，相送臨清漪。斜陽在高樹，寒蟬不勝悲。暮泝青林端，白雲出遲遲。遠水明汀溆，一一飛鸕鷀。叢葦辨人語，漁舟聚晚炊。暝色入長嘯，歸途指茅茨。

久　雨

浹旬烟雨漲平沙，蒙被聲偏入耳譁。四月天寒難秀麥，一年春盡未看花。畫梁泥濕愁歸燕，老樹雲深斷宿鴉。最是香銷人静處，夜鐙紅不上窗紗。

久雨初晴

柳外雲開欲放晴，夕陽低上草連城。漁家曬網雙竿細，蠶婦梯桑一翦輕。水暖乍看花鴨戲，春殘初聽乳鶯聲。閒來多少愁懷積，待倚欄杆訴月明。

白桃花

誰遣孤踪倚斷垣，長門深鎖正黄昏。重逢寒食人何處，小别春風酒不温。翠袖無言空有淚，縞衣新寡最銷魂。白雲封盡蓬山路，莫道劉郎肯負恩。

白杜鵑花

尺五東風冷茜紗，春殘誰復問天涯。空山血盡啼無力，再拜人歸鬢已華。細草一坪微雨歇，短屏六曲淡烟遮。十年聲色愁俱絶，怪道征夫不念家。

和柳村丈感懷原韻四首

榆柳新陰覆短籬，寂寥庭院意差池。春歸二月無人覺，花向東風爲我辭。命客何堪煩老母，慕親轉復愛癡兒。安仁年少逢多難，頭鬢星星總未知。

半生瓠落悵誰同，一種豪懷付枕中。富貴寧争雞鶩食，功名甘讓馬牛風。焚詩被酒情難禁，避債逢人語未工。不信此身終放廢，肯教維縶類狙公。

病酒傷春事事嗟，沈郎容易減風華。乍拋鉛槧難醫俗，偶課農桑學理家。野草緑回泥壠細，老梅紅出土墻斜。頻年綺語甘消懺，不逐幽人賦落花。

生性崚嶒不受憐，鹽車誰復任拘牽。身微人厭投名刺，宦遠家難望俸錢。空負豔才償薄命，得安庸福即飛仙。林泉鐘鼎都虚願，廝守毛錐已壯年。

卷第三　古今體詩八十八首

大父官瀋陽召珊奉母往省拜别先大人新阡

殯宫七月草離離，阡樹新栽未有枝。萬里封書驚涕淚，全家腰絰忍追隨。明年寒食兒難拜，異地加餐母就衰。長白山頭試凭望，苫廬雲鎖不勝悲。

留别絜亭妹

廿年兄妹共團圞，自爾于歸百計難。母縱未衰今已病，我猶無檄可承歡。關山閲歷心逾壯，冰雪崎嶇夢不安。最苦征人回首處，鶺鴒原上暮煙寒。

别五君詩并序四首

竟陵蔣大醉六、王大鹿苹、夏大竺灣、程三素民暨侄少磬皆予執友，今有遠行，爰走别之，五君設餞湖上，各有贈言，辭旨惓然，爲賦四章以答。

一劍秋風理薄裝，居庸關外草如霜。縱因遠徙成生聚，轉爲新交戀故鄉。客路江山重入夢，壯懷邊塞竟難忘。片帆不惜匆匆挂，忍聽離歌醉夕陽。

翩翩裙屐綺年中，玉管金樽到處同。良會殘星邀曙月，故人落葉散秋風。黃雲馬首三河近，墨瘴天低百粵通。更有從軍班定遠，短衣投筆氣偏雄。鹿苹明年將隨侍粵東，竺灣亦擬從事幕府。

湖亭烟柳共徘徊，那復哀蟬向夕催。别酒不堪行伎送，孤花難遣故園開。預知魂夢徒依戀，尚作留連數往回。離雁一聲從北至，應憐風雪滯燕臺。

繡嶺山前匹馬横，重幃親侍托孤生。雪深毳帳葡萄熟，沙擁蠻韉韡鞢輕。紙上憑君通笑語，枕中容我問功名。他年二阮重逢處，爲道詩題五國城。

留别方静峰丈柳村丈

白帽踉蹌事遠遷，出關聊得向居延。一門問字無虚日，萬里移家不計年。瘦馬寒生沙草薄，敝裘風緊雪花堅。戟轅回首聯吟日，返照河梁意惘然。

余忠宣公祠

危城七日早忘身，勢逼東南仗遠巡。一代孤忠回末造，全家兒女總完人。墓門霜冷松杉寂，祠廟風寒鎧甲陳。終古江聲流不盡，夜來猿鶴聚陰燐。

大觀亭次壁間魯星村韻

皖江百里平於掌，近見風帆葉葉開。鴈影遠隨秋色至，龍山親送夕陽來。卷中舊識歌如雪，壁上殘詩字滿苔。我未倦游偏病酒，爲君重覆手中杯。

過彭澤

江水清何極，孤踪渺莫尋。衹今秋月白，曾照古人心。一夜西風下，扁舟入浦深。黄花如可折，解向醉中吟。

馬當山

百里迍邅暮色黄，擬燃犀角問蒼茫。儂才豈果居王後，不助風帆過馬當。

阻風銅陵峽

銅陵山城大如斗，女墻影落江聲走。萬松寒入訟庭青，坐見飛花翻印綬。笭箵縱横魚市腥，赤鯉黄鱘盡穿柳。石尤解爲老饕吹，蟹稻肥香雜菱藕。江南風味壓蓴鱸，十載秋風重上口。夜闌醉復款荒關，鏁鑰北門弛已久。板閣宵鐙三兩星，紅閃帘低猶賣酒。歸時篷背月如霜，半臂凉生試交手。興酣不憚敲禪扉，静聽梵鐘十八扣。

折搶詩

江行尠順風，十九多折搶。不假繩纜牽，布颿初無恙。一掉忽西東，兩崖俄背向。日月屢移宫，何論占五兩。有時銜尾舟，覿面忽相望。横行蟹自遲，退飛鷁難上。水作巴字流，路成之字狀。首鼠竟堪師，轉覺絶依傍。無端激狂飈，勢側隨波浪。瓶盂相鏗鍧，桅檣互震蕩。顛踣疑中酒，瞑眩如病瘴。篙工意坦然，客盡嗒焉喪。昕晡云百里，計程半虚妄。迤邐故非遲，途迂時每曠。緊豈地軸遥，天應惡奔放。就下已太駛，寧助長風颺。静思計亦得，較勝石尤抗。

聞鄰舟吹笛

青到吴山倍有情，舳艫秋帶夕陽明。十年重作江南客，又聽銷魂第一聲。

追憶李雪坪丈庚清梅垞丈先華賦此寄别二首

一櫂山陰雪滿身，跫音空谷動比鄰。姓名驚似蓬瀛選，聲氣通如骨肉親。白首情深疑狎客，朱門家落剩詩人。往來江上秋萍散，踪迹何由托錦鱗。

遺榮年少入邱園，北巷風高犢鼻褌。嗜酒每爲名士累，通才真覺布衣尊。秋深桐葉三年别，春老梅花一夜魂。萬里相尋如有夢，停雲須向管公屯。

荻港懷黄靖南戰蹟兼弔史閣部

南朝旌旆下蒼茫，一戰雙刀尚姓黄。魂魄依稀浮白馬，江山俄頃劫紅羊。孤臣跋扈徒正朔，四鎮睢睚各井疆。那更深宫歌燕子，黎園親教淚沾裳。

奉寄家瘦岑叔僑居襄陽

一自驅車淚滿襟，鹿門書斷夕陽沈。孤吟月落秋無主，移種花開色不深。夢裏青山歸父骨，從祖尚厝旅邸。霜前白雁動鄉心。明年空見牀頭易，遼海西風何處尋。

泊紫砂洲下十里

水宿風餐不奈渠，況逢落日阻荒墟。何來舴艋輕如葉，江上蘆花喚賣魚。

早發板子磯

半挂輕帆曙色中，船頭雲氣尚溟濛。亂山雨過沿江碧，老樹秋殘廢塔紅。飯熟篷窗催客早，酒香茅店笑囊空。朝來好句吟難就，又度繁昌小郭東。

瘡

我雖非孝子，髮膚不敢毀。我雖非璧人，凝脂差足擬。求疵任吹毛，肌寒粟不起。窺鏡索微瘢，鄒生竊自喜。廿年返故關，宛在水中沚。茅屋困沮洳，濕熱蒸如燬。感此發痒疴，初謂疥癬耳。既且緣雙跗，烙蹠痛澈髓。踧踖乍扶墻，跪颿漸忘履。卧懸單足夔，小坐仍長跽。兩月幸脱然，一躍行何駛。去歲重相侵，尻髖遍紅紫。疏若曉星排，密若貫珠累。堅若鼓緣釘，潰若榴破子。種豆滿南山，萁落萌復始。子母互相生，連環遂無已。爬背倩麻姑，奇癢不可止。血肉恣狼籍，淋漓雜渣滓。日染侍中衣，夜漬鄂君被。笑學伯倫狂，幕天裳盡弛。濯熱屢探湯，快極欲忘死。乞藥裹青黏，坐于塗炭裏。頗類楊左周，大廷遭杖箠。剜肉據枰床，呻吟頻切齒。况逢矮屋中，跼蹐天地否。鵠立頭難伸，雌伏背又抵。省闈學廷試，屈膝書千紙。思苦每忘情，嗜痂覺甘美。呼瘡語瘡居，汝反吾知己。今年秋風來，賓鴻向南徙。汝又與之偕，不舍故巢壘。日月無愆期，貞信乃如是。簷溜滴舊窩，俗諺曾云爾。奈何汝效尤，馮婦自應耻。矧汝居下流，無見天日理。蒙羞處褌襠，卑污同舐痔。縱乏牛後譏，臭味亦近菌。我姑勸汝行，去去毋戀此。不然激我怒，磨厲會將試。拚爲割左股，掉臂猶堪使。刮骨動鬚眉，談笑任揮指。去朽蠹安歸，問汝何所恃。

中秋泊鳩兹江上

雲卷層霄夜未殘，虹橋仙掌立銅盤。秋來况是全家聚，月好何妨異地看。百尺星河鐙影近，一江風露酒人寒。廣陵濤壯遲吾賦，空使霜花上筆端。

于襄勤清端二公合祠

琳宫西畔倚江干，祠像巍然典不刊。一代易名同姓字，二公皆名成龍。百年守土祀衣冠。山松流響聞鐘静，巖桂分香入茗寒。此去陪都桑梓近，遺風應更慰盤桓。

秦淮雜詩六首

十里欄杆亞字紅，珠簾深處影朦朧。蘋花蘋葉催雙槳，消受斜陽一笛風。

北門鎖鑰禁難通，宵市紅鐙促玉驄。花裹相逢花外别，可憐杯酒太匆匆。

醉倚春風過别枝，莫愁名字繫人思。華鐙影落芙蓉瘦，纔是秋娘病起時。

釵影環聲總斷魂，琵琶况是近黄昏。河流一帶青如染，半涴螺痕半酒痕。

别院深居隔絳河，銀箏玉管奈愁何。開箱自撿新紅豆，只記相思不記歌。

水榭周迴十二廊，紅牙低拍夜生凉。石城小住秋無賴，只博題詩一兩行。

贈永濟寺僧三乘僧不識字而能詩

禪關深秘鎖雲陲，花氣茶烟入座宜。白髮心空惟理佛，青山住老自工詩。松泉響答人無夢，鐘磬聲希鳥不知。壁上紗籠多少字，遠公清誦當參持。

登燕子磯絶頂望江

振衣千仞躡天風，水氣低翻日不紅。雙闕雲山秋色外，六朝金粉浪花中。江横北固樓臺小，烟暝南徐草樹空。萬里素冠徒陟岵，一時涕淚盡霜楓。

宏濟寺

侵晨繫孤艇，陟岸試窮目。迤邐入雲深，紅墻裹山腹。秋風招客來，隔院動修竹。不聞齋鐘鳴，梵策散奇馥。小折後廊開，芙蓉千仞矗。俯連佛髻青，松花墮彌屋。苔紋蝕斷崖，誤作題名讀。邈兹紺宇幽，晋宋剏岩築。在位尚元栖，退公憩巾幅。麈尾纔立談，代謝六朝速。熙皞逢清時，翠華每信宿。離宫倚祇園，明瑟繪水木。山靈倘有知，應護宸章肅。

宏濟寺娑羅樹歌

我聞摩伽陀國菩提樹，樹樹空花落香雨。一葉一佛坐蓮花，長伴如來覆終古。又聞嵩高之山貝多葉，長青爛如文錦書金經。虬枝但栖鸜鵒王，結實不肯飼鳳凰。誰把娑羅樹向塵中植，鐵幹銅柯侔檜柏。縱受中天雨露恩，托根仍寄闍黎宅。老僧黄眉覆碧瞳，爲言“此樹種自廣寒宫。千年不遣白毫放，妒殺東海扶桑紅。朦朧欲蔽山河影，致令蟾蜍薄太空。金仙手假吴剛斧，伐桂直將餘勇賈。百尺拏雲雲俱頹，崛强勢不依下土。礧砢生傍芙蓉峭，石氣通身蟠絶杪。秋風亂抱驪龍珠，老鸛夜歸作人笑。露華曉滴空山明，頃刻牟尼串串盈。拈花試取涅槃供，始知因果真天生。食品不數波羅蜜，返魂或比菴摩勒。九死一粒起膏肓，世上盧扁何曾識。”客來聞之心徬徨，樹既功同良相良，盍排九閶奏緑章。請加封爵隸天府，秦五大夫徒蒼蒼。

孝　陵

亭長還從泗上游，布衣真見控神州。龍蟠一埽齊梁迹，狼跋初忘管蔡憂。葅醢威深諸將冷，糟糠恩重六宫秋。百年養士終收報，不爲滄桑總涕流。

江總宅

斜陽滿故墟，水冷青谿北。只問段侯家，秋風人不識。

桃葉渡

桃葉渡江歸，花開不知處。年年春水生，只載離人去。

謝公墩

江左擅風流，圍棋坐息競。如何拗相公，瑣瑣争名姓。

莫愁湖

艇子莫愁家，團團住湖上。儂心有定情，不共潮來往。

景陽井

朱雀兵來御苑空，後庭一曲聽初終。至今水冷胭脂井，多少桃花不忍紅。

邀笛步

小泊青谿繫短航，一林楓柏綴丹黃。胡床夜冷閑吹笛，誰更秋風問野王。

瓜　步

向午停瓜步，蘆花老未芟。江聲寒客店，秋色落征衫。潮上魚通市，風低日半帆。一編欹枕坐，長得味酸鹹。

經丹徒先大人舊治

飄零素韠到江干，不是當年舊子安。三月栽花春夢短，十年衣葛故交寒。庭除寂寞懸魚斷，城郭依稀化鶴難。滿眼樓臺繪金碧，傷心無計爲重看。

高旻寺

古刹藏高柳，宫墻一帶黃。長淮落秋水，孤塔戀斜陽。鳥散齋鐘歇，僧歸野渡凉。十年省交趾，曾此賦滕王。

揚　州

垂柳深深緑滿城，依然凉月二分明。六宫秋雨繁華夢，一覺春風薄倖名。不信美人皆絶世，可憐天子最多情。竹西亭外消魂處，夜半空聞玉笛聲。

露筋祠

清波六六上平陂，竟日靈風颭小旗。一自白蓮門外落，更無人過露筋祠。王漁洋詩云：“行人繫纜月出墮，門外野風開白蓮。”爲此題絶唱。

虹橋雜詩五首

十年曾夢板橋紅，帶水樓臺屈曲通。天遣詞人親領略，畫船留繫石尤風。

艇子瓜皮雙櫓柔，青衫落葉逢深秋。薜蘿一徑上題額，認得夕陽紅半樓。

幾層樓閣暮烟横，紺碧銷沈色不明。秋草暗生珠履迹，壞墻多少客題名。

不是春風芍藥天，闌珊玉管共金鈿。亭邊蟹眼炊如雪，自試人間第五泉。

桂樹秋殘冷露稀，衣香人影夢全非。夕陽草草無杯酒，算到平山一度歸。

淮　上

黄蘆白草莽萋萋，乍見風沙板屋西。絶堠秋防官戍急，長堤水壓女墻低。人來漠北家無定，地盡江南語不齊。迴首六朝山色遠，閑情莫惜醉中題。

黄　河

澒洞遥看浪幾層，濁流終古竟誰澄。秋高星月無留影，春老風花有斷冰。河漢上通天可問，崑崙北折地難勝。百年故道今何處，瓠子金堤總莫憑。

渡河阻淺

黄河水長沙亦長，黄河水落沙不落。河身日徙河口平，咫尺難教五丁鑿。誰家官舫擱灘頭，擂鼓喧呼一氣作。舵尾抵肩頭抵舷，津吏鞭夫夫百諾。挾輈扛鼎力俱窮，片帆山立渾不覺。艙中呵叱無停聲，水底篙工但張咢。爲言輜重過別船，官自起身獨障簏。我來檢點舊征衫，行李蕭蕭書一束。百錢呼舟舟便過，秋風似助滕王閣。自笑腰無十萬纏，翩然翻上揚州鶴。

坐關謡

紫罽裁袍雙袖窄，足底蠻鞾不滿尺。酒氣咆哮笑如雷，樓上咤叱走胥役。白日慘淡天無容，虎豹當關肆毒螫。一木阻同萬里城，艤舟往往數晨夕。坐待搜譏故遲來，金錢不獨輸征額。翻筐倒篋任撏撦，商利取什汝取百。或無奇貨供羡餘，薏苡明珠竟莫白。囊粟僅瘵臣朔飢，行旅謂干蕭何律。私販公然餂重金，箕踞不問夷與砳。魚燭夜燃紫焰昏，市倡呼按紅牙拍。叠膝謳吚托知音，冠纓影動芙蓉壁。生炙黄羊喚酪漿，百萬纏頭醉中擲。錦帳朝酣夢不醒，江頭自泣秋風客。可憐鷹犬獵狐兔，主人高臥門羅戟。事敗坐法罪安歸，此輩飽颺去無迹。

懷方静峰柳村兩丈四首

平生多交游，大半在江左。弱冠返鄉園，姻婭識瑣瑣。伯仲掩蓬蒿，相逢各許可。長揖便論詩，何暇待促坐。漏短遲客眠，曙窗耿鐙火。諸姨習故事，夜闌儲酒果。冰玉忘輩行，興酣時爾我。解道窮逾工，不辭同坎坷。雪壓茅簷深，花綴小園妥。鍵户共長吟，生愁人款鎖。

款鎖湖雲中，心知是二陸。小别愛重逢，非徒尚往復。片語畢寒暄，互取袖詩讀。言尋老方干，鑑湖。聯臂涉岩谷。秋林一鐙明，西風摇破屋。麈尾快清談，逌然忘煢獨。墻角梅影横，坐月驗茶熟。客歸主無留，但贈菊盈握。

盈握惟遺編，山人竟不起。黄壚久寂寥，孤與使君耳。今此適遼東，舉家輕萬里。折柳壯我行，知我省交趾。所惜罄清歡，鶯花誰料理。馬頭日色黄，衣邊海氣紫。遥知征人情，勞君尋夢裏。

夢裏無輪蹄，如何兩相召。倀倀到君家，離容梁月照。羈魂不知愁，見君解談笑。我往熟故關，君來問絶徼。彼此互往還，曾不阻津要。明明塤篪音，忽變秋商調。邊聲雜楚些，萬里若同竅。亦疑境非真，饑渴暫得療。

即事二首

平野荒凉路未停，北來風景記初經。日低雲樹遥沈紫，山過淮徐已斷青。驢馱草灘争野渡，人家土屋半深扃。客中消遣清流穩，自愛河聲枕上聽。

郵亭繫纜夜鳴鉦，沙水粼粼夾岸明。斷鴈江空愁短夢，荒雞月上亂初更。柴門鐙小人沽酒，布被霜寒客斂枰。坐話幾番忘燭短，床頭書卷任縱横。

台莊送弟玫同妹倩蔣約之立純王滙川鐘海從舅氏浴咸先生舍舟先發

黄泥店壁一鐙昏，馬色雞聲夜未明。笑我客中偏送别，期君塞上早相迎。玉關雁度秋逢戍，鐵嶺花飛雪滿城。到日平安先爲報，白頭應慰故鄉情。

放　牐

十里朝一牐，五里暮一牐。牐水無淺深，累板河心插。咫尺翻雪濤，騰踔難容篙。白龍飛不出，但聞聲怒號。民船紛椓杙，坐待挽運艘。運艘日不至，望斷民人背。撒手無拘牽，虐逾縲絏繫。俄傳片紙來，牐夫鳴鉦催。民船亟解纜，運艘故遲迴。有時月昏黑，滿船餘睡息。夢語助喧呶，列炬欺曙色。光摇水府紅，百怪走深匿。牐起波無聲，船船擊鏗鍧。互截運艘尾，抵死難爲争。老翁忽墮溺，老婦舵亦折。頓足不知援，乾呼無可説。鄰舟急引手，翁頂幸未滅。白髮濕糢糊，幾疑殘喘絶。我方驚惝惶，天半摧危檣。力盡纔數武，退流轉莫當。濟汶原坦途，艱同蜀道徂。如何涉遼海，尚欲窮天吴。

謁仲子祠

仲氏升堂選，雄風肅兩楹。車裘然諾重，冠劍死生輕。海上乘槎嘆，田間荷篠情。至今瑶瑟在，彷彿帶秋聲。

滕　　縣

蕞爾荒坰外，西風近偪陽。强侯誰問井，戰國獨終喪。一水分吴魯，三秋感露霜。麻衣空似雪，游子正他鄉。

歌風臺

高臺擊筑醉歌風，芒碭千年王氣終。百戰鄉人餘父老，九重天子尚英雄。黄雲夜失秦城險，白月秋横楚户空。指點河山豪習在，一聲垓下笑重瞳。

望　　岱

嵯峨遥睇鬱千盤，玉牒金函舊有壇。日觀紅開三界曉，天門青落九州寬。秦封想像風雲古，漢碣蒼茫帶礪寒。呼吸他年通帝座，飛昇應共羡劉安。

分水龍王廟

汶上孤帆帶夕曛，龍祠簫鼓幾曾聞。靈旗晝偃長飛雨，古樹秋空不宿雲。山勢建瓴千派合，河形垂橐二流分。最憐一滴羈人淚，半入津門半入涓。

鄄城懷陳思王

臺上悲風夜夜生，邑有愁臺，即思王賦"高臺多悲風"處。中郎空復五官名。共憐帝室工詞賦，自覺臣心異父兄。唐叔分桐原至性，鄭莊滋蔓豈同情。前身我是劉公幹，衰草寒烟弔故城。

吴公子挂劍處

歸時脱吾劍，寧計故人知。落日荒原白，秋風空復悲。道傍多宿草，泉下有交期。寂寞徐君里，因之重涕洏。

月夜放舟

北斗横空林，寒月不墮地。微白落孤篷，霜華暗重被。凍掣旌竿危，風裂纏聲碎。斷冰交差參，人影照不墜。水氣逼行鐙，紅希光内閟。敝裘失故温，肢體覺爲累。枯坐寂無情，一酒得生意。嗟彼群篙工，龜手莫可置。

陽穀贈張海樓孝廉慶瀾

淮浦秋風一棹過，寒冰九月渡黄河。蓮花幕底將軍揖，桃葉江頭大令歌。握手遂忘傾蓋久，題詩偏爲倚閭多。少年我亦悲孤露，忍共天涯誦《蓼莪》。

和海樓見贈十絶句原韻存一

十年庭下舊遺經，馱上征鞍馬不停。落第思親兩行淚，秋風都上故衫青。

白門行有序

金陵秦易堂司業居憂里中，聞某官事敗，二女鬻入曲院，將抱琵琶學舞柘枝矣，出重金贖之，視爲己女，配江朱二生，皆江左名士也。桐城張蠡秋既譜入宫商，第恐玉茗青藤，徒資膾炙歌場，不足傳信風雅，余爲作歌，比于張王樂府，采風有人，當令傳諸不朽。

白門司業古俠士，甲第金張系貂珥。六纛旗從樹柳營，九經庫自居槐市。具表方陳令伯情，蓼莪春老淚縱横。堊廬不入栖梁燕，閉户誰聽隔院鶯。頻年屐罷阮孚蠟，板橋烟月成虚踏。人種何曾累騎追，藥丸要借小鬟合。爲遣蜂媒問若耶，恰逢姊妹屬楊家。薔薇露重連跗萼，芍藥烟含並蒂花。門楣舊是稱王謝，嬌養深閨玉無價。鐙前鴛譜夜同描，鏡裏鸞釵春共借。華堂朝侍白頭親，退食委蛇掌上珍。雪絮寒生螺黛筆，露桃風怯綺羅身。茜紗重護簾鈎響，碧玉破瓜年未長。只期蕭史在人間，莫道王郎有天壤。逋髮初齊豆蔻盈，破卵巢傾乍吃驚。邯鄲夢醒黄粱熟，鈎黨人收黑獄成。搴衣雙挽爺娘泣，忍見鋃鐺垂老入。空上緹縈救父書，誰將袁粲遺孤給。可憐曙後剩星星，阿母相依只斷砧。唾絨壁上春苔濕，拜月裙邊秋草深。西風又痛萱花折，弱蔓同根誓同絶。何堪埋骨欠青山，廣寒靈藥姮娥竊。蘭心蕙質本玲瓏，誤信鴆媒鬻院中。關盼樓低常掩翠，薛濤箋小獨啼紅。楊花亂入愁人幕，擘阮彈箏勢難却。教歌宛轉細聲低，對語昏黄暗鐙落。香名争識杜韋娘，連臂揶揄竟若狂。佳話風流憑耳熱，豪情突兀轉心傷。摇錢樹子藏金屋，梳攏誰拼珠十斛。尋常迴面學王琨，倉卒纏頭師杜牧。千金不惜贖文姬，繡幰扶歸喜莫支。鸚鵡離籠語猶澀，芙蓉出水夢還疑。劫消薄命魂初返，羅拜雙雙轉悽慘。狐兔悲憐人共知，命騷奴僕吾何敢。自慚老蚌孕明珠，螟蛉不碍代將雛。鮑氏二媛纔合璧，劉家三妹宛同符。究是瑶臺人第一，蘭閨叙齒無疏密。絶非小婢學夫人，舉止方家志專壹。絳帳原多問字車，江淹枕籍富圖書。徘徊影顧墻東宋，眣麗人誇城北徐。不用朱絲繫月老，冰翁自作冰人好。許把文通筆五花，借將京兆眉雙埽。小如意是陶朱公，秋風一舸五湖通。諸謝從容陪末羯，二喬夫壻並英雄。孔雀屏開么鳳紫，燭影金蓮籠四美。開奩各贈女兒箱，匹錦分裁合歡被。櫻桃花下蝴蝶飛，東風倦老掩朱扉。百年重見秦韜玉，合爲他人作嫁衣。

自德州舍舟登車

去去勞鞍馬，全家奈遠征。塵沙更面目，餐宿費經營。枕上無完夢，窗間有斷檠。最憐小兒女，辛苦怨平明。

滄州曉渡

野風聞觱發，驚起骨崚嶒。北海明星爛，中條夜氣蒸。馬嘶千里月，人渡五更冰。茅店朝呼酒，旗邊尚有鐙。

静海道中

薄笨寒沙裏，朝暉淡欲收。霜花明遠樹，風刃裂重裘。路迴遲逢店，城荒廢置郵。况聞玉關外，邊草四時秋。

已見津門樹，北風寒不勝。回身頻向日，出唾盡成冰。古道盤驕馬，空臺立餓鷹。劇憐僮僕小，霜雪裏行縢。

津門館中次壁間韻

壯游難得是丁年，折柳初抛范蠡船。馬上月看三度滿，鴻邊雪認再來緣。文章憎命原奇絶，傀儡登場豈偶然。試問飄零京國路，幾人歸辦買山錢。

夜行就野人家宿

夜行無逆旅，鐙火識山莊。渴飲沙中雲，宵炊突上霜。草深疑伏虎，月黑正嘷狼。秣馬荒更盡，和衣上土床。

曉　　發

落日辨微濛，寒山一徑通。市鐙雞唱後，客夢馬蹄中。十里灤河雪，三更碣石風。北來何處雁，孤影下長空。

波羅嶺

塞入盧龍險，崎嶇逼二崤。車盤蛇腹窄，山鬬犬牙交。落日殘孤壘，寒雲響斷髇。一竿帘影小，彷彿出林梢。

山海關

天險重關閉，將軍鼓角愁。萬山争虎口，一綫畫鴻溝。海日翻旗影，邊雲鎖戍樓。平生經此地，脉脉視吴鈎。

出　　關

平沙萬里賦蹉跎，上谷風烟奈客何。邊塞已分秦郡縣，版圖遥拓漢山河。關門曉闢紅雲上，輦路秋迴白草多。不爲宸游勞八駿，翠華親奉永陵過。是年七月，車駕東發，祗謁三陵，九月回蹕。

夜渡大淩河

安邑東迴出柳城，河冰飛渡更長征。輪蹄曉破魚龍夢，星火宵驚敕勒營。山迴萬峰雲不斷，村稀百里野無聲。漢家節重提封外，豈爲樓蘭去請纓。

望　海

大地疑難盡，蒼茫一瀉空。氣能合中外，勢若返鴻濛。島嶼魚龍息，帆檣日夜風。元虛今更賦，擲筆自堪雄。

留都雜詩四首

東來佳色鬱陪京，漢畤雄連古北平。地盡九州蟠王氣，天迴三輔近邊城。秋風宛馬臨關市，春隴牦牛帶雪耕。直過烏丸還絶域，壯游何止一身輕。

海色蒼茫夕照邊，題詩馬上應鳴弦。屏山春樹連豐沛，帶水寒冰會澗瀍。譯表金花諸部入，誓書鐵券外藩專。百年鼙鼓都銷盡，月下何須縛左賢。界連高麗及諸蒙古部落。

長城迴首又天涯，臘盡初停上國車。雪裏遥分千雉堞，雲中半屬五侯家。金閨刀尺遼西夢，玉帳冰霜塞北花。紅燭夜籠人未醉，鵾絃還遣撥琵琶。

不爲從軍學枕戈，豪情鬱勃解婆駝。陣雲日落臙脂嶺，塞草風低羖䍽河。獵罷黄龍喧飲帳，祭來白馬賽神歌。封侯骨相原難識，一任當年醉尉訶。

卷第四　古今體詩八十一首

擬塞垣春草四首

春殘三月雨如烟，纔見青青便可憐。寒食記過盤馬地，東風吹老牧羊天。榆關雪盡燒山後，葱嶺人歸落照邊。一領征袍容换酒，沙場何惜醉年年。

萋萋真見到天涯，古道蒼茫野色賒。射虎石邊埋斷鏃，呼鷹臺上罷哀笳。山荒無分依流水，春盡何曾識落花。至竟明妃青塚畔，傷心誰更撥琵琶。

玉帳雕戈處處營，東風初見燒痕平。幾番烟雨都如夢，一望關河漸有情。紅袖蠻姬愁市酒，白頭老將計從征。戟門多少丁男健，盡向平郊雪後耕。

近郊長日屢徘徊，裙屐都無舊夢催。城曲乍逢争白打，天低不解做黄梅。平蕪影落雕旂卧，長坂聲柔鐵轂來。慣是春風知别恨，年年先上李陵臺。

張少伊副揮學程見題拙集依韻奉酬

萬里孤花海上栽，平生笑口向誰開。坐無知己徒憐影，壯不成名敢道才。黄絹題碑驚欲涕，碧紗籠字恐生埃。西風一曲成連操，轉爲傷心爨下材。

春思次少伊韻

春來塞草緑葱芊，牧馬人歸隴上烟。鴻雁影稀寒食節，琵琶聲斷夕陽天。夢回南國花無主，寒約東風柳不先。孤負湔裙誰與會，三竿紅上又重眠。

爲少伊悼聘姬崔花卿四首

寶帳春寒二月初，懨懨殘息藕絲如。傷心一幅雲藍紙，忍做佳人絶筆書。

百褶泥金化蝶時，返魂香到已嫌遲。可憐一月無梳洗，殮玉猶君舊畫眉。

畫欄九折更誰凭，亭草青來怨不勝。僥倖紅蘭山下土，年年風雨似西陵。

東風如夢柳無情，緑到天涯恨轉生。我是江南舊詞客，爲君忍淚誄花卿。

擬唐人邊庭四時詞四首

鐵轂行沙馬迹多，崎嶇山度小虹螺。斷冰半雜春流急，亂送濤聲句麗河。

畫角吹殘早閉城，朦朧深見黑雲平。鐵衣愁向中宵解，五月天寒有雁聲。

秋風哨鹿四山焚，繡臂韝鷹下夕曛。斜據雕鞍飲生血，健兒圍處看將軍。

漠北軍威震百蠻，營門積雪上刀環。戍樓高並天山影，不許邊雲度玉關。

誓　臺

日出日没陣雲紫，猶道旌旗横壁壘。渤海陰風卷地號，吹入黄篙亂飛矢。百年戰骨生莓苔，滿山秋草驅龍媒。銀鍪白袴沙卑卒，不敢西迴望誓臺。

醫巫閭山歌

虞帝封山肇十二，咨爾醫巫閭山鎮幽冀。厜㕒千仞勢削天，海鵬欲渡愁側翅。山起蜿蜒盤向西，榆關屹立争排擠。長留萬古北極之積雪，寒光上射雙丸低。掩抱六重相環互，中有一峰矗天柱。何年峭壁化金仙，俯視群巒列其胯。剨然山足石門闢，雲烟滃鬱莫可迹。突入通身裹絮綿，墮落不知幾千尺。五色巨石何嶔嵜，云是媧皇補天之所遺，燭龍礪角驚迷離。洞穴窈窅通南北，右伏元熊左緑羆。虎鼓枹瑟貘貐跳，狒狒稽唇掩頷笑。老鸛自啄優曇花，欽䲹自賀紫鸞弔。群生蠕動各象形，胚胎長此供山靈。黄土摶[1]來更誰煉，造化鑪空火猶青。

仙人臺

平臺出孤峰，海風吹不上。斷雲入飛鳥，足下任來往。萬里絶烟樹，憑虚何漭泱。俯首無托足，秪期近圓象。咫尺度蓬萊，赤城終憹悦。静氣自冲穆，徒然飲瀣沆。縱横散石坪，殘局布兩兩。真仙涉機心，猶是墮塵網。世人説爛柯，應知屬夢想。

長　城

生小聞説長城遠，遠在窮荒路逾萬。弢弓躍馬出龍堆，計過長城纔得半。下尋飲馬窟，沙深没髁安可歇。斷戈血繡黯無色，手拂土花寸寸折。即今中外達庭户，當關何曾動笳鼓。髑髏不知秦漢亡，夜夜陰山哭風雨。

夷齊廟

陟山非席蔭，沐人生清風。耑氓慕峻節，感與賢士同。蕨薇寧遽薦，漱泉潔幽衷。猶虞襲妄志，裹舄慎蹊蹤。攀岩蒙碧篠，息趾依寒松。客懷澹忘去，俯首嘆蠛蠓。孤竹此故國，代更義無終。首陽即不餓，孝友格昊穹。矧復求世德，騈死成商忠。至性亘千古，墟社餘冲融。馨香永閭里，持以礪靖共。

蕭后妝樓

遺簪斷甓奈愁何，誰問當年菩薩哥。秋草平原三百里，野花開遍曼陀羅。

障鷹臺

海氣低翻夕照開，朔風動地入笳哀。西南第一峰頭望，不爲呼鷹獨上臺。

與少伊夜話

戍鼓宵沈細柳營，訂交無奈是邊城。蘼蕪不共春愁長，觱篥應催白髮生。酒罷憑陵看劍氣，鐙殘笑語亂雞聲。等閑莫作思鄉夢，坐待明星送客行。

送少伊入都

亂山孤騎夕陽多，君去桑乾奈别何。不分離魂追不到，夢中飛渡白狼河。

贈陳春噓大令 昶二首

使君風調類髯蘇，名士循良總一途。萬里題詩來北海，十年作吏夢西湖。黄雲晚課屯田籍，烏帽秋圍寒草枯。看盡巫閭三百磴，不辭老眼醉模糊。

紫荆山下舊知名，看放官衙止水清。關隴馬回馳近塞，河冰虎渡静嚴城。訟庭草滿鋃鐺没，油幕詩成鼓角鳴。憑弔每尋孤竹地，不教薇蕨愧平生。

和伍敬止大京兆雨後登醫巫閭山觀音閣原韻

夕陽開衆山，探奇如結好。駐節俯幽燕，關河坐堪眺。東北一孤峰，出没雲在抱。寒泉瀉石門，飛破蒼烟杳。點點濺桃花，天風爲誰埽。金碧繪樓臺，遠綴喬松杪。塽塏愜清歡，攬衣藉瑶草。傔從屏蜺旌，不許驚山鳥。西望紫宸班，臣節風霜老。三輔獨行春，蔀屋静無擾。林壑被光榮，此邦福非小。題詩壽名山，濛濛青未了。

七夕遇雨

一夜秋生玉帳寒，戍樓誰更試瓜盤。龍城風雨銀河没，多恐征人不忍看。

擬塞垣柳枝詞四首

四月冰消種麥時，絲絲纔上最高枝。戍樓人盡横羌管，特與東風著力吹。

濛濛風雨到金城，猶倚將軍舊日營。無限婀娜誰共領，一生從不識啼鶯。

古道斜陽不可攀，拂雲堆上夢刀環。折來轉覺無離恨，爲送歸人入玉關。

萬里風沙只自憐，依然和雨更和烟。受降城外飛霜早，摇落春心又一年。

題孫秋田畫四首

西風沙草更誰堪，瞥見桃花水蔚藍。三月河豚春市早，令人忽忽夢江南。

雪蕊霜花老未殘，故山春色又重看。幾回欲就窗前折，誤向銅瓶試水寒。

拳石嶙峋葉倒垂，國香掩映竹離披。一杯苦茗剛新瀹，不復臨風讀《楚詞》。

岫雲叠叠水潺潺，黄葉蕭疏一徑閒。着個詩人臞似我，料應不負畫中山。

春噓大令勾當來瀋屢見招飲賦詩奉酬四首

廉纖白雨下襜車，記接賓筵是夏初。得見尚嫌相識晚，不逢應悔此生虚。忘年肯爲交情重，宿病都從酒禁除。癡願祇今償更足，遇公還讀石渠書。時隨大父入文溯閣敬曬《四庫全書》。

受寵千秋轉若驚，騷壇意氣許縱横。文章至性關名節，勸勉深心托父兄。薄福何堪知己淚，聖時敢作不平鳴。最憐五夜荒雞動，辛苦寒鐙對短檠。

一榻南州挈故歡，芙蓉入幕共盤桓。座逢逸客傾心早，詩對名流下筆難。秋潦白平官舍没，夕陽紅上女墻寒。西風蟹稻重陽節，可許黄花入醉看。

幾度招攜破旅愁，天教兩月儘勾留。叨聞姓字知前輩，共憶湖山説舊游。百歲光陰偏病酒，一家生聚獨悲秋。那堪西望榆關道，衰草寒烟更倚樓。

贈鄔伯宋郊二首

茅屋西風首重搔，關河迢遞晚相遭。悔逢勝地空年少，生累名門托幕曹。白雁聲隨鄉夢遠，黄花秋入酒杯豪。鄰雞夜蹴劉琨舞，不覺霜華上佩刀。

五陵踪迹寄神京，裋褐論交百感生。鏡裏山河流月影，眼中天地變秋聲。貧留一劍酬良友，諾重千金托上卿。記取年華共依倚，黃榆圍處舊金城。

雜感二首

慧業由來是禍胎，壯年心志已成灰。生惟飲酒難消福，命不逢時敢盡才。誤信愁城攻有術，坐償書債避無臺。寒螿斷雁紛盈耳，贏得秋聲賦《八哀》。

骯髒誰能解不平，暫抛身世説無生。英雄漫不矜聲色，佛老何曾廢性情。黃葉雨深殘燕壘，白蘋風起斷鷗盟。秋來慣作懷人夢，夜夜寒鐙向曉明。

鼻烟三十韻節去十韻

未抵靈飛散，香真鼻觀通。挈瓶輸故智，捄匕試奇功。萬杵元霜搗，三抄絳雪融。鹹酸諸味外，辛辣五葷中。醋甕攢眉近，椒盤染指空。突烟吹倒入，墐户塞難窮。少許多能勝，頻將意未終。陰陽調暫息，左右氣交冲。乍比囊傾露，旋疑櫢愈風。神明濯秋水，頭腦罷冬烘。玉壟升金氣，銀河洗碧瞳。快逾茶鬪捷，愁類酒兵攻。吞火憐焦肺，和灰笑浣衷。吹噓都不借，臭味肯相蒙。把處長推客，攜來不假僮。法應傳鼻祖，人可號壺公。無疾音偏濁，非王準自隆。神仙垂若筯，犵狫飲如虹。技並精呼吸，情原有異同。問誰先作俑，象飲一生工。

帽頂二十韻

第一中朝貴，遥知鶴頂丹。等威嚴五色，流品辨千官。名器寧虚假，勳階豈妄干。頭銜冰乍凛，手板玉同刊。元首尊無上，孤峰聳獨安。儼然欽衆望，容若肅群觀。的皪擎珠顆，晶瑩耀粉團。未宜施露冕，自合擬星冠。帶漏趨宸陛，通天近御鑾。命原依貴顯，恩或逮孤寒。加額情堪慶，居高境自寬。出人頭更早，顧我貌疑酸。碩果初陽動，神羊一角單。蠟書封未密，泡影幻無端。牝牡形微别，崇卑秩細看。危非同累卵，小莫笑彈丸。佛國圓光滿，天家湛露溥。冲霄金塔麗，捧日絳雲蟠。類引牟尼串，榮親孔翠翰。簪纓邀寵錫，思答聖明難。

重九後一日雪

薄被寒生傲骨僵，已驚佳節近重陽。黄花未老初逢雪，紅葉先飛不待霜。客裏新交愁别早，夢中殘醉覺宵長。自憐懶拙都成癖，孤負登高一望鄉。

得吴和村載和都中書

秋到玉關初，西風一雁疏。魂驚十年别，淚盡數行書。遼海悲丁令，燕雲弔望諸。侯門輕賣賦，不是曳長裾。

答和村

自我悲孤露，麻衣帶雪行。全家依大父，萬里度長城。春草明妃家，秋風大樹營。未須投筆去，慷慨學班生。

龔藥欄孝廉自寧古塔成還有贈

白首生還客，風霜老牧羝。才華空冀北，名氏重關西。海色留衣久，江雪壓帽低。河梁愁五字，不復爲君題。

送鄔伯宋還徙河幕府

記得金城柳，相逢正挂絲。長歌風雪裏，欲贈已無枝。月墮催征騎，霜高凍酒旗。敝裘寒自重，空繫故人思。

聽龔藥欄談黑龍江外風景之異詩以紀之

江外爲鄂羅斯界東南，曰控噶爾國，大逾中夏不啻數倍

天闊無分野，居然更九州。群山皆北拱，萬水盡西流。秔稻沙田熟，魚蝦市舶浮。將軍非好武，射獵重防秋。

過醉菊亭尋静峰丈不值柳村丈客粤南未歸壁上猶存柳村丈甲子感懷詩憶余曾有和章因再次其韻四首

老屋西風破枳籬，舊游重到習家池。自安懸榻原非客，縱少應門不待辭。割畝贈奩歸弱女，典衣酬贄課孤兒。背公轉得難言隱，若使相逢

恐未知。

海北天南浪迹同，新知空説滿寰中。蜑船春老蠻花雨，羯帳秋高塞草風。科第累深人漸俗，江山情重句應工。清歡迴首都如夢，贏得鐙前賦惱公。

身外浮名辦咄嗟，豈真名姓重苕華。交深久别難爲札，親遠空歸不當家。閣上藏書空委積，壁間題字半欹斜。匆匆又作緇塵客，孤負庭前手種花。

肯曳長裾效乞憐，登塲傀儡惜勞牽。濁醪未抵消愁術，薄贐難供買笑錢。技若可傳真福命，貧能無債即神仙。驅車我亦晨星散，棖觸偏教憶往年。

寄贈李梅垞丈五十五韻

少小慕清流，最耻談華膴。父師課舉業，背輒議其腐。讀書有偏嗜，葩經窮訓詁。《離騷》及漢魏，六朝亦兼取。《甘隱録》自箴，詩癖印自詡。曾集古逸民事爲《甘隱録》，製印文曰"詩癖"。偶遇熱中人，掉頭不與語。弱冠迫就試，搦管恒齟齬。屢試即屢顛，坦率毫無忤。昕夕耽吟哦，風花自含吐。密友得二三，同隸兔唇譜。謂鑑湖、静峰、柳村諸丈皆方氏，唐方干缺唇，號兔唇先生。既復交梅垞，清逸侔鮑庾。論詩厭人聞，相約輒扃户。孤棹時往還，黄葉疏林雨。擬結漢南社，心期與終古。先君罷采薪，一官早解組。授經庭誥嚴，殷殷誡繩祖。始猶勉聰聽，鑿枘强自努。廿五獵青矜，區區何足數。風木倏驚頽，貧竟乏鐘釜。大父縱薄宦，難爲谿壑補。奉母出榆關，痛如刺肺腑。矧大父年衰，萬里謀禄糈。兒孫坐享成，此中何自處。三代視一身，内疚茫無主。翻然悔昨非，童心真莽鹵。戒裝急遄歸，濫厠諸生魯。僥倖登賢書，傷心徒失怙。走别吾故人，梅垞尤修窶。散髮欹敝冠，曳踵拾穿屨。前年聞高風，灌園學老圃。繼或讀熊經，餘事逮鈎股。薄業付波臣，已多歷年所。滄海忽桑田，謂是天福汝。負畚獨躬耕，買犢貨釵珥。奇旱遭螟螣，膏腴變瘠土。撤屋供晨炊，木盡僅存礎。窮巷卧袁安，雪深人不睹。束書久高庋，并欲絶毫楮。身啬情與槁，性懶興爲阻。相對久欲喑，枯坐不成叙。君祖世甲科，曾擊縣衙鼓。君兄亦上庠，課徒冀脩脯。君胡自拘促，形骸類苦窳。我本淡蕩人，初心結巢許。繼爲養親計，甘與俗子伍。毛義捧檄喜，豈真希衮黼。説法本現身，所期自振舉。物果欲高飛，天定假之羽。伊古賢豪輩，往往困五羖。得志賦《遂初》，多在名既樹。林泉恣嘯傲，清言任揮麈。使無内顧憂，羊求原足侣。妻饑子號寒，寧容夢栩栩。請看陶處士，曾爲一命僂。五斗亦既盈，乃與督郵仵。

哭舅氏浴咸先生四首

一鞭殘照塞雲横，記送歸鞍老淚傾。萬里關山悲死别，十年師弟感生成。天涯望捷猶通札，地下修文已署名。得第何堪趨省處，繐幃霜滿斷啼聲。

平生熱血最淋漓，身世浮沈兩鬢絲。嗜飲何須論石斗，愛才從不索毛疵。功名屢被罡風誤，婚嫁長懸落日悲。華屋西州人愴絶，羊曇空泣恨來遲。

結轖文場鎩羽翰，壯游吴蜀興闌珊。胸無城府論交易，貧負詩書課子難。苦爲人謀如己事，忍將家難付旁觀。一門衰替惟公在，遽遣巫陽下玉棺。

宴罷歸來奠一觴，墓門衰草已斜陽。秋風鬼哭文章藪，夜雨魂歸瓦礫場。半世琴書供攘劫，九原兄弟話滄桑。傷心母老依遼海，未敢匆匆訃北堂。

除夕二首

卅年鐙火侍華堂，親煮屠蘇夜進觴。萬里空歸偏獨處，一家團聚轉他鄉。書殘春帖聊糊壁，沽罷村醪已罄囊。賴有王郎破岑寂，獸鑪圍試柏枝香。

握月擔風興自顛，往來雪窖與花天。計從今夕皆虛度，無復明朝更少年。清酒祭詩催僕供，紅鐙迎竈代妻虔。老梅墻角開偏早，肯伴林逋慰獨眠。

戊辰元旦

爆竹聲殘餞臘終，行年三十又春風。環村簫鼓催星白，匝地香鐙逼曙紅。愧領頭銜供祭祀，幸無手版謁王公。怪來柳色青如許，速我徵車發漢東。

贈金香樹上舍楠二首

住近滄浪舊水濱，到來殘臘又新春。消除琴酒徵名士，點綴湖山賴美人。胸有至情空畛域，交深片語托婚姻。梅花兩兩紅兼白，風骨應知是後身。

玉管牙牌夢未消，雞壇年少共招邀。此身後事憑千古，我輩前生定六朝。月滿長廊多恨日，花明小雪可憐宵。一枝春寄東家院，莫使隨風影自搖。

寄别夏竺灣儀

倜儻如君近古無，柔情俠骨兩相須。貧能贈友惟文字，賤不驕人謝諂諛。白帽秋零詞客淚，紅橋春負酒家逋。祇今小别休回首，早晚相期賦上都。

聖駕巡幸淀津恭紀

迎鑾雨

開九閶，御鴻寶。駕靈虯，肅羽葆。輦路馣馡茁朱草。淀之津，何浩浩。載布青陽杏花紛，白菖黄葉麥塍繡。錯鑾鈴鏘鏘，吾皇匪游豫。省我春田耕，視我金堤固。帝鑒宸衷降甘澍，景星慶雲詎祥符。一滴雨，一寸珠。

陵之樹

陵之樹，鬱鬱葱葱。陵之高，巍峩穹窿。陵之下，鼎湖飛龍。我皇蒞止，翠蓋童童。馨香薦德，匪黍稷之豐。顯承謨烈，昭事罔窮。雲仍萬祼，霜露攸同。膋蕭兮熖燎，炳日星兮曈曨。走百靈兮風雨，護橋山兮劍與弓。

海子圍

惟海南子沐日浴月，圓嶠方壺相放患。乃駐辰游，霞帔星冠集銀闕。黄龍負舟無喧呶，銀弩三千看射鮫。炙鳳擘麟充御庖，横汾製曲薄鈞韶。奏《長楊》，闞枚速，侍臣簪筆空腕脱。

淀功成

大直沽，小直沽，河流無時無鑿疏，靈祇效順馮夷趨。安瀾用慶澄波練，净淀有壤資膏潤。匪河之定定萬姓，駐罕周咨猶慮我小民。鼛鼓疲橇輴，不惜躬胼胝，鑾輅時巡河之湄。河之湄，日瀰瀰。湛恩深，淪肌髓。

禮淀神

朱者甍，碧者瓦，淀神雷車而雲馬。皇命懷柔，爰奠瓊斝，采旌颷合。神來歆，棨逾上帝咨爾欽。神之至，丹荔黄蕉慶陰陰。神之往，虬簫鼉鼓交鏗鎗。神兮神兮佐帝出，治俾兹寶鼎與河圖。肅將乎符瑞，用嘉吾皇之德意。

千里堤

千里長堤何亘綖，匹練築成萬帑錢。浪濺桃花碎，石凝瓠子堅。嘉惠群蒼功分天。御鳳艒，駕龍艦。樹依依，波淰淰。魚鳥習翠華，秋毫知無犯。顧我父老寸草心，願化蘼蕪達璚館，竚瞻柳墅忘其遠。

蠲租謡

帝廑民依，民間供帳無所需。無所需，風雨其蘇，屬車過處咸蠲租。隴畔耕荷鋤，喜相語饁婦。傾耳聽吾皇盛舉，顛倒桑籠樂無所。織一疋絹，釀一觥酒，民愚無狀上。陛下萬壽，茀禄永綏自天佑，盼鑾旂歲歲東巡狩。

大閱武

閱軍容，肅虎旅，旌旗曉蔽楊柳烟，組練春明桃花雨。朱竿麗日月，碧纓掣虹蜺，鸛鵝魚麗催鐃鼙，輻轤乎崑崙之墟。豐隆雲師，吸嚊噴呿，避天威，敢趦趄。詔賚銀牌散公儲，動地歡呼歌于于。

橐筆臣

命太史，陳《風》詩，髦士蒸蒸獻賦行在所，銀袍鵠立環丹墀。小臣橐麟管，長跽殿中擬奏日射三十六熊。敢曰乂手聲摩空，春蠶食葉侔雕蟲。天子乃臨軒，釋褐寒畯登。連茹拔，矢卷阿，以載賡，快龍門之噴沫。

酺從官

亶吏清道，侍臣扶輦，鴻絧羽騎逮材官。萃從乎，沇溶乎，周循行幄元雲環。帝用嘉勞，式讌群工諭盡歡。駝峰紫熊胹，白鴨臛雞臞。和芝液，斟蘭醑，渥藻德。勵爾小臣，簠簋飭於爍哉，衛武既髦猶戒抑。

鹽策行

煮水而成晶，爇薪而聚雪，竈户家家服玉屑。吾皇恤民兼恤商，命鹺使視彼鹽場，牢盆籌筴罔弗治之詳。淀之民，爾無苦，此間美利甲天下，爲鹽爲飴任所取。歲貢王廷雜麻絺，下以劑鹽梅，上以供鹽虎。

都門紀興別後却寄程春江錦堂張雪樓光郢熊葵園開陽蔣笙陔立鏞黄星一兆樞四首

一束琴書薄笨輕，隔年兩度入春明。金臺雪盡初調馬，玉闕花繁未聽鶯。小謫何因消壯志，高才原不諱狂名。時清容買黄壚醉，贏得人呼老步兵。

池館翛翛晝日陰，經時蔬筍共招尋。衣邊舊雨離人夢，笛裏春愁故國心。月滿高樓嫌客少，花圍殘燭誤更深。茂陵果解相如渴，不惜長門賣賦金。

玉管銀箏菊部新，銷魂長得乞閑身。秋深李嶠悲才子，春老何戡識故人。淡墨兩行裙上字，軟紅十丈扇頭塵。醉中忘却孫山外，猶向垂楊駐畫輪。

星霜迢遞感零丁，冀北江南總慣經。青海月明圍正合，白門潮落酒初醒。幾人回首論交地，到處傷心送客亭。一片斜陽沙草没，不堪笳吹與重聽。

【校勘記】

〔1〕搏，應爲搏。

卷第五　古今體詩五十九首

送許秋巖中丞兆椿之任粵西四首

絲綸親捧出朝班，自矢臣心逷歷艱。紅粟太倉初委積，蒼生絶徼正痌瘝。九重天語榮三接，萬里風聲樹百蠻。小隊弓刀看整肅，瘴烟何處起秋山。

玉節雙持妙略覃，越王臺畔柳毵毵。謝安霖雨留江左，馬援功名自粵南。秋水蜑花馳畫鷁，春風蠱毒捕金蠶。應知火種刀耕俗，秔稻長教帝澤涵。

江上乘槎日月邊，何曾一勺試貪泉。當朝奏議三千牘，故國封畺四十年。膳飲薄知官局冷，鬚眉古識道心堅。孤寒獨下南州榻，豈爲蓬瀛舊列仙。郝琢菴同年居公邸時，以翰林改官大令。

迴首烟波渺白門，垂楊畫戟款雄藩。將軍官貴平分禮，國士途窮倍感恩。才盡愧叨青鏤賜，命奇敢望紫鸞騫。似聞八桂堂前客，手表袁絲達玉闇。

下第四首

夜雨残鐙一穗紅，卅年踪迹嘆孤蓬。何論竹帛垂身後，并少功名入夢中。忍淚有心辭北海，感恩無計怨東風。劇憐路鬼揶揄笑，依樣葫蘆隔歲同。

京洛緇塵慣與容，敢言塊磊肆填胸。鶯花久斷歡場歇，冠蓋無情狹路逢。閉户祇應防酒債，登壇誰更怖詞鋒。巾箱剩有魚腸澀，未信延平果化龍。

平生湖海氣原豪，驀向歧途感二毛。品第未須誇俊及，勳華從此重蕭曹。名塲人悔延譽過，世局天憐斲性勞。回首師門喑不語，酒痕和淚濕青袍。

薊門春老落花間，大道垂楊歲歲攀。準折風懷償薄福，消磨才力誤名山。甘心放廢天猶忌，歷劫神仙命亦慳。除却靈根三秀草，未容香案列清班。

呈房師施琴泉先生四首

接引蓬山路幾尋，無緣轉覺受恩深。黄粱入夢猶虚枕，碧海迴風已斷琴。鳳掖敢争磨蝎命，龍門空負續貂心。公家桃李多如許，散木難分一樹陰。

官墻躑躅屢夷猶，立雪愁登百尺樓。懷刺密投防熱客，頭銜虚列托清流。風疏蘿薜三椽冷，霜滿芙蓉一鏡秋。潘鬢侵衰何太早，難憑骨相更封侯。

蹉跎身世久差池，刻劃無鹽奈索疵。永巷春鐙悲選侍，戰塲秋雨哭偏師。衆中名姓防人問，事後文章轉自疑。祇有黄金臺畔客，尚憐馬骨重當時。

鑿空年年賦《子虚》，青衫白帽竟何如。再衰難作中軍氣，三上曾無宰相書。故國瀟湘人夢遠，陰山敕勒雁來初。思量去住都非計，誰任梁鴻廡下居。

代贈李蔭原方伯長森

堂堂李夫子，嵩岳鐘甫申。觥觥奇骨健，藹藹和顏親。蘊兹德業厚，彌見文章純。祥鸞集阿閣，早歲臚丹宸。戊申典豫試，群空仰皋歎。己酉持玉尺，江漢蒙陶甄。振拔多孤寒，關防絶搢紳。群言賴斧藻，大雅欣扶輪。苦心盡披揀，自指鬢如銀。某時困童子，問年淹三旬。忸怩雜多士，常自嫌其身。詎有八乂手，作賦徒呫呻。公不棄糠麧，楊前邁照鄰。既乃試帖括，依然冠同人。頭顱愧如許，始領一儒巾。公謂某來前，爾文頗精醇。爾賦復清麗，斯郡無等倫。爾祖名進士，繼起看振振。行當列黃甲，鄉舉何齗齗。特爾不工書，蛇蚓大難馴。顧諭安學博，嘉相。教以臨池頻。某聽敢藐藐，公獨誨諄諄。逾年重校士，鼎足無屈伸。前矛本上庠，食餼當及辰。壬子充鄉貢，公喜搏翼新。計偕束書劍，策馬獨侁侁。竊意附羊角，直上凌秋旻。連舉不得第，惘惘迷前津。粵西旌旆返，道出漢水濱。途次敬摳謁，冒昧許自陳。公問學若何，吾子豈長貧。小挫亦良得，勉旃志勿淪。嗣公衣繡豸，直聲震垓垠。烏臺搢白簡，彈劾寧逡巡。丙辰春官罷，辭公歸荷薪。俄驚風木悲，廢業甘沈堙。聞公權禹策，觀察蒞南閩。偶然挂吏議，旋起拜恩綸。東萊參兵政，風嫓古憲臣。三遷陳時臬，牂牁乏冤民。承宣資保障，不待借寇恂。有詔還玉闕，時復勤諮詢。舍人官膝下，傴僂凜墻循。風雅叠主持，取士皆彬彬。鯉庭植桃李，的傳衣鉢真。阿阮捷南宮，公不謂福臻。榜尾得賤名，驚喜儼獲珍。命習廷試卷，點畫期停匀。後甲得令長，一命邀皇仁。惜哉毛義檄，不逮奉萱椿。屈指生平遇，與公多夙因。博士補弟子，我公親首掄。俄即舉賢書，公猶及興賓。十八載乃第，公又來都闈。一見一寸進，此中疑有神。立雪悵無幾，下吏趨風塵。綆短汲亦短，敢自輕含瞋。所期勤補拙，素節勵松筠。但得沾餘禄，買田傍先塋。讀我未讀書，兼可食鱸蓴。願小當易遂，誓不逾十春。公將爲柱石，公子皆騏驎。爵德正無艾，青史會泐珉。賤子悵離別，難預卜越秦。師門重回首，涕淚交填膺。無以報公德，絮語徒詵詵。尺幅當陳志，應博公微嚬。

爲李西峰進士曾馥題散花圖二首

雪是軿車月是家，往來天上散瓊葩。願伊着處成根蒂，莫使人間有落花。

袖底春風十二時，司香端合屬芳姿。花花葉葉開如雪，總是瑶臺第一枝。

雨中同蔣笙陔孝廉立鏞熊葵園郎中開陽張雪樓員外光郢游尺五園即用笙陔韻

春明門外山莊闢，花月主人烟水客。竹木深圍緑到天，亭臺粉界憑鉤勒。紫陌塵飛金扇遮，紅墻天近銀河隔。剛逢槐夏雨聲多，水短秧針蘇地脉。蔣郎生小住青谿，遣致漁童書一尺。微之州宅借相誇，東風舊夢猶餘迹。寶馬倥偬惜錦障，香車催唤乘油碧。溟濛一髮辨林巒，影落衫痕空翠滴。鞭絲亂拂帽簷攲，野色何曾容玩繹。水軒半臂嫩凉生，渾是江湖忘六月。迴廊斜折繞清流，雁齒紅橋半傾側。篔簹千个壓欄東，菡萏一花放池北。鋪來菱葉覆鴛衾，編就蘆芽護雞栅。靈和張緒詡風流，親種桃花擅香色。低舞腰横綷縩輕，大垂手稱裲襠窄。清商不用鈿箜篌，酒闌自按紅牙拍。軒轅公子罷飛觴，笑倩麻姑擘鸞腊。天教樓角送斜陽，那得銷魂更今夕。醉語糢糊總不聞，風懷捉搦尚堪憶。凭肩花下侍彈棋，乂手風前看蠟屐。人間一霎小蓬萊，鶴背揚州跨雙翮。秦宫儘許泥偎紅，羅隱何須愁脱白。玉笛吹殘紫塞霜，畫角關山行不得。劉郎躍馬出龍堆，時余將之遼東。忍淚書裙留醉墨。草上空飛蛺蝶雄，迴首雕欄影難覓。人生能得幾清明，上手名花容易失。

贈李西峰大令即送其之官江右

東山紫鸞翔，南湖白鷗起。雌伏亦何心，雄飛良難已。蓬舍距君家，盈盈衣帶水。我初歌《鹿鳴》，苜蓿勞君齒。我既罷春官，君亦遽燒尾。聞名頗欽遲，覿面知誰是。揭來軟塵紅，讌集司農邸。與君初識於許秋巖倉塲侍郎家。乍見平生歡，風懷齊熱耳。把袂趨長街，論詩雙掌抵。我復鎩羽毛，君竟快鵬徙。一第奚足榮，差慰老親爾。而胡君得官，捧檄獨不喜。君言性疏脱，强顔學拜跽。堂下肉鼓吹，堂上泥傀儡。作色飾笑頻，隨風轉譽毁。尚何論性靈，面目坐人使。幸未受官符，此身猶屬已。秉燭爲夜游，漏殘欣繼晷。朝同油碧車，暮同黄紬被。我易王珉扇，君錯淳于履。我愛佩琳瑺，君亦盛羅綺。我飲盡千鐘，君醉不辭酏。不速得三人，青谿蔣公子。紫稼小王郎，歌塲首屈指。催唤來當筵，視客無臧否。君謂獨昵我，愛極翻成呰。夜半坐中庭，評花兼説鬼。我誦綺懷詩，如出君腹裏。拍肩大叫絶，狂笑不可止。更言少讀書，蕭寺樓空峙。芳草亂斜暉，河山不盈咫。無端欲痛哭，茫茫伊何始。豈知鄙人腸，往往亦如此。我輩王伯輿，終當爲情死。即此證同心，感激淚縈眦。良會不得久，折柳將贈箠。君今走豫章，鳳泊鸞飄矣。願君崇令德，願君成上理。所幸山水佳，匡廬影浮几。司馬濕青衫，琵琶水窗跂。倘逢徐孺子，一榻應懸俟。搜尋名勝迹，毋令就荒圮。闡揚貞烈行，速教標彤史。獎拔尚單寒，未必非桃李。刊刻古遺文，直勝埋枯骴。凡此數大端，皆予所夙擬。我愧不得志，多君登禄仕。餘俸好爲之，諒不我心鄙。送君淚千行，贈君詩一紙。去去無回首，揮鞭但前視。南浦片雲飛，西江水空沚。

附西峰留别詩

形骸原不束平生，落拓江東老步兵。如此清才寧濁福，不招奇忌是庸名。十年文字留湖海，一月鶯花共性情。恨煞聯床歡未久，秋風落葉更長征。

青溪公子行

青溪公子健如鶻，生長朱門二十八。讀書日不下千行，作賦横能穿七札。廿年小住軟紅塵，鸎花日日過清明。慣逢玉筍班中客，厭看金鼇頂上人。把酒歡呼狂欲死，躍入雞缸笑不已。床頭浪擲餅金黄，袖底瀾翻唾華紫。當筵苦恨燭花殘，喚出嫦娥月下看。茗戰不辭全體熱，棋兵能敵五更寒。夜半回車偕阿秀，鄂君翠被邀同覆。鐙前烏宿混雌雄，閨裏鶯聲憑誶詬。但愁春去及時游，那記河清待人壽。元龍意氣本凌雲，輦轂論交半絶群。吐車時復污茵褥，罵座偏教屈貴勛。無端誤入科名早，被放春官殊草草。任逢夏楚作癡聾，生怕冬烘誤頭腦。掬雪填胸避熱中，將花塞耳愁聞道。鳳泊鸞飄擬列仙，有人同病倍相憐。新歡燕市同乘馬，舊夢鴛湖共放船。閑取雲霞供筆札，醉摘星辰當酒錢。如此風懷頗不惡，豈有跅跑甘束縛。虎圈生拘世外麟，鵝籠强閉雲中鶴。武陽不爲斫桃花，紅墻咫尺銀河弱。風亭月榭竟荒唐，玉管金荃付渺茫。屢聘畫師過菊部，貌出歌樓窈窕郎。换羽移宫翻絶世，追真攝魄儼當場。卷裏笑容誰妒嫉，心頭秘戲自安藏。須臾手執青鸞尾，直渡蓬萊萬重水。荳蔻生成連理枝，櫻桃結作相思子。果許將身葬廣寒，長此消魂萬萬世。

皇上五旬萬壽恭紀

大化翔洽中外提，沐日浴月民恬熙。國安磐石壽翼箕，乾亨坤慶相綢維。七曜遵度無參差，曰暘曰雨和四時。一人建極超軒羲，手調玉燭燭龍馳。瑶光得正景雲麗，三靈和晏九服怡。納福禄林咸來綏，浱浱庶類含甘滋。躋仁壽域多期頤，天眷天子遐算彌。一旬什伯旬環稽，積數億萬不可推。聖德汪洋福之基，臣請拜手跽陳詞。神合太乙生循齊叶，健行不息色嶷嶷。皇敬效法惟崇畀，齋宫祓濯精馨粢。禋尞祇肅清壇壝，南北郊祀奎文垂。桑林親禱陳牲犧，載停鑾輅旉文綦。寅賓作樂申命夔，岳瀆告虔欽疇咨。吾皇達孝侔姒姬，尊養堯門玉趾隨。躬承懿訓念釋兹，心傳十六思微危。銀縢寶録勤紛披，敬偕玉牒藏幽岐。祇謁丹陵隆典儀，璿臺石鈕蟠雲螭。翠華親問風土宜，舟瑶珌琫尤深思。横經乙夜恒忘疲，苞吞心府循目圍。勤政一記三無私，誠敬鴻篇刑鼎彝。養心殿箴睿藻摛，納諫如流寧求疵。當樞豸繡聯班資，僇直奏議除委蛇。百爾臣工勤專司，帶漏鳴珂罔敢遲。亶吏捐廉何矯爲，作貢不得矜珍奇。璆琳琅玕珣玗琪，豐年之玉安能炊。筦庫稽覈嚴漏巵，太倉紅粟勘盈虧。令長逗遛當速麾，大法小廉嚴操持。郵籤計里分驎騏，幕僚傔從虞繁糜。鼠牙雀角民頑蚩，平反摘伏忘鞭笞。酒漿絲枲用有規，閭閻婚嫁無奢縻。重農務本末俗弛，貿遷慎莫窮刀錐。臨雍鉅典逢休猗，虎觀睒睒談經幃。瀛洲宴士真蓬池，黄絹妙辭調色絲。金蓮撤燭蒙恩知，問一該十臣安窺。天才淵茂猶勤孜，金鑾灑翰何淋漓。長河韜映仙札剞，開古聖旨匡儒迷。評點肓左功宣尼，歌豳軫念蘇瘡痍。講筵親御羅庭輜，書成文穎交葳蕤。鸞坡鳳掖聲華追，典章奄萃鴻文撝。漢儒唐蓺搜無遺，楩楠博采陳彤墀。蒲輪束帛羅英耆，覃敷文教周邊陲。風清南苑飄旌旂，霜高紫塞蘆笳吹。鞲鷹哨鹿驅黄羆，軍容荼火森雄姿。武庫整列刀戟戣，虎頭食肉逮偏俾。草竊跳梁等魅魑，蕩平黔楚勞王師。蠢兹南國就縛羈，海波不揚民受祺。丹書梯航來窶氏，窮荒式拓咸通逵。龍緘遠達褒蠻夷，輪牽馴象同犀犛。煌煌寶訓箴宗支，瓊筵篤叙旨酒醨。太學鼓篋環金枝，河間墨寶劃沙錐。推恩錫類敷仁慈，青旆省耕來郊圻。田畯早暮覘耘耔，織布縫布逸者誰。桃花糶米珠纍纍，長吏催科惜民羸。旱潦頻煩雨露施，秋田不見哀鴻饑。淀告成功千里堤，游豫周原乘楯欙。東南禹力咸平治，昭祀遥頒御香馡。宸翰崧巃懸豐碑，百神懷柔徵靈祗。當此太平慶延禧，帝切宵旰深圖惟。松雲殿陛安茅茨，秉燭頻問夜何其。玉質金聲光重輝，邈矣參乾而兩離。萬年有道肇于斯，叶氣旁流何質劑。元辰恩綍頒黄綈，群臣晋爵並受其。褒嘉爾祖隆封貤，夏車湯網寬罪罹。民登春臺誠歡嬉，飲和食德歌唔咿。嶺梅回春飄和颸，階蓂自發天葩奇。蔓蔓日茂靈華芝，桃區匝匼開琉璃。閶闔曉闢張罘罳，鵲鑪雉扇明晨曦。嵩呼舞蹈聯簪緌，萬國蕃臣頭觸秪。彭籛斟雉陳珍脼，跽上萬歲彤廷躋。長春佳節逢昌期，八千歲月綿鴻釐。莖韶合奏鈞天辭，衍瑞産嘏夫何疑。

出都口占示送行者

一鞭寒日惜分離，殘柳飛花雪滿枝。不是還鄉不爲客，累人難作送行詩。

題旅店壁二首

泥沙撲面髮鬅鬙，朝吸霜華夜踏冰。消受黄茅孤店處，一杯苦茗一寒鐙。

懶殘煨芋覺聞香，我輩原無食肉腸。最苦征人聽不得，五更風雪雜驟網。

過錦州哭陳春嘘大令

夕陽短草北風吹，絳帳重看易繐幃。海國未歸空化鶴，星壇初拜竟乘箕。先生好黄老術，以寒月拜斗，致疾不起。萬金手散貧無殮，一卷名成壽有詩。遺愛祇今悲叔子，淚殘誰勒峴山碑。

消寒八咏

暖　　炕

被池香暖小游仙，不倚熏籠悵獨眠。枕畔黄粱真可熟，懷中碧玉定生烟。春回慣戀將離夢，酒醒能温欲曙天。如此卧薪計良得，越王寧爲美人憐。

耳　　杓

黈纊雙垂製略同，冠纓挂許伴貂豐。頰懸渾似添毫白，耳熱何須借酒紅。護體功寧輸鬖髿，作家人定笑癡聾。巡簷儘共梅花索，恠底能禁刮面風。

風　　門

新鋪雲母隔塵寰，未許朝暾射玉顔。風利有時甘退避，門開終日却長關。疑城客竟難由户，卧閣官應不看山。一例簾垂銀蒜重，綵繩牽引竹弓彎。

蔬　　窖

八月霜飛草盡黄，經時蔬筍尚堪嘗。已非故土留根蒂，尚有生機許藴藏。夏屋應教避風雨，冬烘原不辨陰陽。何如壅取唐花發，斗室温馨與送香。

烏拉草名，其性柔韧，土人製皮爲履，實草其中，著之云如絮暖，出東山

革履輕同葛屨看，雙趺藉草不知寒。板橋霜印痕猶淺，古磵冰堆度豈難。絶塞行沙春有脚，空山圍獵燒初殘。怪來品並蓡貂貴，心折東風一寸丹。諺云："關東有三寶，人蓡、貂皮、烏拉草。"

冰　床

不待蒲帆十幅開，驅來只假一篙催。飛行絶迹原難識，破浪乘風別有才。繞足魚龍喧午夢，滿頭霜雪失朝酲。他年擬借袁安卧，深巷何容閉草萊。

火　硯

硯匣琉璃乍覺暄，元霜輕化迹無存。眼前紙墨春生浪，筆底吹噓士感恩。破屋詩成心自熱，故人書寄語猶温。石田火耨今多術，莫更荒莊與並論。

蹴踘本戎事所習，瀋人多以爲閨中戲

氍毹貼地錦如雲，抛引飛毬賭絶群。榆社近先争白打，蓮花高不借紅裙。通身汗漬聞微喘，蹋臂聲低訝薄醺。一樣深閨教歌舞，何妨游戲習勞筋。

歲暮奉懷都門諸師友二十首

青鸞借許入瑶林，路轉蓬山雪更深。自是東風吹太早，負公多少種花心。房師施琴泉先生。

鴛鴦簇簇鬭新機，不用西家舊舞衣。惟有當時慈母在，理脏猶爲惜蓬飛。座主葛樨香師。

槐市經傳玉麈温，官高無暇得窺園。春風占斷新桃李，門下門生又狀元。祭酒蔣丹林先生。

西風環堵病維摩，十載郎官坐蠍磨。賴是快心容報本，紫泥雙束受恩多。主政陳稽亭師。

玉珮瓊裾一笛吹，平原絲繡好風儀。年年花底西曹醉，遭際貞元極盛時。張雪樓員外光郢。

年少雞壇許共推，滿懷春淚送瓊瑰。筆端吹得花如雪，不爲情深不見才。蔣笙陔孝廉立鏞。

雪白鐙紅一盡歡，酒醒烟雨獨凭欄。平生領略風華味，都作《黄庭》搨本看。熊葵園郎中開陽。

仲宣秋老賦登樓，買醉還應典敝裘。雪滿關河行色健，回頭翻爲故人愁。程素民明經質先。

青衫檀板唱烏烏，乞食歌姬爲補圖。身與上清司典籍，一編校到麗情無。徐雨臣校録開裕。

官厨常供晚秋菘，不問花開秘省紅。記易王珉手中扇，離懷長抱玉人風。袁樨山舍人紹安。

吉光裘珥紫貂冠，手折蓮花帶雪看。難得崔廬貴公子，不將家世傲孤寒。成西岡公子琳。

頭銜國子小先生，十丈銀河濯筆清。轉爲明珠誤通榜，累人科第是才名。陳秝蓀監正世昌。

鏁院深沈鼓數聲，新詩賭誦到天明。千鐙青閃騣騣目，何物人間魯兩生。曹若素舍人熊。

傲骨清才合冠時，一官手版懶全支。可知茍勗中書令，猶恐諸君奪風池。陳小山舍人運鎮。

畫角聲中卧麗譙，故人春夢浙江潮。西風老作連床話，不向秋空賭射雕。許春泉守禦兆魁。

蕭寺鐘殘薄粥稀，懶僧煨芋對忘機。杏花大是無情物，不爲東風勸客歸。吴薇垣同年秉綸。

綺年作吏味初諳，玉鼓金虀快麈談。肯借樵風千里便，落花吹送滿江南。張少伊大令學程。

鄠社城西尺五天，紅紗籠壁照花眠。如何大好崑崙僕，當作琵琶贈别船。唐孝廉宗泰。

曲巷胭脂日易曛，仙曹名部一墻分。春風夢到櫻桃下，如意花開每念君。羅寶臣編修家彦。

罽袍吹雪白如綿，舊雨凄凉感塞烟。上苑看花終有日，再來誰更惜華年。

雜詩七首

兒生三十年，八九長依母。弱冠侍江南，曾一歸娶婦。先子賦《遂初》，全家聚甕牖。俄驚風木悲，衰絰苦相守。省祖出榆關，亦奉版輿走。五十未稱衰，堂前猶侍舅。官舍縱冱寒，顧兒意良厚。坐爲浮名牽，牽衣遽折柳。母送兒出門，淚睫但垂首。萬里空還家，榜名幸弋取。計偕入京華，敢期一再偶。白雲近親闈，更番來逡右。入門大父迎，促視汝母後。驚兒貌少癯，爲滌征衫垢。呼婦入竈觚，鐙下具蔬酒。謂兒别一年，今始開笑口。問兒不住聲，撫兒不停手。兒縱不得官，一見愁懷剖。更闌顧銀缸，尚結鐙花否。

將母未一年，又值春官試。大父呼孫前，薄宦恐家累。汝奉汝母歸，便可事汝事。長途涉津門，阿叔艤舟伺。送母既登舟，呼童且整騎。

襆被更張鐙，絮語竟忘睡。母言兒入都，得售良快意。否則即還遼，汝祖望汝侍。非不願兒歸，此中輕重異。汝祖逾古稀，我年五十二。代我供婦職，亦見汝孝志。明發拜母前，歡顔强制淚。水窗隔飛塵，望望兒攬轡。母舟本南歸，郵籤翻北計。叔母縱相於，酸風時掩涕。遥知矮屋艱，禱佛爲兒庇。苦慮嘔心多，葠苓曾囑餌。東風語兒亭，杏花慈恩寺。不知落孫山，猶夢泥金字。

母歸逾八月，不得一尺書。兒尚滯京邸，毷氉空色沮。忽傳健僕至，安穩還門閭。急索平安字，僕故出徐徐。再三致慰問，道母康起居。不幸禄兒小，慘遭載溺胥。我聞大驚慟，吞聲淚盈裾。追思倉皇際，我母傷何如。撫孫十三歲，當作掌珠儲。抱𦈡教笑語，束髮爲櫛梳。每衣必預製，每食必留餘。河伯乃攫去，尸小吹浮魚。撫摩肢體冷，招魂口猶呿。號咷幾欲絶，兩岸爲唏嘘。三尺桐棺薄，一幅布絞疏。攜歸窆屋側，漿飯日無虚。嗟兒離母側，母顔長不舒。争遣痛孫折，其咎當由余。

淚殘讀母書，阿妹實代筆。短燭照昏黄，字字都疑血。上言兒勿傷，我身尚安吉。下言兒無傷，彭殤古難一。爾有生兒年，我有抱孫日。懸知慰藉詞，不必從心出。所悔禄兒生，襁褓懟頑質。五歲使從師，鞭笞逮呵叱。不敢近耶娘，長依祖母膝。去年送我行，亦解動離色。豈知父子緣，河干一拜畢。兒生不得歡，兒死嗟何及。兒縱不我思，寧忘重闈恤。呼兒兒不聞，一聲母一泣。寄語閨中人，慎莫輕嗚咽。

束裝載入遼，冰雪淹遠道。遲遲到衙齋，大父顔色好。阿弟善居家，甘旨供棃棗。怡怡悦衰年，含飴互提抱。北風逼歲闌，祀先潔蕴藻。退謂阿弟言，故山隔雲表。弟念與叔違，歸夢徒繚繞。顧弟有同胞，弱冠已非小。新婦偕承歡，差足慰煩惱。獨我母就衰，攜妹逮汝嫂。一鐙照影堂，具牲雞鳴早。催喚幼弟來，跽拜僅粗曉。家孫倏無存，凄絶香烟裊。誰更酌屠蘇，白髮心如擣。阿婦痛入厨，米鹽無頭腦。破屋炊濕薪，雙鬢類蓬葆。歷歷此境情，遥集愁腸攪。弟欲作慰詞，掩淚已不少。

更念小女兒，曰慧敏與芷。阿慧已十齡，天花粲牙齒。阿敏八歲餘，稍知美容止。阿芷排居三，姊妹差肩比。宛轉大母懷，三樹簇珠蘂。阿孃爲梳妝，往往互釵珥。鵻髮未覆眉，都皆經萬里。歸不解鄉音，蠻語人或喜。諸姑藉提攜，應教習鍼黹。歡躍及令晨，争著新衣履。燦燦繞蘭缸，學拜小姑紫。寧知祝蠶桑，瓦鼓亂撾捶。往歲禄兒存，跳躑穴窗紙。阿姑縱微呵，笑聲不可止。今惟小叔俱，雙瞳翦秋水。應憾阿咸亡，嬉戲失臂指。

同懷有三妹，小姑適青谿。五妹最婉淑，全家謂媞媞。尤母所鐘愛，生小未訶詆。王郎天壤有，淳于曾贅齊。匝月即歸省，三年音信暌。母偕妹南返，甥館當招携。妹既工書算，代嫂理鹽齏。夜鐙共刀尺，朝華分汲提。時或説鑑史，藉解親顔悽。幼妹相依倚，從姊如從師。七妹雖側出，愛好並金閨。我母顧之悦，稍稍忘羇栖。游子滯海國，定省勞攀躋。所賴不櫛弟，奉母娱圃畦。啜菽樂甘旨，不復羡肉糜。但願妹壻良，猛省前津迷。蘿屋同牽補，薄田同耕犂。事母逮百歲，相與慶福禔。

小除日茹古香師使院土窖中見杏花即和用查初白體

蘆簾低覆無寂譁，累級深防笑井蛙。茶竈火温千沸熟，酒瓶春孕一枝斜。立殘北地門前雪，愁見東風夢裏花。自是蓬山嘘植易，瓊華先放狀元家。師甲辰殿撰。

卷第六　古今體詩八十四首

燭花用蔣心餘韻二首

鏡檻橫安壓翠裀，丹心一寸逐時新。不煩青案長依雪，每到黃昏便覺春。玉露無恩當曙落，金錢同卜隔宵顰。絶憐雙炬籠歸院，紅影蓬山被酒人。

玉蟲輕綴鶴紋裀，寶鴨香分一穗新。垂罷簾櫳千丈月，醒來歌舞四時春。橫釵碧墮傳鈎暗，半翦紅低側袖顰。難得海棠真睡去，倚欄持照定何人。

前詩嫌作綺語叠韻二章

青氈長伴坐爲裀，小朵如雲點綴新。殘鼎微温寧計夜，短檠孤擁不知春。三條怒共心花發，一縷愁添病眼顰。最是老親勤護惜，荆釵遲别望歸人。

不同泥絮誤飄裀，香色空空别樣新。綯索風來頻覺暗，砧敲月落漸傷春。茅簷鵲語家同喜，雷苑螢飛鬼亦顰。夜半垂珠看萬變，負他多少早眠人。

新年雜咏用蔣心餘集中題即傚其體

土　牛

綵仗紛前導，傾城擁郭椒。隨年更五色，歷劫盡三朝。頭角春風送，鞭箠臘雪消。宫袍團簇處，指點驗豐饒。

句　芒

丫角年年貌，鞭絲肯効勤。短衣同牧豎，長揖重將軍。一尺花前雨，三推柳外曛。黄泥驅犢子，簫鼓滿村聞。

門　神

畫戟雙持立，誰堪避雨風。花封千户大，瓜待一年終。腰脚從君健，衣冠宛爾同。笑他門外漢，相對語難通。

鐘　馗

一部虬髯古，雙簪木笏斜。功名誰捷徑，文字漫成家。寶馬春歸妹，神羊夜觸邪。揶揄曾誤鬼，身後誓鞭撾。

花　錢

利市占三倍，東風亦愛錢。五花同帳撒，一串少繩穿。拋擲虚無地，豪華頃刻天。慳囊應不惜，容易掛門前。

桃　符

懸符當午日，勒版及元辰。刻劃疑神鬼，張皇表縉紳。楚俗惟閥閱家許署。葫蘆依樣畫，梅柳隔年春。聊比頭銜署，何容較舊新。

爆　竹

鳴雷剛一奮，飛雪落千層。宿酒驚全失，春鼾覺乍興。束身憐爾敗，袖手讓人能。小膽空房怯，聲微笑裂繒。

春　聯

爲送春風到，長街一色紅。殊方知月令，比户笑雷同。凍墨書嫌淡，殘箋貼未工。無端驚碎裂，抛堉厭兒童。

歲　鼓

銀光單面鼓，鐶鐵和成聲。打類呼如願，名還借太平。緑衫春散學，紅袖夜消更。持比唐宫擊，催花倍有情。

照　耗

一笑持蒿炬，籠燈到處經。松枝盆火碧，椒粒盎漿青。貓虎三更月，村墟數點星。年年送虚耗，終竟有無靈。

鏡　聽

明月懷中抱，寒風壁脚吹。蠶桑終歲計，科第隔年期。屋黑愁雞犬，鐙紅祝女兒。筲箕看跕跕，還笑紫姑祠。

人日感懷二首

河冰春舫憶津門，難禁遷流歲月奔。萬里倉黄辭母妹，一官衰白愧兒孫。風霜敢道關山遠，身世同辜教育恩。苦念病妻逢令節，菜羹親供黯無言。

殘雪初看破曉晴，亂衾枯硯任縱横。欺人塵案千秋業，累我詞場一代名。宰樹故山愁淚迸，不埽先君子墓已二年矣。曇花小冢夢因生。重闈藉博含飴樂，金勝新教貼畫楹。

賦得夢不到遼西

鐙影殘缸淡，回身錦幄低。春寒遲蝶夢，日上惱鶯啼。迢遞千山遠，曹騰半晌迷。刀環歌玉帳，釵股卜金閨。南國初歸雁，東風老牧羝。分明關已度，轉側袖空携。塞草飛蓬鬢，庭花没馬蹄。戍樓人醒未，冰雪卧遼西。

酬沈香餘明經承瑞　香餘，吉林漢軍人，充庚午優貢，時居古香師幕中

白鸞上天風折翼，横翔北海嫌海窄。扶桑一枝不堪栖，帶繞虹霓肯受勒。道逢瑶妃玉手招，拍浮瓊宇何逍遥。化作青童綰雙髻，星辰結珮鞭龍腰。携渡銀河相爾汝，王母大笑呼同處。不記前生隸瀛階，衣上紅香猶舊杵。緑章奏事渾不管，花裹鼕鼕麟鼓晚。紫燭逼霄日爲低，重聽

人間《廣陵散》。翠鳳赤虬紛來集，似聞黄綺居第一。麻姑擘脯飛瓊簧，玉女投壺雲和瑟。百尺芙蓉雪中開，九州春色羅霞杯。仙語了了竟莫辨，酒霧珠塵迷蓬萊。千遍呼卿卿匿笑，身隱屏風揀花拗。仙人持定解避嫌，華筵未被丹書召。金梯九折迴雲房，芭蕉爲幄藕爲床。鐵管牙籥共題品，不是尋常靈寶章。卿吹絲，我彈鈿，紅雨滿山叫回雁。癡龍蟆伏三千秋，回首滄桑淚如霰。張口欲言雲塞喉，北斗酌漿難下咽。碧漢欲沈不得沈，積恨成峰相崚嶒。神仙無福當老死，汲井洗天天不膺。阿母殷勤向兒道，杏花待汝成煩惱。若教丹竈久支空，塵世黄粱更誰飽。小謫終須涉下方，圍棋歷劫驅紅羊。卿墮紫胞更嘗試，我且埽雪天山旁。待汝十年宰相後，兩人披髮游滄浪。

奉和古香師目疾原韻二首

端居凝想入非非，垂睫偏教洞識微。銀海澄來秋更静，金沙揀盡晝常飛。時公校士已畢。隱囊暫任看花懶，卧閣深知聽瑟希。收視憑將千古燭，慧鐙寧苐辨依稀。

春到名園約略知，達摩面壁怪深思。食單難遣門生議，公以疾除葷酒。藥裹休從海客醫。曉帳青籠雙鏡合，夜鐙紅暈一輪馳。陪都賴許容休沐，暫免風高待漏時。

茹詩南壽俞更字嬾雲沈香餘作詩頌之詩南嫌其未盡嬾義囑予和之並示香餘

山氣日夕長氤氲，天風浪浪吹爲雲。有脚何曾肯立地，無心倏出還絶垠。觸石膚寸遽凝合，縱横四海龍蝹蝹。或爲梢樹冠其嶺，破碎秋空任馳騁。妒羅妙鬘不自知，蒼狗白衣幻俄頃。書張如鵠嘴如波，厥性好動不好静。詩南九尺東方軀，照水溶溶眠沙凫。達磨面壁誤昏曉，希夷屏息愁奔趨。以嬾目雲因自號，毋亦辱類愚公愚。沈郎妙試拏雲手，策入風雲誇抖擻。霖雨蒼生望謝公，良友箴規亦足取。君胡爲者獨掉頭，謂古名氏皆有由。退之非關謫潮後，晦菴豈爲講學秋。下此酸齋放翁輩，自明素志寧强求。我嬾成癖自畫狀，詩非紀實徒謬悠。我聞君言大磊落，爲君罕譬資笑噱。君飲一石醉忘歸，畢卓瓮邊輒睡熟。比似醖釀溪頭雲，縱被風吹起難速。有時顛播吐車茵，黑雲淋漓首如沐。日高猶卧元龍牀，春雲自戀山頭宿。雙袖郎當犢鼻斜，雲錦裁衣乏邊幅。一抹山腰玉帶横，又似鯉庭遭束縛。我歌一曲嬾雲歌，狀君之嬾嬾如何。君不見天上頑仙被驅謫，唤作人間嬾頭陀。

和沈香餘贈朝鮮使臣子金秋史進士正喜原韻

萬里乘槎博望回，上都宫闕許低徊。賞心詞重雞林賈，交臂緣稀雉野媒。予得詩，即追騎往見秋史，已隨使車東發。子姓衣冠東國裔，唐朝科目異方才。初明底事遲通問，星使春風一夕催。

見金秋史進士贈香餘詩字再次前韻

秋史學博工詩，書得香光法，其作字，執紙就手中懸書，不必置之案頭也。朝鮮己巳科狀元，年纔二十有四。父爲禮部尚書，隨使入都，與翁覃溪、阮芸臺、張眉峰諸先生交尤洽。歸過瀋陽，謁見古香師，因于幕中與香餘定交。

蠻箋展誦到千回，筆埽雲烟勢鬱徊。絶域聲華留鶴柱，遠山沙草健龍媒。娵隅未解參軍語，鞈韝應推屬國才。他日宣和如奉使，可容擊鉢韻相催。

金秋史與香餘傾蓋交耳而相見恨晚臨別於邑可知夷情之摯三叠前韻即柬香餘

海國崎嶇路百回，驪歌高唱故遲徊。性情摯豈分夷夏，文字交應少蘖媒。藩部自儲通德選，瞀臺猶遜勒銘才。多君名姓傳荒服，直抵龍門跋浪催。

附秋史贈香餘詩

淡如秋菊静如梅，多愧同岑集異苔。平地未須煩木石，華嚴樓閣一時開。

白秋海棠

一簾秋雨破黄昏，冷豔深心浥淚痕。紅斷欄杆芳草歇，絶無人倚更銷魂。

代人送郝秋卿還江南

江南草長鶯亂啼，落花三月踏作泥。大道垂楊古離别，欲行不行寶馬嘶。馬上何人顔色姣，阿郎名字桂枝小。兒家門巷自多情，千尺桃花水嫌少。東風吹上玉京遥，帕首香熏荳蔻梢。十里畫橋五里柳，鵝黄日日春波嬌。尺八瑶笙吹夜半，露重緑韝鐙影淡。芙蓉月上不知秋，一丸星小斜銀漢。門前遺滿珊瑚鞭，家家金彈逐韓嫣。王孫嬌貴不識字，往往噤口徒俄延。慣打長安毷氉客，龍華會上無蹤迹。刺手薔薇許目成，杏花不羡慈恩塔。海水銅龍測淺深，日短扶桑燒鳳蠟。春明門外緑圍天，携手彈棊小謫仙。豪家催唤纏頭錦，扶上金鞍不肯前。眈眈脂夜瑶光髻，飛短流長風影繫。從此櫻桃街上人，望斷樓空燕子閉。誰更玉笛攦回波，倚遍欄杆芳草多。鳴鞭繫馬不敢入，知是蕭郎墻外過。一朝一朝春减價，百花開到荼蘼謝。篋中抛擲𣍯翠裘，長生入庫歸休罷。剩有床頭七寶箱，付與檀奴留過夏。可憐環折藕絲微，可憐高樹戀斜暉。淮水東流不向北，腸斷楊花萬里飛。

題沈香餘小茄園圖

雨洗朝山青，俯瞰女墻缺。濃緑接遠天，中有茅廬結。横琴不安絃，静聆活泉咽。疏壤布乳茄，落落紫花潔。露氣孕秋煙，晨曦散寒冽。農圃亦何心，抱甕自怡悦。時還讀我書，陶句。竹扉閉仍設。鳥啼斷聞根，井汲閟中熱。蕭寺倚喬松，宿雲戀不出。風引清磬音，穿破雲無穴。和答惟荼聲，一笑俗氛絶。

寄蔣笙陔四首

驄馬年年紫陌中，狂奴故態一時同。竟無三日花前别，各有千秋酒後空。小市紅鐙吹細雨，平臺白帢散凉風。衹今寒食重游處，可剩殘詩壁上籠。

十月天寒小雪分，輕塵短霧惜離群。河橋衰柳難爲折，霜磧孤鴻亦斷聞。客久遽歸翻躑躅，思深無夢托殷勤。可憐一幅青帘影，猶向竿頭戀夕曛。

酒壚人散渺青門，雨屐風裙過幾番。無我定知春不豔，念君每覺雪能温。遠山眉嫵難消福，流水心期易斷魂。莫更閑情賦惆悵，靈均香草未容論。

黄榆歲歲老金城，官閣聽殘畫角聲。五月天寒回旅雁，三春草滿斷啼鶯。交疏並少書堪讀，酒止還餘病未平。只有相思無處寫，一江鴨緑證深情。

送張少府虎士乞歸津門即和其留别原韻二首

行李蕭然一束輕，五湖非爲博高名。林泉乞養中年樂，輦轂歸休大道平。細雨鶯聲殘客夢，夕陽馬首故山情。天涯我亦春暉遠，欲向東風問去程。

蕙帶荷衣兩袖輕，秋風蓴膾季鷹名。雨中萱草春逾健，門外桃花浪漸平。雁磧關心驚小别，鴨欄回首轉多情。歸舟穩繫垂楊岸，不出丁沽十里程。

題牽牛桂花畫扇

露重風低翠帔斜，銀河秋遠斷雲遮。怪來慣作經年别，貪伴嫦娥月裏花。

題鴉片鬼圖并序

鴉片近代始出，色黑如膏，製管如簫，長餘尺許，圓徑寸，取膏就鐙上吸之。産自海南，或云彼地土所熬成，或云以草煎汁。按《本草》，鴉片爲一粒金丹，蓋以針刺罌粟囊，俟汁出，以竹刀刮之，貯以治疾，殊非此種，今人往往誤服。已成引，必按時吸之乃可，否則欠呵骫䯝，憊狀難堪，三數年終即於死。茹詩南憫人之自速其死，因作《鴉片鬼圖》以醒世，予爲引伸其意，作歌以儆。

人間嗜好無不奇，乃有嗜死甘如飴。白雪黄芽鍊鉛汞，金石傷生猶妄爲。不道海南産異土，毒比鴆砒烈于蠱。燃膏呑火煙熏天，鉤攝真元出臟腑。百年精血盡一朝，快意須臾輒自詡。紫竹截筒二尺長，鏤玉鑲銀飾兩當。主人未吸先設床，隱囊欹枕便扶將。榻上一鐙紅若豆，點漆輕排就鐙嗅。左卧嗅三右嗅三，轉側欠伸春意透。起治棼絲百不憂，五更炯炯明雙眸。緑蛾紅粉恣調笑，豈知窗外鬼啾啾。一鬼無常身丈六，白帽矗天高出屋。背負髑髏酸風吹，枯骨一囊如笋束。一鬼鷺拳一蛇行，緑髮鬅鬙鋸牙横。傴僂低簷泥没髁，結伴招摇驅裸裎。譆譆咄咄拍掌笑，似聞煙香渴吻燥。回想生前錦帳温，一般碧玉懷中抱。一遞一吸美於回，吹氣爲蘭欺麝煤。咫尺鬼門火符催，舐灰不得腸鳴雷。成引者急不得烟，取殘灰啖之，稍可。閻摩坐看歡喜死，輪迴無地空悲哀。慘緑誰家少年子，覆輒相尋不可止。繡衾自襆近黄泉，非關我輩求替使。相携岳帝前上書，枉死重開城一隅。水火刀兵凶短折，古今死例無此愚。不然投繯溺井衆鬼相齟齬，鴉片之鬼將安居，冷風濕雨凄無襦。

贈徐錦山民表客京兆幕府二首

西北浮雲海上吹，偶逢車笠識經師。多情慣蠟花前屐，長揖争投袖裹詩。烟月遲消名士酒，衣裾香近水仙祠。碧油幕底松陰合，想見高吟獨賞時。

麈尾風清坐嘯餘，鑪香茗碗鎮相於。十年青海横磨劍，三聘朱門老著書。凉雲停琴深話久，殘花圍榭訂交初。天涯記取留鴻爪，難得蕭蕭水竹居。

再用前韻二首

腰間玉笛自橫吹，我是東陽老婢師。行處有情須縱酒，平生知己半由詩。新歌愛聽《長生殿》，舊夢疑逢短簿祠。錦山身短。比似江南好風景，冷吟閑醉記當時。

斜徑深廊拓地餘，紅欄一帶繞林於。難忘記曲樽前晝，可少題名壁上書。王粲高樓思白下，謂澹圃。徐陵佳句過黄初。清游妙得閑中趣，較勝長安不易居。

和方柳村丈樂昌見懷原韻二首

刀光如水潑千條，較獵秋原雪正飄。豪俠幾人同骨肉，神仙無路得逍遥。月寒旗影城頭落，霜裂鞭痕馬上摇。坐對老兵誰共語，天涯知己本寥寥。

木葉峰頭獨倚欄，經年冰雪幾回看。書來尚恨千言少，别久誰知一夢難。詞賦江關悲絶調，功名塵海羨旁觀。鐙前自下彈筝淚，空説東山老謝安。

和柳村丈韶陽道中聞余鄉舉原韻時丁卯冬杪也

一紙微名事已更，三年馳問到邊城。慈烏未遂營巢計，老驥空悲伏櫪鳴。嶺嶠春歸愁斷梗，丈久客粤南，近始歸里。瀟湘秋遠夢餐英。何時分把新詩讀，重對西風酒共傾。

和古香師白芍藥詩原韻用禁體同孫雪帷大令作

東風吹已倦，蘊釀得花無。雪豔三春在，欄低一字扶。藐姑衣欲化，虢國粉嫌塗。翠袖遲邀顧，蛾眉肯向隅。雙栖金屋貯，十里畫橋紆。不見紅都勝，翻疑玉唾盂。神仙風味別，姊妹影形俱。原唱謂得花二枝。簾卷揚州月，波回合浦珠。華清妃子浴，淇澳碩人膚。薄醉香盈袖，輕冰淚滿壺。玫瑰逢淺笑，菡萏韻全輸。謝眺[1]詩誰續，滕王帖並摹。江南春似夢，城北美如姝。原題謂於博少空齋中見花，歸過北城，復得二枝。芳草當階合，凉紗四壁糊。沈香看近侍，團扇寫官奴。欲贈同心結，將離小字呼。封來泥誥密，調入醬瓿粗。鴉鬟横釵碧，鷗眠側帽烏。冷雲侵簟久，香夢壓衾孤。秘省他年咏，花磚有舊徒。

虞美人花二首

弱蔓纖枝最嬝娜，竹欄低亞小紅多。五更怯試羅衣薄，獨倚春風喚奈何。

楚帳春殘淚染紗，低頭誰更拍紅牙。傷心垓下青青草，不及錢塘陌上花。

立秋感懷用蔣心餘韻三首

近郭砧敲夜夜聲，何堪楚客故多情。地高天覺星河改，秋到人先草樹驚。落日新亭餘晋宋，西風殘劍老幽并。幾回擬作還鄉夢，酒醒鐙青又五更。

極天海氣濕氛氲，寒意初生葛練裙。畫角關山兼聽雨，繩床兄弟對看雲。哀蟬抱葉長林寂，征鳥盤沙淺草分。迴首蕪城誰更賦，江南淒絶鮑参軍。

長安天遠重西望，木落關河見井疆。一樹啼烏驚客邸，滿山黄葉下僧房。風吹薄醉隨花盡，月照新愁入夢凉。苦憶詩人故鄉隔，蒹葭烟水渺何方。

古香師同韻三首

小窗一夜報秋聲，蕭瑟關山動客情。從古弓蛇多自誤，笑他風寉故餘驚。詩文價任他人定，書卷功還計日并。歎息年來偏少睡，夢回剛聽打三更。

回首故鄉歸未得，風流還憶屐兼裙。平摇鵶櫓開明鏡，散映魚鱗蹙水雲。老屋尚餘花可種，薄田却笑稻誰分。山城寂寞饒幽興，酒盞何人走馬軍。

車書萬里通中外，一線關門畫井疆。一一銜泥尋燕幕，層層隔膜間蜂房。白鬢有信頻催老，黄葉無情早送凉。僕本恨人今有伴，請君試覓解愁方。

叠前韻呈古香師三首

籬豆風疏絡緯聲，墻陰一倍助幽情。凉生窗户鐙初近，葉少梧桐夢不驚。團扇漸知秋氣逼，家書重讀淚痕并。洛陽年少今誰識，頭鬢空嗟世事更。

掩關高卧静氤氲，贏得羊欣字滿裙。瀟灑名場期活水，須臾人事變秋雲。陳編肯爲丹黄誤，異局終看黑白分。未老中書驚漸秃，敢言拔幟尚能軍。

感恩知己平生足，載贄何勞更出疆。藉手瓊瑶歸太璞，賞心詞賦重阿房。西風庾亮塵應避，秋水桓伊笛自涼。賴是絳紗帷底坐，俗腸鍼砭得奇方。

親年二首

半百親年喜懼時，雲山況復阻經幃。升沈卜命憐兒拙，貧病持家累母慈。老屋殘鐙堆蠟淚，秋風落葉哭桐枝。一官衰祖晨昏遠，頻囑諸孫好護持。

湖上荒莊十畝田，關心豐歉獨憂煎。恩期報答知何日，書縱平安已隔年。水冷渭陽諸舅没，花明甥館小姑賢。高堂莫更愁沈湎，早和淵明《止酒》篇。

古香師同韻二首

正是聞雞起舞時，攤書欲下董生帷。膝前自盡含飴職，枕畔何愁却扇慈。舉袂定尋千里綫，何衢須占萬年枝。一門剩有書香在，脱颖錐還隻手持。

坐擁書城守硯田，破鐺三足手親煎。杯中試覓忘憂物，紙上常逢大有年。故里不教通遠信，官齋還欲繫高賢。命宫磨蝎吾徒事，莫忘鐙前《勵志》篇。

題　畫

落日淡疏林，秋山看幾叠。何事釣絲驚，風墜一黄葉。

題徐錦山詩集三首

朱絲闌細界蠻箋，冰雪刪存一寸編。手把豆花籬畔讀，滿庭秋雨斷聞蟬。

乞米長安嫌市閙，携琴海上耐天寒。十年不作春明夢，一領襴衫稱嬾殘。

珠子河邊舊往還，夕陽衰柳不勝攀。北來但博詩人號，愁絶江南庾子山。

聞蛩同徐雪堂炤韻

一天冷露墜庭梧，争遣鳴蛩繞砌隅。草上螢飛街柝静，夜闌人坐壁鐙孤。月横斜榻童初睡，秋老寒機母倍劬。笑問深閨驚婦懶，五更曾夢到遼無。

秋夜雜感四首

披衣不適志，露坐吟還休。急雨瀉雲罅，繁星森樹頭。關河悲鎩羽，天地感虚舟。無限蕭騷意，明朝攬鏡愁。

一事無成就，浮生卅載過。聰明消肉食，忠孝付悲歌。拔劍斫無地，彈琴聲不和。青衫十年老，只覺淚痕多。

小别動相憶，天涯况屢遷。封書三月到，萬里兩心懸。河斷桑乾水，秋横上谷烟。相期慎眠食，努力惜華年。

更殘未終卷，破屋一鐙昏。疾電流墻角，寒蟲泣草根。交深頻夢鬼，兒小莫招魂。塊磊從澆酒，繁憂不可捫。

古香師命作四仙詩同戴蓮士相國韻四首

千秋誰祧謫仙祠，咳唾都驚幼婦辭。白雪成聲和原寡，青天搔首得來奇。輕風柳絮閒中趣，流水桃花悟後思。不是身前餘慧業，鹹酸那許外人知。詩

白衣籬外三更月，黄葉空山滿屐雲。夢到酒泉寧作郡，化爲陶土不知墳。鄰翁罷社鳩頭杖，名士當鑪犢鼻裙。何似扁舟刺秋水，一杯江上弔湘君。酒

萬壑長松倚落霞，一鑪香字一瓶花。深衣貌稱平頭廛，古錦囊空斷蝮蛇。碧海有情徒結恨，朱絃無曲自閑邪。廣陵舊散何曾絶，不在山顛定水涯。琴

魚腸三尺夜鳴秋，袖裏摩挲赤電流。快意代消家國恨，殺人豈爲姓名留。千尋脱手藏龍尾，一笑掀髯墮賊頭。多少人閒不了漢，可憐抵死説恩讐。劍

題　畫

秋山木落倍崚嶒，茅屋西風唤不膺。破曉長征緣底事，可憐誰是打包僧。

寄方静峰柳村兩丈書後三首

白日幽州淡雪山，五年别淚落行間。北風雁斷書難寄，未到秋深早入關。

沙草寒烟逈絶垠，歸心遥落楚江蘋。夢中鬚鬢都全改，縱使相逢認不真。

舵尾秋逢江上雨，馬頭春折嶺南花。祇今莫恨歸來晚，尚有征人苦憶家。

大凌河曉發

殘星數點缺雲間，下澤車乘舊往還。林外語喧秋後渡，馬頭青失雨中山。野田滯穗三農慰，荒店囊錢一飯艱。自笑書生未投筆，年年輪鐵任躋攀。

杏　山

望斷松山復杏山，記程半日尚漫漫。如何十八官堤路，直抵瞿塘十八灘。

背陰鋪壁間見沈香餘題句

層巒叠翠壓檐端，一角樓低足大觀。九月秋生客衣薄，萬松青落酒杯寒。舊游如夢看山倦，好景頻過得句難。賴是故人題咏在，停車小住藉盤桓。

酒似二首

酒似春雲燭似霞，紫裘吹笛過兒家。十年重作蘇臺夢，玉茗堂前一樹花。

蠻靴錦帕裹瓊枝，赤玉闌干乍倚時。雪到江南寒亦豔，何曾北地有胭脂。

途中寄家書

馬上逢君一住鞭，封書憑寄到遼天。笑他荒店無餘紙，裁取春聯當錦箋。

別後却寄舍弟璠三首

十度榆關道，風霜老布衣。只今從薄宦，翻使別重幃。夢裏河山熟，愁中歲月稀。江南舊游處，天末戀斜暉。

弱冠初歸日，垂髫汝候門。殘經三世業，大被十年恩。酒醒荒雞動，籯空朽蠹存。短檠分照影，辛苦更誰論。

敢言吾母老，大父尚關山。歲盡封書滯，家貧薄俸艱。風花無計慰，雪柳不勝攀。迴首連雲峪，徒看塞雁還。

【校勘記】

〔1〕眺，應作“朓”。

卷第七　古今體詩八十七首

與金桐軒大令德榮二首

雙扉白板少人撾，簾影鑪香冷晝乂。三月東風愁穀雨，一江春水夢桃花。新交愛是能詩客，故態微蒙顧曲家。芳草欄杆閑倚遍，幾時重與拍紅牙。

三十華年懺綺懷，閑情多半廢詩牌。琴横凉雪人何在，酒醒春寒睡亦佳。愧我倥偬去京洛，羨君生長是秦淮。何當櫻筍開厨日，消受江山幾兩鞋。

自　遣

玉簫聲遠夕陽初，芳草如天緑到裾。一歲春殘常被酒，半生花底不離書。消磨好夢憑孤枕，抛捨閑愁愛敝廬。剛把櫻桃佳節過，恰逢江上賣鰣魚。

贈葉蔭亭

桃花箋小薄如霜，自寫新詩一兩行。撥悶我原同倚瑟，愛才君便欲熏香。美人多病憐新月，春水深心戀夕陽。不惜蛾眉重入畫，爲君流涕按伊凉。

感　舊

京華記折柳毵毵，又值春風過浴蠶。舊夢可應留雪北，前生或恐是江南。有情但願人皆耦，多恨休教月更三。除却攤書濃睡好，鶗紅草緑問誰堪。

和周石落大令鶴立寄酬同人原韻四首

到來剛是杏花天，難得新知盡列仙。碧海回頭無彼岸，紅塵插脚有前緣。湖山舊夢消杯酒，風雨關心問客船。只此蕭條同薄宦，相逢莫更惜華年。

釵掛臣冠響玉鈎，驪歌凄咽更誰留。楊花短笛吹如雪，芳草長亭夢似秋。淮北書來憐紙尾，汝南雞唱記詞頭。遥知露冕山桑外，竹馬争迎郭細侯。

文字交深悟宿因，清才何計老風塵。地非香案愁稱吏，官近家山易養親。江上祗應迎畫檝，天邊無復夢朱輪。願持小品青蓮偈，懺得他年覺後身。

一拍紅牙記按歌，與君同去奈春何。當時酒悔鐙前少，别後詩偏馬上多。荒驛山深開白芨，訟庭春老長春莎。留將似水臣心在，吏隱還期咏澗阿。

七夕二首

天蹙魚鱗月子彎，盈盈江水暮生瀾。遥知白髮姑恩重，不把雙星指與看。

簟展冰紋坐惘然，藕花凉墮早秋天。性情生是愁來作，不但今宵爲獨眠。

舟中用陳白雲大令斌韻即奉蘇擢園大令嘉善三首

一帆初破浪，白鷺背人飛。擊檝誰當用，登樓不可依。秋空山漸古，官冷夢全稀。羽化終何在，徒聞説令威。

壯不如人處，塵容愧虎頭。饔飧將母拙，仕宦讀書休。但有名皆累，何曾物貴尤。鹽車從困躓，莫道富春秋。

寥落悲天地，翻成哭當歌。秋心揚子渡，歸夢洞庭波。出處憐蟬蜕，文章坐蠍磨。鴻飛入冥際，弋慕定如何。擢園將有歸志。

寒夜口占

膈膈膊膊荒雞鳴，丁丁東東殘漏盈。寒蕚破香有雪意，凍雲低罨無參横。粗官曳尾笑蛙怒，羈客單栖愁鼠聲。自撥温灰炷石葉，誰家粟柱調金筝。

題梅生小影二首

當前幻影我爲誰，金粟如來問不知。天遣神仙留姓字，梅花開到第三枝。

月落參横感夙因，葫蘆三世記來真。一時花影人俱在，認是前身是後身。

題張春衫徵士翦鐙話雨圖

江北江南雨溟濛，三更五更漏丁東。女墻低壓壞雲黑，古屋深圍殘燭紅。春水河魨罷宵市，餘寒社燕迴朝風。十年舊夢一夕盡，相期策蹇龍山中。

二月十七日夜即事

濃歌豔舞遽匆匆，歸路招搖小市東。夜雨可禁花信斷，春寒其奈酒瓶空。一鐙對語呼憐子，百計關心賦惱公。差幸孤眠盟皎日，有人含涕倚熏籠。

撥悶三首

冷月流階瘦影稜，唾壺支枕手疑冰。一鐙低罨芙蓉幕，香燼衣篝若箇凭。

霜墮栖鴉宿未安，方庭長空曲欄杆。海棠自寫寒墻影，强作東風二月看。

緑熊錦褥叠難平，垂帳流蘇少珮聲。拚把酒和愁共攬，任他殘夢不分明。

遣興四首

乞米長安計已差，出門西笑况天涯。游仙枕在姑尋夢，避債臺高且種花。秋草蘼蕪愁裏盡，春風芍藥醉中賒。五陵年少今窮薄，慚愧明脏粧鬢欲華。

落葉江頭雨又新，一繩秋雁下空旻。不才但博山公醉，多病其如范叔貧。琴瓈商量誰似我，齏鹽料理可無人。悲來難遣狂奴態，夜夜迴車自吐茵。

西風倚劍夜生寒，芒角縱横欲據鞍。少日早知酬世苦，中年漸悔定交難。蛾眉謡諑天何忍，猿臂功名夢已殘。寄語江南同輩客，人生慎莫負雕欄。

潦倒黄鑪老步兵，座中愛聽鷓鴣聲。讀書自下千秋淚，縱酒難拋一笑情。世有侏儒終飽粟，我憐傭保自成名。可應身後招人忌，春雨年年弔柳卿。

春　餅

暢好辛盤薦，催淘玉屑沈。桃花裁紙薄，荷葉卷筩深。翠釜規圓鏡，鸞刀劃寸金。紅綾嘗已遍，莫更説瓊林。

年　糕

名仿重陽舊，年頭製更新。吉祥歌得寶，利市卜迎神。甜想膠牙膩，爔愁炙手頻。背郎如許賣，花樣不須瞋。

升官圖

本是相思種，何因入仕途。英雄困資格，流品限方隅。一擲拚孤注，三遷轉上都。請看撒手處，袍笏戲闌無。

走馬鐙

翦紙風輪速，焚膏火陣雄。銜枚金鼓絶，噓氣水雲烘。勝負仍前轍，奔馳笑熱中。何堪鐘漏盡，威焰一時空。

琉璃泡

阿誰參米汁，泡影遽形生。音比雪兒脆，質疑雲母輕。持盈愁失手，吹氣慮銷聲。但使論皮相，冰壺一例清。

鐙　虎

疑陣從人設，燃犀百怪愁。五花看破敵，一醉笑藏鈎。入穴探應得，當關患莫留。碑陰黄絹字，徒爾誤千秋。

面　具

子面非吾面，蒙來不自知。莊嚴矜變相，奇譎匿陰私。顔甲偏無汗，頭銜亦可嗤。果令盧杞在，僬類惜無遺。

鐵　球

脱手彈丸落，春塲碾欲堅。蹴來芳草礙，拋去熟梅圓。百步追寧笑，雙趺習最便。紙鳶看漸起，猶待杏花天。

四月十四日自郡齋歸弟玫言薪米都盡適奴子報折得鶯粟一束供齋中矣戲作

官衙晚放小徘徊，茶話東家踏月來。阿弟正愁薪米盡，一瓶鶯粟報花開。

偕吴華南山錫張香巖培兩大令登妙香樓

休沐聊爲郭外游，偶陪僧話一登樓。曲欄紅出垂楊上，短荻青浮淺水頭。每值清歡思舊雨，蹔離塵海説虚舟。粗官誤盡中年樂，不賦傷春便感秋。

練潭驛四首

伏雨闌風竟浹旬，槃跚無計避勞薪。杏花舊夢三年醒，榆葉生涯一例貧。權領似嫌騑拇累，督郵轉厭折腰頻。垂楊大道來如織，輸與山靈儘笑人。

年少安仁鬢已霜，雨淋鈴怕訴郎當。黄泥攬轡朝三舍，紅燭銷書夜十行。有願未償聊作計，不才何恃敢言狂。從知謇喫能安拙，翻悔元亭著作忙。

舊雨晨星落落分，江花江草悵斜曛。詩筒久澀芙蓉字，酒盞全抛蛺蝶裙。袖底封書千遍讀，筝前老淚幾人聞。去年記共南皮醉，多少名心付水雲。

六月凉生似晚秋，陂塘新漲野無舟。箯輿宛轉盤青障，紗帽浮沈點白鷗。破寺殘鐙撾户急，荒厨薄粥溼薪愁。農田宣洩籌無策，惱煞林端唤婦鳩。

同年李莨泉大令存周殁於寓館予爲經紀其喪將歸櫬蜀江適予受代桐城不獲執紼以送作歌哭之

貧士傷心爲禄仕，斗米不沾臣饑死。杉棺剩勒假頭銜，慘絶舒州符一紙。舒州古稱赤緊區，君初捧檄沈痾蘇。上官驚見沈約瘦，佢儽那可勞奔趨。黼衣旋就空箱叠，墨綬何曾肘後紆。退抛手版去不得，雞骨支離斷華色。萊蕪甑底炊無烟，長生庫盡參苓貿。東風憶自餤紅綾，博士官羊生未識。酆都萬里頹雲昏，妻孥窮卧菰蘆村。尺書徤走逾五月，魂歸猶道君生存。卬州蒟醬郫筒酒，封寄猶看來夔門。望夫石爛蛾嵋雪，不分連波終無恩。君始彌留唤我訣，趙壹悲凉那堪説。萬死他鄉爝火微，九原遺憾哀腸結。門第單寒先澤湮，黄封盼絶皋魚血。扶床稚子瞢楂梨，庶姜痛煞隨嬌啼。客兒並少遺經授，去姬那有餘奩齎。可憐附槨無絞殮，猶着前年廷試衣。生時舉債累十萬，索逋空見紙錢飛。走也同官復同舉，僦屋江城呼舊雨。錢塘吴文健與萊陽張連茹，四傑從容相爾汝。去年季子以憂去，又弱一箇奈何許。男兒只合老鄉間，讀書得官胡爲乎。及第縱饒鑑湖死，虚封何異淮陰愚。人間顯晦類泡影，芙蓉作主良虚誣。我愧巨卿風義薄，絮酒隻雞盡一哭。素車白馬閴無人，江干寂寞廞旌落。嗚呼！岷山嵯峨白帝高，灧滪灘頭飛怒濤。一舸逆挽風雨夕，羈魂忍聽哀猿號。

甘州姬

荼蘼謝，東風嫁，蛾眉宛轉啼嬌姹。妾心不起古井水，君死轆轤長已矣。誰知井底有波瀾，照見孤鴛宿不安。玉彄環，金跳脱，君在時親爲儂束。落花不上故山紅，芳草肯依荒塚緑。還君聘物君不知，持易紙錢謝君思。不使紅顔爲君老，感恩歸泣甘州道。使君有婦羞羅敷，白帝城高自望夫。妾死不爲貞，妾留無可戀。蝴蝶東家去不還，猶勝秋風篋中扇。不嫁府史胥，不嫁襄陽估。府胥日日趨官衙，估客累儂持門户。但願嫁得豪家僕，紈綺滿箱錢滿簏。日高寶帳唤朝飧，枕畔春醒饜粱肉。君不見東海懶婦化爲魚，蚖膏鳳蠟同凝脂，不照流黄照歌舞。顛倒黑白空迷離，前身應是甘州姬。

有寄四首

斷來花信到今朝，酒味春心并雪消。蝴蝶不飛芳草長，緑陰如夢恨迢迢。

鸎桃開後雨如絲，辛苦紅蠶下箔遲。一綹愁心繅不斷，宵來惟有翦刀知。

紅燭青詞短夢孤，犡窗虛擬十眉圖。黄梅濺齒酸和澀，到底能知别味無。

十日濃陰不放晴，玉釵珠屧怨無聲。浮萍莫憾東風惡，依舊楊花有再生。

喜李雪坪丈庚清至自武昌

江上片雲落，故人千里來。停橈秋水長，倚杖夕陽開。鐙火明殘鬢，河山老辨才。明朝貰樽酒，扶病一登臺。

雲開見日圖爲張香巖題三首

細草松根曉露霏，簭冠芒屩恣徘徊。浮雲終是無情物，一見朝暾掃却開。

白衣蒼狗幻無端，來日當歌亦大難。眼下扶桑千尺景，盲人却待扣銅槃。

帶繞長虹縛毒龍，懸崖撒手氣春容。脚根但得凌千仞，何處看非日觀峰。

夜　泊

薄暮不成醉，高歌已夜分。蘆花吹鬢雪，漁火破江雲。老驥悲殘櫪，哀鴻感失群。客心孤迥處，横笛不堪聞。

贈廖鐘隱大令大閫

與子復何計，論詩千載心。西風吹酒淺，涼月照談深。秋色此天地，江流無古今。當時從獻賦，不必慨升沈。

望江弔前令師荔扉範

不識滇南吏，才名尚此州。招魂憑野衲，殘帙付孤舟。客散黄金盡，詩高白簡愁。荔扉以能詩忤上官意罷去。何堪杯酒酹，指點認沙鷗。

和廖鐘隱見贈原韻二首

我與涼風至，高齋一味閒。微言彈指外，古意落花間。露氣白成夕，人烟寒到山。客來無吏事，相賞岫雲還。

秋色深如許，天涯復幾時。鸞鳩千仞志，蠛蠓一身知。酒不驅愁散，官當爲菊辭。淮南招隱地，看咏小山詩。

雷池贈江雲樵

落木環山縣，逢君眼更青。近江秋市蟹，高枕夜捫星。混沌憑誰鑿，蒼茫感獨醒。清音秘元宰，不復使人聽。君善鼓琴，久不御絃矣。

登文選樓

積雨結重陰，四山青無色。雲罅澹殘陽，流影赤欄側。拾級梯層樓，迴望愜清臆。感此齊梁間，迹等衰周熄。蜩沸絶正聲，采風斷史職。華胄起青宫，專精屏迷惑。象罔窮元珠，匠宗薈繁植。樹理乃敷華，摛藻必懋質。勤繹析繭蕉，横看炫組織。遂使六朝文，葩經秉遺則。詞海酌金膏，藝林資寶穡。即今千載遥，丹爐逈超特。絶續繫皇風，齊軌孟軻力。世俗競淫哇，元音遭螟螣。敗瀋流涓涓，請以斯樓塞。

杏花村

出郭無三里，村名説杏花。斷垣春草補，新柳酒旗遮。寒食前朝節，東風客路賒。樊川應識我，魂斷麯塵紗。

過鐵佛寺歸飲魏都戎光德齋中

歸過招提院，空廊磬響沈。客來新茗熟，僧定落花深。野水明殘雨，輕寒約遠林。鳴絃華燭畔，豪見故人心。

池　州

地扼荆舒盡，東南巨鎮蟠。湖吞山寺古，江抱郡樓寒。巫俗長年競，魚租比户寬。河清留政績，風骨想巑岏。

自池陽歸皖舍

出入隨風雨，晴光乍許來。去初春雪斷，歸及海棠開。解屨尋良友，張鐙潑舊醅。迴看籠壁處，生恐上蒼苔。

申南村郡伯瑶九日偕僚屬登迎江寺左杏莊刺史輔首倡爲詩和者麕集珊先期檄赴望江未與斯會遥同其韻二首

西風旌旆到江頭，謝眺青山重北樓。極浦微波吹似雪，數峰寒日淡成秋。彎弧鵰鶚盤空健，横笛魚龍拍岸愁。賴是左思工作賦，茱萸紅藉墨痕留。

古刹層雲俯急流，琴樽相賞極清游。山蟠巨鎮迴彭蠡，浪卷殘秋下石頭。白雁霜高來近塞，黄河木落静諸州。子安年少遲佳會，江上蘆花自放舟。

插菊戲效竹垞體邀同人作

今年秋日佳，十月斷霜霰。晚風試薄綿，旭日展長綫。黃葉露林梢，碧荾被池面。寒花開故遲，冷節過猶戀。言適城南隅，園畦種已遍。買菊不論錢，典衣亦良便。鍵關戒客來，破屋呼奴繕。庭小僅數弓，荒蕪累重趼。木榻支北窗，叠之如曲棧。矮几藉烏皮，短屏環雉扇。穴壁嵌周彝，抱柱規紀甗。銅瓶土氣青，石甕苔紋絢。似田相高下，如陣分正變。即離情各殊，俯仰勢交見。五色迸一香，六時影百轉。位置出文人，彌使匠心幻。本以冰雪姿，忽爲綺羅眩。終覺近山林，何嘗資婉孌。烟月收簾櫳，雲霞起筆硯。貞心屈愈堅，傲骨華猶錬。軒館不加榮，籬落不加賤。但宜蔬筍厨，那問櫻桃宴。或拂酒人裾，或簪詩客弁。坐卧飽寒香，日長誰曰倦。夜更煩燭奴，千炬芙蓉豔。隱君具體微，宰官化身現。固無迹象求，要當真僞辨。物理悟空元，究緣實乃踐。倘入虛白室，繪影詎能善。持此謝芳樽，故人期宵醼。

止酒近四月張香巖韓久山寶鍔屢勸飲九月菊開試强復之終不適用竹垞勸畢生復飲三十韻

走也少廢書，苦心慚孔卓。能事七不堪，轟飲慣相較。射覆坐鐙紅，曹類卜椒握。微茫貫蝨輪，混沌測雞轂。意氣好凌人，臨江輒橫矟。壯夫志飛騰，豎子笑咿喔。濡首百花叢，谷神倍超趠。渴腸頓生芒，方寸隱五岳。敢向虎口探，况受蛾眉諑。肉食徒紛紛，妄計蟪蛄朔。詎知市上眠，有酒仙可學。荷鍤亦多情，遑戀此軀殼。一官墮江南，猛類然紙爆。合睫俄五旬，誤以夢爲覺。腑臟塵垢蒙，性情湯雪渥。僥倖乞瓦全，無處覓完璞。苟或稍異之，衆反肆彈駁。矧予醉即狂，賢聖辨清濁。安得蜕污泥，輕身服泄涿。念欲戒酩酊，嚴似防闕榷。庾杲蓮漪漪，王恭柳濯濯。糟邱屢迴車，觸鼻轉驚懪。入座鮮故歡，但仰視屋桷。惟卵產烏魚，甘美嗜同鰒。故人張與韓，頻倩厨娘剥。籬菊羅寒香，客來拊掌嚗。强我灌醍醐，雙足絆如龊。縮逾羝觸藩，奮過麋脱角。鯁鯁棘在喉，磊磊胸塞墣。俯仰天地欹，迷藏竟誰捉。

香巖和予復飲詩輒多譽詞叠韻答之

塗抹遍東西，敢恃筆鋒卓。謬詡獺祭工，往往恣獵較。讀碑指畫肚，學書爪透握。五色夢迷離，探懷出鳳縠。少夢得鳳卵數枚，曾以顏齋額。拔幟樹詞壇，奪稍還刺稍。十上九不售，吞聲胡敢喔。萬里獨間關，冰霜肆騰趠。眼界拓江山，英靈識河岳。一第嘆艱難，薏苡猶防諑。絶頂墮罡風，燕雁判南朔。旦晝没階趨，無錦製空學。熱煩呼鴨名，斂身藏蠣殼。舛午逼風花，燒氈愁栗爆。海昌查君來，遇之便大覺。彈琴秋雪清，釃酒春波渥。數典黜兔園，論詩嗤鼠璞。抱器謝賈胡，弭鞭閑駿駮。體素附流黄，濟清貫河濁。香巖雅不羈，豪習餘燕涿。斗酒啖彘肩，横行弛禁榷。躡屐崑崙游，披髮滄浪濯。欲殺人道狂，憐才我何懪。僑寓洽比鄰，湫隘厭華桷。蓺菊藉寒香，差免肆如鰒。止飲笑馮婦，謂復根于剥。一飲三百杯，君視大呼嚗。轍鮒暫得水，臂鷹初縱龊。十指澀薑芽，久懈不堪角。倒戈誰更戰，閉關塞之墣。聊助吟興佳，與君歌搦捉。

酬程禹山虞卿孝廉即送北上三首

鐘隱吾知己，詩名説禹山。情深杯酒合，才大布衣艱。梁苑花空發，燕臺柳盡攀。未應詞賦重，庾信老江關。

大凌河水急，飲馬與君同。幕冷芙蓉雪，城低苜蓿風。短衣愁上將，平揖動諸公。萬里題詩處，遥知壁尚籠。

北地干戈盡，驅車復此行。黄河春雪渡，白雁夕陽横。獻策匡時略，題橋絶代名。如逢房太尉，應得快平生。謂鐵冶亭先生。

夜次盱眙

四面環山不藉城，營門鼓角静無聲。市鐙紅閃平林上，疑是將軍獵火明。

由盱眙度嶺泝洪澤湖宿雙溝

朝發下崇巘，萬瓦排山棱。臺觀剥丹翠，作勢飛崚嶒。草枯斷野色，白日寒難升。心知玻璃泉，無暇問淵澄。筍輿掉尾顧，但見盤空鷹。東風催五兩，一帆張如罾。絶少烏篷倚，擊檝歌猶能。湖烟破孤鷺，百里同雲凝。壤交秦郵近，瀦蓄淮流勝。魚鹽擅私利，萑苻恣憑陵。出没尠搜捕，長官徒撫膺。掠波得快駛，土屋浮荒塍。望望雙溝市，沙水明殘冰。未晚愁逆旅，借廡煩州丞。諦聽識鄉語，顧我勞張鐙。濁酒不得醉，中夜繁憂增。呼奴毋遽睡，轉側期夙興。

憶查梅史大令揆即做其體八首

傾蓋疑前識，相逢皖口雲。韋弦留雪味，巾袷散蘭熏。痛飲須花下，深談每夜分。當時無爾我，誰與慰情文。

風雨何曾隔，朝朝説買鄰。江山多過客，冠蓋兩閑人。一笑蛾眉諑，千金馬骨神。定知投轄意，聊復詣陳遵。謂白雲。

古屋江聲壯，天風一奏琴。烏紗官局冷，紅袖酒懷深。金石名山願，鶯花止水心。中年盛衰樂，何必定山陰。梅史與予每讌王氏江亭。

髯參軍已去，誰放海棠顛。新緑苔階澀，微黄柳舫牽。指本事。座無車允樂，婚乏阮修錢。小户三升閉，書城自擁眠。襆被之官日，淮西正羽書。菩心超筏外，棘手試彈初。三版鯨波沸，千村雁户虚。撫循良不易，况爾志何渠。

尺書千里隔，明月二分空。廉吏難爲我，奇才合讓公。野鷗襟帶水，凉雪鬢絲風。况是秋聲到，相思落木中。

譎諫無方朔，何從寡過時。鞭笞慈母淚，饘粥故人知。落日皖公渡，秋雲余闕祠。河梁揮手處，應記舊題詩。

百里繭絲亂，空言策治安。論交天地窄，作吏古今難。牘尾秋風葉，琴心古井瀾。韓陵無片石，碑好爲誰刊。

甲戌紀旱八首

四月炎歊逼，黄梅節竟無。草從春雪斷，泉受暑風枯。魚市稀笭箵，龜田罷轆轤。可憐鏜鼓急，處處暴村巫。

自我携琴至，愆陽切隱憂。政疑苛似虎，人病喘如牛。菜把供猶愧，桑林禱未休。無能詶父老，淚汗只交流。

小暑連寒食，南風日夜驕。火雲流屋角，赤日煆山腰。柳秃烏犍渴，松高白鷺翹。暍人無計蔭，敢自把凉招。

高原綿隴坂，到處絶陂池。十里愁朝汲，千門斷午炊。亂秧團似髮，老樹剥無皮。問道南山種，乾風落荳萁。

茅屋雙扉闔，春殘未試犂。苔荒空礎潤，桑隕誤鳩啼。菱芡湖租減，雞豚市價低。秋風看漸至，不復望雲霓。

萬户紛流徙，生逢命不辰。訛言驚雨粟，釃衆藉樵薪。遏糴愁奸賈，輸租仗富民。何堪持鏡照，縻俸動千緡。

窮擔生計拙，稱貸苦無門。圃發瓜苗摘，屢空米價喧。鬻殘陶母髮，典到阮家褌。老我籌荒政，傷心孰與論。

鄭俠圖三上，哀鴻不可聽。艱難攖法網，還就判公庭。後日心當白，中年鬢改青。所期衾影下，莫負舊横經。

卷第八　古今體詩四十三首

雨　行

淋浪衝雨筍輿輕，五月秧畦活水鳴。不惜搴帷呼小住，愛聽田叟話深耕。

途中雜詩四首

生平歷轗軻，所遇輒撓阻。即一行旅間，往往罹艱苦。舟行打頭風，陸行騎月雨。天若巧相厄，動遭鬼神侮。長年愁旱魃，涓滴不入土。昨始謀出門，屏翳便設祖。黑雲壓肩來，傾盆倒如注。繅絲無斷時，纏綿欲終古。恰閱五朝昏，計程纔百五。不信蜀道難，咫尺隔秦楚。

林鎛閃微曦，輿皁喜加額。迴風自西來，旋被濃陰羃。行行入漏天，疑是銀河決。衣袴盡沾濡，折角詎巾幘。泥淖一尺深，插脚立不得。初猶豕負塗，繼且鮒卧轍。淋漓鬬喘牛，蹣跚困跛鱉。沴濕雜汗漿，酸臭一身逼。愧我閉車帷，兩頰如火赤。

愁霖等痼疾，非無暫已時。一陽偶蘇息，瞑眩轉莫支。轉轉入沈篤，瞠目僵巫醫。我性縱急躁，仰天徒嘘嚱。十里避茅舍，五里趨叢祠。却步退飛鷁，失勢單足夔。得尺則尺耳，詎想馳通逵。那期人事左，蹇人數益奇。山谿忽暴漲，滅頂防凶危。搴裳斷朝涉，編筏無舟師。坐看鴻溝劃，百計將焉施。

解襆柴家崗，據床聊息偃。猛雨遞喧豗，雙耳不能掩。起看茅檐低，晶簾孰爲卷。數問前津人，飛流益橫險。冥心習枯禪，静待陽和轉。差喜聞田歌，山農願皆滿。禾隴遍青葱，插秧到層巘。念我石梁民，愁眉應得展。所慮瀕湖逼，堤防未加堰。私心祝龍公，南北盍分限。來月稻花香，一笑使君返。

阻雨寄查梅史

隔年尺素兩通郵，一例當官與命仇。黄面瞿曇微示疾，梅史以痘疾暫乞去巢。青衫司馬故多愁。相思急似憐風蚿，握手艱於逆水舟。來日西窗動翦燭，可堪同聽雨如秋。

全　椒

四山縱平遠，迴環都有情。俯視抱廬井，佳氣含葱青。一城大如斗，綴附還相生。河流足溪漲，上有虹梁横。灌輸遍畦畝，高下能曲盈。良苗自疏植，沃土寧深耕。風俗習麗厚，鼠雀無矜争。官此可卧治，花下當鳴琴。

訪吴山尊學士鼒不值

微雲學士久傾襟，空谷寧知有足音。早退聲華情已淡，中年科第感逾深。山間著史隨身局，時揚州奉詔開局緝唐文，先生與編纂。林下揮金濟世心。甲戌歲飢，先生傾槖以千金倡捐濟其鄉人。我愧粗材兼俗吏，隔江聊復戀苔岑。

距合肥尚二百里寄陳白雲大令斌

先生古儒者，讀書必周秦。雙瞳湛烱烱，上下窮垓旻。偉抱鬱治術，五經何紛綸。其文太史潔，其言荀卿醇。一第乃出宰，有社稷民人。張弛本至理，勿取煦煦仁。風骨尤峻邁，九華同嶙峋。我過青陽縣，去思聲振振。懷寧聞公至，市猾潛逡巡。治繁寓以簡，堅白誰緇磷。子產縱慈母，寬猛期兼馴。所憾皖子國，往來當要津。没階事趨走，未免防怒嗔。獄訟等蝟集，片言折如神。或時需佐理，聽斷如身親。民愚不知感，妄謂牘積塵。合肥亦赤緊，君來與更新。三月遂大治，條教咸守遵。是年適奇旱，饑黎走踆踆。君首喻富賈，萬石傾倉囷。定值示官糶，一月週三旬。四郊設粥厰，男婦分等倫。仁言之利溥，萬壑蘇困鱗。飲和載食德，有脚回陽春。奉君祠孝肅，禄位期繩繩。君猶謝不敏，愧與包老鄰。我初學製錦，謬托君陶甄。譬如抱《左傳》，日逐康成輪。有時閒清譙，氣味投松筠。查君健身手，梅史。入坐同郄賓。君不勝蕉葉，酌客奚辭頻。我醉露狂態，輒復吐車茵。君笑謂梅史，斯豈長賤貧。匪徒擅風雅，藴蓄當有真。我聞感欲泣，幸爲知己伸。朅來治小邑，石梁瀕湖漘。民氣素懈慢，士習尤非純。繭絲理益亂，保障談何能。赤地亘千里，瘠土彌艱辛。閭閻鮮富智，徒手將何因。苦口説中產，集腋迴千鈞。寸積而銖累，醵錢兩萬緡。使自贍戚黨，由近迨孤惸。官吏不假手，胥役徒狺狺。加之叠賑貸，庶免魴尾赬。人或頌我德，誤道吏治循。我非用我法，仿諸合肥陳。

消遣二首

粉字丹毫老蠹編，銷磨鬚鬢卅餘年。自經薄宦知官苦，爲買雛姬覺婦賢。酒琖情深花下釀，笛聲吹破月中圓。放翁若許描團扇，擬共娉婷證畫禪。

菱花揩鏡月初盈，更愛高樓晝燭明。鴛夢看人原有味，猪肝累我亦多情。朝衫典後穿須借，棋局殘來補又成。獨是錦囊未收拾，詎應懶慢學嵇生。

再　宿

再宿春糧盡，愁霖日夜添。三朝驢磨轉，一澗虎牢嚴。蛙鼓當階惱，蚊雷隔帳嫌。壁鐙誰共語，對影捋鬑鬑。

日　長

日長雙眼豁，偏不易黄昏。飯罷無餘事，書看已再翻。病軀行路健，馭卒出門尊。失笑當時令，還同蝨處褌。

不　寐

僮僕已將倦，無聊姑上床。馬驢終夜齕，蟣蝨一身當。薙簟更番暖，蓮籤滴瀝長。安心乏靈術，百感乍茫茫。

斜　據

短墻低見岫雲遮，深樹巢欹濕乳鴉。斜據轆轤當隱几，看他病蝶上茄花。

登　輿

破帽看籠頭，登輿去姑且。望望萬山頭，地名。巒岫雜青赭。豐草披蒙茸，平林斷梧檟。石骨露稜稜，曲鐏冷泉瀉。炊煙出不高，翻繞茅檐下。濕雲淪澗阿，時被衣袖惹。野花不知名，搖風自嬌姹。幽賞豁倦眸，惜無亭館假。有客張繖來，問是自厓者。但言公無渡，飛流駴奔馬。居人鮮懸壺，安得鼉梁跨。

圓通寺

蕭條古刹倚山根，囓盡流沙怪石蹲。香雨天花空鷲嶺，河聲松色小龍門。經橫未耜僧兼俗，課絶鐘魚寺即村。欲借蒲團留一宿，奈他耳畔日潺湲。

傳家河用蔣心餘三峽澗韻

萬山曲抱谿流灣，松陰石氣朝生寒。飛泉百道滙一港，蜿蜒突兀森雄觀。急流濺珠沸石鼎，真仙誰與烹龍團。怪石岩崿立虎豹，皮不可寢睛難刓。伏蹲怒視往來客，猶驅萬馬嚴當關。道旁草深一尺厚，斷碑尚有名姓鐫。上言古澗徒涸澤，何曾平地生波瀾。中流一線詎濡軌，匏壺寧用懸腰間。歲十一月徒杠成，搴裳徑度衣常乾。惟當春夏驟雨至，衆壑趨鳴黄流寬。白日晴雷轟飛雹，征人恨不生羽翰。松舟難敵鰐牙厲，石梁屢圮鼉文斑。老僧謂我姑解襆，未須愁絶蝟毛攢。水無源本可立涸，豈若灩澦黄牛灘。但得一宵雨點歇，凌晨看公雙旌翻。我聞俯首入荒刹，借支香積求常餐。忘却今朝值晦夕，誤向山頭看晶盤。失笑自展冰簟卧，側愁鳩婦呼檐端。

朔日又雨

聽徹僧樓五夜鐘，披衣起視轉濛濛。真成舊雨聯今雨，安得南風競北風。六月寒生偎薄被，一河天阻斷長虹。愁來翻笑隨車吏，循例銜參到梵宮。

山寺無米日晡不得食用蔣心餘乞酒韻

癡雲壓屋濃難收，坐對怖鴿含深愁。饑腸轣轆自雷轉，據床聊爲吴市謳。積穀翁不來蕭寺，安得米如量沙籌。闍黎罷鐘誰果腹，監河貸粟空撐眸。休思割肉笑臣朔，並少戛羹如嫂邱。乞米有帖書不得，徒看塵甑饞涎流。撥灰煨芋火種絶，帶雨撤茅生烟浮。斷齏何曾有粥畫，他年遑卜中書甌。古佛參來汁亦竭，麻姑擲處珠寧求。聚山杶説學馬援，負米翻教羈仲由。可憐漂母不數覯，誰能一飯淮陰侯。我至全椒非道士，安希餉酒來蘇州。輿皁空譁僕瞠目，此輩借箸奚容謀。試翦林宗雨中韭，更乞釋迦幢前油。聊比吞氈苦心著，較勝煮簀佳話留。僧謂門前浪淜湃，滹沱麥飯君非儔。劉家吞紙有故事，且卧抱犬先生休。

行笥携有甘露餅將饋省門諸友取以療饑兼賚僕役戲叠前韻

今年麥多一斛收，田舍翁家妻當愁。家家爔餅溲玉屑，但恐達官聞清謳。滿月一規欲盈掌，元霜萬杵寧記籌。雪膚真和凝脂膩，上手未嘗先開眸。下視粔妝餦餭輩，堆盤粗俗徒如邱。我攜百枚重封裹，非爲老饕食若流。期與故人席上説，且看何郎湯中浮。不托稽名合揮麈，牢丸辨誤宜擎甌。蔡襄製妙惜假借，束晳賦好當搜求。詎意在陳從者病，殘羹冷炙尋無由。既難畫餅作名士，焉能辟穀師留侯。迴顧藥籠却大笑，何異燭栗逢杭州。十字拆文遽大嚼，一寸斷葱遑再謀。争看宴奪紅綾餤，不管畫污寒具油。乞餘未煩齊人顧，丟角寧待太尉留。此輩恨非戚家製，穿孔可懷歌同儔。渭叟若見囫圇喫，千層秘法今當休。

僧舍墻仆用蔣心餘困雨戲作韻

一現曇花郭外村，蕭然環堵水雲屯。竹間支竈青浮几，床上看山緑進門。障礙離身袪宿垢，光明放眼絶纖痕。而今真少騎墻見，廣會無遮歷旦昏。

河上眺隔岸諸山有懷梅史

小步循河干，雨歇翠聲滴。排笏横諸山，湘帆九面碧。草樹捎活雲，石根無處覓。縱少亭臺看，蒼紫意蟠結。寳泉學瀑流，斷續不成疋。峰坳帶遠村，濃緑一團凸。炊煙低欲生，林霏互明滅。惜哉吾髯翁，烟霞抱奇癖。鑪鞴鑄湖山，化機工手抉。未容携袖看，坐令畫圖失。

夜寂二首

僧廬夜寂罷繙經，月黑濤聲倚石聽。雜樹叢圍三尺廟，濕雲飛逗鬼鐙青。

風漏紙窗鐙不明，鐘魚殘缺霉痕生。墓旁狐拜犬嘷影，樹頂鸛爲人笑聲。佛卧塵龕半身壞，客眠繩榻三足横。墨雲半夜破微罅，北斗斜轉低庚庚。

自　遣

惠文冠小愧臨民，着手生愁未是春。下考不妨勞似拙，好官豈在判如神。銷除眕㬶因延士，愛惜聲名爲悦親。莫笑硜硜矜介節，使君家世本清貧。

由傳家河迂道至馬廠集徒涉過河

一群健卒驅裸蟲，盡褫衣袴游鴻濛。兩足踏水水齊胸，天魔來舞愁蛟龍。初如老猿牽背下飲澗，又如浴象噴鼻濤洶洶。有時對挽若互抱，豈是阿麼秘戲磨烏銅。次第探尋識深淺，乃起分負箱篋籠。一人以物置頂鰲戴石，奮頭不顧敖曹雄。一人肩贔好負重，岳家水軍背嵬工。一人隻手獨扛鼎，挾山超海何從容。大步直蹴馮夷宫，焉用文犀劃水誇靈通。最後接引僮僕輩，左提右挈襁褓同。或恃强項夾雙胯，或以尻承森駝峰。或聳兩肩令叠坐，上者附耳低拊躬。前牽後挽腹背攻，宛如九子魔母游戲雲水中。我坐肩輿自跂脚，高擎四角凌虚空。夾輈别有四人從，居然起居等八座，毋乃僭妄欺童蒙。足底桃花落千片，狂來欲騎赤鯶公。中流未免思急退，風濤轟激佯瞶聾。忽作奇想發狂笑，旁人應道終南進士鐘。腰間印綬纍纍紅，烏靴短勒纓髼鬆。竹轎嘔啞群鬼捧，篷頭赤脚真奇窮。

盆渡歌并序

過河十五里復隔凌家壩，河心亘巨石十餘丈，山漲驟來，躍爲飛瀑，噴珠若烟，高可數尺，冷氣竪人毛髮，雖弄潮兒無能爲力。有漁父云："去此二里許，水勢稍平，農家設盆，兩岸繫以巨緪，牽拽可渡。"乃從之。度越阡陌，路仄如綆，輿人汗下交頤，力竭始至，已夕陽在山矣。而盆適在西岸，繩又中斷，覓土人泅水取盆，久之乃合。輿馬僕從，次第悉渡，作歌記之。

我生命薄竟如紙，出坎入坎乃至此。一波未平一波起，子龍膽豈通身是。巨靈曾擘太華開，何不剷令頑石隤。幻爲魚腹阻深峽，妄擬龍門喧驚雷。銀河一曲可對語，咫尺天塹空徘徊。沙觜有人自舉網，遥指前村客盍往。汪家盆小似魚舠，恰受三人未須槳。借他浴繭過三繅，直抵挂帆吹五兩。輿人鼓掌開雙眉，那管汗珠交下頤。險忘翁子盆覆處，逹過莊生盆鼓時。孤注今拚試一擲，不信戴無見天日。西來已自近靈山，彼岸還將金筏截。頂禮香盆凡幾回，浴蘭盆好偏遲來。一髮千鈞懸隻手，蹝身躍入盆瀠洄。荷葉團團珠露動，人在盆中憑縱送。洗頭那見玉女逢，拍手真成化生弄。兩頭旋轉如轆轤，東牽西拽排酒胡。顛倒不窮桶傾桶，出入靡罄壺公壺。我聞達摩渡海杯中立，又聞太乙乘蓮天上摘。但期自渡不渡人，人相我相太區別。此盆化身毋乃布袋佛，一時宰官衆生鋒車快馬齊收拾。

過龔芝麓尚書故宅

十笏荒園水石枯，尚書門第有啼烏。東林已種清流禍，南國空將大雅扶。卧閣賓朋愁菡萏，眉樓夫婿媿蘼蕪。中閨代受鸞封日，曾憶當年錦褥無。

舒城至桐城道中

窮陰匝月鎖重巒，誰放征人酒琖寬。水上昇同船上坐，雨中山當畫中看。腰輿小夢愁和重，手版題詩墨易乾。合是龍眠栖隱處，萬松青瀉澗聲寒。

題張香巖先人遺訓後二首

端書繭紙簇眠蠶，老輩深心托秘函。一自延之《庭誥》著，烏衣門巷薄江南。

鸞鶱聲華憶少時，家禽能辯異常兒。看君檢點趨庭語，便是中和樂職詩。

詶廖鐘隱韻四首

江水依然緑，巢痕指敝廬。秋風思杕杜，鐘鼓厭爰居。客夢菰蘆遠，人謠薏苡如。只應懷片石，歸藉壓巾車。

一榻招提院，蕭疏賦惱公。頭廳江總曲，腰扇褚淵風。話舊明星白，題詩佛火紅。畫圖留記處，莫忘虎溪逢。

麈尾涼風至，清談逼晋梁。囊琴憑客弄，斗酒待誰藏。秋意摹宮畫，禪心媚國香。岑牟休更着，争道禰生狂。

別久交偏重，官遷障日深。秋初天欲醒，山曉夢猶沈。陶令新除酒，馮唐老廢吟。憑將塵眼洗，濤壯廣川潯。

用廖鐘隱贈張香巖韻即送其北上二首

江花江草舊心知，匡鼎逢君又説詩。風遠高樓茶熟候，夜深涼笛酒醒時。楊枝白傳拋蠻袖，齏臼曹娥辨色絲。暫許閑情付鷗鷺，荷香消受習家池。

世味禪心證六如，才名都付畫欄餘。强臺再上緣將母，息壤重謀待著書。凉月秋隨西笑去，火雲人憶北征初。十圍樹老摩挲久，争許離懷爲剗除。

皖城晤梅史感賦五首

吾友海昌查，群季各彬雅。阿兄麗而髯，梅史自號髯麗。落落合尢寡。一官期奉親，廉潔著封鮓。良吏自活民，敢薄走牛馬。憐我心蹟清，締交袂許把。側豔疑飛卿，跌宕訌子野。寧知骨崚嶒，三好亦姑且。舛午逼風花，相逢鉛淚瀉。

我讀書不多，敢言致身早。學古乃入官，檮昧愧聞道。舜蹠判雞鳴，兩端涉憧擾。賴與梅史交，攻錯獲師保。辨味斥邪蒿，勵志蓄勁草。生麻蓬自直，倚玉葭亦好。君治淮與巢，奏刀若振槁。循聲達天衢，頌揚追輿皁。竊聽兩頰紅，中焚轉熱惱。修名懼不立，行行看漸老。

風萍偶迴聚，重見良歡愉。君固髯如戟，我亦鬑鬑須。相逢無愧色，此語誰當渝。意氣彌矯健，擊缶歌烏烏。自君判别後，我濫吹齊竽。君言訪我政，駑駘或步趨。所愧邯鄲學，終與天人殊。大德閑恐踰，小惠民寧孚。今茲重印證，山水當範模。

止酒逾半年，近更苦瘖痱。分與桮杓辭，不藉澆塊磊。茲來皖公山，南轅暫北止。君便相招邀，鸜鵒柄我指。小呷輒攢眉，走入醋甕似。君强至再三，搦戰聊復爾。座有宋子京，兼得陳平美。犄角嬲無休，玉山竟頹矣。歸笑吐車茵，狼狽幾欲死。

晨起趨公府，岑岑頭戴山。眼花迷五色，軟脚看蹒跚。誤疑中暑暍，倒持手版還。渴飲盡斗水，伏枕同虚孱。清歡造物吝，于此見一般。咫尺隔談笑，坐失良晝閒。莫更思豔福，畫壁期雙鬟。

卷第九　古今體詩四十八首

司徒廟虬梅歌

司徒者誰廟於兹，叢莽灌木圍山陲。中有老梅百年物，盤拏空際紛離奇。當殿一株如纛卓，横穿側出香雲觸。一株斜矗庭左偏，鶴脛龍腰斷復續。其右二株交枝柯，比肩玉立相婀娜。忽發長枝逞瘦勁，千年古雪封藤蘿。本粗如盎枝如臂，夭矯玲瓏絶思議。不信暗香疏影中，拳曲翻教露姿媚。曲曲轉作螺紋旋，銀虬結共生蛟蟠。鍛鍊寒香愁鐵石，荆關束手鈎摹難。作勢雲中下孤鶴，踏枝生恐雪無着。是花是雪太狡獪，造化自嫌費穿鑿。山僧閉門山月高，坐卧不離花周遭。飽看玉龍恣游戲，繽紛花落驪珠抛。我聞松柏勢盤鬱，崛强不受風塵屈。輪囷磅礴性使然，古來豪傑非寒乞。梅花本是羅浮仙，但以韻勝全其天。胡爲空山獨偃蹇，剥膚削骨撑荒煙。應是冰霜壓不死，杈枒卧地仆還起。苔花土氣逼孤根，魂返東風蘇凍蕊。煙水空濛知幾秋，礌砢古貌同瘿瘤。林逋倘見當失笑，老妻奇醜彌風流。

上巳邀幕中諸子修禊芳園微雨不果去詩以自嘲二首

撲面東風一斗塵，歸來花事近殘春。園亭預乞流觴酒，簿領剛抽借病身。微雨天應嫌吏俗，禁煙節待補詩頻。水邊不許眠烏帽，贏得沙鷗儘笑人。

寂過枯僧不放顛，未須絲竹感中年。商量晝日圍棋局，消受春陰食笋天。池館荒凉名士酒，鷺花凄斷美人禪。詎因種竹期逢雨，爲愛廉纖潤麥田。

雨止仍偕諸子集芳園分賦二首

踠地垂楊破夕霏，濕雲浛浛碧天圍。午陰城郭前朝畫，斜日樓臺壞色衣。數遍欄杆盈酒伴，吹來環珮是花飛。退衙偶作江湖想，便擬樵風一葉歸。

稧飲何妨結净緣，酒瓶茶竈更藤牋。陰晴不定水雲際，草樹皆香松石邊。半壁蝕殘苔繡字，一繩界破紙鳶天。他時若遣桐鄉去，應爲溪山獨惘然。

冒雨催科賦以自嘲

踏雨衝泥孏尚能，麥畦春盡暮寒增。勸農不到催科到，慚愧頭銜一尺冰。

和韓弈山秀才炎見贈原韻二首

第一山頭乍拂箋，石梁疑下幔亭仙。客來硯北栽花地，茶熟江南劚笋天。籠燭談深都忘醉，奚囊詩滿不論錢。怪來齒慧清如雪，曾試玻璃上品泉。

粗官真笑鶴乘軒，逢掖驚看白屋尊。説士將軍慚鄧隲，養親太學重何蕃。廉隅過飭非臣罪，貧賤深交爲爾論。難得羊欣工似舅，練裙揮灑折釵痕。

題韓弈山秀才詩卷二首

梁苑春初雪亂飛，朱門殘客謝鄒枚。行塍一卷歸裝壓，曾挾河聲百尺來。

白下人推著作林，子雲誰繼到如今。新詩貪就凉雲讀，一架荼蘼正緑陰。

團扇歌謝韓弈山題司馬繡谷畫扇見贈

江南二月鶯啼早，江北天寒盡春杪。撲蝬聲微草似羅，落花風緊天難曉。冬郎詩好玉臺工，一角親題小印紅。團雲鏤月珍珠字，讓出黄荃畫在中。折枝畫觶如横鏡，多情合借相如姓。活色生香影動摇，迴身障面誰嬌靚。笑我中年鬢有霜，風流腰扇感凄凉。縱使合歡人在側，愁心不遣畫鴛鴦。

繭　　虎

繅車聲罷麥秋天，巧製山君一臝然。無限雄心遭束縛，縱餘豪氣亦纏綿。咆哮立制煩纖手，皮相空存笑老拳。莫是稱名誤馮婦，喁喁兒女話當年。

艾　　人

一束冰臺續命辰，儼然冠珮足娱賓。蓬蒿莫道無奇傑，臭味原來近辣辛。病已七年應自療，食如三斗累人嗔。問伊名姓憑誰識，口吃呼猶字字真。

蒲　　劍

青萍曾説鑄池頭，遺種芙蓉鍔尚留。豈果殺人如斬草，本來斷水不分流。八公想像神兵利，九節鋒鋩鬼膽愁。若使佩來齇市賣，衹應榆莢換茄牛。

釵　　符

疊成方勝畫糢糊，小綴花鈿傍髻珠。羽客豈爲貪色計，美人亦借護身符。避來戊己同釵燕，續到庚寅望舄鳧。笑謂檀郎莫輕近，辟邪靈過守宫硃。

消夏一集分賦

團　　扇

一握凉風羃素紗，團圞題字半欹斜。低頭墻脚招蝴蝶，擱手欄杆受落花。若畫美人疑對鏡，似逢明月易思家。芙蓉深處支床坐，聊趁流螢撲水涯。

方　　棚

中庭十笏盡編蘆，火繖羲輪不待驅。凉覺桐陰雲氣厚，響過蕉葉雨聲粗。微嫌户霤三星失，差喜江湖六月無。莫道蓬瀛長日遠，此間清冷便方壺。

蠅　　拂

玉麈清談破午眠，松枝長伴酒琴邊。指揮全在先聲奪，萋斐何傷定力堅。誤汝畫屏輕點筆，笑他拔劍奮空拳。營營故紙鑽難透，白晝驕人亦可憐。

蚊　　帳

十幅香羅叠雪輕，不愁花脚鬢邊鳴。露凉怯坐吹鐙候，鈎響重聞扇枕聲。夢醒雷喧疑夜雨，心嗤圍急隔嚴城。曉風殘月貪餘睡，好是蝦蟆近六更。

碧紗幮

蔚藍低處鬱沈沈，蟬翼通無暑氣侵。客膝案横青玉穩，打頭屋似緑天深。豈真妙畫通靈化，不待新詩捧袖吟。莫道他年非宰相，紗籠人歷去來今。

黄竹簟

龍鬚八尺竟方床，滑玉冰肌夜未央。熨手可禁全體熱，側身留待箇人凉。湘中舊夢波紋折，榻上横陳蠟味强。好是睡鄉剛配色，困人天氣熟梅黄。

芙蓉汗衫

同根並蒂績來稀，絡索輕宜稱體微。網結真看西子得，汗香何損玉環肥。藕絲裙配仙人曳，蓮葉巾逢女冠歸。一片空明千手眼，幾曾無縫是天衣。

茉莉花籃

百琲玲瓏簇不分，冰綃帳底助氤氳。夢回雪訝山中卧，夜半香宜枕上聞。采藥未容鋤柄掛，梯桑翻笑翦刀勤。秋來更擬煩纖手，折桂成團破夕曛。

移　竹

此君風骨自亭亭，屈節相依醉幾經。解籜正逢新雨碧，破苔猶帶舊泥青。兒孫戀爾應垂首，主客如吾可忘形。添得五更窗戛玉，攪人清夢耐人聽。

洗　桐

百尺龍門玉立身，井華初汲净無塵。曾栖鳳羽摩挲久，爲養琴材愛惜真。幾日開花知粉涴，去年題句覺痕新。據梧誰者如箕坐，生受流雲冷似銀。

濯　足

釣石磯頭小坐安，雙趺游戲笑槃跚。紅塵插脚回頭失，白水盟心立地寬。急雨近搴荷蓋大，凉波欲蹴鴨兒難。平生幾兩樱鞋願，儘笑浮雲月一丸。

晞　髮

行吟披髮澤蘭中，名姓安知亡是公。漉酒不愁椒葉雨，抽簪合受稻花風。竹如意擊歌誰續，玉女盆傾洗最工。一卷葫蘆書讀了，扁舟還弄夕陽紅。

消夏二集分賦

銀河篇

瑶天一碧纖雲捲，秋星夜盥銀河淺。銀河脉脉蹙魚鱗，長空百幅吴綾軟。左黄姑，右織女，天上人間奈何許。烏鵲虹橋誤踏波，紫鳳雲軿愁濕羽。鵲橋鳳輦自青霄，天孫倒影芙蓉渚。芙蓉露冷泣秋江，嬌藏七十二鴛鴦。鴛鴦飛不到天上，銀河終古空相望。緑字有碑鐫碧落，白榆無樹種紅墻。支機石付乘槎遠，按拍聲偷擫篴凉。笛中夢記霓裳調，水珮風環都絶妙。太液笙歌恍舊游，昆明星月憶曾照。瀲灩金波夾素濤，廣寒宫殿逼秋高。生愁妃子沾羅襪，可許君王濯錦袍。錦袍羅襪空凄戀，篋中容易悲團扇。金井梧桐墜葉飄，玉階蟋蟀凉風嘶。迢迢影漢不生瀾，幾時一洗回心院。别有秋娘掩薄幃，鑪香不熱罷鈿徽。夫婿封侯去天闕，檀郎謁第赴京畿。浣紗湖上嗟遲嫁，織錦江頭怨未歸。一樣傷心天水碧，碧海青天夜夜思。夜夜朝朝看不足，可憐羅帶北風吹。何處北風吹短草，楊柳關山秋易老。元菟城邊七星低，白狼河北封書早。年年刀尺夢遼西，歲歲藁砧羈遠道。空見流雲學水聲，何如倒挽欃槍埽。天帶委蛇徑指隅，月姊風姨夜弄珠。細碾冰輪安四角，巧持星彈控雙弧。蓬萊清淺人猶到，不及銀河萬里鋪。萬里長風送離别，相憶相思渺難説。莫怪嫦娥竊藥癡，莫怪蘭香私語泄。五銖霜重玉肩寒，百琲露零粟肌結。天船喚渡雨如絲，案户敲鐶月如雪。始知天上遜人間，方寸星河萬仞山。天上有書無鯉寄，人間有夢伴鷗閒。儘將鉛淚磨明鏡，一例秋風損玉顔。

焙　　茶

山家薄春耕，種茶如種穀。十畮樹及肩，百弓崖裹腹。低枝青蚓蟠，嫩莢翠螺縮。雨前潑火新，社後密雲簇。纖猶遜雀舌，圓或嗤兔目。形未判旗鎗，味寧分杞菊。提籠趁霧蒙，羃巾畏塵撲。小步徑三三，高攀峰六六。凌晨笋尖忙，傍午蓮鈎速。蔭息借松棚，歸途指茅屋。攤來防爪傷，曬處慮禽啄。團鑪試紅泥，矮竈支黄竹。溉釜汲松泉，析薪斯桂木。中儭篾編簾，上覆紙糊簏。候火驗鼎丹，藴香伺甕麴。初爔逼露收，微煴迸膏馥。陽燧補天和，陰巖破寒肅。過時笑餅焦，生取欠棃熟。燥濕期得中，色香戒無瀆。草石氣皆蠲，清寧味始復。質貴擇輕新，腴還辨理肉。瘠老霜荷凋，鹵莽胡韡蹙。潔愁手汗拈，脆恐眉毫秃。烏蔕病須除，白牙品合蓄。浴蠶覘早遲，煮梅視秋伏。烘花吴市工，爊栗杭人獨。絶技遜頭綱，秘方空滿牘。比户貯輕烟，沿溪接飛瀑。箬苞曬短墻，碾磑倚幽築。采蒸不厭精，擣拍何嫌覆。啜可累萬錢，飽難逾半菽。製妙譜傳蔡，論詳經撰陸。珠璧裹重重，麝蘭殊碌碌。禪榻鬢絲飄，琴床塵尾矗。蚓鳴聽瓶笙，蟹眼看波縠。花下露滿身，桐陰月盈掬。詞客沁脾清，神仙誇口福。漿覺藍橋誣，酒嫌《漢書》讀。肯借顧渚烹，敢道浮梁鬻。水厄兼火攻，古語未堪服。

壽康太夫人爲蘭臯中丞賦

一代名臣著，千秋壽母賢。經從韋幔授，里卜孟鄰遷。柏谷符先覺，柑洲誡不愆。坐床箴善果，開閤數延年。月滿俄成絹，霖甘亟掩錢。夏侯帽帶謹，皇甫果瓜虔。卓識嬰陵並，幽操湛宋全。凡兹垂白訓，都入汗青編。華胄康侯錫，名家顧渚沿。野王風未邈，吏部樹猶騫。藻德熏梁廡，蘭心毓慧泉。無雙工繡畫，第四辨朱絃。漆簡班昭筆，馨陔絡秀筵。石樓歸鼎閥，汾曲降雲軿。雞旦交鏘珮，魚冰佐飾籩。慈分文矩愛，孝勵鄭袤堅。清節成吴隱，修名益鮑宣。縞綦熊軾右，筐筥鹿輈前。判牘聞刀尺，鳴雞伴槧鉛。枌榆吴帖燬，棠棣洛碑鐫。載石餘歸舫，牽蘿補舊椽。膝環麟角健，手舉鳳毛翩。名孔諸兒顯，驚房二客延。緯蕭螢案側，劃荻蚓泥穿。訓詁窮毛傳，紛綸擘鄭箋。儼儀争桂茁，歆向續藜燃。蕊榜連枝秀，冰曹一姓專。槐森家衖蔭，花種壻鄉仙。門第烏衣盛，風裁象笏懸。唐徵鄉貢籍，漢舉孝廉船。盡室看鵬翥，容驪僅馬旋。譽雖東海起，憂自北堂蠲。世業青箱秘，初階赤管聯。祥原兆蛇鶴，系本珥貂蟬。季子中丞貴，前身選佛緣。圖書披玉薤，詞賦豔金荃。劍佩千官仗，蓬萊五色天。甲辰雌近謔，戊子小何偏。奏事螭坳對，簪毫虎板捐。胭脂雲裹印，芍藥省中篇。峻望機廷重，殊恩儤直便。孔光温室樹，李固斗杓躔。括口囊旡咎，班心履自駢。銀臺資大麓，朱閣執中權。投甌盆無覆，乘軺獄立平。宣風馳日下，封壤静江壖。荀羨驚年少，韓宏許俗湔。油囊除大槊，綵幟裹長鋋。鳩斂蘇民困，魚排肅吏銓。北門嚴筦鑰，西序廣陶甄。汲黯朝持節，平當曉跨韉。迴天功業業，活國念拳拳。佛寺三盂粥，都亭萬户饘。欒公新立社，趙郡永名川。出納期紅朽，澄清寫碧漣。旌幢揮鵲渚，裘帶嘯龍眠。闓澤旉灊霍，仁風達薊燕。起居煩驛使，恬澹課農佃。坩遠遺封鮓，庭遥儼對饘。潘輿頻請侍，敬績自安廛。姑就閒官養，聊娱稚子牽。淮流青瀲瀲，山潑翠娟娟。畫舸雷池畔，香車蜀阜巔。柳摇三尺雨，花撲一溪烟。龍媪鴉娘集，村姑竹母闐。翟衣瞻母範，鶴髮凭孫肩。帝簡重申巽，宸衷早握乾。長城江左倚，開府皖中先。黄叟魚趨壑，蒼生螘慕羶。借寧迎竹馬，威久示蒲鞭。狨座秋行部，獅璋夜按邊。色覘温玉潤，胸朗智珠圓。墨綬躬醇樸，青衿戒巧儇。樵童欣躑躅，桑婦樂蹁躚。銅斗桃花溢，金堤瓠子填。絡頭馴赤駮，浮鼻擾烏犍。緣道香花供，彌空粟雨還。輸衷齊獻曝，叩首敢懷甎。草遍圜扉緑，花飛訟閣妍。檛松勤采采，税橘慎戔戔。清白心長凜，丹黄手自研。養和儲鼎鉉，齊政助璣璿。甌待他時卜，裳猶此際褰。丹青神奕奕，桴鼓净鼘鼘。八座迴鸞轂，三驅護翠篢。蘐帷看一笑，蓉幄喚重卷。匝地慈雲擁，當頭麗日娟。雕榍垂麗褧，繡毯砑葱芊。鑪篆縈縈拂，琴薰霅霅扇。神明秋水骨，華澤玉霜顛。慶月游天妭，星期隔女婣。鱗皴雲似錦，蟾抱月猶弦。檗進千春棗，池開十丈蓮。堂皇朱紱繞，步障紫絲纏。沆瀣調蒼柏，瑯琊釀碧秈。海籌臻菊笇，瑶牒衍瓜綿。塍爵趨寮寀，稱觴聚偓佺。賜叨靈壽杖，恩逮蕙蘭櫋。異數咸欽若，純忠願勉旃。期頤行更頌，餘福溢垓埏。

登鳳凰臺

白雲縹緲首重迴，絶頂風高獨上臺。千里江流終古恨，六朝山爲夕陽哀。詞人白髮空横管，過客青篷儘覆杯。目極鳳凰何處去，依然老我謫仙才。

鑠院雜詩

破篚驚心束筍堆，敢矜犀炬水雲開。階前落葉休輕掃，一様春風費翦裁。

夜擁青氈似直廬，十年重伴玉蟾蜍。鐙前莫便加紅勒，恐是南華未讀書。

茶烟低罨畫簾深，倦眼餘看屋角金。門外知堆黄葉滿，隔墻風緊見疏林。

手抛玉尺近床頭，圍坐墻陰話未休。儘有閑情吟不得，西風空畫秣陵秋。

消寒第一集分賦

諫　果

閩客收帆到，寒江雪乍嚴。箬封青纂纂，槃累翠尖尖。淮北寧愁踰，交南耻附炎。攀枝垂緑雨，落實藉紅鹽。但較哀梨爽，何知軟棗嫌。取懷徵啓沃，極口盡鍼砭。修竹彈無忌，邪蒿斥未厭。酸真風味古，澀自性情廉。正色生平在，圓神偶示謙。力争喉舌地，莫惜齒牙銛。茹吐剛能受，脂膏處不黏。烟波千里飽，甘苦一身兼。蔗尾餘佳境，檀心破小匳。夢回香更冷，酒醒渴思拈。碧暈茶宜配，黄鬆橘共醃。吴人以鹽漬之，則變黄色，如橘然。梅攙霜栗嚼，《物類相感志》：“橄欖與栗同食，作梅花香。”蘭放燭花添。骨尚稜稜起，仁須細細箝。書堪千遍讀，歌擬兩頭纖。吴市高聲唤，吴中鬻橄欖者叫嚣百狀。幽閨密意忺。涪翁詩得句，應已斷鬚髯。

暖　鍋

古人食具辨鬲鬵，錡筥釜鬵義各在。近代好奇製詭殊，中矗火山環似海。波斯鉛嵌風磨銅，圓欲規天煉真宰。上豐下殺忽束腰，底定羌無覆餗罪。細敲鴿炭滅復炊，黔突倒填愁煅乃。木金水火備五行，坎離既濟无凶悔。猩脣鯉尾並矦鯖，薫蕕共器詎相浼。小試鹽梅調劑方，一味和同功百倍。香霧騰騰觸鼻温，旋看邊際浮珠琲。何必掀然起大波，咄嗟立辦坐堪待。底用鑪圍榾柮紅，酒人背癢肌生瘖。我輩素薄趨炎徒，轉覺唇焦歎如燬。主客正誇吞火奇，侍人執熱氣偏餒。當筵不礙腹膨脝，八簋紛陳別胾醢。俯視衆山列兒孫，獨聳孤峰勢崔嵬。又如滿月羅群星，參伍時看斗杓改。烈焰中焚染指難，尺波誤道魚燒尾。炙手有威竟何如，向火乞兒語空詒。具體渾侔銅柱高，炮烙幾令客危殆。似聞暖玉曾琢杯，肉臺盤倩家姬美。粵南壺子綰羊腸，不憚熱中橫磈礧。碗底燒春逼鬼燐，鑪火純青斷渣滓。床頭更製擬瓶笙，碧罨一鐙蓮破蕾。豪華氣焰動逼人，豈但珊瑚鬭崇愷。下策徒然笑火攻，銷爍終非養生旨。寄語鐘鳴鼎食家，象齒焚身秖緣賄。

消寒二集分賦

寒　　煙

瞑曚樹色遠圍村，長日如炊竈不温。斜月橫天山氣重，殘陽抹地水波昏。漁篷影戢篙微露，寒碓聲稀雀尚喧。絶似前朝遺畫幅，斷縑零墨黯無痕。

寒　　雲

釀雪天應作意難，長空浛浛逼生寒。縱教日漏黄無影，偶被風皴黑作團。混沌何須愁破碎，癡頑不解學峰巒。山樵歸覺蒙頭絮，凍合溪流仔細看。

寒　鐘

五更霜墮萬山瘖，一杵穿雲古寺深。月黑乍醒猨鶴夢，鐙昏時動粥齏心。漁榔響應初收網，卧閣聲遥只戀衾。回首江楓橋下泊，何人擁鼻更酸吟。

寒　鴉

樹梢潑墨凍雲横，茅屋低盤噪有聲。閃背夕陽紅近塔，打頭落葉黑堆營。荒祠冷飯拋難接，倚杖柴門數未清。古木寒烟工點綴，倪迂老筆畫初成。

消寒三集分賦

雪　意

濃陰淡日儘模糊，不放天晴雨又無。寒到破窗鐙影瘦，風停乾葉樹聲粗。早知紅袖思吟絮，未近黄昏已噪烏。酒價前村高一倍，呼童防拆凍泥鑪。

雪　影

絶無人處徑深深，風帽閒披自寫心。一嶝溪藤鋪畫稾，終宵亭樹定寒陰。月明澹極難爲照，鐙火紅收黯欲沈。村巷朦朧無犬吠，朝來蹊迹認孤吟。

雪　痕

草際松根蝕未殘，濕泥界粉認初乾。老僧歸印梅花屐，宿雁重尋蓼葉灘。流水宦情銷欲盡，空山詩境寫尤難。寒江楓落枯枝露，賸有紅衣倚釣竿。

雪　聲

流珠閒撒瓦楞遲，渾似烏篷酒醒時。隔屋乍驚新竹折，明朝應壓老梅攲。窗紗軟覺輕無着，簷鐵寒偏噤不知。莫是胎禽眠未穩，静中誰踏碎琉璃。

消寒四集分賦

薰　籠

瀟湘緑戛瑯玕碎，萬縷千絲玉聲脆。織得連環翡翠籠，團圞不放春雲曳。天寒虬箭澀銅壺，繡幙圍貂玳押粗。窗外欄低壓紅雪，經時袖手不曾扶。蘭釭灩灩鐙花笑，睡凫冷抱鑪烟峭。芳心兜地鳳衾孤，雛婢添香憑理料。三尺罘罳倚鈿床，温柔鄉近水雲鄉。金栅秋凉拋蟋蟀，畫裙春輭活鴛鴦。鴛鴦夢醒重翻叠，生怕和衣睡難貼。迴身吹氣助氤氲，斜紅逼上芙蓉靨。柔情宛轉起星河，密意深恩曲似螺。玲瓏透入儂心熱，百樣温存奈爾何。兜沫春銷玉蕤炷，宵寒罷浣薔薇露。一例濃熏檢點匀，偏需親近玉膚處。九華半臂砑繚綾，柿蒂方紋蹙碧凌。空箱慘緑痕猶摺，壓線嬌黄怨不勝。掠來莫向天涯寄，忍寒怕觸當年事。拼和金訶一搭熏，雙烟一氣縈心字。明朝約祀水仙宫，許挂花幡剌繡工。記燃銀葉冰肌沁，莫便撩人立上風。

膽　瓶

鈿窗髹几净塵龕，雨過天青一色涵。不問茶頭兼酒脚，儘消雪北又香南。胸多成竹容撑住，舌每生花極藴含。圭竇束身寧負腹，蓬廬守口絶雄談。縱教小豈空房怯，任是寒猶傲骨堪。飲水襟期心共冷，折枝安穩力能擔。挈如出手應愁破，罄若虚懷未欲慚。瘦頸扶宜肩削玉，平頭抱稱髪拖藍。桶傾桶底分身幻，壺躍壺公妙諦參。卧閣薰銷鑪鴨睡，孤山梅罷蹇驢探。眼前冰蘗嘗非苦，頂上醍醐灌最甘。蓮漏中懸疑晝永，荷筩倒吸誤朝酣。預防凍坼燒磚淬，儗配横斜試翦諳。吐屬風華春滿屋，洞張肝膈月盈庵。秦宫青逼仙輪鏡，越棧黄陪佛指柑。供養烟雲吾願足，他時瓶盎證優曇。

消寒五集分賦

巡梅曲

玉玲瓏館霏香雪，一片寒雲壓枝碧。迴環忍凍破黄昏，踏碎苔花知幾尺。月明水部閣東頭，美人索笑更凝愁。不爲枝高愁出手，拍遍欄杆倚遍樓。

氈　帽

渾脱籠來袖手過，短衣靸履共婆娑。絶無皮相毫中現，如此頭顱世上多。酒話江村權枕藉，蹇驢風雪壓簷矬。等閑翻着蒙雙眼，戲捉迷藏奈爾何。

插柳詞

雪融五九凍泥蘇，緑玉新栽第幾株。不爲畫橋貪拂水，要他春近酒家罏。

野燒荒痕細路叉，斷枝春孕玉生芽。插來豈便能飛絮，不是蘆花定雪花。

村北村南蠟鼓新，官堤荷鍤界行勻。莫嫌濯濯無枝葉，來歲春陰儘覆人。

都梁西近石梁遥，尚有隋家舊板橋。補種垂楊三十里，莫教烟雨失南朝。

次朱二如廣文鈺計偕留别原韻即送北上

風雪驅車又北征，十年作賦慣研京。春袍草色皇州路，人日梅花故國情。燕市放懷呼酒熟，龍門燒尾看潮生。可知博士官羊瘦，鷗鷺無煩念舊盟。

卷第十　古今體詩八十三首

遣春和韓奕山用方柳村丈韻四首

東風吹緑上垂楊，彈指華嚴七寶裝。甕酒傾殘曾貯雪，盆花開早未經霜。不妨留客如春滿，可許論錢買日長。消受膝園容傲吏，莫教絲竹感凄涼。

記減腰圍帶綰金，磨驢陳迹漫勞尋。江湖舊夢思前約，詞賦中年悔壯心。種竹行根將出笋，破墻新補待懸琴。幾時得署山農長，合向漁樵覓賞音。

落梅紅雪乍繽紛，老幹蟠香入細筋。花事商量消吏事，竹君瀟灑稱湘君。時水仙尚開。酒懷晴日生春草，詩境空山寫活雲。月上鐙昏人定候，一枝風笛遣誰聞。

家近湖天倚釣篷，數峰青到曲初終。蘆蒿雨長辛盤足，蛤蜆春肥酒病空。悔墮熱腸思斷尾，盼來冷節訴飄蓬。老蒼暫喜同朝夕，莫便翛然賦北風。

餞春四首

緑陰成幄蘚紋滋，廿四番風過半時。老樹巢空鴉乳罷，荒園泥瘦筍抽遲。却添長晝貪餘睡，不共歸人説改期。杯酒自澆花下土，紙鳶同去繫人思。

花事纔過穀雨天，商量蠶事女桑邊。提壺拚罄今宵醉，燒燭深愁坐客眠。此後光陰從荏苒，當時風景故纏綿。買冰應識年年價，便饌櫻桃亦惘然。

悔逢佳節易蹉跎，飛絮飛花蘸尺波。長日小年疑歲改，故人遠別奈天何。單衫凉稱畫圖好，團扇詩題宫體多。復恐匆匆不留戀，惜餘芳闋當驪歌。

東風何事與卿干，吹去吹來賺倚欄。黄蜕鵝兒初浴水，緑肥豆莢又登盤。討春已醒村婆夢，結夏須尋戒衲寒。莫道明朝無勝賞，鷺鄉鷗國足垂竿。

袁但安索題集賢圖展視但空軸耳尚無點墨未識命意所在重以遠道來乞拉雜言之不復體會謂之囈語也可七首

治理托空言，何如遁莊列。下筆摹班揚，汩性復誰悦。箏琶競繁響，朱絃逝歇絶。草木有本心，所苦濫采摘。交道貴黄金，金盡語言拙。駐馬立斯須，揮手以爲别。鴻鵠當遠翔，雲漢安可極。

北海有文鰩，生不識釣餌。食水性所安，肯爲雲霞媚。笑彼鯤化鵬，變幻殊多事。百族競蕃昌，寒燠任所置。芰荷種高岡，朝陽立見瘁。君子善自持，一言曰素位。

讀書貴適用，安用墨守爲。菑畬尚經訓，所受視所施。綱舉目則張，法令徒繁滋。但期葆素志，物我無公私。譬諸罹惡疢，攻補均良醫。養癰自貽戚，刮骨行當治。天道斬秋肅，蔓衍將焉知。徒春不成歲，其理瞭如斯。

朝發海東隅，扶桑流丹輝。暮宿洞庭渚，木葉紛已稀。之子慎往復，候雁臨金徽。一彈不可輟，目送寒雲飛。再彈换宫羽，敢與初心違。美人渺天末，贈我薜荔衣。服之佩無斁，焉可云知希。

垂楊大道側，攀折知幾何。托根非其地，誰能息繁柯。頹雲蔽西北，陰霾埋則那。習習振柔翮，匪徒愁網羅。古人慎出處，帶索栖巖阿。豈惟慕高潔，躡足無恬波。終當繫鞋緉，黄石相婆娑。

落落素交人，僂指僅三兩。歌咏托性情，耻與競標榜。介節濟和光，尋直償尺枉。此意難具言，各各默相賞。袁安古狷者，翻坐太邱廣。結納疲軌舩，杯酒慨當慷。道乏鄭當時，冠蓋未堪訪。眷言顧賤子，亦復掉塵鞅。長跽謝故人，悠謬吾其儻。

朱紘復玉簋，漢殿羅奇瑰。節鉞鎮方岳，詎乏棟梁材。丹青飾神化，安在民污萊。持此閱當世，象罔搜羅該。潛鱗囿尺水，得志胡爲哉。今請自隗始，令我心徘徊。

簾

吴淞一幅水波横，鈎響玲瓏碎玉聲。觸處有人都綽約，暗中着眼最分明。瓶花風替吹香出，簷燕歸防窣地輕。盼到晚凉纖手卷，依然放入月盈盈。

鐙

夜夜蕭齋静掩關，銀荷小綴玉蟲殷。坐看窗壁環如鏡，知有樓臺遠在山。對酒春銷寒劍掣，摇風秋伴翦刀閒。幾時消受蒲團影，青豆熒熒百慮删。

杖

靈壽生來九節根，虬花鳩玉手能温。閑扶野老行沽酒，夢繞衰親慣倚門。五岳倦游謝腰脚，百年相待等兒孫。《漢書》倘許葫蘆挂，自在挑雲與細論。

鏡

一片空靈不可捫，坐臨秋月欲忘言。寫心舍我誰同調，相士如君合感恩。尺水樓臺看畢現，四時圖畫換無痕。前年記試明光殿，慚愧虛堂鑑已昏。辛未試題《虛堂懸鏡》。

床

木榻穿來膝蓋消，黄裯争遣放衙驕。記曾擁被勤宵讀，悔未熏香事早朝。貧士老嫌兒女累，名心幻出鬼神撓。悟來上下都平等，莫爲僧虔避客囂。

扇

裁雲鏤月製翻新，凉到花陰障麴塵。汗漬冠巾銷熱客，香生懷袖稱風人。寒暄任自從心便，詩畫看如握手親。更喜紅萱屏背樹，退衙扇平聲枕乞閒身。

尺

自携鈿尺截如肪，莫便栽花論短長。藉手衡冰看界畫，稱心裁錦費評量。龍門高許群材較，蠹簡勞偏寸管忙。迴首師恩工刌度，傳衣誰與佐垂裳。余辛未出董蔗林、曹麗笙兩相國門。

帳

梅花十幅罨如龕，醉眼瞢騰入蔚藍。鑪火温馨支雪北，夢魂安穩戀江南。北人多不用帳。只愁玉唾掀應半，縱怯春寒影不三。密語未妨輕笑口，遥知雛婢睡初酣。

香

斗室氤氲裹萬編，鷓鴣斑好辨龍涎。但期掃雪長招鶴，不待安鑪可告天。坐久休從花下立，醉餘聊破夢中禪。芬芳自是才人習，麝懀煙煤亦偶然。

大　樹

合抱鱗皴撼蚍蜉，得天深爲住山幽。巢痕尚認千年鶴，雷火曾搜百尺虯。大道濃陰歸逆旅，古藤飛雪自春秋。祇今誰識將軍樹，剩許他時説故侯。

古　琴

朱絃歇絶鈿徽寒，敢怨知希袖手看。獨抱海天憑夢寫，孤懸塵壁付誰彈。相思流水人何在，曾侍薰風譜更難。老我摩娑銷歲月，衹應囊去托黄冠。

風　帆

曳滿江天十幅春，檣烏飛繞慣相馴。縱逢弱水輕能度，惜過名山看未真。拍岸魚龍驚欲避，隔窗雷雨勢如屯。銀河任是高千仞，趁此還須一問津。

馬　鞭

帽影衫痕夕照凉，攀鞍挽共柳絲長。借敲僮背重囊錦，遥指峰腰一塔黄。遲速看人歸掌握，功名憑爾驗行藏。最難忘是春明夢，紅杏曾教拂御墻。

圓　几

絶少方隅具化裁，渾如滿月上瀛臺。鐙明自許人環照，坐定何妨客再來。一室團圞徵順境，此中通脱受凡材。衹餘他日登黄閣，百事摸棱莫漫推。

題陳曼生大令鴻壽桑連理館主客圖

廿年前侍江南廨，春暉亭畔聯情話。丈人峰小置頭廳，袍笏曾看米顛拜。桑陰濃覆屋東西，雙蓋童童緑滿梯。祇今風木猶餘慟，雪影何從認爪泥。先君子權溧陽時，於春暉亭前小圃築屋三楹，移丈人峰於其中，未及顔頞，遂遷去。今問之曼生，言已爲後官改置，無復舊觀矣。白下初逢曼生丈，太邱座上交游廣。手拋巨軸展長縑，舊夢溪山和淚賞。桑連理館托雲煙，貌出蘭亭四十賢。醉後不知誰主客，越鷗代馬自周旋。圖中舊識蒼雲石，零落平泉歸講席。蒼雲石傳爲某相國園中物，余見時已移置書院樓下。土花苔繡穴瓏璁，晨星散置虹橋碧。尚有二石，記置彩虹橋畔，今並爲曼生羅致畫中矣。主人好客鄭當時，投轄何如置驛馳。鶯花供養林泉友，畫札圖僑勝買絲。頰上毫添誰最得，早歲交深查八十。梅史。更逐雲龍趙倚樓，雩門爲辛未同年。江郎老乞金壺汁。曼生行館中識江君聽香，即乞畫扇。墊巾狂數郭林宗，頻伽撰前後二記。望影相思悵未逢。洛陽屢撰名園記，風雨苔岑感舊蹤。餘子紛紛俱絶藝，門少雜賓推謝譓。下逮鵝州摶埴工，坯者流傳到方技。楊彭年工製茗壺。愧我遲來二十秋，萍蓬交臂失同游。若論先入當爲主，名姓還應列上頭。撫卷蒼凉重嘆息，風花轉眼悲陳迹。便摹副本乞兒孫，重爲先人補圖説。

杜鵑盆歌

園丁舁到苔盆粗，紫雲塞破門難逾。遮斷印床紅綬紆，石家七尺空珊瑚。蛺蝶成團春糢糊，不知蟠結何根株。諦看一線藏青跗，碧虯屈曲盤崎嶇。七層樓閣華嚴殊，臙脂具體山誰模。廨後有臙脂山。花光陸離紛睢盱，紅日倒斂逃金烏。適天陰。豈知手把扶桑驅，撐揞屋内開仙都。照人面面皆塗朱，芙蓉黯淡愁官奴。我聞七七居方壺，鶴林遺種天下無。頃刻東風寒夢蘇，坐令重九秋雲逋。又聞番僧工蹦跌，藥苗培養天台盂，十丈紅霞彈指呼。要是神仙游戲俱，至今未免疑虚誣。何似此盆還故吾，落花盈寸鋪氍毹。殷七七以術致者，宴後無落花在地。只愁望帝春魂孤，啼盡空山紅淚枯。子規聲斷悽征夫，血痕衫袖驚沾濡。夕陽樹下悲蘼蕪，且爲買酒臨卬鑪。竹如意擊盆當窾，詩成便乞黄荃圖。

謝韋芙岡明府協恭餽鰣魚四首

青覆�籃壓柳枝，過江煙雨一蓑披。落花已共春寒盡，争遣鰣魚入饌遲。

百里邗江曉市空，韋郎情重尺書通。夕陽一擔腥風細，不數端州荔子紅。

春夢懵騰月過三，花豬久斷凈如龕。麥黄水飽銀鱗上，剛配行鞭筍味甘。

淮南江北稱粗才，蠟樣櫻桃豆樣梅。滿地緑陰凉似水，一春酒禁爲君開。

萬山一葉圖爲徐夢白秀才熺題

黔山赭突滇山蒼，巴峽何如巫峽長。山行水行俱險絶，萬死拼抵詩盈囊。苴蘭城外老吴客，挾書不如邯鄲倡。碧雞金馬祀不得，蠻花犵鳥徒相羊。幕府才高嘆廝養，芙蓉墮地霏秋霜。寫韻樓空恣憑弔，瀾滄千古悲湯湯。况是疲驢籠破帽，曾訪謫仙來夜郎。木箐山都嘯狐火，蹵跜側足奔踉蹌。天無三日不愁雨，地無三尺通康莊。諺云：“天無三日晴，地無三尺平。”竹兜繩挽千丈强，差勝泥淖翻車箱。桄榔麫黑澀饞口，咂嘛酒冷迴饑腸。殘羹剩炙乞難飽，懷刺詩卷同蒼凉。便買艄舲下沅沅，銅鼓響揭充歸裝。張騫鑿空抱奇想，常璩沿流搜秘藏。層嵐倒翠壓烏榜，帆隨九轉環衡湘。甘將軍廟鵶接飯，王龍標城猿攀檣。灩澦堆中浪如石，紙船鐵簏争微茫。西風落葉打篷背，時看山鎛流斜陽。衹今歸作水天話，弓衣繡出雲鞞娘。赤水烏蒙落衫袖，珍珠字結陀羅香。束髮記共徐陵友，廿載逢君歸故鄉。相看鬚鬢各蒼老，鐙前回首空詞場。雲龍角逐竟如此，臣軀九尺愁東方。賭説舊游助狂噱，榆關八度冰天黄。醫巫閭峰盤瘦馬，罡風轉避詩人尪。遼西刀尺斷春夢，悔未作畫煩長康。翻因此圖重展翫，牂牁宦蹟吾能詳。黔、滇皆爲先大父宦游所歷。卷圖還君閟風雨，令我感舊心徬徨。

夏日早起寒甚二首

已近熟梅節，北風增厲寒。敝裘幸猶在，團扇待重看。防坼新篁粉，愁開乳鴨欄。判餘還袖手，詩草續初完。

民力東南絀，蠶桑補麥秋。峭寒愁玉蛹，唤雨况花鳩。巖邑三農惰，湖田半壁浮。金堤無計塞，安穩祝淮流。

方生震時遠餽鰣魚賦此答之二首

枷板聲來打麥村，餅香吹到縣官門。東坡口福何多讓，又見鰣魚第二番。韋芙岡先曾有餽。

藤陰緑雪暖攙寒，遠累門生議食單。老我秋風鱸膾興，一時迴首楚雲端。

霪雨歌

腰鐮一尺雨，大麥爛生芽。十日雨不歇，小麥漚如麻。大魚撇波飛上天，小魚銜尾還墮田。可憐一石麥，三百青銅錢。陌錢五十攙綖環，折鈔片紙不盈寸，往往持取空市闤。府帖追逋急如火，縣官漏盡堂皇坐。大吏不聞肉鼓吹，但道陽城催科惰。打頭雨破塊，萬死小臣罪。不愁飯缺蕪蔞亭，只愁里胥肌骨醢。里胥亦既醢，小民當如何。磨麥不如人自磨，潮蒸霉熱曬不得，一斗麫化千萬蛾。磐大黑雲堆屋角，雨更轆轤無斷續。縣官驚起出門看，白鷗飛上女墻宿。

插秧歌

雨足雨足，樹頂白波高於屋。雨止雨止，泥壓秧苗扶不起。天公倒水亦大好，玉女盆飜惜太早。山農歡喜澤農泣，往年戽入今戽出。堤高一尺水拍堤，風卷河波轉内溢。湖田有秧無處栽，秧船載滿城中來。市上攤錢論觔賣，青葱顛倒塲邊堆。東家老婦西家請，晝夜催犂無半頃。男婦持鐮水没腰，半刈麥蘚半插苗。蓑笠多難逮童媪，恨不腹背生羽毛。蓬頭赤足誰鼓鼙，漉泥誤把魚蝦撈。似聞南山雷起蛟，曳裙驚走本嚎啕。城中之秧爛如草，且復喂牛牛不飽。縣官濡筆報雨風，一鐙夜剔三易稿。

看青謡

市猾招摇三五輩，徒手博簺錢神退。去作鄉里看青人，分據團焦各樹隊。左手提斛右擔筐，稻麥菽莜憑我概。汝收十斛我則三，預指罫畦防銍刈。不然嘯聚群乞兒，寸草尺莖悉捆載。鄰媪出爲排糾紛，添多減少乃安寐。但欠升斗必取盈，回頭更拔一棱菜。可憐終歲竭胼胝，除納官糧種猶貸。半爲鯨鯢谿壑填，里胥蹀躞來作態。青衣大袖冠飄纓，村犬尾摇不敢吠。例索時豐今當增，噤口何能倉卒對。里胥市猾互爪牙，盡力爬搜肌骨碎。市猾斂金壽里胥，大酒肥羊托神賽。噫嘻！社有鼠，城有狐，鈎尾蠆足餂民軀。安得鐵蒺藜，撾殺此輩殲其渠。

販私引

北路盈，去銅城。西路賤，來汉澗。官鹽雜泥沙，私鹽白如霰。小兒侈口買私鹽，白頭未見官鹽面。食者既多，販者益夥。騾網押尾車炙輠，白桿槍横左肩裸。靴刀具體行縢裹，五更掣出秋星墮。可憐小家屋一椽，計口授食能幾錢。挨户坐銷動斗石，萑蒲提擲堆床邊。佯道今番不索值，刻期露刃逼償息。呼鐙霍霍磨有聲，夫男走匿婦姑默。緩頰須臾告再三，摇頭瞪目昧相識。有女差姣堪十千，倒曳横拖出房閾。三日有錢來取償，五日不至嫁遠鄉。某住西南第幾坊，道逢里胥知某郎。孫家中婦性貞烈，挾至棗林誓决絶。探懷蒻股剸蛸蟦，麥黄土濺桃花血。官聞立捕械豪酋，餘亦擒治俘其儔。天佑貞婦金創合，召令完聚歸田疇。逾月大府當慮囚，謂是索逋釁有由。僅擬城旦减刺配，縣官徒爾棘在喉。吁嗟乎！大德好生視其人，殺人而當謂之仁。倘博放生縱梟獍，豈曰佛果修前因。大官慈善小官懦，行當陰譴煩明神。

題王介堂壽之桐陰檢書圖二首

酒庫伯倫作頌，茶神鴻漸著經。讀罷盡成緑字，桐陰碧過流螢。

不踞胡床倚石，且脱阮屐養苔。檢點笙史瓶史，商量琴材篴材。

題湯芸村問耕圖二首

鹿砦雞栖晝掩扃，龍眠一角晚山青。金門射策終何用，乞汝同編耒耜經。

髯也高風市隱存，桑麻閑話勝寒温。一鞭正待驅黄犢，莫便深山戀蓽門。

滄河廣文吴石帆金潤貧不自存去官索贈二首

婁江詩派壓三吴，薄宦秋風認故吾。以水爲家鷗迹冷，其人如玉鶴身癯。一盤苜蓿官厨斷，雙棹魚蝦酒税逋。自是頻年將母慣，豈真窮士戀菰蘆。

桃花如雨撲河干，虹縣逢君小住難。未試春明先下第，肯因微罪始辭官。石颿借名與計偕，因之去官。撑腸文字饑能飽，繞屋波濤夢不安。滄河環城皆水，司鐸並無官廨，僦居民舍亦在波濤中。著述等身打包去，寒温行卷莫同看。

題洪西墅撫松圖

屋裏濤聲百尺高，晚風衣帶稱歸樵。茯苓自在松根下，何必深山采藥苗。

雨後與柳村丈奕山夜話

淰淰微雲暗玉繩，架瓜籬豆認交藤。風招畫蝶香生夢，雨送凉螢緑近鐙。閒費丹鉛傳酒客，余欲裒集古今酒人爲傳。老嫌歌哭話山僧。謂奕山。吏才詩思都消減，贏得人呼百不能。

酬丁耕石廣文有基見贈原韻四首

琴歌酒賦配茶經，謝朓樓空入畫屏。舊雨人懷釀泉碧，君曾司鐸全椒。冷雲山落敬亭青。芙蓉江遠艑舲小，苜蓿盤留姓字馨。賴是鄭虔三絶擅，絳紗幃底樹新型。

詞場久號白眉良，繞屋梅花任主張。香案記曾簪筆到，君以拔萃與廷試。冷官誰笑善刀藏。黄塵烏帽中年感，銀漢紅墻下界望。莫道臣饑貪薄俸，石耕猶賸硯田穰。

樂府重歌《雉子斑》，空教五兩繫青綸。湖山入夢思陶謝，卷軸隨身滯馬班。家具移來情共澹，朝衣典後色難殷。文昌失笑星何在，知伴錢神數往還。君自文昌祠遷居財神廟。

粗官聊泛芥坳舟，並少時苗犢可留。幾輩酒人星易聚，過江名士網難收。余與江南校士，惜君未遇。閒鷗野水同呼艇，饑鼠空倉誤唱籌。争共宣州城外路，宛陵風月恣夷猶。

奕山將有北行作此慰留二首

萍梗相依歲月更，青山白髮共愁生。貧貪結客非關俠，老署詩人豈爲名。熱淚淋漓吞欲盡，酒懷突兀夢難平。由來燕趙悲歌地，莫便秋風賦北征。

破帽疲驢襆被游，可應王粲悔登樓。饑軀垂老無家别，飽噉虚名一第休。風色早寒新壠樹，雨聲先作旅人秋。千金誰買《長門賦》，怪底相如病未瘳。

爲奕山題月中人圖四首

青桂團團上界寒，廿年留影與人看。衹今月墮梧桐裹，怕照三生舊倚欄。

不爲情種不生天，兜率香修悔破禪。我見杜陵垂老日，篋中空贈夜飛蟬。

壞色裙飛畫蝶斜，巫山雲雨易生霞。天孫解免銀河葬，不合人簪白柰花。

七寶勤修玉斧磨，遥知翠袖尚牽蘿。怪來秋雨年年積，生是蟾蜍滴淚多。

天雨酒

北斗挹天漿，沆瀣誰當吸。夜半酌方諸，秋老蟾蜍泣。何如倒瀉銀河傾，天風吹作酒缸碧。洞庭低指鸕鷀杓，身横九畝懸團瓢。雪翦梅花萬里白，醉憑泰華真僬僥。地下伯倫千日醒，鶴語堯年纔一瞬。房精力挽麯車飛，鞭驅日月雙輪騁。蓬萊清淺玉壺翻，神仙伏地甘牛飲。黄姑當壚工數錢，天市招摇殊可憐。繁星摘盡不盈掬，碧翁酒債誰能填。青蓮口銜玉京詔，昨夜投壺看天笑。卷圖益地陳大酺，破費江湖無算釂。陶然共醉萬家春，酡顔半壁斜陽照。

禽言十一首

泥滑滑，泥深一尺腿尺八。腿尺八，不可拔。莫躓匪垤，莫折匪轄，眼前何地非羅刹。

雨滴雨滴，雨如麻，誰當績；雨如絲，誰當織。無麻無絲，猶曰不可爛我中田禾，天乎當奈何。

婆餅焦，餅杖擲地十指燒。隔窗不敢呼婦嬌，菱花自把雙眉描。

郭公郭公，讀《春秋》不解，綰綬半通；註《爾雅》不熟，洗馬青宫。

插禾插禾，開倉撒穀，叶楚諺。光棍扛鋤。叶齊魯諺。爾不插禾，官當催科。

不如歸去，千山萬壑歸何處。世上人情薄如紙，有田不歸誓江水。

情急了，牒訴當官語難曉，官當一一解紛擾。吁嗟乎，膚愬之言亦不少。

莫損花，花落無好春。莫損花，花落果難成。花落花開枉相惜，損汝花容汝當嗔。

蠶絲一百箔，絲絲牽絆儂心曲。不愁絲賤缺官租，只愁絲貴傷農穀。

克丁當，誰搗藥。不願搗靈芝，但搗鴿鵓肉。

春起也，去如馬。多少看花人，馬上歸來者。

子夜歌四首

願作芙蓉鏡，秋來持照歡。比儂情厚薄，留與自家看。

十幅羅裙縐，湘波蹙水紋。怪來郎意淡，只似過江雲。

黃蜂螯細腰，辛苦含香出。莫采雜花多，花多不成蜜。

宛轉抱青奴，玲瓏笑華晥。冷熱儂自知，瞞過通身眼。

新秋三首

昨夜窗紗便已涼，移鐙紅近酒人旁。蛙聲低換蛩聲瘦，荷葉皴餘芡葉香。四序風懷同冷節，一天詩料愛斜陽。關心蟹舍遲霜信，占斷秋光是水鄉。

問訊栖鴉認井梧，隔年消息斷蘼蕪。薄陰已釀連宵雨，客夢初嫌一枕孤。涼到水波鷗世界，日斜門巷燕枌榆。商量畫事紗廚裏，便卷《山陰訪雪圖》。

墮地涼蟬抱葉眠，不多時候已凄然。江邊水氣催砧早，笛裏鄉心落雁先。殘礎漸收衣上潤，冷螢不趁扇頭圓。雙星似逼銀河近，莫再相逢怨各天。

前題二首

白鷗烏帽隱囊支，略逗孤懷向晚時。舊讀豳風温一過，記鈔釀法試初知。但生雲處都如畫，自送春來又有詩。縱少歸人逢折柳，無端蕭瑟寫離思。

趂午風先透體清，草痕深緑與階平。倚欄花又更番賞，替月星教徹夜明。丹碧樓臺經雨洗，凄凉天水逼情生。紫菱上市瓜瓤謝，已斷敲冰壓盞聲。

卷第十一　古今體詩八十六首

埋馬行

女墻殘缺秋雲頹，官馬縱牧城頭來。門卒故驅民馬上，官馬合群民馬哀。哀嘶豈爲互蹏齧，舊主深恩一朝决。金羈玉勒轉凄涼，捨身碎滚桃花雪。奮鬣何知千尺强，玉削崖崩天骨折。隅目青熒淚滿鬉，朱纓尚護胸頭熱。主人者誰靈臺郎，愛馬與馬同肝腸。百里雕鞍步行半，惜之忍使窮騰驤。酒家爛醉營門校，睥睨青驄鼻端笑。十千買馬何論錢，葫蘆押券一鞭掉。敗槽落葉鳴陰風，主人夜視房星空。破曉傷心贖馬骨，典衣裹葬城隅東。錦障泥壓土花紫，杯酒還澆芻豆裏。片石礱碑封蘚紋，不紀馬功紀馬死。城邊鬼馬聲啾啾，天陰慘澹神鐙幽。官馬瑟縮竪雙耳，至今不敢過城頭。

秋陰倣明人閣試春陰體

萬山緑到凄涼處，一片蟬聲留不住。逼作不晴不雨天，忍使斜陽落高樹。西風瑟瑟煙水生，莫辨江城是山城。不是秋和鈴鐸語，忘却涼雲一塔横。垂楊踠地挽難起，分付栖鴉並流水。舊時攀折知幾枝，愁心併入模糊裏。竹欄低亞柴門開，放鴨竿從那路回。畫槳孤懸采蓮歇，鴛鴦已去鸂鶒來。不分樓臺金碧界，换得倪迂水墨畫。湖山如醉還如夢，終朝看似簾櫳外。薄寒中酒酒波興，閒鷗消受頭銜冰。江鄉俊味念鰕菜，憶殺前溪叉蟹鐙。小院愔愔病葉墜，只有斷腸花解睡。草根蟋蟀軋秋絲，誤道黄昏咽苔砌。記得秦淮水一條，可憐日勝可憐宵。銷魂一例清明節，秋雨秋風破板橋。

補訓消寒六集茹柬之少府藻借松軒即事之作

臘豐泥堆墻脚外，去年記作消寒會。六度圍鑪釀雪天，歲杪忽忽迫塵壒。轉眼春駒又徂秋，餘曦猶戀殘荷葢。藍田廳壁踏槐花，少府索詩如索債。走也詩成逾百篇，忘却龍華殊可怪。翻因九夏念三冬，縮身疑到清凉界。座中祭酒飲誰豪，横渠恰與考亭最。張竹南、朱二如兩學博最爲大户。幕府群公郝莒儔，虎頭鋭戰輒先敗。顧心蘭每轟飲，然輒先醉。韓翃雅好咏春城，醉後蟬嫣每情話。韓奕山工爲豔體詩。詩僧齊己客邱遲，殺粉調鉛工作畫。僧虚白、邱海琴秀才。賸許劉邕賦六合，東塗西抹駱駝疥。黄綢裹印官事無，且食蛤蜊當鱸膾。是日酒品蛤蜊最佳。是時薄暮峭寒生，凍雲壓屋袈裟壞。燒燭四圍不肯紅，但明殘雪松梢挂。花豬偶落食齏腸，酒氣杈枒逞狡獪。黄梅小摘蠟如丸，藏花權卜金甌拜。頗憶孤篷艤江頭，楓林紅襯緑蓑曬。可知洴澼愁苦寒，龜手無靈藥空賣。吾曹例作文酒讌，豈獨屠門大嚼快。泥爪光陰石電微，窮交名姓風花邁。即今匝歲已糢糊，何論閱世等菅蒯。少府俸錢不盈百，典衣治飲兼治廨。情深倩作主客詩，不薄今人古尤愛。飲冰差喜矢臣心，賤子一家同沆瀣。

和李香湖刺史堯文田家詩十首

古屋橙湖畔，歸逢典謁時。桑麻懷祖德，鷗鷺狎漁師。譜後瓜齏製，經先耒耜披。紡車聲軋軋，母老一鐙支。

曙色明墻角，繁枝見杏花。試耕驅犢健，糴種馱驢斜。歸市擔蒲笠，閒塲製水車。東皋農事起，早晚卜鳴蛙。

潑火清明雨，平鋪碧毯勻。分秧泥没馬，縛草鳥驚人。粥鼓桑陰合，錫簫柳社新。紙鳶天可畫，憑付夕陽皴。

布穀啼初歇，沿村煮繭香。枷聲敲麥軟，鋤柄倚松凉。問訊寒暄略，艱辛笑語償。烏犍今更惜，淺草繫陂塘。

牛背分晴雨，隨坡瀉活泉。晚風門外飯，宵露稻塍眠。瓜豆從支架，魚蝦不論錢。松棚簷下接，新拓又三椽。

熟到鳴蟬候，兒童不放閒。腰鐮殘月上，壓擔夕陽彎。方罫餘泥坼，圓堆過屋山。一竿秋水外，鵝鴨喚初還。

碌碡柴門卧，家家話醉翁。曉舂千碓雪，夜織萬鐙紅。野市攤菱蟹，秋塲逗草蟲。關心鄰舍喜，婚嫁幾人同。

麥已和霜種，蕎須趁日收。犂抛閒挂壁，蓑破冷遮牛。風雨成功退，瓜菹卒歲謀。未應洞庭橘，偏拜富民侯。

埽葉充烰火，誅茅補斷垣。排村分釀國，散學演梨園。冠帶迎神古，籠鐙索債喧。年豐偏穀賤，長價到雞豚。

憑畫豳風手，丹青寓苦吟。課農循吏職，歸隱大儒心。白髮初成宦，蒼生尚望霖。田間臣至處，後日倘追尋。

蓼花詩四首

凉雨胭脂未是霞，淺紅一角破蘆花。秋教晴晝摇風露，天助斜陽媚水沙。短棹折枝猶睡鴨，小橋衰柳况栖鴉。西風不遣漁人賞，誰畫江南賣酒家。

荒汀回首乍抛愁，爲爾收帆縮水郵。釀得一江紅蘸酒，搉來雙槳碧添秋。潯陽夢醒衫痕淺，西塞人歸蟹火留。纔是疏林黄葉脱，料應臨水又登樓。

消受江湖乍冷天，拒霜花軟太生憐。背人鷗鷺招孤賞，特地蒹葭證畫禪。遠岸滴來千穗雨，斜風吹破一陂煙。漁娘晚飯抽罾去，隨意垂垂壓鬢邊。

莫愁摇落老江鄉，生是多情戀夕陽。天遠未妨人寂寞，秋深不覺水凄涼。盼誰同夢惟沙雁，解共傷心是海棠。無限孤懷待閒訴，只餘殘蝶瘦飛黄。

偶咏蓼花同人和者甚夥忍俊不禁復作四首

闌珊低亞又黄昏，不辨花痕是草痕。人影浣紗秋欲語，笛聲吹雨水銷魂。白衣風緊空摇櫓，烏柠涼歸遠認門。解領烟波閒裏趣，冷吟題句一番番。

楚楚依人更遠人，應知踪迹托鱸蒓。支持風雨禁蕭瑟，灑落丰華耐苦辛。魚上吹凉貪唼影，荻殘飛絮欲愁春。江干點染《離騷》怨，西抹東塗寫最真。

水仙祠外野風生，披拂紅衣軟更輕。菡萏香銷重入夢，江天秋老尚多情。疏狂無分依歌舞，眠起何心管送迎。醉處正炊菰米熟，船頭看插酒瓶横。

十分哀豔逼孤灘，蘋葉蘋花半已殘。三尺冷還捎蚱蜢，一生紅不近欄杆。支霜欲墮釵初折，繪水無聲筆亦寒。憶向嚴陵臺下宿，落霞低處幾回看。

送韓奕山之薊門

母去先生老，時奕山持母服。天寒遠道行。不堪千古淚，併作一宵傾。霜雪麻衣重，江湖襆被輕。勞勞此身世，荆棘任縱横。北地胭脂雪，黄河九日冰。去爲彈鋏客，疾似打包僧。知己世原有，留君吾未能。只愁孤店酒，誰共語寒鐙。

題王柳村豫詩集即爲五十壽二首

之子慕高潔，無絃獨抱琴。泠泠大江水，千古空秋心。野鶴下天際，凉雲歸素襟。吾生有幽契，相賞結苔岑。

軒冕不君辱，鹿門今替人。湖山供養志，霜雪足和神。舉世尚雕繪，當時誰隱淪。名山看卒業，巢燧樂天民。

李生雲棟周生賡盛來謁志喜五首

弇山峰不多，鬱此鸞皇翼。婁江水見底，名士盛如鯽。海風一朝吹，變化乃一轍。修鱗渺尺波，健翮絶塵域。亥步始發軔，蓬閬安可極。顧我持象罔，張羅北山北。玉繩貫五珠，百里聚星德。本房得士九人，弇産居其五。所愧航絶潢，楷模詎矜式。局促韓門卑，勉哉籍與湜。

秋風振繁柯，落葉紛如雨。矯矯松柏枝，蟠結歲寒侶。王郎首載塗，王應鶴。踏雪不辭苦。篤實踐躬行，其言耻華膴。曼卿吾未知，石丕烈。公瑾頗霞舉。周康封。尺書達郵傳，詞翰工織組。峨峨兩生來，珠貝擢元圃。或温潤而栗，或氣逼牖户。敢言桃李私，庶幾百年樹。

李生經世才，玉山何朗朗。讀書固貴多，汝則氣善養。指和絶繁絃，心安静塵鞅。餘事通畫禪，贈我絹盈丈。畫理吾未窮，邱壑自堪賞。嵐嶂期分明，脉絡戒拘疆。搆意煙墨先，置身雲水上。要使捫有稜，模糊米家儻。東坡腹杈枒，庶見立朝讜。

周生負不羈，跅弛固其性。飲酒動石斗，有才遑問命。祝融禍曹倉，樂巴噀莫應。所幸記誦多，腹笥未燒净。柳州失火書，賀君吾不更。西風吹酒波，老我主觴政。醞釀得春和，皭然中自定。腐腸固足憂，縱情要當靖。請看中流舟，風濤視一碇。抑戒誦賓筵，亦曰禮尚敬。

明月當中天，秋雲蝕無權。縱掩逾寸晷，奈此蒼蒼然。薄酌不成醉，起抱斗杓懸。兩生從我游，沆瀣相周旋。讀書茍無守，仕宦徒拘牽。舜蹠爭一間，端在雞鳴前。白日任擾攘，補救亦已偏。世路甚險巇，詬責惟其賢。三復白圭語，與子同拳拳。

憩達仁僧精舍

校武郊原罷，常餐詣阿師。訪秋黄葉醒，種樹白頭癡。健骨寒泉寫，名心片石知。百年巢鶴老，親見翦茅茨。

題胡杏山敦仁琴瑟静好圖即送其歸里

牽牛花碧凉秋天，看泊壻鄉江上船。秫酒一甕羊一肩，青廬就結琴堂偏。阿母妝女雙金鈿，阿兄贈妹無俸錢。薄奩但有詩盈編，無已贈子朱絲絃。配緪錦瑟泠泠然，胡郎楚楚人中仙。東萊博議勤摩研，手揮嶧桐操縵嫺。房中樂奏召南宣，唱以《思歸引》，和以《求凰篇》。一之月設瓜果筵，二之月拜銀蟾圓。三月留君留不得，歸携新婦姑嫜前。餘音嫋嫋雕梁邊，百合猶燒心字煙。圖成静好索我句，我醉盧胡聊勉旃。汝墳樛木起化地，夫婦之義莞乎全。讀書持己思齊賢，和平貞亮安且便。美服患指蘭膏煎，當知稼穡鹵風艱。大海逝波無迴瀾，細流罔塞危涓涓。喬柯美蔭年復年，惜陰須及明發先。回顧弱妹涕泗漣，汝幼失恃吾母憐。遠從汝婿歸綿綿，愉色難得承歡顔。婦德不徒工織縑，冰絃要使七條洽，一絃不合心茫焉。去去風濤慎流連，小姑恰對彭郎妍。孔雀東南樓西北，與子倡隨當扣舷。

蓼花倡和詩既成帙矣虛白上人復以白蓼花長律四章索和余以蓼花古人咏者甚少白者尤不宜多著墨爲賦五言一首以見意

到眼西風醒，斜陽認有無。秋心濃不得，水國淡相須。破艇捎雲淺，寒凫抱雪臞。更誰覓孤賞，凄絶對江湖。

九日偶成即寄查梅史四首

荒城不近山，陂陀得山意。水氣逼秦郵，蘆碕環列雉。葭菼白漫漫，細路暗通騎。林端微雨涼，天作重陽例。把酒不得飲，小病感秋累。辜負左手生，霜螯斷佳餽。却顧東籬花，日夕聊破睡。

北窗忍便關，寒畦花正爛。瘦蝶不禁風，却抱病葉慣。青光團夕霏，況有竹千幹。插菊借生意，延秋屋内看。瓶盎滌清芬，縱錯書堆畔。俯仰足餘歡，痞不答客難。所思渺天涯，未免望風嘆。

佳人渺何處，遠在宣州山。江流恣嘯傲，緬想腰帶寬。屢月缺報書，豈是縈憂攢。托言簿領勞，君當知面謾。秋日極高爽，擱雨疏林丹。哀鴻遞苦語，感激愁痌瘝。因之念儔侣，廉吏良獨難。何以報君子，馨烈無皋蘭。

入世寡交游，匪云矜氣骨。因不失其親，所患在倉卒。别君五年來，鍵户絶請謁。我自安守株，衆方笑坼襪。豈無同心言，舍君毋寧訥。衹此佳節過，酒伴一時歇。孤芳信獨賞，千里待君發。倬彼敬亭雲，應知同鬱勃。

不繫舟同柳村丈顧心蘭上舍如金馮鵠士秀才省吾小飲看菊二首

昨日重陽風，今宵二分月。昨苦不能飲，荒寒灑毛髮。今喜豁孤懷，蟾光破林樾。入幕有酒人，詎愁苔屐滑。祛病借燒春，却較茱萸烈。粗官得暫閒，冷香貪馝馞。疏影寫鐙窗，畫稿欲裁襪。誰謂塵堁勞，竟乏山水窟。悔放佳節過，深杯甘百罰。瘦羊蹴蔬腴，嫩雀披綿凸。俊味傲雙螯，詩思餘勃勃。惜無營妓呼，笑倒清獻卒。

催租例敗興，清讌動阻擾。欻驚城門火，遽起抛柔毫。倉皇出走救，紅雨紛喧呶。須臾撲滅歸，得句潛逋逃。即此戒縱逸，默念生平遭。迴視山月上，凉生高樹高。墜葉流冷翠，孤松吹暗濤。苔根潑水净，尚有寒蟲號。風露逼衣領，忘已斟醇醪。偶語愁久立，鬢髮徒蕭騷。荒齋恣蹀躞，往復披蓬蒿。菊隱亦耽睡，相與心陶陶。

送七妹荇于歸楚中

送子于歸去，北風江上寒。經年逢姊妹，聊爲説平安。菰蔣鄉音熟，齏鹽婦職難。湖村秋幾許，須寄畫圖看。

短　檠

短檠兀坐漏初長，秋老風猶作嫩凉。隔竹煎茶聞翠雨，繞床栽菊夢寒香。語無佳客翻書熟，懶借微痾謝吏忙。狼籍丹黄紛案牘，忍聽哀雁一行行。

夜坐二首

丁丁冷柝沿荒街，委積簿書塵鬢埋。霜欲生時月如水，葉長飛處波通淮。談詩説鬼有常課，中酒悲秋無惡懷。失笑儒官肯留客，堆盤苜蓿黄花排。

斗柄插檐窺破櫺，寒鐙耿耿天逾青。雁奴江上嘿漁火，石丈花前低客星。童睡齁聲亂人語，病餘藥碗消山經。校書對勘魯魚誤，過眼掃如殘葉零。

偶然作四首

夜寒黄葉打窗知，示疾維摩强自持。不是傷秋非病酒，菊花孤負蟹肥時。

苔根墻隙暗風生，蟋蟀床頭已二更。剩有秋心抽未盡，不辭寒露一聲聲。

纔拋酒盞岸烏巾，花底偏令藥碗親。正是老饕思説餅，一番秋雨韭如銀。

訟庭慘寂鼓聲低，租吏偏轟雨後蹊。月不分明雲破碎，誤驚犬吠是荒雞。

叠前韻四首

鐙火西風兩鬢知，經年玉尺又親持。忽忽記共髯翁醉，紅板橋頭月落時。謂去秋與梅史闈後小住秦淮。

夜闌枯坐酒懷生，争遣蝦蟆誤六更。不獨催租能敗興，苦吟偏惱算珠聲。

冬郎豪倒接䍦巾，謂韓奕山。尚憶空階笑語親。一樣秋星醉堪摘，寒河不復冷流銀。

郎當辛苦折腰低，一徑蓬蒿滿客蹊。笑我粗官抛未得，年年空復攘鄰雞。

題方个山春暉寸草圖四首

苦心誰遣畫圖知，觸我烏私不自持。八度榆關十年夢，萬山風雪護萱時。予自乙丑奉母出關，往來八度，著有《護萱亭草》。

龍眠山脚白雲生，衣到淮南序已更。却憶柴門春雨後，一痕青軟襯機聲。

故園閒却鹿皮巾，白柄長鑱手未親。争得衡茅歸奉母，百花帶縮勝烏銀。

一角斜陽板屋低，東風吹緑故山蹊。不知膗膊閒姑婦，可爲茅容代殺雞。

菊枝詞并序十首

《竹枝》《柳枝》諸詞，古人多寫土風，不盡本意也。曩里居時，水濱枳橘叢生，花香如雪，曾作《橘枝詞》寄興。今年衙齋多暇，蒔菊一畦，風峭霜凌，隨手翦插，雜置几榻。坐卧寒香，小遣病魔，衍作《菊枝詞》十首，不嫌唐突彭澤已。

裝點秋容岸舫中，紙窗新補玉玲瓏。匏尊磁斗都栽遍，排夜須教酒甕空。

亭亭緑篠縛棱毛，删却繁枝費翦刀。爲要壁間摹畫格，催燒銀燭比人高。

一瓶活水汲長淮，供養詩人眼凈揩。東倒西歪知不礙，雨情風勢鎮安排。

竹屋松寮次第分，寒香飽飫斷聲聞。一年風日擔辛苦，赤脚長髯待策勳。奴子師成治菊最精。

整整斜斜金絡索，疏疏密密玉連環。皆菊名。北窗改换東籬局，要看泉明屋裏山。

愛花須愛霜前葉，看影宜看樹上蟾。空去聲却荒亭一方月，忍寒不惜卷風簾。

不暖不凉秋末天，已無瘦蝶認寒煙。侍兒解愛霓裳色，亦菊名。欲擣殘花製矮箋。

靸屨披衣簿領堆，花前酒襟不曾開。病中忘却去年事，已是賞秋第幾回。邑中菊事最勝，例作秋讌，今年張竺南學博、茹東之少府暨予皆以病罷。

短晝消磨吏事無，鳥聲格格竹聲粗。除非强倩邱遲筆，替寫西風側帽圖。邱生海琴工繪事，時在予幕。

煮酒承歡笑不禁，教兒休費錦囊吟。寒花愛惜同寒士，便是循良報績心。

銅城舊傳吴王濞鑄錢處

漢錢始五銖，陽幕而陰字。孝建書紀年，刱自宋季世。懸想炎漢初，肉好周面背。長陵土未乾，仲子王吴會。争道博局提，釁起青宫戲。豪猾結游民，欲擅山海利。煮鹽心未厭，即山庋鑪鞴。濫惡沿私錢，非徒武定際。鉛鑞雜泥沙，綖環肇破碎。銅山首故鄣，宣州潤州隸。縣境屬東陽，三阿亦其地。所在聽民鑄，亡命頗稱惠。淵魚戒不祥，糠米舐將至。漢法有不行，私門各泉幣。至今遺土城，岡阜資睥睨。往往獲井磚，漫漶已無識。風俗一朝成，千年猶錮蔽。奸氓逐錐刀，相率蒙詐僞。如鑄鏡江心，屏迹萑葦邃。逼水鑪煙青，漁火亂荒澨。負販托魚鹽，轉輸到闤闠。每貫長尺餘，鵝眼無其細。官板日益銷，麻沙日益熾。交子因之行，寸紙千金致。人心習巧猾，生生叢百弊。骨月儼敵軍，縉紳侔市儈。鄙人下車初，設禁非不厲。奈此法網密，肘腋動牽制。幻情叠起伏，轇葛恣規避。愧乏破柱威，玩狎弁髦視。竊禄不敢康，腐鼠憚饑飼。作俑揆厥由，訪古徒感喟。他時劉寵歸，一錢無足寘。

朱孝子墓并序

孝子名壽昌，宋司農少卿。七歲失母，棄官入秦中，得母於同州，迎歸終養。今孝子墓在天長秦欄里。

兒有官，兒無母。兒無官，母有兒。兒無母，兒何有。一解父守雍州，出兒母劉。行年五十斷酒肉，兒有涕兮不敢流。二解父在母不歸，父殁母當返。蒼蒼者天，父兮母兮，兒罪莫逭。三解棄官入秦，與家人訣。本傳。兒母不還，不歸兒骨。天遣之同州，黨家有母髮如雪。嗚乎！昊天忍教母與朱氏絶。四解彼石崖崖，彼河湯湯。天驚地笑，兒今有娘。五解養母判河中，侍母逮諸子。母歸終年，兒事畢矣。六解鬱鬱松柏枝，孝感白烏集。嗚乎！烏頭白時母始歸，烏知返哺兒徒泣。七解孝子居，秦欄里。慈母終，孝子死。熙寧初，太史紀。至今白烏啞啞飛且鳴，千載如呼孝子起。八解

包孝肅祠

香花墩裹華陔志，待制堂前婦孺驚。到處平反成鐵鑄，百年笑貌想河清。硯材水冷端州石，葛帔寒遺相府籯。莫道閻羅真峭刻，飲冰心地自和平。史稱公推本忠厚，不務苛刻。

沃將軍墓并序

將軍諱田，山東登州人。嘉靖丁巳，倭寇犯廣陵，直趨天長，將軍以真州指揮僉事儌禦遇害，寇亦遂去。長人不遭荼戮者，將軍之力也。

赤鬈碧眼倭寇來，鯨波卷地趨江淮。廣陵城破魚頭爛，石梁唇齒驚山排。扼吭誰摧破竹勢，天上將軍沃僉事。青州健兒身手强，繡旗早卓蘆龍市。霹靂一聲披重圍，將軍轉戰陽烏飛。盧循失水走蛟鱷，鼠子投戈草間伏。列炬光欺星不紅，照見將軍真英雄。馬上傳餐渴飲血，銀蹄碎踏桃花雪。夜半軍容鵝鸛明，誓將滅此待朝食。五更陡絶陰風號，蚩尤作霧圍周遭。伏莽短兵翻鶻起，突入貔貅萬隊裏。將軍躍馬怒銜髭，手刃賊頭快如紙。天遣哥舒半段槍，誤陷神騅水一汪。倉卒靴刀成碧葬，至今裹革泥猶香。一聲南八奮餘勇，殉者劉葵偕岳寵。夕陽荒草認纍纍，百年尚傍祁連冢。指揮岳寵、百户劉葵並附葬此。

寄静峰丈

别丈俄三秋，僅得尺一書。早春季子至，謂柳村丈。道丈病稍袪。强飲尚蕉葉，懶便眠籧篨。遠館沙湖曲，水柳當門疏。主客合膠漆，生徒偕唱喁。百錢置牗舲，歲幾還蓬廬。此樂世固有，丈乃獨於於。湖渌襟可染，山青髮同梳。莫道菰蘆隱，竟無國華胥。下視撼蜉蚍，擾擾勞塵趨。一鞭匪我執，經年駕僨車。夷蹠敢自信，奈此途崎嶇。鬱攸等痼疾，鈎棘争紛挐。怨尤誰當任，亦自悔厥初。亡羊期補牢，豕突環覬覦。墮井抑之石，一瀉奔尾閭。所幸季善謔，排遣云徐徐。近江市肥蟹，過雨掇嫩蔬。忘情托諷咏，偷息聊盧胡。日積而月累，得詩三百餘。閉門互標榜，銜杯無毁譽。所得償所失，計較良已迂。偶述持報丈，暫喜充瓊琚。但看建業水，送來武昌魚。得魚不足食，江水臣心如。

送虛白上人歸海上即次其留別原韻

海風吹來白足師，支公慧業洵非欺。宗乘妙不離文字，墮落恐負名山垂。圖澄夜讀拔臍孔，驅使神鬼徒見嗤。一瓢一笠健行脚，吟盡空山黄葉稀。片語不安猛精進，目窮飛鳥頻支頤。溲滌泉石逞光怪，造化翻愁司命司。戒臘紛紛襲禪偈，口頭餘沫喧牛醫。我見詩僧凡幾輩，江南此是韓陵碑。生知苦行别頓漸，華嚴彈指憑鎡基。根荄萌櫱本靈覺，牟尼勝善子者孳。釋迦有母號阿育，婆羅樹密蟠滄湄。芭蕉破碎不壞體，猶爲天寒縫衲衣。石梁小住憩瓶盋，一朝偶感春暉詞。翩然孤鶴渡江去，敢云周道行遲遲。故山猿鳥儻相笑，松花一尺埋苔蓁。去住無常戀香火，千詩脱腕寧辭疲。走别殷殷感泥雪，謬謂識途忘陋嫫。苦乏韋弦替幽贄，相看莫負黄花期。出門一笑大江横，山谷句。子抱明月行東歸。慎莫冠巾加賈島，今之昌黎當爲誰。

酬魯生常

詩人例有後，豈在矜浮譽。風雅道不絶，所貴讀楹書。髫齔慕古悦，名流交匪疏。逖聞星村子，淑性耽經畬。嘯咏寄山水，别嚴非種鋤。江亭落帆便，墨寶披塵袪。疥壁押强韻，苔蘚愁爬梳。乙丑泊舟大觀亭，讀星村壁間詩，曾次其韻。朅來閲星紀，校士過南徐。少微不可識，雛鳳朝陽初。藥籠得復失，鍼芥聊相於。隔歲欣倒屣，玉珮鏘瓊裾。裒然示遺集，乃祖名無虚。槃槃見根柢，衣鉢汝自儲。安用事外傳，歸求師有餘。矧子志沈篤，力學勞居諸。棄繻抱夙願，會看陳璠璵。通塞固有命，理得心自舒。他時述祖德，敦厚良起予。

雪中柬樊遠溪通守學淦

天公玉戲又今朝，衙鼓無聲乍寂寥。近野菰蘆斷煙火，故人鬚鬢感飄蕭。絶憐布被容僵卧，尚有寒梅肯放梢。忍凍猶堪衝屐齒，料應難没酒家橋。

題周石甫大令偎山紀夢圖二首

玉軫泠泠雁足支，海天兜率任風吹。輸君一枕紅蕤夢，已在黄粱未熟時。

瑶草金支事有無，酒醒彈指入方壺。青蓮暢好唫天姥，不道今番爲補圖。

重過虹橋雜詩五首

泥痕雁齒澀苔荒，殘雪空摹薜荔墻。十二年前早蕭瑟，亭臺一半委斜陽。

瓦堆誰識舊眉樓，便有東風只似秋。緑漬寒冰溝水淺，可憐無地着凉鷗。

禪智山光薄暮天，鐘魚寂寞畫寒煙。青簾白舫都銷歇，那問當時芍藥田。

竹西歌吹舊横塘，賸有山僧答話忙。除是梅花嶺頭過，土花猶作隔朝香。

頹雲薄日淡離披，添寫蕪城鮑照詩。腸斷揚州舊司李，祇今誰唱冶春詞。

秦郵同詹履莽學博考祥登文游臺

水氣凌荒城，暝色失長晝。殘雪墮空林，斜陽不敢漏。層臺屹雲表，高疑逼奎宿。鐘磬寂諸天，何論箏琶奏。俯瞰卅六陂，蒼茫挹襟袖。人煙寒漸低，樹色遠逾瘦。破衲界荒塍，敗葦浮隻堠。千載結古歡，文字信能壽。緬想元豐間，盛名奇禍搆。團練謫黄州，指口如瓶守。孤蹤寄淮海，意外接佳覯。俊才得少游，華老况耆舊。定國宰相孫，甘心匿文囿。忍俊忽不禁，此老婆娑又。結習中肺肝，戒心忘在疚。百世償高名，當時幾伏寇。豈伊厲禁人，詩書方囚首。勝地因之傳，終古矗華構。詹尹溯流風，導我殷勤就。爽塏豁塵勞，惜未掌杯覆。合配水仙祠，寒泉尚堪侑。

善因寺訪諫堂上人悟開二首

黄梅交九破禪關，竪拂逢君一解顔。髠柳白堆欹岸雪，女墻青作塞門山。唫詩瘦過枯藤健，行役勞争古佛閒。我有掀爬乞旁卸，名心其奈縛塵寰。

香門躡屐話無生，苦茗須澆舌本清。花水影中寒塔定，薜蘿衣上古琴横。雪銷鐙火詩同祭，霜壓瓜齏酒待傾。失笑明朝逢四十，懶殘煨芋故多情。

承天寺守歲歌

歲闌繫榜珠湖邊，敢云靡盬王事牽。運艘銜尾迫邪許，催人蕭寺租三椽。蘆絮濛濛壓寒雪，小家破屋無炊煙。水雲荒塞女墻矮，不知春到江南天。腷腷膊膊爆竹驚喧闐，星星灼灼榾柮兼糠然。燭影黄摇酒缸淡，陰搜壁隙風幡顛。法鼓鼕鼕梵唄宣，印床裹置鐘魚懸。銜齋已送窮鬼出，招邀山鬼荒邸來糾纏。手如蒲箑破窗入，攫取行篋詩千篇。似聞匿笑此公頑，錦囊心血徒熬煎。何嘗清言屑珠玉，唾地不值老僧壓勝錢。君不見高牙畫戟羅瓊筵，奴顏婢膝紛來前。跽上千金萬金壽，北斗司命愁無權。又不見賈胡穩載珍珠船，結交王侯姻亞聯。鶴背腰纏不嫌重，阿堵物乃稱胎仙。子既無八風善舞之媚骨，又無團雪爲銀之嬋娟。徒恃冰操集荼蓼，食齏之腸安得詩如雲錦鮮。縱教借得聘錢至，天孫逋責何時填。我聞酒醒如潑水，一編墮地心茫焉。誓焚筆硯棄芻狗，竈觚乞火鄰墻便。嘻嘻咄咄鬼失笑，轉禍爲福看明年。日游神，望火馬，我行與子終周旋。

除夕諫堂召茹蔬食元日復次予前韻詩來因叠韻賦謝二首

玉版來參夜敏關，龍鐘坡老惜孱顏。坡詩：“龍鐘三十九。”嬉春湖上餘殘夢，招隱淮南賦小山。冰齒泠宜生菜嚼，冬心寒抱野梅閒。支郎黄眼今青眼，許引勞人出世寰。

鬢絲茶榻碧煙生，鐘定貪嘗薄粥清。春買玉壺禪律破，叢林例不置酒，上人以僕能飲，爲破戒行沽。經翻貝葉墨波横。上人出示坡翁手書釋典。指頭鑪雪詩能化，舌底天花水共傾。飽啖伊蒲忘歲改，東風争遣動離情。

卷第十二　古今體詩八十六首

酬周石甫鶴立見贈原韻

海水横飛山欲嘯，獨抱瑶琴彈古調。人間自絶《廣陵散》，無聲之詩固元妙。銅琶鐵板鳴清商，竟忘風雅開柴桑。竹魄蘭顔結哀怨，繁音流别驚沸螗。踏磨黔驢技止此，晋帖唐臨摹正始。霜笳月角競空響，以耳爲目目爲耳。典鬼者誰矜異才，舌撟愕顧如銜枚。一掬芙蓉浣花露，可知香水從天來。周侯俊過張子野，璪骨玲瓏知者寡。周侯舊隸清虚府，謫吏塵寰愁喔嚅。寒梅索笑時巡簷，鼓瑟蓬瀛夢尚恬。蝴蝶蘧蘧天易曉，鸊鵜杓指鄴湖小。放鶴栽花吏亦仙，瓣香合向青蓮禱。匏瓜不食今幾秋，苦葉垂垂屋打頭。相逢爾汝傾愁懷，采折瑶華當贈誰。嚼雪談詩破鬼膽，古佛低眉和不敢。明朝揮手龍山雲，玉壺買酒煩老軍。卅六陂中重放艇，烟水茫茫愁煞人。

周石甫以寄李申耆明府兆洛詩見示即依韻奉贈申耆

才人作吏非福也，公等豈真碌碌者。去作江頭獨醒人，招魂蘭茝肯相假。《楚詞》："蘭芳假些。"草鞋峭緊仙乎仙，山林臉换鷗沙邊。史家憑撰循良傳，自携好句驚青天。梁溪舊築忘憂館，夢中穩放看山眼。五湖菰米配餐魚，隔水桃花從吠犬。皖口鴻泥認幾經，一篷寒雪艤江亭。笠影乍逢新鬢白，余初識申耆。酒痕重潑故衫青。周李固舊識。冰絃早輟雍門泣，在山泉冷儻波及。熱惱徒抛介子觚，春婆願捉坡翁屐。我本江鄉負米人，秋風蝦菜感勞身。擔簦欲躡松蘿迹，只恐元規涴扇塵。

偶題四首

杏花開落酒人稀，詩草重刪晝掩扉。貪近江南償宿願，海黄魚上筍初肥。

柔桑春膩翦刀聲，黄土墻欹蜆殼明。煞是雨餘天更好，夕陽紅得可憐生。

紙鳶風緊峭寒侵，細草如苔緑未深。畫雨畫晴都不是，最難着筆是春陰。

疏雨微雲罨畫橋，茅檐三宿誤花朝。春寒二月全過半，纔見辛夷破紫綃。

迎上官

牧令有官不如死，僵汗奔馳迎節使。一紙官書符印無，丞簿之言凜如旨。傳聞錯出轉驚探，南北東西唯所指。馬頭刺促難自持，夜行莫辨斗與箕。上官酣飲不知處，牧令散置楸枰棋。顛倒黑白半疑信，中途屹立憑風吹。月黑翻然窺手版，蠅頭細畫愁多舛。四路供張累萬錢，但求一飯譴呵免。上官沓沓胡不來，肉山酒海紛成堆。百千萬喙肆哀禱，黄金不到口誰開。五更抱枕何曾睡，偵騎闖心絡繹至。誤聽騾綱入耳忙，夢魂驚作折腰勢。盼到朱旛没階趨，泥塗那管民揶揄。蜺輿輕過知誰某，兩頰如火名空呼。噫嘻哉！捉搦歌，邯鄲步，曲終猶博周郎顧。革帶烏紗不值錢，當時枉奏《長楊賦》。

匏葉和周石甫明府作四首

屋角墻隈一帶秋，黄茅低葢緑飀飀。粗枝大葉無人賞，附葛攀蘿肯自休。斜日孤懸忘瘦蝶，曉烟凉滴伴牽牛。禁他天末騷人怨，冷雨蕭疏立渡頭。

匏落平生愧散材，道旁苦李共徘徊。誰教折項當塲笑，誤學纖腰冷巷來。老圃青乾空蔓絶，西風黄蝕破籬堆。豆棚瓜架逢閒話，一例秋深委古苔。

簷牙缺處漏疏陰，幾輩郎當綴似金。負腹可堪容我懶，繫腰終見濟人心。抛除詩卷旋盛酒，長養笙材合配琴。莫道婆娑生意盡，一般蕭槭助枯吟。

田家風味苦何嫌，鴨脚空庭樹影添。破壁引繩盤瘦雨，荒厨盈把漉微鹽。美人玉齒分瓜字，學士青袍替酒帘。京師人飾匏爲酒帘，曰葫蘆，學士吴穀人爲作歌。不待江東長柄問，笑他依樣寫銀蟾。

今年園竹無笋作詩詰之

岸舫穴晶窺衆緑，十竿百竿森苦竹。筍劣難教中食單，聊取青葱束寒玉。園雖無水賴有君，瀟灑署侯堪破俗。煮簀生愁撑酒腸，頓頓且食花猪肉。呼童縛帚埽苔根，泥鬆庶易露頭角。翻令兕笋且干霄，屢戒鴉鋤試輕劚。傖奴乃不問主人，釣具篴材十去六。去年屢爲他僕竊伐，竹遂不茂。此君有靈徙族行，急詔兒孫莫遭辱。春光百五清明過，芒種家家人浸穀。盼斷箖箊絶貓頭，踏破蘚痕剩枯籜。作詩語竹當原情，子猷愛汝固如昨。縱弛僮約亦偶然，胡爲器小怒猶宿。即非與可善寫真，玉版禪參差不惡。况我渭川千畝胸，吐露光怪動盈幅。今年不見羊角哀，未免要爲孟宗哭。夜夢行雨翻天瓢，作使驚雷起林谷。錦绷稚子或晚生，酬爾斗酒歌一曲。檀欒鮮碧出鄰墻，依舊平安報吾速。

題尹方水廣文正授研圖

千古無情一片石，磨人筋骨寸寸折。有田不産玉山禾，有水不消渴腸結。君苗焚之不得燼，傳介棄之不忍決。金稜玉海幾流傳，長伴先生頭似雪。先生早歲方饑驅，子雲筆札君卿舌。梁苑高歌抱石眠，芙蓉手洗贛江澈。歸來穩住三茅峰，乖龍左耳割欲缺。驚起墨波百丈飛，灑遍人間没字碣。文中門下半房杜，先生老守區區一方鐵。鸜鵒爾莫笑，蟾蜍爾莫咽。君家戚鄙數十家，待爾舉火竈觚熱。義漿仁粟都憑一紙乞，米書石田何必非金穴。去作冷官聊解嘲，青氈包裹繡痕滅。先生志不在温飽，此硯奇功尚堪説。桐孫頭角故嶄然，汝有佳兒阿翁挈。風雨消磨七十年，一朝授受猶難撇。琉璃琢匣配紅絲，縹湘奕葉等馨烈。蘇家仇池米家山，徒爾古香供玩悦。丹青寫出濟人心，比似續命之田更奇絶。此圖便是義田記，豈但范喬述祖德。

石梁官齋雜咏

飴壽堂乙亥先大父就養居此

切雲樓補緑蘿，安石榴飛紅霰。怱怱撰杖三年，屋冷苔封賜硯。

説劍横經之室

民已賣刀换犢，我將負耒横經。年年買春賞雨，飛騰酒緑鐙青。

玉葳蕤館

一樹白榆誰種，低徊九曲紅欄。可惜不携史局，空支半臂春寒。

巢睫軒

莊生小言可賦，巢居蹔借蟭螟。只愁飛難負重，春夢憑誰喚醒。

緑雪棚

半角篔簹隔墻，一架荼蘼遮屋。花事易了東風，且剩凉陰卧讀。以上五所皆余葺治。

臙脂山《志》載縣圃後小山

不種淮南桂樹，且看屋後桃花。十丈煙鬟滴雨，夕陽紅過朝霞。

不繫舟前令盧湘艖署額

泛泛人海虚舟，聽其所止而休。先生掛帆秋浦，而胡撾鼓迴頭。盧自石梁遷貴池，乞病去，曾繪《秋浦歸帆圖》，今起病，復官秋浦。

小住爲佳前令范半芋署額

且住自爲佳耳，看君歸去來兮。遮莫召棠郇黍，消除何肉周妻。

白杜鵑花歌

去年看花花似火，十丈紅雲連屋裏。人但見花不見我，日日酡顔醉婑婧。今年看花花如雪，銀濤冷抱寒蛟立。躑躅滿山紅不得，遮斷白雲無縫入。春殘三月歌遨頭，冰山突兀生涼秋。一洗揚州繁華夢，蕃釐觀種豈猶留。何必瓊花更絶世，無雙亭合爲君置。破空能使蟾影匿，落地應愁玉聲墜。辛夷玉茗愧粗疏，見此還當尹邢避。東風吹老謝豹啼，白衣再拜人難歸。空山寂寞血淚盡，儼然化石撐斜暉。苔根穩護六十載，主人云植此花已六十年矣。多少看花人誰待。歲歲花開手一觴，望帝知應魂不餒。我今看花博花笑，琉璃特設屏風照。去年今日兩奇觀，虢國何如太真妙。作詩亦似花有神，白白朱朱都絶調。

贈余生鎧

殘雪蕪城道，春波識面初。煙花三月酒，風雨一床書。年少終憐汝，才清或起予。涉江秋思渺，貪得種芙蕖。

贈方生震時

百里真州近，經年兩度過。魚看春網薦，書贈古香多。慧業傾初地，謂虛白。文心折大河。何當忘老拙，相與矢卷阿。

雨中過張生泰豐園亭看牡丹

張纖款芳墅，醃䅪熏柴荊。曲街破蒼蘚，不知山鳥驚。絳雲濕欲墮，到眼疑佳晴。花光蔽石磴，径失修蛇縈。繞欄護百草，松髯低有情。衆卉謝香色，退讓甘盛名。樓臺起尺笏，天半朱霞明。富貴彈指間，令我忘茅衡。客來意先醉，遑問重碧傾。倚樹就花立，那惜沾影纓。冷雨極哀豔，釀此餘寒輕。茶話結幽賞，蹔得塵懷清。但愁煞風景，歸聞呵道聲。

題施雪帆晋一枝軒詩集二首

白髮江頭叟，臨風岸角巾。酒懷消短夢，詩骨鍊長貧。清絶寒山雪，盎然太古春。名山許藏弆，應不嘆艱辛。

下筆無千古，婆娑此老能。狂來小天地，歸去謝親朋。江水明雙眼，青山健一藤。更憐風義重，留伴素車曾。時王小坡太守以憂去，雪帆偕歸。

題尹方水蕉鹿圖二首

瞢騰放眼綠天深，誰遣渠儂自在尋。解得芭蕉身破碎，塞翁失馬又何心。

兔角龜毛付一咻，伲尼空向梵天游。豈惟鹿鹿皆泡影，身本人閒大贅疣。方水以疾自號贅士。

阻風燕支洲與吴曼雲大令存楷二首

茅屋荒波一櫂懸，瓣香難乞孟婆憐。山空自熟歸雲岫，風利偏輸上水船。三尺雨蓑招野鷺，四圍煙樹逼凉蟬。舵樓早晚逢君飯，便遣江神與證緣。

咫尺纔催百里航，紆回底似下瞿塘。囊空榆莢輕無鈔，舟人謂重載曰壓鈔。債了槐花轉替忙。篷底借書充茗料，樹陰携榻就荷香。終南捷徑知多少，收拾頭銜自穩藏。時應舉者銜尾而進。

分校雜咏戲用試帖體十二首

一肩行李卸，蕭寺舊儒生。秋雨重門鎖，寒雲古佛撑。蜂房排瑟縮，鴨柵鬭縱横。科第從頭問，經書到眼明。青氈餘破硯，紅焰憶孤檠。上界愁消息，先期怯戰争。星河三尺地，車馬六街聲。衣鉢憑誰付，休誇沆瀣清。關防

老秃中書矣，驚心古戰場。白頭重刺繡，黄卷記凄凉。搏虎車仍下，塗鴉字幾行。衣冠疑案牘，筆硯雜壺觴。秋水更番誤，槐花一例忙。吏才同此窘，官韻押難强。人患爲師苦，誰知得士良。咿唔看絶倒，樓角戀斜陽。考簾

二老龍頭入，群仙驥尾臨。五花衣綷縩，三肅令嚴森。牌豈軍中下，門應海樣深。銀泥鐫寶字，玉尺寫冰心。受聘愁新嫁，延師笑未禁。紅紗糊眼合，墨汁滿頭淋。佩定懸烏帶，齋看壓鳳衾。宫花傳末座，青鬢尚能簪。聘牌

豈是瀛洲選，居然十八人。燕巢尋故壘，鳳字認新鄰。塞谷丸泥限，分溝劃綫均。投胎仙佛界，種福去來因。雲水遭逢偶，文章骨肉親。千頭堆束筍，一脉冀傳薪。碧漢紅墻隔，交柯接葉春。謂撥房。阿婆同乞相，忘却宰官身。分房

一紙蠟書投，紛紛梓匠謀。功名刀筆捷，刻畫鬼神愁。蠆尾摹仙格，魚鱗聚木頭。破題誰命中，樹的此懸侯。混沌開天鑿，模糊埽葉讐。千鐙翻手疾，萬瓦睡聲齁。夏屋丁丁斲，春蠶乙乙抽。斵輪須遲爾，五鳳起層樓。刊題

又到蔚藍天，拈毫自啞然。丹黄無爾分，螺黛爲誰妍。慘淡閻摩判，朦朧太極圈。手疑青過雨，身似畫凌煙。夢斷松滋渺，恩深柳汁偏。未妨誇鏤管，剛好配寒氈。古佛頭應點，中書相莫傳。鐙紅吟句穩，籠傍碧紗邊。藍筆

朝日上簾遲，陪堂雁影差。應真紛變相，菩薩總低眉。風月從批抹，毛疵任索吹。苦心探穴得，老眼戀沙披。赤字岣嶁古，青袍涕淚知。輪迴俄頃事，人鬼較量時。敗葉連宵積，名花一手持。胡床攤飯處，茶銚試香炊。閱卷

送汝青雲去，須防有落花。冰銜紋印紫，評語藻揚葩。月老情同切，麻姑癢倩爬。樹之如子弟，拔己出泥沙。天意甌中卜，神風海上槎。旌旗前陣捷，鐃鼓後塲撾。半士延孤賞，寒儒慰小家。十年鐙火夢，回首鬢雙華。薦條

食品官厨備，其如七不堪。餅愁名似畫，肉只説來甘。味外醎酸得，鑪中火候諳。羊頭公已爛，雞口我猶慚。借箸長才健，屠門快嚼貪。米鹽圍葦簣，齏粥話茅庵。流水供張薄，秋風次第探。衹應憐負腹，蟹稻誤江南。供給

金粟圍香界，芙蓉列炬紅。雲泥争一紙，煙墨奏全功。快意名流網，飛聲閬苑風。後來居上選，此筆爲誰工。鐵案三更定，銀河萬里通。書猶遲腕底，鈔已遍城中。姓字驚心熟，丹鉛謝手攻。明朝羅拜處，大藥盡歸籠。填榜

我亦傷心者，茫茫積古愁。西風吹破簏，塵壁倚寒篝。白骨春閨夢，青鐙鬼國秋。堆憑蟲網織，飽聽鼠聲搜。蜃冷珠猶抱，螢乾火不流。先生今已矣，吾輩可安不。月旦評疑誤，冬烘駡肯休。頻年鑚故紙，一霎散浮漚。落卷

依舊風塵吏，飄然手版間。釣鼇離海嶠，拍馬出函關。袖底金華語，門羅玉笋班。暫抛三代籍，儘看六朝山。洗眼秋江净，撑腸酒户慳。苦邀琴鶴伴，生恐墨猪姗。送客逢西笑，抽身賦北還。歸鞍壓詩草，珍重待重删。撤棘

與吴曼雲夜坐二首

古苔墻脚冷於莎，茶磨松聲矮屋過。惱殺凉棚三面篋，疏星無處識銀河。

木犀香證畫禪深，玉尺閒抛擊斷琴。冷酒一杯澆短燭，替他落葉話秋心。

鑠院示吴曼雲八首

招手芙蓉隔遠江，夜凉紅雨逼銀缸。坐儂命似秋雲薄，替繡鴛鴦總不雙。

樓上新寒峭地生，慈菇葉爛水波横。西風欲寫愁人夢，儘付秋陰畫不明。

緑蘿門巷紫游韁，狼藉春痕話短長。殘柳絲絲易黄落，一年辛苦又斜陽。

髫子抛家倚鏡慵，春潮如淚夢惺忪。桃花自欠東風債，莫更他生再近儂。

風低簾押玉無痕，被裏寒鑪鴨不温。回首十年春夢裏，最難消受此黄昏。

金井微霜脱葉稀，五更愁聽白鴉飛。從今收拾閒刀尺，怕惹秋心理斷機。

合口紅椒自受辛，悔教情話托纖鱗。可能别遣氤氲扇，吹醒西風中酒人。

冷蛩三五逼秋闌，苔砌荒凉咽未殘。横笛有人圍畫燭，倚樓猶自説高寒。

趙忠毅公鐵如意歌爲趙雩門大令鉞題

陳四害，拜疏乃出趙員外。論四凶，都堂澄汰如考功。主上冲齡群小肆，鑄鼎不成鑄如意。以歌以舞臣無忌，何弗鋤奸若是利。其年壬戌鰲春製，其銘維君子之器。生不願擊玉唾壺，亦不願擊女珊瑚。願擊生祠遍天下，茄花墮地紛頭顱。咄哉王昭遠，乃比諸葛亮。讀書須識忠孝字，鐵骨何愁代州葬。韋家白角李家犀，握君徒資談柄爲。獨有千秋竹如意，西台慟哭同聲悲。

報恩寺即古長干寺

撲翠空門十畝寬，冷雲猶識舊長干。天留紺碧齊梁畫，塔助江山笑語寒。古佛秋心鳴墜葉，夕陽歸夢滯雕鞍。時黄少民、富民兄弟寓此。莫嫌輿蓋驚魚鳥，便擬他年製籜冠。

同陳白雲斌吴曼雲存楷聶少軒紹祖王是之大同游雞鳴寺

榔栗横抛健欲飛，誌公臺冷並崔巍。鈿車夢遠迷秋草，御苑鐘遥攔翠微。山雨破空籠佛髻，水雲隔屋上僧衣。祇餘十廟荒苔鎖，尚認前朝弔夕暉。

臺　城

西風黄葉滿臺城，遺恨蕭梁野色平。餓鬼道中皇帝劫，紙鳶風裏版圖輕。捨身難贖輸錢命，苦口空聞索蜜聲。忙煞前朝嗚咽水，幾家銅狄暮煙橫。

秦淮後游雜詩五首

青輮重問板橋頭，泥爪光陰付夢鷗。辛苦南朝煙雨慣，年年儘畫白門秋。

秋老蘋花水尚香，買鄰剛好近柔鄉。畫樓一樹垂垂柳，縱染西風不肯黄。

黄竹江干水屋排，泥人秋破酒人懷。倚欄恰配茴香髻，一角青山壓玉釵。紫金山在閣子東，倚欄可望。

釵痕鞋影夢依稀，蘆絮濛濛作雪飛。已是夜凉凄絶處，笛聲如水送潮歸。

歸雲入岫尚逡巡，秋雨綿綿軟似春。一度花開逢一笑，貞元猶重舊詞人。

媚香閣偶題二首

秋影春痕畫未成，銀蟾甘讓燭花明。芙蓉不怯西風瘦，黄葉聲中自寫生。

渡江桃葉水潺潺，阿子歌來月子彎。怪底銷魂禁不得，有人生受六朝山。

戲題倚樓横笛處二首

玉雨梨花寫淚痕，費他水軟更山温。會中盒子知誰得，不數南朝寇白門。

帕首熏香夜未深，鐙前眉語托琴心。秋寒比似春寒淺，無奈凭欄已不禁。

戲爲聶少軒作

酒邊茶脚語模糊，擁髻深愁托迹孤。讓了春晴還讓雨，畫欄空好不曾扶。

朱二如廣文移官臨滁繪擔書掛酒圖以志興用有正味集中移居蒲褐山房韻

有酒不飲洵非夫，有書不讀空鵝湖。一瓶一弓足千古，乾坤草廬容吾租。廣文有官官獨冷，襟裾牛馬從人呼。胡天不造尚遣謫，西風蕭屑偏摧枯。破椽小借比邱屋，僱携家具堆城隅。蠹魚老死長一尺，那能變化成飛蚨。乞米有帖書不得，臣罪忍飢行及孥。誰道彼蒼公道無，選格一紙來齋厨。買驢赴官僅百里，押尾重煩長鑱奴。束笋千頭自捆載，偏提壓擔驚窮儒。先生深衣岸高幘，蹣跚追躡愁汗污。頳肩黧面助邪許，莫赤匪狐黑匪烏。未要村帘慰渴吻，《漢書》牛背恣清娛。三面青峰一面水，活拓江山歸畫圖。應知解襆闢榛莽，王霸妻子躬樵蘇。開門授徒德不孤，徐乃插架兼傾壺。不識馬融絳帷底，後堂可少調筝竽。韋編倘絶瓶既罄，痀瘻或笑逢衣徒。先生自學晦翁晦，旁人妄目愚公愚。我今買書過千軸，菊殘自向花陰鋪。苦憶酒家失南董，離心長在松江鱸。朱雲間人。

題王生世豐贈畫二首

王翬仿前人山水册

平生耽邱壑，坐爲輪蹄誤。鞭絲帽影間，林巒那容駐。近復世網牽，簿領汩朝暮。拄笏鮮看山，閑眠避鷗鷺。無已作卧游，稍稍購縑素。名手擅國初，石谷最爲著。昨勞鑑湖贈，一卷水雲沍。方生震時曾贈石谷横卷。矮几拓千峰，差療煙霞痼。王生海陵來，巨册席前布。雅勝束脩羊，助我下寒具。一手兼四朝，肯學邯鄲步。或水村演漾，或雲巒掩互。或疏林驚秋，或夏山將雨。脱墨奇情生，栖毫古懷寓。神理造化知，皴染性靈附。下筆無前人，自與荆關遇。使必按圖求，意象失膠固。是時迫元冬，木落荒城露。短晷催窮陰，但可賦枯樹。賴此重披尋，饞眼飽幽趣。山氣備四時，丈室競奔赴。轉恐清福過，癡比虎頭顧。旦夕三摩娑，免飼厨中蠹。

王式揭鉢圖

窮陰黯慘天無光，九幽變相紛躝張。脩羅鬬力雨刀仗，驅使龍戰飛元黄。提婆苦設兵戎教，羯肌王女何堂堂。有子竇迦世尊攝，水精咒鉢潛鈎藏。熱鐵寒風燒不得，鬼母嗔恚摧肝腸。山魈木客供呼嘯，蹴踏蓮臺爲戰場。晴雷吼日擊鼉鼓，髑髏當角吹蒼凉。木葉横披忍辱鎧，芭蕉碎裂降魔幢叶。苔髮鬅鬙齒排劒，桃弓棘矢争挽强。罡風卷地走山谷，秦鞭跨海無其長。夔魖跳躑刑天舞，饑蛟饞鰐環披猖。斬竿縛架都盧橦，繩引北斗隨低昂。上者翾風猿猱捷，下者據地贔屭僵。或負須彌鰲頂壓，或呿沸沫鯨波揚。乾拳濕踢逞奇技，神姦萬狀愁金剛。銀盆化生自拍手，窺天無縫空勞攘。顛倒蜻蜓撼銅柱，喑嗚鬼泣從徬徨。返身皈佛佛汝戒，生殺一念争微茫。汝噉人子恣狼籍，人奪汝子胡慘傷。摩頂和南果勑受，還汝寧馨牽耶娘。大千歡喜劫壺破，慈容滿月迴天翔。茂苑王式寫生手，爬梳寶積經義詳。視民猶子肉白骨，人天黑籍憑校量。瑜珥瑶環競提抱，脂膏須念人剜創。此圖豈惟證黑獄，微言大可箴官常。

分題石谷畫册八首

碧厂穿溜石橋斜，殘雪初消冷晝叉。不是經聲出松頂，那知有屋裹梅花。《花龕净業》

縠紋春軟四村圍，嫩柳新秧亂夕暉。他日江南容我老，好縫田水製僧衣。《水村圖》

短林如薺鬖層坡，磵户青蒼老薜蘿。三尺矮墻凭坐看，遠山荒寺夕陽多。《蒼山結屋》

凌兢山影壓溪横，灌木陰陰失晝晴。一笏披麻皴未了，指邊雲氣破空生。《夏山圖》

煙光澹沱有無間，一線斜陽淺水灣。不是疏林難着色，已無黄葉落空山。《煙村晚霽》

鼠迹梅花點似煙，礬頭石氣自蒼然。兩峰缺處雲初補，又被山坳一塔穿。《晴麓横雲》

落星青倒峼山湖，紅葉烏篷客未孤。一例垂虹好秋色，南人莫笑北人無。《鵲華秋色》

高樹如檣束翠岩，冷風樵徑謝腰鑱。輞川應是圖中客，一角山房署小杉。《老屋叢杉》小杉山房者，王鹿苹齋額也。

周忠毅公玉印爲石甫題

壁鼠耳，無能爲。虺已蛇，不可制。神羊觸邪一角危，六君子前公首事，楊左既逮公亦縶。朝天宫，火雲熾。王恭厰，火鴉墜。天大雨雹天不知，夜半囊沙畢公志。肘後玉章署臣字，握拳透爪蟠生氣。嗚呼魏上公，目乃不識丁。刺骨不忘公姓名，奴手滑嗾曹欽程。公之朝籍可得削，公之手疏不可爐。煌煌更有季侯印，碧血糢糊土花沁。百年曾伴忠魂殉，精靈萬丈光燭天。不隨荒箐沉蠻煙，異代仍爲公家傳。公家尚有血疏在，一門忠孝稱象賢，區區告身何有焉。

撤棘後得周石甫京江舟次見懷詩二章未及奉答既六十日矣和韻却寄二首

舊是秋風席帽人，江頭重現宰官身。門欹衰柳愁孤艇，車上寒山駕獨輪。連日與陳白雲、吴曼雲遍游金陵諸勝。茶磨青松聊作麈，酒鑪紅葉代炊薪。一繩書到京江雁，不惜挑鐙夜讀頻。

已無菜把供園官，剩許焦桐出爨難。笠澤霜竿江上緑，秣陵煙寺雨中丹。馬頭笑我空登屋，牛耳輸君别樹壇。未免酒懷勞記憶，皖公山下一篷寒。

得絜亭妹茝書言婿立純病廢感賦二首

夜半籠鐙敝剡紅，小郎書寄發怱怱。平安字尚啼痕漬，宛轉詩看手爪工。妹自繡詩爲母壽。嫁到黔婁原不悔，病憐夏叔竟終窮。可堪黄葉空林瘦，一樹婆娑撼北風。妹書云："欲隕之葉，忽遭烈風，其何能支。"

十七年來淚不乾，吴天楚水路漫漫。蘽砧未老偏衰早，門户由奢入儉難。蔣氏固素封，以壻不事生産，家遂中落。無復青裙常押佃，可能白髮勸加餐。母得書，爲廢餐累日。間關爲貸監河粟，知爾秋風下筆酸。

得梅史書却寄二首

故人風雪滯江關，憂患勞生去更艱。惟見管寧餘皁帽，何曾謝朓愛青山。横床簟竟芙蓉冷，插架書愁薏苡還。一片孤雲敬亭落，那堪流水急潺湲。

當歌使酒氣凌兢，從古畸人謗易騰。三尺寒楸空灑淚，十年春雪悔燒鐙。天涯慰問悲徐穉，海内窮交愧李膺。好送鶺鴒原上客，斷齏分餉我猶能。君弟稻生，屬予挈之以行。

次周生康封韻即送計偕北上

殘年風送剡溪舟，敢詡韓門説俊游。兩度魚龍争跋浪，一時雕鶚健盤秋。鐙明小雪新行篋，筆撼滄江舊酒樓。此去燕臺須縱目，岱雲海日看全收。

亦政堂續集

序

嘉慶戊寅歲，漢川劉海樹先生分校江南鄉試，蘊章爲所得士，以遠在皖江，僅一通尺素，未獲脩謁見之禮也。洎道光辛巳在京師，始識蔣笙陔閣學，知與吾師交最久，後同登辛未進士榜，因爲述性情學問，得聞大略。時相國曹文正公爲辛未座主，亦爲余言師詩學之工且富云。迄癸未，余下第歸家；丙戌復至，始知師於癸未秋入都，與余適相左。其明年，遽卒於官。方余之受知於師也，師任天長令；至是洊升潁州守。知遇方隆，名位日起，乃中年凋謝，未竟所施，當世惜之。所著《亦政堂詩》十二卷，三十年前曾從友人借讀，迄今尚在心目中。適哲嗣少海訪余於閩南試院，因得重讀是編。流連累日，而少海又出未刻續稿一卷，爲笙陔先生删定，因即倩少海手録以付梓人。念蘊章弱冠有志於詩，求益於先輩多矣，幸出大賢之門，可謂投如針芥。乃以山川間隔，師又早世，至終其身不得躬侍几席，與聞緒論，豈非生平之缺憾也哉！先生詩探風雅之原，而出以清麗婉約之致，後之讀者當自得之，而無煩贅言也。道光己酉六月，門人彭蘊章謹題。

題　辭

生前詩板重雞林，風雅何期起變音。勞瘁從知餘興減，涕零總覺受恩深。江南惆悵蘭成賦，天末淒涼老杜心。誦到月圓人別句，惜君懷抱付銷沈。

丙戌三月校海樹遺集，悵然久之，輒題八句，年姻愚弟蔣立鏞識。

道光三年秋，僕需次保定，適海樹自都下來，訪予逆旅，爲留三日而別。明年春，海樹遂捐賓客於潁州，僕在高陽賦詩哭之。又三年矣，頃月槎來，携此卷見眎，亟爲校讀一過，爲删去不必存者十餘首歸之。展卷惘然，不勝存歿之感。噫！梅史查揆。

卷　上

人日盱眙

東南憑設險，淮泗此交流。水氣圍墟市，山光壓縣樓。支祁寒井鏁，迷迭古香留。人日題詩處，春風記薄游。

喜劉生福疇至二首

客至梅花裏，春風雪乍晴。詩添驢背思，譟憶馬頭聲。名士雲間重，粗官橐底輕。相期酬盛世，莫作不平鳴。

九峰三泖地，如子合名家。書是前身讀，才堪絶代誇。江湖憑載酒，風雪滯停車。老我逢佳士，誰能惜齒牙。

和韓奕山韻

自搯檀牙自譜詩，紫雲擫笛背鐙宜。勾欄夜月愁街子，樂府楊花寫叛兒。烏榜潮生人去後，白門秋近酒醒時。何當舊夢從頭記，水冷微黄繫柳絲。

再叠前韻

坐嘯幽篁賦小詩，緑瓜青李酒邊宜。疏狂漫欲呼聱叟，骯髒憑誰唤可兒。凉滴高梧微雨歇，嫩浮新榨壓絃時。一聲衙鼓隤冠幘，鐙影婆娑訝鬢絲。

題劉生福疇詩册

雲間詩派數黄門，二百年來風雅存。幾復社空君晚出，機山重見小平原。

一絃一柱字如羅，元白新聲未足多。莫是前身吴祭酒，江南争唱《綯雲歌》。册中《題查伊璜綯雲石歌》最佳。

風雪襴衫一領青，酒懷傾寫玉玲玲。江南不見崔黄葉，衣缽憑誰嗣阮亭。

答奕山詩意即用其韻

薜蘿門蝕青倉琅，竹粉初乾桐乳香。箕踞胡床捫皤腹，次公非醒尤非狂。把酒樂於奉朝請，且捉虎賁共酣飲。誰爲令僕誰馬曹，熱官那解醉鄉冷。

曉　起

欲雨不雨風泠然，四更月出人未眠。北斗沈沈落樹頂，驚烏飛起啼蒼烟。蒲葵扇小壓衾底，凉夢如生藕花裏。淋浪一枕破朝暾，知是松梢瀉天水。

田家擬陶

湖雲一片低，鬱作樹頭雨。好風吹之勻，散落原田溥。蓑笠荷野人，水聲相答語。停插望茅衡，炊烟衡出户。油油禾黍心，如對老農嫵。所得良足欣，洊饑忘昨苦。匪云侈念生，憂樂庶相補。

次奕山過刁苣田齋看盆荷見憶元韻

涼雨隔江到，人家藕作花。風低水楊柳，合喚小琅耶。落日酒人倦，角巾歸晚衙。

食　藕

碧似靈犀透，涼宜翠蓋擎。咬春無此味，買夏若爲情。豈但齒牙慧，妙明心自生。

蝴蝶被

荼蘼睡足認依稀，鳳子輕盈一枕圍。酒醒誤看裙欲化，春寒低壓夢猶飛。迴身瑟縮含香倦，出手瞢騰撲扇微。誰爲羅浮工寫照，生花筆好是耶非。

驛柳詞和柳村丈

婀娜何曾拂畫欄，驟網聲裏曉風寒。不辭老秃憑人折，多恐秋深折更難。

聞洞簫二首

夜闌尺八冷銀屏，如倚孤篷泣九靈。不分南朝嗚咽水，一條猶向板橋青。

廿四橋邊野水秋，當年慘緑記登樓。故人一别紛如雨，縱使相逢已白頭。廿年前曾聽顧金門吹簫，久不相聞矣。

金山寺

東南一柱水天浮，百代茫茫過客愁。上界樓臺争尺土，大江門户東横流。雨昏平楚沈瓜步，風送寒鐘到石頭。便欲題詩酬郭璞，山高只覺四時秋。

渡江二首

蘆荻蕭蕭卷逝波，白門天遠夕陽多。回頭尚有青山在，只渡横江莫渡河。

一片桃花上下潮，江天閑話送歸橈。野人何與興亡事，總爲青山弔六朝。

和静峰丈曉發大行山

茫茫積氣黯銷魂，百二秦關眼底屯。岱華三分雄北地，河山兩大拓中原。扶桑先入雞聲白，斗柄低垂馬色昏。可但齊州明九點，帝京終古作屏藩。

夜坐六首

烟暝定高樹，水香浮短荷。衣邊凉露下，不及酒痕多。

北斗挂檐角，微風生夜凉。故人河朔飲，不復記他鄉。

生衣乍欲披，芒履幾忘納。貪近水邊風，屢移花下榻。

江上峭帆落，何人横笛吹。夜闌凉月上，知是倚樓時。

水烟林際昏，露氣夜深白。但知酒星明，不知誰是客。

晞髮小池頭，荷香一扇收。鷺鷥飛不去，疑是雪痕留。

夏日偶成

一葉兩葉新茶，十竿五竿嫩竹。碧紗幮裹小眠，使我夢魂俱緑。

罌粟花二首

櫻桃市上緑陰凉，春老重過碎錦坊。啼鳥乍來催布穀，東風歸去欲賣糧。飽看十日憑誰乞，豔極群花不待香。莫遣鴛鴦誤雙宿，粉紅一樣墜蓮房。

芍藥春殘十畝開，田田又見錦成堆。三升可配桃花水，一斗應消竹葉杯。草長鶯啼人去後，笋香飯熟夢初回。種來合是麻姑擲，怪底雲裾五色裁。

典裘歌用施愚山賣船歌韻并序

戊寅五月不雨，貧民苦新賦不給者，劉子盡以衣裘質金代償，民乃得以敲扑之餘肆力南畝，天亦旋雨，作歌自慰。

六州鑄錯學干禄，斗大城荒久濡足。七年烏帽抗黄塵，米襄陽句。差勝秋風卷茅屋。陽城署考行將滿，老矣馮唐且休管。晏嬰狐白自蒙茸，聊復披吟歌嘽緩。府帖追逋勞上游，五月不雨枯禾愁。姑惡鳥一名枯禾。杼柚其空酒漿竭，長官幸有千金裘。累標黄標税方急，那問復陶雨雪集。長生庫寄百里遥，鞭笞甦免老農泣。他日西陵載石船，空箱猶得枕書眠。一竿蓑笠江鄉醉，但少羊裘釣石邊。

對月

萬古此明月，天涯人盡看。江湖愈空闊，樓閣自高寒。玉笛聲偏遠，金閨夢不完。一年秋更好，終夜自凭欄。

小秦淮夜泛

夕陽臨半樓頭，不放烏篷繫纜。山温水遠偏愁，花氣酒痕都淡。笛邊雙槳紅飛，柳外一燈緑慘。玉鈎斜處風來，紈扇香生菡萏。

月下聞歌用奕山韻

欲采芙蓉奈遠何，夜凉如聽竹西歌。初三蟾魄低纖柳，十二鴉鬟試薄羅。故國瀟湘歸夢少，中年哀樂酒人多。尊前有客愁羌管，猶恐聲聲唱渡河。

白　　燕

泥絮光陰更付誰，雙飛雙語玉參差。春深門巷無人覺，月上簾櫳有夢知。風雨落花愁絶處，海天殘雪記來時。相逢舊侶垂楊柳，只恐流鶯認得遲。

咏　　蘭

空谷寄幽賞，愔愔生遠香。美人怨天末，豈爲矜明妝。客至淡無語，坐來心自芳。因之念儔侶，寒夢托瀟湘。

渡浦子口

片雲高落劉郎浦，斜日猶懸鮑照臺。無數青山應識我，一年一渡過江來。

喜奕山至自虞城

隔屋聞聲喜，故人天外來。相持無片語，憶別有餘哀。躑躅愁鄉里，蒼茫付酒杯。遥知歸騎發，風雨下平臺。

憶梅史

酒醒江頭別，垂楊樹樹秋。西風吹落葉，如雨下孤舟。只有宣州月，年年照畫樓。看君歸海上，天地一沙鷗。

卷　中

和奕山元日看盆梅元韻

第一花逢第一杯，醉中疑是補之梅。東風尺五吹人近，明月前生記手栽。撥火自應澆酒賞，忍寒休遣折枝來。粗官偶作羅浮夢，須趁紅泥篆未開。

正月二日雨中過陸祁生學博

紅墻一角板扉撾，庭院深深寂不譁。茅屋買春宜賞雨，冷官留客遲開花。書堆列坐無餘地，壁上糊詩欲滿家。老我新年得清供，山僧泉餉試團茶。

次祁生韻

玉水折璇源，珠衡絡斗宿。夢古丹篆呑，腕靈碧螺鬬。漫矜瑣瑣姻，不亞堂堂寇。健拔赤幟軍，隱測紺囊覆。纚如組繡攢，妙入英雄彀。骨重歛神寒，風馳奮雨驟。泛宅巢湖昏，皮書茅屋漏。騏驥困短轅，鳳鸞伏雌鷇。徒手白戰難，等身黄卷富。善交貴巽言，惡札賴糾繆。小坐一室春，深譚五更候。奇句詫鴻文，舊游説鶯脰。奈何舍己田，轉欲爲人狃。南宋自偏安，東京各設副。横矟陷馬前，執鞭恥牛後。問道超乘先，長城摩壘復。溺寧假手援，火幸反風救。瑶島靖妖氛，珠宫闢荒陋。髯也去非奔，佗乎罪宜宥。鼻祖廣流傳，耳食或謡詬。霧隱元豹連，天空朱鳥噣。此坐願君分，其他莫予覯。眼迷榾柮烟，心醉霹靂酎。閉關幾錬魂，抽毫乃奮袖。

祁生囊與劉芙初洪孟慈戲題富莊驛壁六絶句署名蜀中女子鵑紅都人傳和幾遍今見王秀才集亦有鵑紅曲棖觸舊游作詩自解屬和二首

紅冰秋暈唾壺圓，夢裏香熏兜率天。百遍凄凉和淚寫，料應愁煞薛濤箋。

五銖衣重涴啼痕，愁損桃花玉骨温。不是畫眉持鏡照，更誰如汝解銷魂。

程赤霞方抱騎省之悲出白秋海棠畫扇索題

玉釵秋夢壓羅裳，愁絶西風一握凉。寫到斷腸無處寫，可應殘露更爲霜。

新緑二首

潑水春愁又上欄，紗窗新拓儘人看。籠烟似剩宵來雨，長日能消坐處寒。活色樓臺天入畫，舊巢鶯燕夢初完。東風慣惱離亭柳，先遣濃陰壓玉鞍。

殘雪空林又一年，江南圖畫已如烟。撲人衫袖濃於酒，照我鬚眉老更顛。春雨湖波雙槳軟，夕陽村樹萬家圓。何當笑署天公券，買盡青山未要錢。

菜花二首

小桃籬落矮枝横，黄雪低翻水樣平。萬隴春酣香世界，一年野趣畫清明。軟風薰到牛羊醉，斜日歸餘饁餉情。解識此中滋味足，看花何損長官聲。

午畖香逼夕陽明，抱甕人歸漸有情。村外三分宜近郭，雨餘十日不妨晴。驅竿水襯鵝兒淺，窣地風柔燕子輕。舊是蔬村誰替汝，落花時節笋初綳。

看　柳

倚欄低踠畫檐梢，不怨長條怨短條。一夜東風一回緑，縱無攀折也銷魂。

清　明

湖上莊荒十七年，已無喬木换新烟。凄凉丙舍愁家祭，曾少官錢置墓田。

梅史至自皖口即用贈祁生韻

素衣漂泊又經年，何處巢痕認樹顛。未許散人呼魯望，空勞長者嘆僧虔。江湖舊夢糟床雨，仕宦初心冷竈烟。三萬六千博塲客，衹今雙鬢對蕭然。

前咏菜花梅史祁生並有和章復成一律

桔槔低壓小桃紅，半畝香霏曲澗東。近郭偶摹金碧畫，開門平受麯塵風。田家富貴籓籬外，閑日雞豚醉飽中。記取他年咬根處，烟簑雨笠幾人同。

和奕山夜看菊韻

凉露娟娟向夕傾，西風鈴語斷初更。未妨淺醉月中立，已覺薄寒林際生。縞帶驚心秋欲老，黄花泪眼看無名。客懷柳老同蕭瑟，怪底詩偏爾許清。

和奕山重九韻

平蕪莽蒼涕沾裳，風物淮南剩夕陽。落木蕭關愁逆旅，囊沙秋漲縮宣房。時蘭陽决口將塞。江湖抱病誰能健，驛騎當官敢道狂。便欲登臺問明遠，泗波争共客心長。

代題薛畫水司馬姬人素琴畫扇二首

唾華裛朝露，釵股明霽雪。無處覓夢痕，幾時花裏刖。
出手寒愁折，染衣香沁紅。吹花入羅袖，不更怨東風。

次韻答祁生

革帶横腰短笏斜，望塵空拜長官車。東山未要論邱壑，秋水何勞辨渚涯。薄宦蒼凉悲圉阜，故交零落感風鴉。婆娑生意餘枯樹，争寫荒寒仰屋嗟。

題朱墨稼遺照

麗瓢桐花罥蘿屋，曉風凉透烏巾漉。苔痕一碧洗瑶天，手擘鱗雲補叢竹。洞庭古雪生鬚眉，記寫龍威曾幾時。鶴背烟青重迴首，破空百尺羅孫枝。

送彷山歸里即次留别元韻

采菽歸驅下澤車，遥看清潁葑田斜。何嘗水部留東閣，敢道昌黎重北涯。冷月荒村愁劣蹇，空林殘雪戀寒鴉。俸錢輕似床頭易，未抵兼金辦咄嗟。

題許叔翹所望看劍圖

廣漠覂良驥，漭泱安可極。寞鴻翔天際，凌風倦奇翼。歸策息林阿，壯志幾銷匿。青松倖歲寒，盤拏鬱勁質。道逢蒼龍精，陸離豹韜飾。摩挲十五女，睇視那可逼。感激平生懷，欲言語已塞。寶氣干星辰，精靈托所識。豈曰惜衰老，用不在筋力。功名陋馬周，雉膏倦鼎食。窈窕列瑶姬，雲霞紛五色。玉髓鍊純鈎，道並貴以嗇。顯晦固有時，藏器匪云默。

用祁生冬日懷人詩韻五首

湅雲濃壓酒波黄，閒煞前溪射鴨堂。笑我薺腸還百結，夢中孤負蹴蔬羊。

苔蝕香姜緑字消，摩挲十五女兒嬌。中年絲竹誰陶寫，不擬王褒諡洞簫。

玉尺閒敲熨手凉，上池靈藥辨微香。經旬走匿方銅影，怕認瞿曇舊面黄。

寒鴉風緊下如潮，密雪空林墨點豪。頗擬梅根敷坐具，隱囊方錦織蛟毫。

玉葳蕤館築初成，一樹何曾種馬櫻。忽憶敬亭山下客，青山愁絶謝宣城。謂梅史。

宫庶侯思晋庶常招飲荆山麓下用叔翹韻

拄笏看山一上臺，酒懷初爲故人開。水沙明滅浮殘堞，岩壑蒼涼老辨才。叔翹高才雄辨，老而未遇。塔頂風懸斜日定，馬蹄春帶萬花來。勞勞過盡江南路，鷗鷺閑心莫漫猜。

酬庶侯見贈用前韻

西京仙吏重蘭臺，忽漫相逢素抱開。廉吏風高貽令子，早朝詩好豔驚才。闕門曉闢先鞭入，禁柳春回上計來。滿貯葡萄三百甕，花前痛飲更誰猜。

送春四首

破曉流鶯剩一聲，緑陰如夢恨初成。儘催杜宇歸何處，留得青山去有情。小住不嫌三月久，回頭尚戀百花生。上河圖裏人多少，寶馬香車似水行。

三五華年送緑波，錢塘陌上有人歌。出門西笑天何遠，祖帳東風酒不多。夜雨樓深空悵惘，夕陽欄角忍消磨。合歡最好鴛鴦睡，悔未留看貼水荷。

天涯何處不銷魂，花信從過廿四番。繾綣餘恩惟穀雨，别離終古此黄昏。櫻桃時節成歸計，柳絮河橋寫夢痕。我是司香舊仙尉，東君臨去語猶温。

江南江北熟梅時，别有愁心上鬢絲。逆旅光陰千樹合，去來踪迹萬花知。不因風雨羈行李，肯爲凄凉怨路歧。一片茫茫芳草斷，樽前誰唱《鷓鴣詞》。

題查梅塢家累圖用王阮亭葛洪移家圖歌韻

君胡不乘朱輪華轂聘燕趙，復無蓽路柴車與世工沈浮。甘與橐駝奮兩耳，出門大笑淩芳洲。南轅向薊北向越，道從何適僵汗流。賢妻挽鹿鹿不前，髀鬈自插山花幽。作使先生如馬牛，驅之驅之行夾輈。鮑家小女兩了髻，青絲絡鼓看籠頭。酒盎醽瓶惜翻倒，狼藉山蔬兼水羞。玉鑷金梭裹奇錦，悔未並攜促織來聽苔根秋。烏圓者貓黄耳犬，摇尾百里追詩囚。柳絮撲天卷春去，草痕一碧横九州。道逢鈿車不相下，瘦骨敵銅驕紫騮。荆榛繭足迷荒陬，名山何處藏墳邱。縱博三萬六千場，安得三十六萬横財慰我車中愁。息肩無地醉不死，拍浮聊爲山海游。人生百年苦拘繫，幾時塵海迴虚舟。

采芝圖爲賞壽芝二尹題二首

斑龍駕軏試春耕，瑶草金光種已成。不解深山紅蝙蝠，誤人靈藥上池生。

句曲山頭劚夜光，雕胡笑唾出芝房。何如酒共梅花嚼，絶好人間服食方。

重葺余忠宣公祠墓落成登大觀亭有作二首

怒濤千古挾軍聲，一旅曾攖四面城。上將星辰營陣結，小孤風雨墓門平。登陴義激殘民慟，却盾深恩死士傾。悉見本傳。誰識牙旗還聽講，當時裘帶氣縱横。

一角孤亭倚麗譙，江天極目莽蕭蕭。魚龍出没靈旗偃，猿鶴凄凉宰樹摇。骨肉九原同尺土，干戈七載枕寒潮。故鄉我是廬山吏，淚灑西風賦《大招》。

九日明教寺

衰草前朝寺，西風落葉天。離心拼墜雨，秋氣逼中年。支遁談經地，莊生《説劍篇》。黄花無處采，雙鬢任蕭然。

擬公幹贈從弟三首送孝長

蘭芷搴芳洲，采采詎盈把。清徽托玉琴，元音自心寫。七襄雲錦張，遠在蓬萊下。何人怨蹇脩，裵褢顧中野。

渺渺淮波長，翩翩離雁翔。明珠委中路，誰知旦暮遇。或以綴華璫，或以織纖屨。但求近君身，敢云措置誤。

鴛鴦錦水西，交頸栖芙蓉。花深無遠近，但苦迷芳蹤。豈不願采折，滄波浩萬重。所期訴鳳皇，鼓翼行當從。

寄訊蔣笙陔

劍舄從容侍玉除，鶯花長繞近臣居。十年夜召逢宣室，百粤秋空想傳車。敢以侏儒嘲曼倩，未應詞賦薄相如。青門柳色新豐酒，肯爲鄉人解佩魚。

待　　雪

風緊空林墜葉翻，涷雪皴墨漏無痕。江天袖手逢僧話，樓閣熏香坐客温。羔酒愁難消豔福，貂裘寒重覺黄昏。宵來豫作游仙夢，十萬梅花裹一村。

冰　　筯

簷牙日上暖紅生，鴛瓦玲玲玉筯盈。仙竇春寒疑乳滴，畫簾風墮誤釵聲。夜排箏索梅梢冷，曉擘江珧荔子瑩。一曲欄杆誰忍倚，熏罏手數記難清。

寒　　柳

抛舍闌干又一秋，絲絲猶自拂寒流。薄曛小雪天無賴，瘦影空堤月不留。笛裏酒醒初白髮，巢痕人指舊紅樓。可堪生意婆娑盡，萬種離心爾許柔。

送許叔翹之豫章

長淮冰壯愁盤渦，雪花掌大飛駕鵝。健者惟君走相别，那辭皸手鞭絲折。北風短草吹牛羊，黄皮縛袴穿裲襠。馬上彎弓背射雕，却望章江白如練。翩然舍策招烏篷，披裘獨上香罏峰。峰頭古雪落松頂，紅日不到鶴巢冷。百花洲渚花滿天，滕王高閣人中仙。畫棟珠簾久寂寞，客至如君差不惡。溢浦江聲日夜流，爲君流到西南頭。錦鱗三月桃花水，須寄封書過楚州。

送孝長弟北上

青絲絡馬玉垂鞭，芒碭山空絶可憐。春過黄河仍雨雪，風迴白日盡幽燕。論才天地推門内，縱酒江湖悔少年。誰識當時棄繻客，豪看拓戟賦《甘泉》。

小除前一日冒雪擒捕梟徒即事有作

到官三月未成詩，薄領叢叢費苦思。淮泗由來鄰壑處，瘡痍况是沍寒時。手除害馬心猶壯，力障長鯨計莫支。風雪滿天單騎出，似聞隣叟涕交頤。

故　　人

故人消息滯龍山，夢裏相逢認別顔。别雨誰當撾白板，嬉春何處繫烏鸞。

賦得寒梅著花未擬作

一笑逢君話，遥知雪意闌。關心花下咏，袖手月中看。山驛曾無信，江鄉莫更寒。幾回窺翠羽，千里夢紅欄。春不隨人到，香應破玉難。瞢騰篘酒熟，消息笛聲殘。紙帳愁空掛，銅瓶插未安。最憐三九夜，燈影對團欒。

卷　下

人日有懷薛畫水司馬陸祁生學博分韻得堂字

未信東風入畫堂，梅花消息付蒼茫。杜陵人日知何處，賈島并州是故鄉。殘雪樓臺留月白，早春燈火擘柑黄。江天按部重相過，絶憶斑騅問陸郎。

集詩牌字二首

曲徑徘徊對竹梧，回峰青漸壓晴湖。中年華髪愁根蒂，坐客春明夢有無。紗帽語凭紅友麗，布帆流近緑陰扶。琳居試問芝岩古，親向神池看弄珠。

竹外狂吟日未斜，漁舠小載送晴沙。秋生玉笛樓重倚，酒醒朱欄髩又華。雪影離披散江左，草痕深淺認天涯。金徽大好移情賞，底事拈杯别恨賒。

初夏龔幼海刺史招同陳晴嵐刺史張小蒼李仲昭兩明府集孫氏南園用漁洋山人水繪園八首韻

烏帽黄塵愁卧閣，縱對水鷗殊落落。郭門小隊導春旗，往往停車憩蘭若。揭來淝上春波深，八公山脚團脩林。滄浪一曲小三昧，徑造竹所聞跫音。主人外出。

紅泉歕欲規方壺，一林香水生蘼蕪。婺尾初調芍藥醬，橋邊孤鶴窺行廚。閏到重三過春暮，客來尚欲留春住。梅黃墮地麥風涼，莫遣天吹落花去。

女墻一角斜陽明，樹缺露山山有情。朱欄三折卧人影，隔溪蝴蝶如送迎。芭蕉緑砑小箋擘，墨瀋新題米顛石。蕭郎書聖擅江東，早應徵車趍畫戟。蕭雪樵泐石甚工，出應徵召矣。

休沐暫爲麋鹿友，隱囊敷坐苔錢厚。且緩折腰伺督郵，屈突何嫌葱一斗。江南草長鶯亂飛，楊花糝水生魚衣。失笑習家池上醉，山公倒載接䍦歸。

芍陂蓄黛如青谿，曼睩羌無下蔡迷。小山招隱斷叢桂，桃源時復聞雞啼。半郭有郵稍近市，皴染活山入畫裏。楚人言楚客毋咻，好在州來連潁尾。小蒼官鳳臺，即古州來地，予權潁守，皆楚人也。

九天珠玉霏咳唾，青蓮上日此經過。梅花十萬壓歸裝，海上釣鼇竟高卧。壁間李申耆留題最多。蘇門惜未披蘭襟，坐失孫登鸞嘯音。踰淮之橘花似雪，可但洞庭霜滿林。

淮南一棹中流嬉，空山榛莽鵂鶹啼。斷甓尚餘炎漢字，未夾銅雀洜氈搥。老松化石蘸青雨，晴嵐言舊蹟惟存石一方，蘸水可見。賸與禁方傳菽乳。菽乳法傳自淮南。足供軟飽繼夜游，爇燭幾忘麗譙鼓。

浮香小榭魚鱗紅，銀荷燈遠流觴通。謝安屐齒一笑折，未應賭墅愁秋空。渤海家近九仙麓，荔支飽啖不經宿。使君聊爲河朔流，三分愛水二分竹。

和張紫峴秦淮殘柳詞三十首次韻

知是淮流是淚流，年年畫出白門秋。怪他一樹絲絲柳，綰盡西風六代愁。

潑水濃陰壓繡寮，曉星殘月赤欄橋。淒涼十五年前夢，曾繫烏篷候早潮。

衰草斜陽問御溝，當時銅輦畫衾秋。胭脂井畔桃花水，還向垂楊緑處流。

玉欄秋掩轆轤痕，璧月歌殘幾斷魂。愁絶宫鴉無處宿，一枝空認建春門。

子夜歌成黯自憐，倚欄盼斷水生烟。一般羌笛撩人思，新譜陽關入鈿蟬。

摇落深愁宋玉知，人誰能遣樹如斯。情懷惡過桓司馬，只此江頭酒醒時。

作暖將寒水閣西，無端風雨有暄萋。長條争似天涯草，猶爲蕭郎護馬蹄。

紺碧消沈到蔣山，蔣家三妹夢珊珊。靈風拂遍長干柳，長願青溪水不寒。

銀蟾三五夜迢迢，寥落宫墻影似潮。何似望山門外路，替人愁緒一條條。

東風三月重三節，玉糝飛花乍脱綿。不信秋來鴛夢穩，萍踪猶傍斷槎邊。

艇子春波盪莫愁，柳烟隨處撲沙鷗。蘇臺緑到揚州郭，第一銷魂是石頭。

薰風小殿退朝遲，評泊新翻大小垂。一樣靈和人絶世，獨憐江令擘箋時。

武昌無限柳新栽，緑盡長江酒一杯。底事亞夫營自撤，將軍跋扈又南來。

朱門狎客髩花斜，落葉深愁選樹鴉。記得攀條從姓柳，過江人已久無家。

苔花蝕盡斷釵紅，澹粉輕烟散曉風。舊巷青楊迷處所，朱輪無地駕香驄。

掌上纖腰墜雨空，未應昭諫怨江東。祇今憔悴知誰甚，殘髩蕭疏不受風。

桃葉江頭拂畫航，無情吹得碧天凉。南朝此是風流種，生近烟花又帝王。

小玉楊家最瘦肢，簾櫳一碧夕陽遲。琵琶聲斷黄昏月，嬌倚鈿床學賦詩。

絲絲生受水風飄，揉碧拖藍近畫橋。一樣婆娑有深淺，春潮温軟過秋潮。

紅牙紫玉麗仙謳，小字蘼蕪托俊流。莫向兒家重問姓，一枝空傍絳雲樓。

江南愁煞庾蘭成，枯樹吟來尚有情。重過青門珠絡鼓，送人何苦又朝京。

小樓鴛瓦蘸微霜，豔體空編賸蝶香。記得斜陽人去後，一天飛絮正茫茫。

靈脩宛在夢初醒，百寶緘箱蠹粉零。莫更流鸎啼不住，桃花扇底有人聽。

婀娜一樹古銷魂，猶見當年寫黛痕。杯酒自澆斜陽裏，板橋秋草弔夷門。

江上蘆花似雪吹，圓沙鷗夢鎮相隨。無端斫却章臺柳，却令栖烏夜怨誰。

秋影春痕一例抛，野風萍末晚飈飈。夕陽從此無留戀，莫遣沙家更按簫。

金粉河山舊恨多，匆匆逝水怨蹉跎。而今已斷齊梁種，一霎秋陰抵爛柯。

腸斷王宗作酒悲，紫毫東郭更貽誰。可憐江上閒花草，添與愁人賦《黍離》。

秋風重見髩絲彫，打槳還來皂筴橋。多少愁心上樓角，江潮同至不同消。

中年白傅感衰遲，長慶風流極盛時。爲問永豐坊底樹，酒闌應悔遣楊枝。

十二月朔三日潁州初雪用東坡聚星堂韻

空林鵶點誤殘葉，壞雲壓屋嗲成雪。宜麥農忘袖手皸，飲冰人笑冠纓絶。燈微漸覺女墻低，鴨睡生愁寒葦折。深潭病謝缸乳凝，小坐客知屐痕滅。曉驚縛帚圍樹堆，夜起開門聽旗掣。瓶花凍蕊蘇沸湯，罏火餘温逼簾纈。魚鳥西湖失鏡波，燕支北地散塵屑。蘇長公後誰放歌，歐九堂前幾飛瞥。賤子繼今逢堯年，勝情遥集恣郢説。百代風騷聚古魂，天花無語噤簷鐵。

再用前韻

潁尾冰堅卸帆葉，雁户千家待甜雪。泬寥風緊易黄昏，湖山一色詑奇絶。竹裹炊烟寒不升，微露酒帘愁凍折。驢背人歸風帽披，齒齒紅橋記初滅。破空七寳失莊嚴，塔鈴誤觸饑鷹掣。淝水淮流晚更青，寒凌猶蹙韡紋纈。曉日生烟濕不鎔，冷光射作朝霞屑。雙柳亭空幾輩來，霜枝雨葉流光瞥。韻事除教茶自煎，閑情惟有餠堪説。明朝便擬問袁安，窮老何人駐輪鐵。

病中寄懷陸祁生仍用前韻

朱墨牘翻紛積葉，病眼敢云明過雪。藥碗經旬代藷粥，分與青州從事絶。孱軀剩許腰一搦，良醫那覓肱三折。寒波百尺戀濼湖，遥看鵶背

斜陽滅。璽綬方從舊郡拜，火符忽被回風掣。予奉命典郡廬州，近聞大府改留潁守。美人天末怨瑶琴，牙絃凄緊手生繭。不教玉麈細論文，空待金鎞重刮屑。磨驢陳迹故依然，泥爪新痕驚再瞥。除是河東老鳳來，謂畫水先生。情懷惡劣向誰説。隴頭無使寄梅花，只道廣平心似鐵。歲暮媿無持贈。

劉竹溪明經以園果見貽賦謝

手摘繁枝鴨脚黄，隔城秋帶柿林霜。先生爛熟《吴都賦》，平仲君遷一例嘗。

食鱸魚

�籃青壓柳枝細，潑剌銀鱗小市逢。新斫四鰓成玉鱠，又牽秋夢落吴淞。

題馬棣原茂才停雲亭填詞圖二首

東風吹夢不成圓，倦掐檀牙擘矮箋。贏得江南賀梅子，替人愁損落花天。

春塵暖共柳花蒸，誰遣寒簧炙未曆。但使紫雲籠畫燭，不妨忍俊學迦陵。

顯陳雨峰總戎階平彭城舊雨集二首

牙帳西風静虎羆，故人樽酒十年遲。青山無數淮流轉，待樹羊公峴首碑。

千點桃花尺半魚，玉韜圍坐夕陽初。白頭重向黄樓倚，争讀河渠手著書。

清漪園召見紀恩有作

御苑風薰曉漏長，微臣何幸接鵷行。五雲樓閣天階迴，初日芙蓉水殿香。温語褒嘉逾璽綬，聖心期許在循良。嗚珂退向黄扉述，恩重翻教涕滿裳。

題查梅史盟雲館話舊圖

二月春寒皖江口，雪裹送君一揮手。河梁别夢動經年，淚寫春江化爲酒。不道逢君古薊邱，西風吹滿新黄柳。翦燭留看話舊圖，提鵰挈鷺問菰蘆。泉石蒼茫人影在，雲烟指點爪痕孤。酒醒關山常作客，畫輪悽絶寒蕪碧。墜雨愁添易水波，凉雲隔斷燕山月。城頭秋早夜烏飛，野哭聲兼落葉稀。但聞枕底心先醉，何况江南客未歸。

滹　沱

孤艇横流急，西風唤渡河。雨昏城闕迥，秋入塔鈴多。跋涉空塵海，蒼茫付醉歌。汝南迴望處，新雁一行過。

古意二首

月缺照人歸，月圓照人别。新歡轉舊愁，莫向嫦娥説。
秋風吹葉黄，不復吹葉緑。蝴蝶怨東家，何曾抱花宿。

曉月怨

殘星漸欲闌，流影尚如霰。除却遠行人，衹儂朝朝見。

臨　洺

薊門風雨到洺關，多少秋痕上鬢斑。千里送人青不斷，馬頭惟有太行山。

磁　州

伏雨闌風悔急裝，磁州秋到似江鄉。暫教烏帽黄塵客，紅藕花中一騎凉。

銅雀臺

一綫漳流走碧粼，銅臺秋雨剩荒榛。分香賣履同凄絶，洛水偏憐作賦人。

途中與孝長言別

天涯分手即河梁，辛苦羸驂出帝鄉。零雨槐花淹襆被，秋風匏葉怨褰裳。淒涼玉笛橫樓客，懊惱朱門挾瑟倡。底事蟬聲催不住，夕波添染柳絲黄。

由溵水放舟入潁

卅六年前記舊游，爪痕無處認輕漚。寒流帶雨交淮甸，遠樹歸雲入蔡州。漁火市燈争貼水，蟲聲人語亂鳴秋。此行暫作蒓鱸想，不惜狂歌倚舵樓。

舟行即事

凉雲不成雨，漏日還生霞。樹脚白如練，淮流青似鴉。櫓摇知水軟，崖轉指河斜。乍見眠鷗處，一枝紅蓼花。

贈别胡薌谷同年兆蘭

客隨江雁落寒沙，籠燭相看髩欲華。杖策携來嵩少雨，賣文開老雒中花。黄雲催雪留殘爪，紫海迴瀾問斷槎。忽漫逢君又成别，可憐風葉遍天涯。

重晤劉孟塗二首

晴雪晝空汀，三山舵尾青。東風江上别，落葉雨中聽。老我隨秋雁，逢君倒玉瓶。楓林誰遲客，寒旦白冥冥。

潁水碧逾淮，城陰壓郡齋。黄梅遲雪意，紅燭破孤懷。歲晚游中迫，詩多旅興佳。看君過苦縣，侵曉繫茫鞵。

和孟塗留别原韻

百影東坡問水光，汝州山好作屏障。湖荒淺溆迷衰草，客到疏林話夕陽。定有蒼生勞賈誼，未應白首卧馮唐。歐蘇老去風流歇，爲爾重開會老堂。

跋

先君子《亦政堂集》十二卷刊行既久，大江南北傳誦尤多。凡自戊寅以迄癸未，五年中王事鞅掌，政暇有作，不過二百餘篇，未及續刊，遽以甲申之春告終潁郡。嗣家叔月槎公援例入都，以遺稿出眎閣學蔣年伯、肥宰查先生，承其點定，存百五十首有奇，另繕一過，携之蜀中，擬俟補官日再行付梓，原本仍付瀛謹藏，重手澤也。不意辛卯仲春，家叔亦卒於重慶，瀛又頻遭荒歲，旅食他鄉，每欲舉行，輒以無力中止。其後族叔孝長先生偕荆州鄧孝旃孝廉訪予漢皋，坐談之頃，即索觀先君子遺稿，並云有意代刻。適原本先爲姊壻王緝青持去，屢索始還，而孝旃已物化，噫嘻已矣！致先君子數年心力不克表見於當時，傳之於後世，且有負孝旃雅意者，皆瀛不肖不能謹守之罪也，當何如痛心疾首、自怨自艾哉！雖然，孝旃之意良足感已。今年夏，來游閩嶠，爲訪學使彭君咏莪少空也。彭君爲先君子戊寅分校江南所得士，與先君子雖未謀面，神交固已久矣。先君子平生富於詩，彭君亦能爲詩，沆瀣一氣，無是若者。瀛甫謁見時，即以《亦政堂前集》奉贈；下榻後二日，又以此未刻者三卷呈閲，彭君一見即屬瀛敬録一通，以付梓人，而以原稿歸之瀛。是此廿餘年來，瀛與先叔分所當爲而力未逮者，孝旃欲爲而竟未成者，一旦得之於今，是可喜也。至若彭君之誼敦古處，情重友生，不惟無知小子所當感激涕零，先君子有知，當亦含笑於九京矣。爰述顛末，敬書卷尾，以誌不忘云。時道光二十又九年，歲次己酉立秋日，不肖男瀛謹跋於福州督學使院之紅蕉吟館。

委蛇雜俎

駢體文

始余需次皖江，與查梅史交最善。梅史工駢儷文，凡當道慶輓有作，胥出其手。間以屬余，顧勉應之，終慚膺璞。及宰石梁，塵牘棼集，往來箋奏慰問，舉委諸書記，無暇自搦管矣。或有一二軨次情事者，要皆鄙傖不足觀。偶檢視故紙堆中，令鈔胥彙爲一帙，題曰《委蛇雜俎》，義取素絲，以明退食之未敢自逸也。嘉慶丙子十月既望劉珊自識。

秋海棠賦

秋陰如夢，秋草如煙。風疏豆莢，雨冷苔錢。寂寞梧桐之院，凄涼蟋蟀之天。暈紅冰兮點點，倚碧玉兮仙仙。古徑深深，生愁客到；矮墻曲曲，淺笑誰邊。則見翠袖翩翾[1]，絳跗低亞。綴鈿朶之參差，抱檀心之嬌姹。罥葉背之紅絲，蘊枝頭之紫麝。炙日疑消，吹風欲化。新寒扶病，乍倚欄杆。舊恨堆眉，空憐臺榭。於時蹙銀河之淺浪，生金井之微瀾。露無聲而崖桂冷，月有影而栖鴉單。砑白綾之半臂，拊錦瑟而三彈。懷玫瑰兮淚盈把，歌懊惱兮眠不安。紫玉釵涼，茜紗窗小。銀燭燒殘，畫裙叠好。睡影春銷，唾痕秋老。望橋畔之綿綿，夢天涯兮草草。若夫半開半斂，如笑如啼。嬌難勝怨，豔極轉凄。情脉脉其誰訴，羌顧影而自迷。伴鴛鴦之碎瓦，愁絡緯於空閨。是知消息年年，别離處處。闢盼傷心，息嬀無語。墮釵股於深階，印鞵痕於荒礎，送緑波於南浦。無此跉竮種紅豆，於東風一般酸楚。况其魂柔怯月，影嫩愁霜。斷井頹垣之側，寒風濕雨之場。斜陽轉碧，落葉初黄。哀蟬凄其絶響，瘦蝶憐其空房。瀉銅瓶兮難爲折，倚玉笛兮聲不長。

謝百菊溪節相啓

伏念珊漢上鯫生，淮南小吏，轡銜失控，操割多傷，待罪者四年於兹，問心而三已無怨。恭逢相公鹽梅桴鼓，神化丹青。智極人天，玉斧運而輪囷就範；量宏淵海，金波澄而涔勺咸歸。得以溷迹弁纓，濫竽於三百輩；玷名章綬，藏穎於十九人。竊謂君房之令甲頻頒，循階可至；子揚之精神未蔵，運甓爲勞。訓守贛君，畏貪泉如弱水；牘慚蘇珦，履咫道如强臺。雖卿月當天，未必知螢光之自照；而喬松倚日，自能使小草之皆春。詎意福薄災生，職乖行閫。虎兕出柙，唐述竟越境潛逃；狐鼠跳梁，葛榮乃已擒復縱。珊畫地無能，逸赭衣於道路；索塗不及，坐晦室之昏蒙。錯已鑄於六州，辨何置乎百喙。五中震恐，負荆而請罪樞庭；一息偷存，銜土而冒趨畫省。閣門數責，不煩削記於功曹；總管神明，早見案名於都會。一函紙足，知温邵之必獲於始興；五色棒嚴，昜陽球之贖愆於山賊。入御史臺而膽落，北面甘心；奉監州符而威行，南車可指。遂使勢難脱網，按圖而不誤鞲鷹；計陋焚巢，秉策而如探甕鼈。若非授順之以從事，持檄徑行；安得聞萬福之威名，投兵欲拜乎？惟我相公，識窮兩戒，學貫三韜。息沸海之鯨波，孫恩寧走；掃滔天之孽種，張角就誅。凡夫趙嫗深山，王頎荒島，莫不然温嶠之犀炬，而百怪難逃；聚伏波之米山，而五溪盡服。有夷吾自安江左，一柱擎天；倚李勣勝築長城，七星環極。曾是魚游釜底，但須借箸而成謀；蟬噪庭中，不待應弦而已落。謂足盡武侯之神算，而壯元老之殊猷哉！然而身是末材，居鄰下體。何祗既不修吏事，焉容黄被放衙；王儉豈難選元僚，自合白巾出府。而假聲威而生擒頡利，功罪相當；仰規畫而不失萑苻，瑕瑜莫掩。東擊西應，三絶三通；南鷂北雕，再接再厲。官幾危於累卵，猶緩以三十須臾；命已懸如纜絲，更生於大千世界。福相本能造福，公真以爵禄假人；愚公要自安愚，民皆曰使君還我。返魂香到，睹天日而彌覺光華；失足人歸，履冰霜而倍愁凛冽。珊惟有磨礲朽鈍，振刷聾聵。臣得於今，願請西門之璽；人孰無過，誓持孫性之衣。受裴晋公之生成，感恩欲泣；思安陸王之盼接，戴德如山。九拜焚香，敢私立程門之雪；三薫削楮，聊當刊阮碁之碑。

李母吴夫人壽序

夫使侈寶籙之修齡，班皆南岳；頌瑶池之仙籍，位盡西河。淑女媞媞，舉畫甘泉之象；令妻奕奕，齊標彤管之馨。則坐少廣於恒春，處處璇宫夜織；隸華存於太上，時時天㛙朝游。即亦何貴乎德叶珩璜，克稱家督；歌傳鳬雁，式媲禮宗也哉。抑或椎髻風清，力汲鮑姑之井；練裳志定，不名樂氏之金。月墮寒機，久習勞於蠶箔；雪瑩莊案，恒伴讀於螢窗。食貧而健婦優爲，處約而賢聲易著。若我澹園方伯德配吴夫人者，貂蟬七葉，世矜華胄之遥；鳳翟五花，早見萱庭之貴。勝衣賦茗，揮珠毫鈿硯而皆香；齔齒頌椒，薄粉碓脂田而不御。保姆咸欽其淑慎，家姬均感其婉媞。蓋其不櫛而禮學趨庭，加笄而班隨舞彩者有由然已。及歸我方伯也，明珠百琲，飾繡幰而耀三星；玉軸盈筐，助華奩而充五庫。咏爛其而自忘韓姞，歌穠矣而人羨王姬。時則我方伯甫登玉署，旋涉冰廳。步花磚而代聽雞鳴，我紱子珮；施綾障而共持人鑑，秀外慧中。自方伯之一麾山石，以至再臨江左也，宣十部之仁風，膺九遷之榮錫。平陽蒲阪，遍植甘棠；淮浦胥臺，咸生朱草。開汲長孺之倉以平荒政，而麥穗成歧；落王延世之石以濟安瀾，而桃花順軌。扇春風於狴犴，樹少冤禽；沛膏雨於閭閻，野多馴雉。固由方伯之家聲至今罔墜，實亦夫人之内助有以相成也。今雖屏藩皖國，行且節鉞吴都。大度包荒，滙蠡江而涵濡鳬藻；成功鎮静，鞏龍山而貞固虬松。宜乎夫人之慶與善俱，壽隨德茂。組釧耀山河之色，鐘鼎千秋；雲霞麗冠帔之華，起居八座。繞膝之孫曾玉立，仲海季江；齊眉之夫婦金相，王妻郄母。又何羨緋羅天上，泛皇娥之瑶瑟；紺玉宫中，進月姊之瓊觴也哉。

康母顧太夫人壽序

大方伯蘭皋先生之開藩於皖也，綏侯撫甸，匡績毗風，上承麗褫之隆，俯暢登閎之化，曰雨曰暘而雩禜息，匪交匪紓而福禄遒。有古大臣之單厚，賦《天保》三章；奉太夫人之起居，賜《孝經》一部。地典膺而民紐握，門材盛而家慶覃。於是誥封夫人顧太夫人春秋届八簇矣，延年保慶，壽命徵神契之符；類德善物，章譽衍繁育之祚。有丈夫子六人，察孝廉者三，舉鄉貢者一，成進士者列通顯者二，第五之名實方伯也。登甲乙之科，殆無虚選；領孫曾之拜，幾弗能名。諸婿或花栽百里，或桂擢一枝。門庭之盛，世胄之華，以古絜今，何以踰此。秋七月十有七日爲太夫人設帨之辰，時維慶月，旬隔星期，群僚從官，罔不咸集。迺相與槃辟雅拜，稱娖奉觴而前曰：

韋絃佩帶，必徽軫之傳家；山川委佗，斯笄珈之壯色。注竿外之籍，匪假乎頤真；奏房中之詩，可通諸邦國。如太夫人有足徵焉：太夫人地望侔崔陸，柔仁逾素舒，研女圖彤管之規，奉祖廟公宫之教，固不僅夢食數十卷，聞聲第四絃，爲弱齡種慧，綺閣争妍矣。其歸我封翁太守公也，賓澡承禋，珩璜輔理，佐鄭袤以孝聞，滫瀡必親其供奉；撫孝讓如己出，宗鄙莫辨其異同。而且沈香罷御，成吴隱之清節；夜燭廢書，識崇公之苦心。神君之望，亦壼助之力也。洎乎廛成角健，鳳舉毛豐，讀范滂之傳，風節夙敦；授韋逞之書，典型猶昔。含毫中禁，儤值機庭，張衡宏通，建章之宫可畫；孔光淵默，宣室之樹不言。蓋得於剉薦延賓，畫荻課學之力爲多焉。又況袁聿修號爲清卿，饋遺弗及宗敬微，食猶量腹，横施何來？積塵有書，歸艎無累，慈訓所湔，大弗可及也。既而命召虎以旬宣，出王尊於單外。溝洫河渠，盡兒寬經術之學；人物藻鑑，登山濤夾袋之名。李文靖之讀《論語》，節用愛人；吕公著之折同官，約言精識。州絡以理，部民以和，於是板輿奉迎，組服道引，將使進而觀榮養之禮，退而成愛敬之歌，教孝阜俗，於是乎在。而太夫人則以爲芬馥之譽騰，則色養無以過也；歌頌之聲作，則采舞無以加也。内何以副唐志教忠之訓，外何以施君陳爲政之實。第令宣化承流，匡時懋俗。常衮到官，而風爲之易；張霸視事，而吏爲之循。毋負石奮之清門，毋蹈田稷之餘習。定省之私，不爲爾累；縱觀之盛，匪爲予榮。以此知方伯之曜榮華衮，受知彤庭者，益有由也。六子傳芬，秉劉泰瑛之教；九重有詔，賜張齊賢之家。邁等恩榮，爲時淑則，劉向七篇無逾其德，嚴家萬石莫媿其華矣。某等備薛宣之吏，肅朱雲之儀，誼切升堂，情殷餕爵，古於嘉禮，例有祝辭，抽簞或乖，無乃偵乎。第福所自有，恐揚厲之無從；且詞之不文，懼羅縷之莫罄。至若延年石窌之封，朱鳥斑麐之頌，離婁高岳，圖繪元雲，耀雉衣之榮輝，繡鞶帨之華説，謂匪令儀故存，弗遽及也。

謹序。

公祭錢裴山中丞文

嗚乎！中星芒寒，太華夜碧。風霆遏濤，元黄晦魄。漢傾河脣，雨横天額。鈇斛輟聲，頎羸徙宅。蒼蒼靡靈，籛鏗數迫。嗚乎中丞，逾悼而孤。霜紫晝荻，燈青織蒲。甘齡鼓篋，賈朝賦都。領袖蓬閬，迴翔省樞。擢英渝蜀，拔茹潯梧。秋憲聽平，曲臺望重。當世儒宗，長楊侍從。倡蘇頲詩，上王褒頌。遲馬速枚，香班豔宋。藻沃聖衷，華敷文統。帝心簡在，咨爾屏藩。繭絲就理，保障攸存。雪峻嵩岳，浪恬禹門。憩棠夕蔭，授鉞春温。丹青元化，朱紫君恩。帝廑河東，乃命治水。兒寬六渠，薛平匏子。雨溉膏流，雲屯臿起。禾黍歌饒，桃花順軌。鬱林峨峨，灕江瀰瀰。銅柱維公，長城是倚。馬援甌粤，羊祜荆襄。權宜借寇，寵渥徵黄。度支杜預，計相張蒼。遏歷中外，緩急陰陽。坐席不暖，告天有香。旋拜恩綸，來蘇皖國。樹纛連雲，張維協極。痌瘝薰南，鎖鑰門北。懸羊續魚，運陶侃甓。大事吕端，中夜祖逖。風人雨人，已飢已溺。方期甌卜，謂借鼎調。韓范出鎮，皋蘇入朝。鳳麟伊吕，柱石松喬。五岳塵凈，六祈沴消。庶幾公德，高揭斗杓。姬公忘家，諸葛盡瘁。扶床拜章，裹藥判事。瘠我肥民，屏姬接吏。沈疴輟繇，望闕涕泗。夢短華胥，宫還忉利。嗚乎中丞，竟中壽耶！人間撤瑟，天上籠紗。一經誰授，四海無家。韋母招魂，左嬌侍殮。篋惟賜衣，案有遺硯。霜縞軍門，燐昏寢院。凡此末吏，夙絶扳援。纏悲髓浹，茹痛聲吞。忍書丹旐，思叩紫閽。鐘鼎銘勛，瑞珉勒像。白馬素車，廞旌塵幌。敬酹芳蓀，哀哉尚饗！

公祭昌太守文

朝議大夫、權知寧國府事長白昌公先生卒於官之三月，將歸其喪於京師，某等乃克潔毛酌醴，郵祭於先生之靈。先生貌奇偉，軒舉雋上，僚吏咸懾其威；顧與言，則和平謙挹。坐中有僂舉官事者，或糾論疑獄，輒引去；及自治牘，又甚敏决。曩守楚中，移江南，復以迴避來皖。甫數月，奏補寧國，格於例，大府命權知府事，裕如也。嘗登北樓，數級而踣，瘖不能言，三日遂卒。嗚乎！其可異已。先生家人皆在京師，無視殮者，宣城令鄔正階經紀其喪。某等與先生接日淺，又未睹行狀，無以考其生平，謹就所聞見，綴爲哀辭，冀先生饗之。其詞曰：

夫何降鵩鳥於南服兮，蔽頹雲於東隅。綰銀黄而未暖兮，駕赤虬以猋馳。懷雷霆之偉績兮，一再試而未罄其宜。叱飛鞚以無迹兮，察稻芒而見鞭絲。采荃蘅於江滸兮，弔鸚鵡之魂歸。結沅湘之哀怨兮，彈瑶瑟而興悲。捩檣帆於闔閭兮，羌又識魚腸於要離。登龍山之巀嶪兮，涉肥水之瀰瀰。賦鮑照之臺高兮，懷謝公而益凄。其問蒼昊而搔首兮，行躑躅而安之？方飾絃之成奏兮，俄别調而風移。叩九閽而苦修阻兮，思一跋乎層崥。躍雲霄之尺五兮，奈何適逢乎魅魑。曳薜蘿之山鬼兮，風蕭蕭其夕吹。望燕關之萬里兮，嗚鶴垤其奚知？期梁木於華栱兮，乃朝菌而夕萎。瞬彭殤之御電兮，曾何論乎名位之崇卑。嗚乎！公之來兮嵩乎岳，公之歸兮尾乎箕。折筵篿其獨愴兮，問素車白馬之爲誰。哀哉尚饗！

公祭申南莊先生文

嗚乎！上黨雲寒，三峻雪皜。凄絶羊腸之坂，心九折而如擣。鴒原草枯，茫茫遠道。夫何摧南村之棣萼，迸血淚而哭兄若嫂。我友南村，天顯誼敦。河梁揮涕，執手銷魂。乃于役於樅陽，心慘沮而煩冤。撫肌肉之若砭，淚汍瀾而無言。心竊怪其從公之靡鹽，治棼絲而忘飧，既乃知其伯兄南莊先生歸五日而遽萎。鼓盆未輟，撤瑟何爲？不惟首邱之既遂，抑望松楸而夫唱婦隨。嗟乎！挽鹿車於地下，謚黔婁其問誰。則亦何怪我南村之撫膺長號，匑匑忉忉。荊枯霜隕，雁失風饕。悔哲兄之仳別，羌未遂其大山小山依丙舍，而樂也陶陶。夫以先生之少開敏而長篤學也，綈素不以曜其華，珣琪不以炫其璞。孝友則許武之讓家財，訓戒則馬援之喻刻鵠。食不過韭齏，寢不御帷幕。宜乎澹泊明志，頤養天和。壽喬松而榮更老，而乃遽息形於碉薖。天奪善人，世無長者，雲霾有道之碑，月泠香山之社，蓋不獨一人之私痛也。而姜肱被折，謝氏草荒。弔影形之倀倀，望天涯兮故鄉。哀垂白之手足，悼石火與電光。卜他生之兄弟，世永永其相將。聞其風者如某輩，曷感類而悽愴。嗚乎！迴波不注，驚飈倏度。春草荒邱，夕陽古樹。執紼罔從，空歌《薤露》。一滴椒漿，不堪持賻。尚饗！

祭方母吴太夫人文代

嗚乎！天妭朝游，星媊夜落。魄掩璇宫，神栖璚閣。鶴弔鐘桓，烏號褒鄂。雪纛迴飈，雲軿上霏。維敏恪公，績著旂常。元老世胄，讓王聳鄉。刑于鑑鞶，叶乃瑀璜。盥饋鐘鼎，燮調陰陽。母嬪于公，班聯侍從。省闥漸逵，輔畿隆棟。補衮同心，承筐式貢。蘩沚賦詩，椒花獻頌。乃祈嵩岳，申甫篤生。畫荻灰紫，緯蕭燈明。二山搜酉，五夜拜庚。蘇瓌有子，柳郢成名。蕊榜摶風，薇垣賦日。樞院駁封，禁城儤直。櫻出上蘭，樹秘温室。京兆衡冰，蘭臺冠鐵。度支杜預，鹽筴桓寬。請纓閩嶠，草檄烏蘭。樓船萬櫓，戈壁千盤。盾霜磨墨，刀血傳餐。上相麒麟，從官羆虎。受賞天家，書勛册府。義薄温裾，情殷萊舞。穎羹請遺，陳果罷舉。維太夫人，顧而樂之。紀恩述德，教忠本慈。敬姜勗子，韋母兼師。子舍歡臚，帝心簡畀。漸水東西，秦關百二。節鉞諸侯，璽符畺吏。絳幔遥傳，朱輪親侍。祝年豐稔，問獄平反。早覘房社，益勵淵騫。庭無封鮓，家有翔鶤。孝竹生笋，瑞蘭茁蓀。母自康强，子方喜懼。乞養陳情，殊恩異數。命下九重，榮增孤婺。湯沐河山，林泉雨露。日邊屢召，膝下難離。黑頭公輔，白髮嬰兒。扶肩代杖，捧袂含飴。蘐茀堂樹，桂擢孫枝。佇選蓬瀛，代傳棨戟。七葉雲綿，百齡天錫。披一品衣，拜五花勅。鳩杖鶴綾，琅函寶笈。何期仙馭，遽返瑶閶。星簪白柰，海種青桑。六街罷社，千里赴喪。甘泉圖畫，彤史馨香。某等守土，有官越疆。莫弔禮式，哀榮風欽。慈孝鐘阜，雲昏淮流。霜縞敬捋，芳毛潔泉。以告。尚饗！

禱雨文

天長縣知縣劉珊等謹修雩祭，致禱於城隍之神曰：伏以乂暘肅雨，由民心之感召天和；木饑金饑，實吏治之隱干神罰。故蕭推歷郡，三吴若旱母之來；趙鼎佐軍，六瘼致雨師之降。舒緩應夫王道，陰石徒鞭；理遣决於袁安，陽烏遽匿。蓋歲以禨祥示彰癉，官以豐歉驗貪廉，有自來矣。珊守身有虧，奉職無狀，雖苞苴不至，而服食或奢；雖案牘稍勤，而聲容或厲。懸蒲莫措，猶令桎梏駢陳；拔薤未能，尚任莠苗交植。仁而無術，或勢處骫骳；清若近名，或事鄰矯激。或愧陽城而心希上考，忍淚催科；或慕陶令而志切名流，閑情種柳。凡此偶忘民瘼，即云有玷官箴，遂使沴戾爲災，黔黎受困。是即桑林翦髪代犧牲，而天怒難回；匏子填身執圭璧，而神威莫戢也。然而邑號千秋，歲無三熟。鼠巢魚上，屢嗟沈竈於馮夷；鵠面鳩形，復恐滌山於旱魃。其溝涂不治，亦長吏經界之無方；其樹藝不勤，胥有司勞來之未至。珊能無愧，民也何辜，當兹徂暑，未沛甘霖。首夏而時不清和，未秋而草先黄落。詎遭楚炬，而有土皆焦；幾類秦鞭，而無田不石。鋤禾滴汗，而汗不生禾；布穀催人，而人難播穀。樹桔槔之百丈，誰能手挽銀河；設壇墠之三層，但願法靈金鏡。敢效欒巴之噴，不憚噓雲；空嗤夸父之驅，何求蔭暍。伏維神鑒，仰迓天庥，憫四野之瘖瘼，沃之膏醴；降一身之疵癘，贖此痌瘝。庶幾黑蜧拂天，早撤炎官之火傘；黄𧍪戲海，先收風伯之飈輪。逾一百五日之春下尺，而猶生涸鮒；成三十六雨之歲應時，即頓集哀鴻。敢告。

與薛畫水司馬書

斗大荒城，高軒寵賁，親炙德芬，秋氣同爽。伏承閣下詩壇宗工，酒家南董。官貴忘施行馬，分投轉欲題輿。卿月流輝，繁星比爛。長松飲露，小草濡芳。乃知陳白雲、查梅史所以傾倒荆門、心焉誠服者，真不翅指睎師型、俾就埏埴也。徒以蝸廬草具，蚓竅蕪言，致玉體之違和，邀冰臚之辱顧。藉榮滋媿，受寵欲驚，恨少平原十日之留，覺無車公一日不樂。塵海清歡，飈如流電，未嘗不懸榻而日思下拜，越境而遽欲從游也。惠書遠逮，狂喜開函，具審以團圞之夕，作藁砧之歸。華燈涼月，有影皆雙；簪桂懷蘭，無香不媚。班生之去如登仙，羲之之樂而忘倦，人間天上，一刻千金矣。惟又將撥棹宣城，看山判牘，携句凌江，落葉紛其秋懷，涼波瀉如酒色，亦足徵勞逸交償，莊雅均適己。珊埋頭簿書，插足泥淖，既驅千畝之馴雉，復集一隅之哀鴻。豐歉皆干上譴，斂散難洽民情。吏才窘隘，如其邊幅；詩思艱澀，大似荒莊。兼之債帥麕至，瘧鬼蝟集，釜已生塵，而藥鑪不斷；門真如市，而焚券無人。心緒惡劣，端牘匪陳，略抒梗概，不覺繁蕪，如命具書，幸恕狂僭。外肅手版，稍循官階，伏承淵鑒萬萬。去鴻甚駛，無任主臣。

與陳曼生書

曼生兄丈先生閣下：十年傾倒，痗積輖饑，蕭寺乍逢，如舊相識。坐冰壺而濯魄，對古佛以忘言。松釵交身，月寫承天之影；苔繡印屐，石證虎溪之蹤。方期接席丹黃，奇字共賞；撲簾風雨，篝燈對挑。而乃鬼忌才多，天愁星聚，霜鐘之應必隔山，桐鼓之扣必異地。珊與白雲、梅史、雩門數君，金篦待刮，玉尺初抛，未嘗不嘆座少車公，琴孤鐘子，倀倀如有所失，落落無以爲歡也。迨撤棘而後，亦曾訪秋河干，賞雨郭外，非無河朔之飲，大有西園之賓，而陳太邱薄笨已遥，郭宗林墊巾徒效，幾疑福薄，匪獨緣慳。然迹闊者神通，友端者取必，珊雖未嘗學問，無當交游，而望哲匠而希風，仰皋比而立雪。竊欲上資博暵，染甚丹青；旁證前徽，礪兹模範。即其陟歷人海，浮沈仕階，墨守硜硜，雌伏鬱鬱，味終南之捷徑，怯楚國之强臺。往往慕賈島而鑄金，愛平原而絲繡，心寫心藏，自忘媸陋。觀於珊之納交於白雲、梅史也，相與命儔嘯侶，送抱推襟，志喻薜蘿，盟堅金石。近朱者赤，度可接乎苔岑；倚玉于葭，或無乖乎鍼芥。况乎觸微延賞，早搜柯亭之椽；抱古奏懷，自躍狻賓之鐵。用托箋素，載通悃忱，冀奉烏巾，附承寒燠。

闈竣梅史處，持交畫扇，氣韻深遠，直突大癡、聽香。先生楷法精妙，衡山晚作無此秀勁。二物並足千古矣，什襲爲子孫之寶。《主客圖》必傳之作，未易落墨，稍攝静思，當謀塞命。

與趙雩門書

雩門大兄大人同年閣下：春雨京華，曾叨題塔；秋風鏁院，又得連床。賭蓮花之七驍，戲同測覆；記空桑之三宿，妙欲淩虛。止水問心，何知黑白；閒雲滿口，不顧雌黄。所幸話雨倉山，訪秋白下，水月作證，湖山有靈，爲我三數人繪影鴻泥，寫聲蚖燭耳。别後一帆渡江，再夕解襆，老母無恙，稚子牽衣。四郊雨甘，和霜種麥；一室琴静，待雪煮茶。足慰雞廉，敢矜鵝傲。伏承閣下凫舄飛還，鶴廳歸飼，携珊瑚於網底，上壽高堂；抱珠琲於懷中，試聲雛鳳。此樂固極，其舊如何。至於遷地爲良，要津可據，强臺易上，弱水難杭，如徒謂烟視媚行，累丈夫風雲之氣；鑿方枘圓，懼泥塗軒冕之辱。尤其小者，詎足道乎？故曼生、梅史所懃懃爲閣下規者，珊更有甕詞焉。蓋維習坎者悟深，探湯者悔早，苟非眢井茫昧，求援手之無階；爝鐙晞微，曷迴光之自鏡。竊願以據石之困，爲他山之攻，惟亮詧之，不盡覼縷。

與王善舟書

善舟十一兄大人閣下：棘垣捧襼，馨締蘭言；蕭寺聞鐘，味同齏粥。讀新詩於扇上，響欲流珠；訪秋影於橋邊，歌聞得寶。湖山夢短，别思俄催；香火緣深，離心尚綰。伏承十一兄泛胥江之畫舸，冷醉楓人；返沛水之雕輪，高吟枌社。藥籠歸載，滿袖葠苓；花縣傳衣，一家沆瀣。此樂何極，其他可知。珊與閣下於旮衢錯迕，遂失雁行；背檝紛馳，爰歸蝸寄。征鞍卸雨，塵牘飄風。數米量鹽，炊同巧婦；羅雀掘鼠，慕比弋人。迴思倉山雨話，水榭琴歌，時柳老當門，尚挂二分之月；松低瞰石，曾栖六代之雲，烟墨不足罄其古歡，竹絲何能暢此幽契也。方今霜葉零黄，水萍散紫，秋霖觸耳，酒人既天各一方；寒燭寫愁，良會竟曠如隔世。托短吟而無緒，思終古以相要。端肅魚緘，冀通鴒誼，起居萬福，咫尺寸心。

玉環山代貽人書

玻璃泉畔，挹司馬之青衫；荳蔻梢頭，下彩鸞於碧岫。樓中燕子，本爲張君；門外桃花，偏逢崔護。送春鈎於隔座，眉語犀通；爇寶篆於當筵，心香瓣結。吹花嚼蕊，怕傳鸚鵡之言；轉緑回黄，恨少鳳凰之翼。然而得隴望蜀，尚愁新侣多猜；换羽移宫，不問故雄安在。比肩小坐，何須真箇銷魂；對影聯床，知是與誰同夢。贈階前之芍药，花亦將離；指架上之荼蘼，風還有信。汝南雞唱，殘月初横；湖上鴛飛，朝雲早起。侍薰籠而代姊，瓜李何嫌；推角枕而抛郎，蒹葭徒倚。王逸少固樂而忘死，武公叢其情何以堪。無何小駕斑騅，穩馱春夢；倦栖碧鷟，悶過冬烘。問新柳之絲絲，關心殘雪；望平蕪之漠漠，迴首斜陽。緑字燒灰，和入長亭之酒；紺痕漬唾，愁看廣袖之華。遥知鏡檻眉低，春冷梨花之雨；研奩腕弱，香消薤葉之書。天末懷人，到處東風作惱；江頭送客，又逢南浦傷心。年年芳草，欄杆爲誰倚遍；日日垂楊，亭堠有底情長。况乎月不常圓，霞終易散。鴉頭則希逢杜牧，紅兒則悔遇羅虬。孽海無桴，情天有漏。所願早作歸根之落葉，莫爲墮溷之飛花。雲憶泥，泥亦憶雲，好結烟霞之侣；鳥擇木，木還擇鳥，休貪紈褲之兒。不然上相青衣，終淪遠塞；勢家紅拂，半錮深墻。党太尉之羔酒何堪，沙叱利之羶腥難近。甚至青燈祝髪，凄凉貝葉之繙；翠袖工讒，宛轉楊枝之遣。女兒箱在，重繫歌裙；蕩子巾抛，再迴舞扇。而鏡波潮汐，人厭鳩盤；壁影唵朕，自傷繭縮。蓋不待紅霰啼鵑，白灰枯蠹，而已春蠶若死，秋蟀無聲矣。僕也熱淚澆天，願爲花雨；苦心轉石，肯作絮泥。拔火宅之青蓮，須栽净土；斫愁臺之黄蘖，待沃甘泉。配人間之燕燕鶯鶯，我爲東風作主；看海上之鶼鶼鰈鰈，卿當西子知歸。

迎江寺銷夏記

郭門之東有迎江寺焉，爲都人士游觀之所。琳宫崇峙，寶窟幽探，松蔭彌幢，蓮香散筴，門外則千峰撲水，屋後則十塔插雲。丈室旁通，層臺迴立，深簷拒日，危檻俯波，不同彌勒之龕，大有清凉之界。時則余與金君桐軒以聽鼓之暇，手版倒持，搴裳而歸，頭銜免列，於是拏同查君梅史、聶君少軒爲消夏之會。笋輿一肩，棠屐幾兩，避曦飆而潛出，掠葭葦而疾行。脱冕暫來，竹梧之懷斯暢；逃禪共語，山水之意方滋。夫暍人慕日，迫於熱中；蕭士愛閒，澹於素志。鵠白烏黑，往往互嘲；火鼠冰蠶，欣欣各致。慨來歡之不足，嗟去日之難留。齊彭殤而彈指千年，忘軒屣而撫髀一笑。此中語不足爲外人道也，余乃借香積之厨，沽偏提之酒，命儔歡侣，送抱推襟，遠山落於杯中，飛鳥出其足下。磬聲穿樹，楚雨微消；帆影卧瀾，齊煙欲辨。夕陽一抹，緑上女墻；薄霧全籠，紅生官燭。銀河絡角，珠斗窺櫺，叠單衫而凉風披襟，寫團扇而明月在握。花眠送客，鶴醒催更，永夕之游，良可樂也。然而冲情不偶，逸侣恒孤，擾擾塵勞，栖栖世局。滅性靈於鞠䠊，消旦晝於鞭箠。或墊巾而人誚其狂，或佩觿而群譏其冶。思回飇之多阻，陟清漢而無由。梁敬叔抱痛良深，王伯輿鐘情欲死。求如玆夕之班荆敷席，折芰行觴，締舊雨今雨而聯吟，望江北江南而入畫，蓋亦鮮矣。余與查君各爲小記，得詩若干，書於左偏。

答李寶之秀才書

寶之兄秀才足下：執襼皖江，歲周首尾，元規塵污，簡牘遂疏。猶憶於湘槎明府座上，讀書殘雪之天，銜杯落燈之節，縱談晷仄，小坐風温，顧以叢賓沓來，主客迭起，清樽輟樂，别鞫牽愁，至今思之，憬然如夢。歸携剡絹，幨之晏室，松寒落落，石峭稜稜，如對風骨遒上，令人塵滓頓消。方愧木瓜之乏報，竊矢金蘭以久要。頃間秋浦使來，春風函到。巨製盈束，古香溢庭，萃秦漢宋元於一堂，合斯邈關荆爲一手，匪米家書畫之舫，直賈胡珍珠之船矣。伏承足下天上酒星，人中鸞鳳。蓮花生於油幕，柳枝縛爲客車。送鬼出門，依人作計。所幸陸倕入室，洽任昉之簪纓；谷永上賓，勝君卿之脣舌。廡舂匪賃，不嗟冷炙殘羹；主客成圖，大可模山範水。縱使牧之放誕，僧孺之諜報關心；曹吏譖言，丙吉之車茵可吐。又況秋水一鷗，迹如涼雪；寒江薪鶴，過等閑雲，小德出入何妨，大地去來由我乎！珊勞心若瘁，敝帚自甘。折縣令之腰圍，難稱强項；持下官之手版，不問生毛。但博升斗之旨甘，敢怨浮沈於州郡乎！方今噪踰馬頭，目窮測海；危均虎尾，技陋量沙。寒號之蟲，得過且過；信天之鳥，何有何無。差喜鄭虔，冷官印須；我友敬容，殘客不薄。今人九九，消寒一枝黄梅；花下三三，闢徑四圍紅燭。當中將祭賈島之詩，學媚王孫之竈，啞笑其矣，信可樂乎。至足下割宅衕齋，寄家傳舍，洵倅達者，無愧通人。珊合破慳囊，聊將餽榼，徒以債户紛如落葉，罄室冷於冰天，折券但償乎酒家，市鈔難致諸遠道。年頭聽鼓，當支鶴料於東方；折脚敲鐺，庶慰鳳饑於西笑。附承動定，無任主臣。

重修銅城普濟橋更名惠通橋記

去郭西北四十五里曰銅城，舊傳吴王濞於此鑄幣，歲久迹湮弗考。市廛鱗集，翳林莽而薈然；溪流帶環，資灌輸而委若。上受盱眙諸山之水屈曲貫注，由邑丁溪入甓社湖焉。春夏盛漲，懸溜莫截，搴裳而歌匏葉，濡軌而濺桃花者，比比然矣。舊横略彴，數築數圮，乾隆間始甃石爲梁，輪蹄輻凑，行旅倐達，閱今凡星周五紀。時流事往，寖以隤削，波嚙鐵螂，沙霾石黿。獨木曰榷，危將安支；聚石爲杠，深則誰揭。估檣罕至，栗磾既策乏編船；栈閣奚施，李膺亦贊窮懸笮。不幾擺鋪莫達，東柎同譏哉。夫辰角天根，著除道成梁之戒；輪廣隈澳，覘負隅表海之雄。百里樹五，十里樹三，韋孝寬廕人一郡；萬仞搆崖，千尋駕壑，張中彦通道六盤。古人往往即土功之荒度，見吏事之修明焉。又况崔亮安西渡渭，則遠宗杜預；陸騰檠石量山，則踐迹桓温。疆分湠潰於信臣，咄嗟易辦；力杜淙汰於昭德，暴怒悉平。蓋惟勿壞有基，庶幾事半功倍已。顧僕既抛無龍杖，乏奇術以濟人；氣沮蛟渦，愧請身而填水。空支度牒，葑田難賣於西湖；漫志河渠，版牐莫修於東澳。男耕婦饁，徒凄然於朝涉之寒；去馬來牛，亦憪爾於春波之阻。又不獨秋風一葦，唤渡誰膺；夜雨三篙，停車無地，送客者自崖而返，趨朝者裹足不前而已也。邑上舍生劉還率其同里諸子數請於僕曰："里人曾省三夙戒心行，覃修陰德，屬纊之辰，悉罄遺資，得錢三百四十緡，留爲葺橋之需。死猶濟物，生不居功，依古以來，厥惟長者，雖田匪續命，而山當後隆矣。某等因踵其意，醵錢千緡，伐石輦樹，揆日肇工，固辱公命，敢以蕆聞。"

嗟乎！頹俗澆漓，守財曰虜；吝心箕帚，積穀稱翁。慕容評鬻水賣樵，庾仲文佳驢好馬。誰其慳囊肯破，種慧兒孫；天布能忘，市恩風雨哉。不圖片念之仁，遂感衆擎之義。四七釃水，鞏河厲於波心；丈六盤光，現華嚴於彈指。鈎欄洴布，影摇駱駝之虹；柱礎礪蟠，勢接鳳凰之嶼。蟛蜞入夢，應知司馬之來題；蠬蟜銜恩，預識子京之登第。於是都人咸悦，請記於予，更名惠通，於義爲當。看此日麥黄水軟，争倂堯叟之堤；待他年柳緑陰濃，莫忘蕭家之渡。首出資者曾省三，經始其事者劉還，予既著之篇矣；偕劉還始終贊成，不辭勞勩，如葉錦林、朱維楫、汪銘、劉永檍、程淮，亦例得並書。至陸續捐資某某，宜署名碑陰，附垂不朽。

嚴小秋悼亡詩序

余與韓子奕山交逾一星，論折五鹿，雖詩情霞上，酒懷飈飛，有不可一世之概。然每見其悽心故劍，墮淚遺簪，憔悴婉篤，溢於頦言，令人輒喚奈何。囑余爲葉孺人傳，顧以塵鞅磨集，未有以應也。既又出其友嚴小秋秀才悼亡詩詞一卷，丐序於余。情生文生，孫子荆除服之詩；傾國傾城，荀奉倩傷神之嘆，不是過焉。夫南朝金粉，例生美人；西方榛苓，永慕君子。白門是種愁之地，青陵有埋憂之天。宜其臺號雨花，水名嗚咽矣。顧或謝傳絲竹，感在中年；唐家釵鈿，哀生垂暮。猶可以情勘閱水，思解脱於人天；夢醒流雲，任虚空之破碎。若其燕語巢痕，泥香未乳；鸞栖鏡影，袖唾初華。折湘水於緑窗，雙聲春逗；醖海棠之紅雪，半臂寒支。本事。操幼婦之齏臼，解以受辛；問小姑之羹湯，因之諳性。搴裙碧縐，水浣桃花；仰屋青堆，薪添槐葉。又況送春波之夫婿，楚尾吴頭；悲秋駕之才人，五張六角。嫛婗墮地，曙後之星不明；嫈嫇傷懷，長齋之佛空繡。遂至聰明損性，華茂傷年。月姊乞靈，早折天邊之桂；花姑作祟，先開秋半之梅。本事。風歇九子之鈴，畫幡誰證；雨零衆香之窟，麝幢虚懸。而謂鐘情如伯輿，愛婦若高柔者，能不撫遺挂而愴然，拾斷釵而惘爾乎？嗟嗟玉手承衾，未解宜男之草；彄環留聘，頻催小婦之縑。病且祝禖，死猶謀牉。盼斷汝南之碧玉，尸諫同悲；囑逢江上之泥金，家祭當告。斯不惟伉儷增重，要亦巾幗難能也已。又何怪秀才之歡伯無稱，惱公頻賦。花看壞色，誓此生不倚雕欄；烏咒佉盧，願他日重修鴛牒。摺秋扇而爪痕猶緑，掩曉缸而冷豔不紅。暗泣無聲，托魂歸於仙帳；長言不足，答鬼唱於秋墳也哉！

勸建石梁書院疏

夫以禮爲羅，乃玉札丹砂之並進；而如埏在埴，必笵金合土之有方。是以鼓笥踵堂，廣千百區於貞觀；賜緡租屋，置八十齋於元豐，居肆者聚工，出門者合轍。此固國家造士之隆，儀均綿蕞；郡縣立學之義，詔戒埃蕪者已。至於鹿洞懸規，約青矜於城闕；鵝湖講藝，鳴朱瑟於簧牙。倣太學而自訟名齋，宋不臱砭鍼葛藟；奪舊田而招提歸籍，元忽辛扶掖梗楠。近日書院之設，其昉諸此乎？天長壤接邗溝，劃二分之明月；湖通甓社，照徑寸之寶珠。户習絃歌，士多通朗。胭脂之嶺，染喻丹青；芙蓉之崗，鏡占科第。朱中散孝感白烏，陳高平勛叨元鷩。固知金波鎔於大冶，玉水折其方流，以古絜今，何多讓焉。明季有始興書院，繼此有同人書院，風徽代謝，墟址罕存。訪斷碣於榛荆，老鴞迷其處所；檢空名於圖志，朽蠹化爲神仙。以故羡魚者徒爾臨淵，較獵者依然謀野，無惑乎科名之草不盛，文昌之星不明焉。夫千人曰俊，萬人曰英，固彼都士之馨烈；一年樹穀，十年樹木，又守土官之殷懷也。僕才遜栖筠，莫畫孝友之傳；德慚崇敬，敢摳生徒之衣。然而割段直之田，何惜千畝；僕今首捐廉八百兩，以爲諸生歲需膏火之資。鑿尚野之井，幸持一錢。又况張廷瑞儲橘有心，早捨王珣之宅；邑人張濬智始輸宅一區爲書院基，繼復呈請捐白金千兩。孫叔敖埋蛇媲德，亦揮荀彧之金。邑庠生孫桓議欲輸金千兩。邱陵可因，匪僅一簣之覆；補綴有待，還須千腋之謀。所願儒林丈人，穆行長者，爲子弟種福田，爲黨庠播仁粟。争摻量鼓，矗平地之華嚴；爰立酬碑，作斯文之保障。庶幾萃襴帶唐巾於横室，蹋遍槐花；毓幽蘭荆玉於精廬，栖成鸞鳳。從此雲梯近月，年年咏秋水霓裳；海翮摶風，處處抛春明席帽。安見玻璃泉畔，獨踞夫第一名山；梅花嶺邊，始造成無雙國士也哉！盱眙敬業書院在玻璃泉上，揚州梅花書院在梅花嶺畔，遠近不過百里。

周母孫太宜人壽序

□□□□□□□□□□□□□□□□□□□□□□□□（此处阙文22

字）書；報國信士，行式大乎陶宗。如吾友周石落明府賢母孫太宜人者有足稱焉：太宜人爲吴中名士也山先生之女，孫文學笠夫先生之淑媛。幼披漆簡，曾口授乎伏經；長佐蘭臺，亦續修夫班史。却粉碓脂田而不問，惟右箴左帨之是循。固已保姆服其莊姝，女奴秉其淑慎已。及歸于贈公先生也，竹笥木屐，戴良貽隱者之風；椎髻布裳，桓女重先生之德。時則贈公霧豹養真，雲龍罷逐。河汾教授，不責束修之羊；田壟執經，但牧大澤之豕。委英習以家事，橘少江陵；守樂羊之居貧，雞歸他舍。然而霜晨櫛縱，唐夫人僅乳衰姑；雨騎供張，李絡秀兼承嚴舅。滫瀡豐潔，不知竈下之糠麧竊茹也；盥饋從容，幾忘宵分之織紝未輟也。雖復風搜蘿壁，十指皸於紅冰；月墮苔磚，一鐙黯如青豆。未嘗不劬心養志，柔色承歡，俾扶鳩忘游子之未歸，庶投燕願吾婦之獲報也。所以石落兄弟輩鳳毛迭舉，鵬翮齊騫。人授一經，豈僅蜀龍吴虎；床頭七笏，尤推法護僧彌。棣萼交芬，遂生科第之草；萲枝遠蔭，乃種河陽之花。而迴念太宜人之緯蕭課瘁，晝荻明悁也，日易十錢，甚至貨釵而稱贄；室遺一帔，竟或互衣而謁師。勉膢臘之承禋，指擊笏當思爾祖；戒厠牏之代滌，非衣幍不見諸兒。即至石落歷官皖上諸劇邑，視翟茀不以爲榮，處脂膏不使之潤，楊伯起合當爲清白吏，鄧益州須不愧貧賤家。蓋其先世恭肅公、忠毅公爲前朝良弼，勝國黨魁。挺鐵漢於茄花委鬼之場，香彌宗祏；留玉章於劫火蘆灰之後，靈寄孫枝。太宜人恒舉以勗石落之政聲，而石落即奉以彰太宜人之令德者有如此已。若其仁漿義粟，待炊者七十家；女布男錢，稱貸者數百指。坐胡床而察善果之剖斷，當退食而問不疑之平反。郵竹報而無違，風清坩鮓；御蒿簪而不陋，華謝瑱鸞。佛性慈悲，春及於鴉娘龍媪；儒門淡泊，老安於白飯黄齏。尤彤管所不勝書，縚繩之難殫紀者矣。玆當五月，蓄蘭之令序；恰值八旬，設帨之昌辰。風軟熟梅，樹結菩提之子；日長醉竹，陰濃大士之林。蒜髪盈肩，顧孫曾而笑頷；花輿捧手，扶子聟而怡顔。某等以子舍寅恭之雅，爲出丙入丁之占，敢不揄闈懿徽，掞張上壽，頌《閟宫》之一什，咏《華黍》之三章乎？至於湘磬琅璈，侈讕言於方朔；鳳酯麐脯，媵康爵於麻姑，某雖弗文，固未敢以無稽之語爲有德之人稱娖，而來鞠曆而進也。是爲序。

公祭李香湖刺史文

嗚呼！頹雲悽其北渚，夕曜匿乎西崦。托皓魄之方滿，俄惠風其改嚴。銀瀾折而易歇，珠斗寒而倏潛。松陰遽蹙，棠蔭奚瞻。維青史之炳其三立，迺紫闥亦上其六廉。紛羽幢之被召，悵鶴馭之難淹。嗚呼！我公天上星辰，人中麐鳳。柔史剛經，熏班摘宋。甲庫引以謨觴，西山資之鴻絅。其初搏鵬翮也，孝廉之船以名；其小試牛刀也，學士之鹽乃重。榷條制而不問牢盆，處脂膏而但甘齏甕。及其牽絲都會，判牘湖山，濬六井之就堙，白蘇再世；植千桑於膹壤，沈傳猶慳。蒼生飲福，而歌聲春盎；白水鏡心，而吏影冰寒。上流悉倚爲左右手，易軫而待其一再彈。飛鳧雲海之峰，攜鶴逍遥之渡，莫不碑封苔篆於去思，笛奏篠驂於來暮。星郵絡繹，而一縣栽花；雨化從容，而百年種樹。酒漿不擾於閭閻，駿駮咸安於銜御。固已薦疏熏以鑪香，治譜勒之縑素矣。若其遷牧譙郡，移守淮平也，一則旁午羽書，供芻茭於鯨波之百沸；一則適丁鳧茈，散囷廩於雁户之九空。奮白戰之丹忱，招徠鳩鵠；擎黄泉之赤子，辟易蛟龍。而尤手編荒政之書，髩霜鬢雪；力補河渠之志，沐雨櫛風。蓋不惟福彼都之士者爲不少，抑亦示後事之師者爲無窮也。日者借箸鄰圻，搴帷澤國。築埭之議甫興，復隍之謡頓息。慎水衡之出納，饘粥不供；憫匠作之胼胝，昕晡若晝。夕陽流水，刦青蓋而弗張；板屋風鐙，裹黄綢而不得。遂至積勞抱疢，徒縈歸夢於荷衣；乞病陳書，空寄吟懷於臺笠。

嗚呼痛哉！某等獲荀爽御車之雅，受封倫據座之知，競萬流而仰鏡，瞬一夕之乘箕，愴楷模之已失，憾絲竹之難追。月冷西州，慟絶羊曇之哭；春寒南國，屹然郭泰之碑。嗚呼！尚饗！

顧心蘭看劍引杯圖題詞

青山一鍤，看埋千古醉魂；紫電雙鋒，慣送半生窮鬼。茫茫乎幕天席地，大有縱飲之場；怨李恩牛，誰爲快心之舉。則欲拓壺中之日月，招來麴生；淬袖底之風霜，論及越女。毋亦高人作達，豪士寄通之古懷乎？吾友顧心蘭者，胸森武庫，命注酒星，讀律時還讀書，好飲不諱好色。拍浮釀國，彈殘鋏上芙蓉；灌辟舌鋒，澆盡腹中磈磊。當夫孤花賞雨，瘦葉鳴秋，流雲擔之一笻，凉月寫其三影。卿呼小婦，調宋嫂之魚羹；弟蓄狡童，覆鄂君之翠被。往往勝情霞舉，逸思飈飛，斫地歌哀，問天語澀。犢褌蹀躞，數來三百之錢；龍脊摩挲，劚於十五之女。嬉笑怒罵，次公醒亦能狂；酣呼淋漓，項莊起而欲舞。此《看劍引杯圖》之所爲作也。余惟叱坂崎嶇，有口只宜飲酒；處囊瑟縮，藉手豈爲殺人。抑亦縱佳日之流連，雞缸濡首；逞雄心之鬱勃，虎氣騰腰。修竹彈蕉，托之夢語；抽刀斷水，喻以空言而已。若僕也寸鐵不持，嗤侍郎之劍腹；小户可醜，捉吏部於甕頭。雖復黑衛黄衫，曾弔要離之塚；錦袍烏帽，空登太白之樓，要不足當先生之一吷矣。

吴曼雲詩集序

《詩》三百篇敻乎尚已。要其忠愛悱惻，不忘家室，播越遷流，動紀川原，性情游覽，闕焉靡作，絜古準今，二端罔廢。漢魏淳茂，齊梁侈豔，悉綰内心，匪矜外鑠。即其雕繢雲霞，鏗鍧蟲鳥，莫非極寫幽憂，別懷杼軸。自唐宋歧派，元明異趨，作者代興，繼緫爲難，守墨者訾白，執矩者惡規，世鮮通材，耳食目論，曾何可喻。吾友曼雲吴子異稟天授，奇情境闢，髫齓之年戴遠游冠，鉛槧之役挾濟勝具。秋高白帝之城，石冷錦官之水，軌舷所涉，秦蜀爲多迹。其省親涪陵，入幕越嶲，羈子安於交趾，投定遠於燕然。白華勞馨膳之思，青衣墮卬僰之淚。蠻花荒箐，掇拾其零芳；銅鼓瓢笙，闓張其逸響。葢馳域外之觀者，古懷獨悲；窮安西之迹者，遐悰斯啚也。洎天以蘭臺之彦，埋頭簿書；爲岱岳之游，插足泥淖。海聲三面，衙鼓轉沈；蜃氣百城，印床若盪。新宮不戒，西河喪明。陶泉明既忤督郵，杜子美乃依嚴武。成都無八百之桑，江南有再熟之稻。重牽魄礌，莫飽侏儒。俯仰累唏，蕉萃婉篤。宜其作《離騷》之苗裔，爲杜宇之悲號矣。然曼雲則無不平之鳴，有忘情之感。湘蘭沅茝，欲補楚國之風；玉臂雲鬟，但寫鄜州之月。左太冲之咏史，不薄古人；阮嗣宗之言懷，自命作者。孤松流水，無意人知；空山著花，秖可自悦。其詩彷彿似之，其人倜乎遠已。僕之生平，略同於君，結習未忘，積思曷已。始與搴裾皖水，繼復炙硯白門，辱以知我之厚，不徒贈人以言。竊於綈素之間，識其治理之上。詩通乎政倫，重以交性情之深、游覽之廣，願與君始終共之。書以質君，然乎否耶？

寄方静峰丈書

静峰丈閣下：薄宦無成，遂違親故，外鑠勢利，内盪心魂，舉趾乖方，形不識影，熟視韋編，都如隔世。果使小有建樹，粗裨民生，得失相償，菀枯一致，曾何悔乎初衷，抑不懟乎清夢。迺至名實背馳，風花舛迕。龜毛兔角，冥索空虛；剜肉補創，徒攖惡疢。縱酒無情，問天不語。即欲矯托嵇阮，謬進老莊，而目指交摑，食息皆罪。甚或浮沈脂韋，出入朱墨，莊諧坐爲人役，出納不屬有司。苐憾不爲木石吴兒，一任沐冠楚猴而已。秋風振柯，毛髮皆瘁。幽憂之疾既中膏肓，如潮之信日月勿督。知我愛我，其何以策。近裒詩集如干付鋟者，既非敝帚自享，亦非夜郎自大，誠以歲月駸駸，漆塗茫茫，及未朝露，聊謝名心爾。若閣下即窮逾蘆中，卑甚竈下，然身爲已有，來去無礙，酒可忘憂，通塞弗問，不猶愈於執冰暖手，抱火厝薪乎？昔毛義奉檄，冀博親悦；乃曾參坐罪，轉貽母憂。事可痛心，勢危壓卵，人不我督，天亦不憐，謂之何哉，謂之何哉！珊非好爲險語，過設庾詞，易爲知者道，難與俗人言也。柳村丈留此閲歲，分嘗蘗味，并少蔗梢，小柳蒞止，難爲歸計。意在不言，冀唯心喻，千里寸緘，紙墨憮然。發函悢悢，請視南鴻。

小蓬萊寄廬記

余每至皖，循盛唐山麓，見夫居人鱗次，悉面女墻。迤南而西，一室獨闢，雙扉晝掩，匪城闕之子矜；叢桂秋零，知淮南之上客，則吴門李生寶之讀書室也。瓦當篆蘚，緑蝕香姜；檐角牽蘿，青纚藻井。江聲到枕，隔屋如春；鈴語流階，時晴亦雨。覺斜陽爲多留半晌，素月若不肯下弦。蓋不惟竹樹供其賞心，即羲娥亦恣其延矚已。主人則羅夏商之鼎彝，母丁祖乙；招鄠杜之裙屐，詩虎酒龍。或刻竹題名，或據梧讀畫，或投壺買醉，或舞劍宣幽。笑譚可喻乎水鷗，輿蓋無驚乎山鳥。茶煙花氣，隔斷塵寰；鶴夢蟬心，不關人事。此小蓬萊寄廬所由名也。乃江上厲公，初不戀夫鱸箸；蘆中窮士，亦苐視爲鷺鄉。白雲出岫以無心，落葉歸根而有地。不過偶留爪雪，撫松石如故人；慣指巢痕，證江天之逆旅。倘亦杜老築室於成都，坡翁買田於陽羨之意乎？主人曰然，屬書以爲記也。

【校勘記】

〔1〕“翶”，石梁官舍刻本作“翻”。

散體文

既輯駢體文一帙，客又請觀散體，予益慚，匿不敢示人。蓋駢體雖未易工，而摭拾一二故實尚可欺人，散體則非讀書養氣不可。二者予皆未能，烏可言文。客請益力，乃即與邑人言公事者，及友朋索作序記，憚於撏撦，姑爲直白語塞責者，附諸雜俎中，非進比偶而抑單行也，殆不可言文。丁丑秋日劉珊識。

題　識

古文之名起於漢，以之名家，則創於韓子，述於歐陽子，非理學命世諸大儒，不足當古文也。斌平生得論文大旨於秦小峴先生，但曰散體，不敢署曰古文。三十後有作，未忍棄去，叙録百餘首以質並時師友，冀以廣所見聞於往復間，非云問世也。嘗喜讀人文集，蓋各有所見，而不肯以韓歐作述相諛。四十以來，既無多作，亦少見時人之文，若漢川劉海樹鈔到十數首，則何可得哉！其文清雄，一氣數行十數行層折而下作一句讀，并有不可句讀者，昌黎氣盛之説，於是見之。且能宗旨道義，以正人心，復古治爲事，所至奚可量哉！一日三復，輒識於末。德清陳斌。

勸農桑示

爲曉諭力田種桑以敦本業而裕衣食事：查小民衣食之源，農桑爲最。本邑地本瘠薄，人多游惰，雨暘時若，難冀豐收，大約水利不興，糞種不積之故居多。夫水耕火耨，二者缺一不可；有耕而無耨，其病最深。肥田之法，專借糞壤，古云糞多而力勤者爲上農，自非虛語。其或用糞草，或用豆餅，或用石灰，或用豬毛牛角，務在相土之宜，先事試驗，然後如法培壅，田之沃者固益肥美，即磽者亦可漸助土膏轉瘠爲腴。至灌溉之方，尤須及時籌備。溝塘瀦堰，亦在相度地勢，量爲大小闊狹，而每年疏浚之功斷不可少，總以浚之最深、蓄水能久爲上。本邑地非不廣，而塘壩甚少，間有浚者，相安淺率，尚不敷春初播種插秧之用，安望隨時車灌、源源不竭乎？病在爾農民貪多務廣，以一人而欲兼十餘石種之利，遂至無暇及此。播種之後，靜待天時，雨澤稍愆，袖手無策。其懶惰性成者，隨衆栽插，漫無行列，莠草蔓生，聽其荒落，耘鋤之具，概可不用，幸而有秋，亦皆淡薄，除種以外，所贏無幾，如是而歸罪於歲，歲其受乎？

若夫男耕婦織，各有恒業，女紅不修，亦關風化。本邑向無蠶桑之利，機杼紡績之聲，渺矣無聞。男子終歲勤苦，所獲無多；婦女安坐室中，但求飽暖。一絲一縷，取諸市上，入不償出，支絀日形，無怪乎處豐年而依然洊饑也。始猶揭債認息，輾轉支應；繼而逋負愈深，追呼日迫。遂有不顧廉恥之輩，賣妻逃婦，獄訟繁興。此民生之所以日艱，而風氣之所以日壞也。合行出示曉諭爲此示，仰合邑四鄉農民人等知悉：

爾等應知民生在勤，勤則不匱；瘠土之民多勞，勞則善心生。自示之後，凡一切糞田、蓄水、耘草、種桑諸事務，宜周知曲體，勿使曠土，勿使荒時，毋自惜勞，毋自浪費，男耕於外，婦織於内，墻垣之下不少隙地，陂陀之間亦有餘土，或種女桑，或種木棉，或種苧蔴，或種藍草，或種芋苗，即值水旱偏災，亦可借資養活，家置機一張、紡車一兩，婦姑母女互相勸勉，課其勤惰，責在夫男，將見人力至而地利可興，天時亦可得矣。長吏自田間來，世以耕讀爲業，深晰民間作苦，本縣即早獵科第，亦略諳樹藝種殖之法，不憚悉心苦口，諄諄告誡。不日親臨四境，按畝計功，勤者賚以花酒，惰者儆以蒲鞭，該鄉約農長等，務各先期傳示周悉，毋得視爲具文，自取責辱，凜之慎之！

勸邑人捐賑書

僕官斯土逾十月矣，善政不修，咎戾滋甚。天降之災，困我小民，饑饉薦臻，流離滿目。倉無餘粟，庫無藏錢，徒徬徨於廣廨垂簾之內，而焦勞莫救，即百身而奚裨哉！况官即窮蹙，俸錢所入，猶足以供饘粥，坐視此群百姓懸釜墐户、扶老挈幼，倀倀然逃亡無所，行及乎溝壑，忍乎不忍。及今入秋未深，而民已不支，則天寒雨雪，凍餒交加，有枕藉死者耳。然其强有力者，豈盡甘束手就斃哉？挺而走險，何所不至。彼眈眈於素封之家已非一日矣，一旦奸民倡誘，蜂屯蟻集，争鬭四起，挺刃之下，寧以一死易一飽，此必然之勢也。宥之骩法，殺之可矜，驅數萬無辜之赤子入於法網，而民且不自知其爲盗，又本然之情也。僕非薄待斯人，謂吾民之必出於此，而情勢所迫，殆有不得不思患預防者。

今成災區分既瀝陳之大府矣，我朝深仁厚澤，軫念元元，計無不邀俞允者。第十餘年來賑貸頻頒，益以軍興，支帑不下數千百萬，國家經費有常，斷宜撙節矧復。本年災區甚廣，爲人臣子，坐擁厚禄，而以億萬蒼生悉以勞一人之宵旰，謂吾既爲民請命，遂可謝吾責矣。上固恤民隱，民亦受上恩，而官顧晏然中處，徒鰓鰓然會計焉，支放焉，謂已盡吾職矣，而不加意於已事未事更籌補救，夫豈朝廷設官裨政之意哉！境内四十八堡，所未成災者，不過東北三四區耳，即邀全賑，約有成數於鉅萬中，裒多益寡，計一户僅獲錢數百文，欲其由秋及冬至春而更無他慮也，其誰曰然？然則正賑之外，舍捐輸無異策。夫以上恤民，相去甚懸，民習以爲恩之固有而久且不覺；以民救民，其事易集，民驚以爲德之驟加而亟思爲報。諗知邑中富民無幾，且數被災祲，蓄積有限，然人心嚮義，今昔同揆，丙午捐賑，已事可徵。鄉士大夫之享有田廬歷久而不衰者，未必非爾祖若父積累之留遺至今日也，果有一二賢豪倡爲善舉，將見聞風嚮義，觀感興起，不數日而爾鄰里鄉黨咸蒙其福，而尸祝無替矣；即有外侮，且必爲之捍衛，以怨報德，理所必無。况國家旌善有典，守土者式閭褒美，書諸邑乘，不尤千秋不朽也哉！非然者專己自封，瘠視秦越，惴惴焉常恐其不可終日。官縱未可迫而使之必爲義也，而環而顧之之徒群起爲難，排闥肆入，翻筐倒笥，婦子倉皇，雞犬縱逸，理喻勢禁之皆窮，聽其鬨然胠篋而散。閭閻擾攘，風鶴驚聞，紅粟朽貫，積之幾百年者，幾何其不爲途人一朝所躪躪也。即稍知自愛者，旁觀莫救，亦得甘心而稱快焉，謂某某祖若父睦婣任恤之風，一旦爲子孫所隳敗，有屈指其姓名而笑詈之者，豈不重可痛哉！天長毗近維揚，都人士皆彬彬好文，宜其思之熟矣。六月汊澗圍户恣伐竹樹，一聞捐賑之議，頓皆敉定，是此邦不乏善士，民心亦易安輯，蓋風猶近古焉。近日四鄉頗有訛言，殆去賑恤之期尚餘三月，急切不能不望援於其鄉士大夫耳。僕有父母斯民之責，祖父清白，世同寒畯，不獲毁家以濟吾民之急，撫躬滋咎，覥然人上，萬不得已，轉而望諸邑人之自爲保全，其策固已下矣。衆擎固易舉事，然利弊環生，是在賢有才者之斟酌于時與地之宜而均劑焉。毋濫毋偏，條列事宜如左，仆性質直，語稍激厲，尚共諒之。

一、境内殷户少而貧户多，自宜分堡各捐。左右村莊非其親族，亦屬鄰里，自相稽核，易於識認，且便災民就近赴領，不致有枵腹跋涉之苦。

一、巨富小康，豐約懸殊，富者自按其田産資財，首先倡舉，多多益善。但一堡之中巨室有數，即稍次者亦當勉志從善，量力籌輸，庶幾衆擎易舉。

一、堡内殷户多者固易集事，亦有合堡概係貧民，則當附入近堡之殷户最多者，以廣同仁。如時家灣、虞家窪則當附入汊澗，埠河、便益集則當附入銅城之類，他堡倣此。

一、米麥雜糧皆可量捐，但須核其價值多寡，品配均匀，以歸畫一，毋使有輕重厚薄之殊，轉滋沸議。其蓄糧無多、自備食用而資産較厚者，則當籌酌銀錢歸局，照米麥時價核給。

一、殷户自保身家，多不肯首先出頭，該地保、鄉約，當邀集堡内公正紳耆，議舉董事，設立簿扇，逐户寫捐，尅期送歸總局，不得輕諾寡信，有名無實。議有成説，保約即不得與問其事，致滋侵冒。

一、各殷户原爲睦婣親族起見，期於實惠遍沾，毋使向隅。董其事者當體此義，洗心滌慮，公正持平，不得偏護所親，暗與浮濫，亦不得妄思染指，慮遭陰譴。

一、外來逃乞及流丐等人，固不得與本堡各户混入支領，然亦未便概置不理，恐滋鬧攘。亦當先籌另款，或每人給穀麥合許，或給錢一二文，好語遣之速去。

一、立議之始，即當約計本堡或有附入之堡，計其户口若干，每日須用穀麥若干，再僂數殷户若干，各宜量捐若干，始敷散放，總宜寬備窄用爲妙。不得輕易從事，率爾開局，萬一無以爲繼，勢難中止，另起鑪竈，轉多棘手。

一、或按五日一放，或按十日一放，須先定章程，明白粘示通衢。俾各循期而至，隨到隨給，庶免攙越延誤。

一、堡内親鄰固易識辨，亦有婦女小兒未盡識認者，且恐一户分遣婦稚，冀圖冒領。宜於設局之先，董事親詣各户，查其口數應給穀麥若干，發一領票，給其收執，用桑皮紙夾層厚糊，書其姓名，鈐以圖記，届期令其持票赴局領取。每支發一次，於票上印一紅圈記驗，當時仍交原手，下期再領，庶不致於冒混。

一、董事應不憚煩瑣，定以五日爲率，支放一次。若圖省事，將全數給領，或半月一月不等，則恐不自愛惜之輩，穀麥甍數到手，或易酒食餅餌，或乘間賭博之類，一兩日便已罄盡，室中老弱仍苦饑餒，殊失捐惠之義。如董事查有此等不肖之徒，立予呵叱，追其領票，以示儆戒。

一、東北圩田成熟，間有岡田，貧户較之他鄉已少數倍。除本堡照常數散放外，其殷户應按西南鄉所捐分數，量增預貯公所，聽候酌撥，協濟南鄉概無殷户之堡，以示平施，各殷户好善樂施之心，亦遠播人口矣。

與邑人催科書

陽城云："撫字心勞，催科計拙。"二者蓋不可偏廢也。果其撫字有方，教養並行，使民皆安居樂業，干以感召天和，歲時豐稔，倉箱盈而婦子寧，其不急惟正之供以奉上者鮮矣，則又何待有司之催科爲哉？自官不以民事爲重，民亦遂安於惰廢，無水旱之防，豐凶一聽之於歲，物産日益薄，食用日益匱，甚至有指田中未熟之禾以償私責者，而國賦反絀焉。官迫於期限，不得已而集里差十日五日一比之。蓋州縣之以催科計考也，匪自今始矣。天長土曠民稀，賦爲最輕，而逋賦積十餘年之多，固水旱之無時，亦耕作之不勤耳。

予奉官無狀，澤不逮民，然承乏之初，即齗齗勸爾民以農事爲重，勿舍本逐末，勿棄時自逸，勿妄冀非義之財，而爾民不加改焉者，則亦予之德薄身不修，無以信民，而使之翻然一歸於敦龐渾厚之俗，以馴至家給人足耳。今且四年於兹矣，雖爾民不謂我貪，聽訟雖不明，要未嘗變亂黑白、顛倒是非也。而水利不興，獄訟不息，士風不振，民氣不復，徒見日坐堂皇、鞭箠不輟者，催科之官也；簿籍勾稽，旦暮追呼，分擾鄉曲，日月不間焉者，催科之胥若隷也。民即不謂我貪，亦安賴此不貪之官爲哉？且又何獨明於聽訟，而不明於催科哉？設民有以此詰我者，我不幾語塞，無以應之乎？雖然，民貧非一日所能驟富，賦額豈終歲所可長懸？國家徵斂有數，度支有常，東河、南河歲縻帑金數百萬，偶遇偏災，皇上賑恤又不下數千百萬，凡此皆以爲爾民計也。歲歉則皆延頸跂踵，以望聖天子之膏澤；歲豐則皆閉户潛身，輾轉遷延，以冀一日之曠典，不惟逋者可蠲，且將有所貸焉。是即不繩之以法，爾民之心顧可自問乎哉？誠使爾民衣租食稅，咸知上關聖天子之宵旰勤求，乃克錫爾太平之福。滌場之始，即預儲國課，父詔兄勉，踴躍輸將，不待胥吏之追呼。彼官獨何心，亦何樂，夫日肆敲撲，必使血肉狼籍於公庭之上，乃大快厥心也。且夫胥吏不獨以追呼苦爾民也，彼皆游手無籍之徒，竄名其中，一奉催符，則毛髮利如牙爪，阿詈震若雷霆。甫至，有索曰飯食錢；既去，有索曰脚步錢；飼以飯矣，則又索肉；飼以肉矣，則又索酒。苟應之稍緩，必曰押之交保；再緩，必曰拘之見官，而民愚以爲其隸之在鄉者猶若此，吏之在城者當若何？官之在衙齋者又當若何？相與趦趄畏縮而不敢前，自封投櫃之説幾屬虚文，而什伯悉浼隸代納焉。始則曰銖錙不足，民益之；繼則曰成色不净，民益之；三則曰火耗不充，民又益之；於是計一歲之納常赢，二歲而不給。官初不知也，即知之，亦不能化爲千百億身監之使出也。且非官之故遣此輩以厲吾民也，民不自納，則不得不責之隸，責之隸又不納，則不得不敲撲以比之，比之嚴，而隸更有辭於民矣，曰我償爾以皮肉，爾寧不償我以刀錐乎？故民有深被其累而不揆其致累之由者，未嘗不曰官之取我太苛也，而豈其然哉？抑民之不早自納也，遂至官被惡名，隸肥私橐，而終以自荼其身。

嗟乎！謬矣！然則爲今之計奈何？曰：是有舊章在。合一户應納之賦，循自封投櫃之例，春納其半，而上忙之串掣矣；秋納其半，而下忙之串又掣矣。歸而自治其婚嫁喪祭之禮，迓田祖而速舅賓，不亦含餔鼓腹，爲堯舜盛世不識不知之民哉！於此而猶有持銀鐺、奉火符以横擾於未嘗逋賦之家者，雖有貪暴，不敢出此。本年徵數較多者，殆亦爾民積逋所致，不得不帶徵耳。且當清釐倉庫之際，立法綦嚴；又以蠲賑過多，而庫無貯蓄，慮有司之侵漁，故督責倍切於往歲。本縣上忙，暨帶徵積欠，應徵若干，早上其數於大府，苟不足，則立去其官。夫使官去而吾民之賦可遂緩也，我亦何惜此頭銜而弗以蘇吾民之困哉！第恐後官知前官之以經徵不力去也，其追呼敲撲當十倍於前官，是吾民徒去一官，而轉以自重其累也，竊以爲計亦太左矣。予深知里差之擾於編氓小户也尤甚，今更一法，使集一姓應納之數，悉責之於其户之最大者，爾大户約通族應納若干，逐户催集成數，并本户應納者，悉上而自投於櫃。即使火耗成色不無縻益，然以大户親納，且又近官之所在，若輩必不敢苛取，向之所謂爪牙而雷霆者，亦無所施其技，而鄉曲小民可安枕，有司計考可無虞矣，其猶敢抗焉？不納者則以木牌大書“抗糧”

字，釘掛其門首以恥之，必俟其盡納而始去之；再不納，則責令大户上其名，依例懲治。毋悔。

泗州守朱公增修城障記公名棫，江南吴縣人

泗州舊治，今盱眙之西三里許，乾隆四十一年沈爲湖，遂徙之虹縣，而改設焉。倉庫城隍，率因簡陋，前刺史左公曾一修城，而女墻内複道未廣，歲久日就頹削，不可以容騎卒。嘉慶十八年，吴縣朱公來權州事，心慮之，以洊饑未暇遂舉也。會九月滑賊竊發，軍書旁午，徵調芻茭，往往出鳳潁淮泗之途，慮有逸賊南竄，故移皖上重兵悉駐亳州，而淮南諸郡縣莫不戒嚴焉。公首出私錢數千緡，倡令負土築城，州人之富者，莫不踴躍襄事，饑黎萬衆，亦藉以役食自活。畚鍤雲集，登登憑憑，圮者豐之，陂者直之。不十日，周迴數十里悉爲堅墉。於是城卒得以警柝登陴，往來偵守，晝夜不輟，而無虞蹉跌。公又於督視之隙，仿宋弓箭社法，遣人於他郡置弓矢鳥銃諸器，自練其鄉民之壯者，以備不虞。蓋一舉而三善具矣，宜公自何如矜詡，而公乃顧謂僚吏曰："此皆吾民之自重其鄉里，力爲捍禦，計功殆不可没也。"

嗟乎！公履兹土甫數月耳，地苦瘠薄，府庫又空乏，俸入不足以供薪膳，一旦有故，不動公家一粟，歸取其私資以治官事，而猶嫌於攘民之力，是在古君子有難焉者，而我公措之裕如，處之欿然，豈不足以爲有位者風乎！公命其隷下知天長縣事劉珊，紀州人襄事者姓名於石，珊因訪諸州人，得次其顛末如此，非徒以諛公也。

女餘姑墓磚銘

乙亥，妾有娠，卜宜男，十一月而生女。時予已三女矣，長則將

笄矣，次、三亦肩相差也，遂名曰餘，謂諸女之餘也可，謂予他日去官，獨餘此女不得與時犢並留也可。彌月而笑，三月而牙牙語，五月而呼父曰“爹爹”也。白皙而顱方，雙瞳炯然湛秋水，絶不好啼，啼則不可遏，必盡淚乃止。每將曙，輒索嫗抱行庭墀風露中，有喜色，不則愀然不樂也。丙子六月初八日，予以勘發塚獄歸，自墟墓間燈下見女神色稍倦，問其母，曰無恙也。明旦，疾作，亟視之，已不復能啼笑，越日遂卒。先兩炊許，喘急如蛙聲，猶手握予食指，目不斜瞬，喉中喃喃曰“爹爹”也。予不忍久視，决去之，適大雷雨，未幾報曰卒矣。嗚虖！女生僅六月耳，若有知識者然，能不痛哉！然慮重太夫人憂，亟命買棺瘗之城外，予迄未知其叢葬何所也。且女未生齒，不可謂殤，於禮不宜有墓。然又不忍使之漫無記識，終爲狐兔所窟穴，抑予他日竟餘此三尺桐棺以去，幾何其不犂爲平疇也。於是命奴子磨磚爲誌，且爲之銘曰：

殮未問其裸與襦兮，葬未問其城與郭。匪太上之忘情兮，空際曇花本無着。

贈張生生洲序

嘉慶丙子科，江南舉鄉試，中丞康公以珊充同考官，甫入飛虹橋，惴惴若有所恐懼。逾日，偕同人趨進衡鑒堂，中列巨案二，兩主司之所據以定去取者，旁列長案十八，翼如也。吏抱試牘以進，監試官取以散諸同考，懼，弗敢輒發。於是屏營數息，斂精氣又數息，默然祝曰：“江南人文藪扃，士萬六七千人，其可中衡格者，無慮千餘卷，即一人所閲，當得八百卷有奇。文之醇者、肆者、奇者、正者、精潔者、華縟者，各出其數十年學之所至，以撓予茫無定識之一日，惡在其能得士哉！無已，即其文之不欲俯仰隨人者，以揆其人之苟能自樹立也，庶幾其拔千得百，拔十得一乎？”於是窮日夜、廢寢興以求之。漏盡風颸，群籟寤息，一燈危坐，兩眦生芒，沃以沸巾，稍間復作。於是者浹旬日，乃得一卷。其境窈然而深，其神穆然而遠，其氣静而往復，若不可絶續。嘻！是不欲俯仰隨人者矣，是倘能自樹立者乎？一薦弗合，再薦猶弗合，三薦幾幾弗終合而乃合焉，蓋其遇之若斯其難也。顧予猶懼其人之不果如其文，予則徒疲於目眩耳聵，而無當於當代求士之深也。今其人來謁，貌恂恂若處子，拱揖頗不嫺當時禮數，而意態肫然，恒流於坐對。逾時，默無一語。之外久之，與之論當世事，則俯仰激昂，慨然欲學爲古君子之克自振拔者。嗚呼！予以文識其人，其人則起予以道已。於是乃翻然竊喜曰："向所爲窮日夜、廢寢興，以求能自樹立、不俯仰隨人者，其在斯乎？其在斯乎？"雖然，吾見其文，識其貌，因察其言，果近於道矣，吾尤懼其行之不果踐所言也，則其文與貌足多乎哉！生方奉其先君諱，未與計偕，三年中卒自濯磨，以進乎道之醇備焉。坐而言者起而行，無泥於古而道在可斡於今，無膠於性而道在可通於習，無令世之耳食而目論者，謂經生之果不適於用也。是則吾與其人始終所交勉焉，而無或不懼者也。其人爲誰？則丙子科中式六十三名舉人震澤張生洲是。

贈范友竹指畫序

萬物莫靈於人，人莫靈於心，心莫靈於指。人非心莫發其智，心非指莫運其智。自朝廟禮樂制度、官事文書、百工技術、耕釣蠶織、綵繪聲樂、魚龍偃師百戲之陳，無一不於指奏其效，指誠造物所假以牢籠百態、溲滌萬怪者哉！顧指雖靈，苟不假之器，使有憑藉焉，靈於何見？是故朝廟非玉帛鐘鼓不成制，官事非鞭箠刀鋸不成刑，百工非斧鑿滌盪不成器，耕釣非耒耜罾罟不成業，蠶織非機絍不成絲布，聲樂非琴瑟簫管不成音，魚龍偃師非傀儡竹木繪綵之殊形詭製不成戲，而文書畫繪尤非筆不可以成事。中書君管城子汲汲乎當時之要務，人人事事之必不可廢者哉！有范生來，言工繪事，陳其篋，巨盂一，小琖一，水注一，墨一挺，絶無所謂不律者，便請出縑素作畫。坐客咸訝之，徒見其二尺許蓬髮短童，嘻嘻然顧客而笑，既乃滌盂修修焉，注水溜溜焉，磨墨隆隆焉。范生則揄袖奮臂，凝立案頭，目睨縑素，良久又良久，欻起五指投巨盂中，掬墨盈握，旋置琖上，再濡再染，横飛倒灑於盈丈之絹，塗藉淋漓，漫漶幾不可識。或滃鬱如頹雲之積，或滲闇如屋漏之痕，或鱗鱗如水波之興，胥於食指、無名指上出之，而拇若駢焉。已乃以禿甲蘸濃瀋，皴點而鈎勒之，山石則崒嶸而突起，水草則漾演而波折，松則蟠挐，而竹則偃仰。顧其鋒骨稜起，雖荆、關、與可不是過焉，抑轉覺古人齗齗於鼠鬚兔穎，加之意者爲靳其天趣。嗟乎！范生爾既不獲，徒手而盡其朝廟制作之材，又無官事之攝、百工之肆，即欲求如耕釣蠶織之自食其力，苦無一禄一畝之足托，甚且求爲伶倫侏儒之以百戲陳於公卿大夫之庭也，而又不可得，徒抱其槃鬱磊砢之奇，不得已而於墨汁中一奮其空拳也，甚可悲也已。

上陳白雲先生書改張生洲作

謹奉書夫子閣下：洲聞知己之難，古今同慨。牖下一編齗齗，偶有所得，輒希心千古。時論不以爲是，師友不以爲是，獨有人焉，爲之揄揚之，嘆賞之，則其感之之深，不啻肌骨之入也。顧洲以爲非知之難，而受知爲難，而受知與所受知之人果能相與以善，此一知也爲尤難。故有不爲受知之地，察所受知之人，貿貿然輕受其知，異日背之則忘恩，徇之則失足。古今人知遇之累，半出文人標榜之途，事後追悔，有痛心疾首、不難剖心自白而終無解於後世之訾議之者，蔡中郎郿塢之一泣，陸放翁南園之一記，所以不能無遺恨於今日也。

洲孤冷性成，不工時好，其爲文也，絶去得失之見，稱我之意以爲之。間以質諸同人，果不以爲是也。雖然，有友張鋏甫者，其性與洲略同，每堅洲之志曰："安知上無知我者。"顧洲終不欲赴舉，其赴舉也，徒以迫老父命耳。以必不合時之具投人之所必不好，則其遇不遇，殆不必於赴舉之日而始卜之已。不謂海樹夫子力薦之，夫子又從旁力争之，夫乃嘆取士之意、文字之緣，果有如此其奇。而證之銕甫所言，落落吾黨數子創於下，知我者即應之於上，乃益信斯道之果不孤也，其亦自幸其言之中者歟？

顧又有慮焉：以文取士，而人或不必如其文，則取之者之人品雖得於所取，度之要不得於所取决之。今觀夫子與海樹夫子，居恒以文章事業相切劘，其設治之寬猛疾徐，與所應之者懷畏移易，若或不同，而揆之不欲以欺人者自欺焉。且飾耳目以邀一時之浮譽，其設心固不啻千里若合符節焉，則亦何怪兩夫子相交之深。洲則心亦喜以爲科第之得不足重，而知我者之足以自重，而因以重洲，不得謂非千古之一日也。於是急欲裹滕造謁，一覘議論丰采，因以微窺撫字之實政。庶幾洲不以經生自域，而學爲有用之學，以求當於兩夫子之所知。乃聞夫子以勾當公事，先期適皖，而洲自去秋後，館課曠如，於心慊然，又不能羈候旅舍，以待德旌之返，則亦俟諸異日而已。且人之相知，貴相知心，遥遥四海之内，夫子於暗中摸索，知草埜内有生洲其人；洲亦遂得於當時大賢中，知有夫子之政之實。苟異日幸而尺寸可階，則將模範於萬一，以冀謬附諸竹帛；不幸而荒江茆屋以終老，亦將學古人之立言，以著作發其光怪，使後之人知洲之不見是於人，而當時某則知之，某則知之最深。是即所以報夫子之知，即所以自勵其無點於所知者，而不在區區一見也。狂生之習，行不掩言，幸教之；且不責以唐棣詩人之不誠，則知之又深矣。張生洲稽首。

告羅公墓文公諱萬象，江西南昌人

古之有功德於民者，民皆祀之，而得之所治之民，於百年後爲難治，而愛去，而思没，而祀長，吏必何得于民而始然哉！天長自設邑來，無慮數十百令，惟宋包孝肅公有專祠，後此獨有明羅公得附祀焉，且署曰“二賢”。向使公之治長民也，有纖芥不可對孝肅者，民必勿祀，祀必勿永。即公且不安其祀，何有於公之墓哉？然則公之有功德於斯土，即公之得附祀孝肅，民至今保護其墓也而知之矣。珊既新二賢祠而祭之，訪得公墓於長亭鄉，命工往崇其封。既竣，命城門鄉巡檢茹藻酹杯酒以告公墓。於乎！自漢唐來，如朱邑之殁而葬於桐鄉者不知凡幾，不數十年，樵牧躪之，狐兔穴之，有求其尺土而不可復識者矣。公之墓屹然至今存也，顧不足起後官之敬，而益勵其所未逮者乎？公其享之。

柳村圖記

柳村丈舊有湖上一莊，没官後，恒扃爲鼪鼯穴。又重違其鄉，去第宅不數弓，搆屋三楹，半實家具，半支破書簏，空酒甕三五錯置，石硯覆其上，茶竈一而已。地近沮洳，獨宜柳，環植幾百株，緑陰罨若無人家者，惟隔堤辨炊煙知之，然又三五日，突冷無煙，知者亦稀。顧屋僅三楹，與仲氏静峰共之，丈胡獨私之哉？蓋静峰尤不善生人産，丈獨奔走嶺南幾十年，歸出傭資，乃締搆斯屋，繫以柳村者，丈之字與所樹適合，遂若爲丈所私，其實兩家婦姑童小固無猜也。十年前珊每過從，丈猶僑居故第，不知今所謂柳村者；今年丈來訪，始以語珊。珊求其狀不可得，丈乃指畫口授於邱生海琴，海琴因圖以示余。反覆睨之，乃知圖所爲柳之拱如臂，瘦如指，緑髮毵毵，垂及一畝者，則向之踘蹴場也；圖所爲籬落横斜，柴扉半掩，東西錯置矮足二石几者，則向之蔬畦一棱也；圖所爲茆屋二重，無斗栱欂櫨之飾，左右廂一安織紝具，一安庖湢者，則向所與兩丈席草坐論上下千古之舊區也。嗟乎！丈不獲安先人之敝廬，不得已而謀舍妻孥於舊宅之旁，日見前日之華屋叢爲瓦礫，官亦扃及卅年，求售不得，盛衰興替之感，能勿稍動於中乎？而丈固弗覺也者，日惟讀詩一帙、謀一醉，丈之志翛然遠矣。

重修泰山廟碑記

古者天子柴望方岳，諸侯大夫祭其國之山川社稷，士庶人僅得祀其先，等至辨也。春秋時，禮樂僭亂，季氏旅于泰山，孔子譏之。自漢明帝夢佛入中國，於是象教以興，土木緣飾，日益奇詭，無物不有，神以據之，即無地不有廟貌之設。夫世所稱岳帝者，謂泰岱耳。此在齊魯，人祀之，猶曰其土之巨鎮也，而所在廟之，不亦惑乎？或曰："爲其能致雲雨，以爲吾民福。"故近古來，州郡每聽民祈報，未嘗有禁，似也而要不盡然。時至今日，修德獲報之説，人皆詆爲迂論；即其事親敬長、睦婣任恤之道，亦概置不講，而惟生死禍福之説不能無動於中。術家多言泰山有神，掌人間生死禄籍，於是相與崇其廟貌，竭其報賽，幸神之鑒其誠而弗加罪焉。夫罪之加人無貸者莫國法，若率民孝慈忠信，以各盡其事親敬長、睦婣任恤之道者，又有司之責也。而民固畏法不若其畏神，事人不若其事鬼者，何哉？蓋自國家教養之術，有司具文奉之，日惟獄訟賦税之是督責，民因之益趨於末，而錐刀之利是務。夫使人盡竭其耳目心計於利之所在，亦何所不至哉！作奸犯科、干名瀆義之徒，試檢吏牘，十九釁起貨財；洎乎身罹法網，百計求脱，胥吏因缘爲奸，往往復以貨財而倖獲苟免。夫既詐僞可行於公庭，况庭闈里黨間乎？身家之念重，而刻薄有所不惜；市井之習熾，而廉耻有所不顧。然而疫癘之興，動遭横死，震霆之作，怵人心目，有非行其心計貨財所可得免。故民有寧缺堂上之旨甘，而日市牲牢以邀神惠；寧聽親戚之顛連，而務飾鹵簿以侈神威者。則法之果不足畏，而事人誠不如其事鬼矣。

余涖官四載，勸民興溝洫、勤耘籽，弗聽；日讀法於縣門，勸民務本業、息争訟，弗聽；勸民輕資財、恤親族，民稍稍用命，而弗終聽；勸民毋淫殺、毋陰謀，以中人而自專其利，民尤弗聽。此固長吏者德之不修，無以易其風俗，於民乎何尤。而猶幸民之懼陰譴之促其壽算，懼天災之破其家業，相與瀝誠禱祀於掌生死禄籍之神，以求免焉。則法所不能治者，而神則懾之；父兄師長所不能規勉者，而神則禁之。庶幾民日遷善，一洗其錮蔽之習，得保其田疇子孫而罔干法網哉！是即聽民之飾廟貌而隆祈報也，亦何不可？雖然，余不能自治其民，而聽民之求免於神，余之罪不更甚於民哉！

城東隅舊有泰山廟，久圮，僧達人以苦行募修，復殿宇若干，贖廟產若干。邑孝廉王雨春既詳述之，復乞余記其事，因爲縷舉其神之不宜祀，而姑聽其祀之之説如此，且以誌余愧焉。

僧達人重修泰山廟後記

天下無不可成之事，要在其志之堅耳，一簣之覆，非空言也。浮屠氏達人，少傭於人，既髡爲僧，栖東郭外破廟中。廟祀泰山神，邑人建以祈風雨者，歲久傾圮，僅餘一廊。達人日於隙地治圃畦，種菜自給，夜宿束藁中。不甚知書，未嘗持梵唄，惟日誦佛號而已；又吶吶不能言，未嘗挾簿疏、擔鐘魚，日投士大夫之門乞化布施。人見其苦行自潔，稍稍佽助之，達人弗辭，亦積弗用。歲月既多，始陌而貫，繼貫而十，十而百。日購一甓焉，月購一瓦焉，今歲伐一石，明歲輦一木，積十餘年而廟以成，且復舊觀。市人咸訝其工作之無間寒暑，未嘗就市人乞一錢，亦未聞匠有索值而弗逮者，於嘑異矣！

夫達人一頭陀耳，既不以其術惑世誣民，求斂資財，又不若世之以禍福之説干謁豪富之家，稱貸子母，據沃壤，廣交游，混儒墨而莫名其類，徒以躬自刻苦，歷十餘年不懈，其志卒使神妥，其靈能致雲雨，以爲邑人福，其相去何啻倍蓰。士有聞達人之風者，積日累月，堅其志以求訖其業，亦何業之不克成哉！徒使浮屠氏獨成其志以去，於嘑異矣！

簾　說

夏晝苦暍，廳事無喬柯之蔭，盡撤窗櫺，軸以簾。簾固髹之，外視疏通，而內視則晻。於是自旦至晡，偃仰其中，枕書狼籍，恣予性之所至而起坐焉，雖袒臂跂足亦不覺。問諸簾外之僕，則曰但聞公讀書聲耳，他無所見也。於是余亦自縱，竊幸簾之德足蔽人醜，轉使僕御之，往來提挈。吏抱牘出入者，舉瞭然於几案之前而莫吾遁，斯不亦察人至微，而自匿其短之便圖哉！雖四序無去簾可也。既夕，食於內寢，婢子仿諸廳事，亦易窗而簾。姬侍環列，杯酒酣嬉，籠以紅燭，左右交扇，不自知其態之狂。顧外視無所見，意謂適晦日耳。稍起更坐，盥手庭院，迴顧室中，則釵光環影，纖悉畢見。於是大駭，乃悟向之見人不見我者，光在外也；今之見我不見人者，光在內也。究之向所謂外不見我者，特遥觀耳，若迫視之，即闇室何匿焉。古人於飲食宴笑，甚至床笫之褻，罔不致慎焉者，夫豈微哉！余質固魯，及於簾，乃發其昧耳。明日，當晝復出，正襟危坐，無敢戲渝。簾之德，蓋不在蔽人，而在能啓人之蔽云，於是著《簾說》以自儆。

募修明倫堂引

嘉慶二年，前令朱君率邑人捐修黌宫，自殿廡户闥，以及池橋齋館，罔不鼎新，規模亦甚閎整矣。其時明倫堂尚完固無損，故僅加塗塈焉。歷今凡二十寒暑，堂之西壁，日就坼裂，勢將傾壓。兩學博告余，亟發視之，則以堵墻外昃，風雨淋蝕，梁柱朽腐過半，岌岌乎殆不可終日焉。及今圖之，稍易宋棁欂櫨之屬，事簡而易集，需之歲月，則傾仆之下，瓴甓木石無完材矣。因偕兩學博集諸生於堂上而詢之，僉以爲當亟修，且分任告捐之勞。遂倣朱君例，授之簿籍，使覈其工費之鉅細，以爲捐資之贏縮。夫郡邑皆有學，學皆有明倫堂者，謂郡邑内凡在四民莫不有倫，即莫不當明，匪直士人之責而已也。况邑人之父若兄亦既有功於殿廡池橋之繁多，而泐諸貞珉已；爲之子弟者，可不善承厥志，而吝此一堂之需乎？我知有振衣從事，争先恐後，求署名氏於其父兄之次如其宗系者矣，是亦明倫之一端也。其始富厚而今衰落，或始困乏而今饒裕者，並宜量力酌輸，勿執前説，致滋偏重。

僧虚白野菊詩序

菊，逸者也，菊而野，則逸之逸也。僧，空者也，僧而詩，則空之空也。夫僧之言，莫不曰空，爲參持，爲戒臘，桎梏其肌骸，刳剔其心志，以求斷其倫理之愛，屏其食色之性，則求空而反窒矣。譬之菊生荒崖叢谷中，風露以暢其天，泉石以資其養性也，必羅致之屏障欄檻之側，翦裁其蓓蕾，束縛其枝葉，飾以文甆，供之髹几，逸者不幾太勞乎？故菊必野乃成其逸，猶僧必盡祛其梵唄因果之習，官其官，心其心，泊然油然，自出其中之所欲言而言之，則庶幾其善爲空者。虚白師自海上來，嗜酒肉，不知梵筴爲何物。衲中袖詩一卷，走謁予，謂予解詩也可，謂予善知識、悟無生，則猶彼之説也。師固不然，師真能空彼法者哉！讀其詩，初不異吾儒之詩也；聆其言，尤不異吾儒之言也。且曰："家有老母，當歸養，不可久留。"語訖淚下。嗟乎！師，僧也，而能爲是語哉！繼復出《野菊詩》三十首，乞序於予。夫菊，逸者也，菊而野，則逸之逸也；僧，空者也，僧而詩，則空之空也。以詩僧賦野菊，逸耶？空耶？菊與僧並傳矣，予何能更贅一言。

祭李香湖刺史文

古惟親受業者稱弟子，後人於所薦舉者皆師事之，故東漢有爲舉主持服者。自唐以後，士悉以科目進，而座主門生之分始嚴，然當世或以朋比爲疑，多厲禁焉。國朝雅化作人，推誠布公，所以獎掖人材者，甚至鄉會試所取貢士，皆得於座主投刺請謁，無所顧慮，卒亦無黨援之患，甚盛事也。外官自道府下得與薦剡者，於晏見所舉上官，亦稱門生。葢雖國家激揚澄叙之公，而知遇之感有難已於中者，聖朝亦所弗禁。

珊初試吏天長，三年無所短長，而謡諑之興或不免。迨我香湖夫子來守是州，珊初謁於濠梁旅寓，輒以風骨見賞。其後每一上會計一鞫獄，請皆無異於常吏之所爲，而廉隅之飭，中懷之坦，他人所弗及知者，公恒嘖嘖稱道不置。嗚呼！公之知珊深矣。會去年舉大計，公首以珊薦，上官知公非妄舉也，將許之，顧以格於例而止。嗚呼！珊雖弗果舉，而公知珊之深，即其屬纊，固無異於濠梁初見時也。且公非以示私恩，謂采之輿論云爾。珊之得民與否不可知，然公豈以瀆下者欺上哉？故珊之執弟子禮，亦非以報私恩也。公之文章事業，昭昭在人耳目，若自珊言之，或涉於私，姑弗贅論。而三年來，其所以規勉於未逮者，珊猶得追思於歷見時而一哭之。其初見於濠梁也，時已仲春，公猶衣重裘，心竊慮其氣弱，顧與上官論，侃侃聲達外屏，偵之，所争者即謂珊也。其再見於盱山也，公自輿中手一編出，適珊患指創，戒勿祗候，與他令論事，必以詢珊。其三見於淮平也，適珊上一獄，前官將縱之，公執弗可。一日，召飲，公以齒痛不能决肉，戒其長君稱先生，奉以巨觥，公猶前席與語，良久始出。

嗚呼！珊於公謹三見耳，然每見必謂珊性太剛，恐不諧於時俗，珊雖僅識之，而終不能改。今已矣，誰復能告誡如公者哉？脱不幸再爲飛語所中，誰復侃侃向上官以雪珊之誣哉？脱珊治獄不見直於上官，誰復能明察而俯從初議哉？若徒以薦舉哭也，是猶之以私恩報矣，公必不歆。嗚呼痛哉！尚饗！

哭劉僕澤箔文

嗚呼！汝事吾家三世矣，自吾垂髫日，見汝執役甚恭，樸魯無所短長。及吾祖都轉公自豫遷黔也，邊地窮荒，他僕星散，汝則獨從；其後之滇，之燕，之遼，之楚，之齊，他僕去來靡常，汝則始終未嘗有去志。顧或者汝自問㔟無長技，他無所合，姑逐逐於此，非所甚難也。然吾所極不能忘者，汝之事吾父溧陽公於病中獨懇摯耳。溧陽公攖沉痾，年饑，家中落，饘粥不繼，僮指乏人，汝則隨吾躬治藥餌，晝夜不解衣帶者三閱月。嗚呼！難已！今汝猶得侍吾於兹土，稍酬傭值，而吾父已不逮養汝，言之未嘗不爲吾痛心也。方謂汝終事吾，他日携汝歸治先人之隴樹，不意汝一旦無疾遽逝也。悲哉！汝儻追事吾都轉公乎？抑溧陽公乎？爲言珊奉職無狀，特不敢忘前訓虐取民耳。吾當令汝子歸爾骨，仍來事吾，俾汝妻無失養，是則所以報汝事吾三世之德也。兹遣役酹汝酒一壺，冥鏹一事，享之！

募修羅公石壙引

去年予既命茹君藻修羅公墓矣，歸告予曰："土則加豐也，奈沮洳何！瀕淮歲加漲，恐日月之沈爲谷矣，盍謀遷之？"予曰："然。"繼思之，羅公葬此餘二百年，穴即所自卜，其子孫雖近，弗可考，然烏知其鄉里不族姓繁衍乎？他日或執譜籍來，求其墓弗得，得又非其先世所志載，不重以疑人子孫哉！無已，易土而石，壘之使墉，庶幾日月水至而不遂爲波濤嚙决也。且公得安其故宅，即子孫無疑，亡可已。茹君身任其役，將伐石於某山，顧輦致不無費。予與同官悉捐廉助之，弗給。邦人士食其德者，得勿有意乎？

與蔡南村飲酒記

蔡南村元亮，余叔母之兄子。余初自江南歸，南村歲時來省其姑，因與訂交。時余勺酒不入，而南村獨豪於飲，漸漬之久，余亦能勝蕉葉矣。顧每强與之角，雖敗弗服，南村固大户，終亦狼狽以去。自余之遼瀋，留京師，來皖上，與南村不見者幾十五年。中間南村曾爲余祖司筆札於山左，尺一通問，竊意其飲必益豪。去年冬，南村挈余婿來天長，杯酒論心，未盡三爵而南村已頽然矣，猶謂其風水勞頓，偶未盡興耳。然自是每飲輒醉，醉必病累日；見他客飲，則蹙額擁鼻，若恐浼之者。客咸揶揄之，余亦竊笑焉。南村喟然曰："人所恃以不憊者，徒以其氣盛耳。亮少負跅弛不羈之才，與天下豪雋相結納，氣雄萬夫，飲可盡石斗。一巾浮沈，幾三十年。貧賤憂戚之奪吾氣，而横據胸腹者日益充，氣則日益挫，然猶可盡一斗或數升。今且頭童齒豁，不憚遠游，曾不足以謀妻子一日之飽，而所恃以凌轢不撓者，渺莫知其何在，而顧施施焉沈湎之不悟，豈情也哉！不寧惟是，病在膏肓，即良劑無所容，非不容也。誠以無其氣以相攝，有不釋手而反諸其口矣，酒何獨不然？"聞之，酒可助氣，抑所以祛愁。乃氣以愁絀，而酒亦無權，是祛愁者固益之愁，而奪其氣矣。以余驗之生平，良然，是不可以不記。

書劉生福疇詩集後

余苟知劉生乎哉，劉生其果售矣。生既弗售，余之知不猶之未知乎？雖然，售不售固命，知之權實操自我，余豈以是謝生哉！謂余既知而薦之他，非所得問；將始之知爲諉過地，生又何樂余之知之乎？始余知生以制舉文，猶夫人之見知也。今生以詩古文來贄，泠泠然質冰玉，淵淵乎聲金石，足以嗣音其鄉之二陸於千載上，年且甫逾冠，余又烏測其所詣之極哉！然則余之知生，非猶夫人之見知，生雖弗售，而余之知要非徒以其制舉文，則知爲獨真。余縱不以是謝生，生益重自悲其命矣。然而無庸悲也，天下知生者，匪獨一余，生益自勉於機、雲，引爲同氣，有知之千載上下者，科第云乎哉？生因索余贈言，即以知於生者識其行卷，以諗天下之凡知生者。

方母盛太君七十壽序

《易》曰："女正位乎内。"《禮》曰："内言不出於梱。"女子非有奇行苦節，極人世所難堪者，雖四德無忝，閭吏不書，人亦無從知其懿行之美而傳播之。況乎素封之家，席豐履厚，家室晏康，求無悖於瀡瀡盥饋之儀，亦已難已。真州古稱繁庶之藪，東南業鹺者多僑集焉。士女恬嬉，錢刀紈綺之風闐塞里巷，會計出入，委諸傭僕，酒漿絲枲，謀之婢媪，閨中人第坐享其成而已。其有勤女紅，持門户，克稱家督，而尤以義方訓其子弟者，十不得一二。若吾所聞於方子敏安之母盛太君者，有足異焉。

太君廿四歲始歸處士，其時家已中落，處士雖席世業，獨好讀書，不問生産。太君以食指日繁，非矯之以儉約，勢將江河日下，於是革其冗費，節縮其衣食，日計不足，月計有餘，女布男錢，一一自爲經紀，尤躬自織紝，宵旦弗輟，以爲家人倡。處士枕葄圖史，延攬風雅，敦槃縞紵之交，不絶於門。太君潔具酒食，款讌賓從，雖拔釵典衣所不惜。逮事祖姑暨舅，孝養之誠，人無閑言。屋旁治家塾一區，延名宿以課其子。族子無力者，悉召來學，俾與己子同餐。其有疾痛疴癢，資以藥餌果脯，無異所生；或衣履污損，悉爲縫紝澣濯，不使聞於其家。以是來學者益衆，太君未嘗有倦容、有德色。即至今日，處士捐館舍幾十餘年矣，而此志弗衰，始終如一日，蓋其成就人材爲不少矣。

嗟乎！睦婣任恤，解衣推食，教養其族鄰而無使放棄，范氏義田而外，他無聞焉。不謂太君以一女子而能爲古大夫所不能爲者，顧非壼德之尤奇特者哉！敏安爲余丙子南闈所薦士，雖屢蹶未售，要其昆季率本母訓，沈酣典籍者有年，歷爲諸學使所賞拔，矧以太君積累之厚，不食報於其子，豈理也哉！四月十日爲太君七十設帨之辰，余將徵其事略一言，以爲太君壽。太君以閨門庸行，不欲聞於當世之士大夫，故僅得諸其族子爲言義塾之一節，然此亦足以傳太君而不朽矣。其他陰德如耳鳴不欲人知者，又何可勝道。是爲序。

香雪樓記節晋昌女士唐□英作

香雪樓主人有姬謝素，小字雪兒，幼隨其母恒主予家。時予方集中表姊妹行爲吟社，姬齒最弱。香雪楼主人七寶生，予母姨之子也。自海上歸，聞姬工詩，乞予借讀之，輒豔其才。姬亦豔生名，予窺其意，相屬未發也。會有巨賈雅慕姬，啖母以重金，將許之，姬毁糕絶粒，幾至綿惙。予密叩所以，姬哽咽曰："曩豔儂詩者，姊忘之耶？"語盡，反壁泣無聲。予察姬誠，乃謂生作醫者以進。導至室，搴帷坐，相視無一言，姬淚下如雨，生亦不知其青衫之濕也。姬遽起，生逡巡遂出。母駭問其故，予遽取几上詩帙擲母懷曰："媪果欲殺若女耶？誰令若女爲是者，才如此而忍令所夫非偶，非殺之而何？"母謝曰："吾過矣，自今請以吾女爲若妹，一惟姊命。"予亦欽袛謝，即令召生至，拜母。母笑曰："我固知醫者非常人也。"閲歲，生母命以姬歸，舍於香雪樓。大婦亦謝氏，雅重姬，悉以中饋委之，操持如健婦。於是主人乃酌酒樓上，屬予而言曰："香雪之名是樓也，幾數十年。自内子歸，問其字，曰倩香，巧已。今姬復字雪，乃更奇。中微子之力，吾樓其誰傳之。"酒半，予爲作歌曰："燭語簾波兮，人影雙雙。南枝北枝兮，交雪生香。幾生修到兮，終老是鄉。歲歲花開兮，盡此一觴。"

葉孺人傳

孺人姓葉氏名，江寧太學生樸仁之中女，十六歲歸韓子，字之曰凭之。美而才，尤孝事姑，能得其歡心。韓子始富厚，尚交游，好爲詩歌。賓客盈座，上有不能葬其親者，孺人脱臂上跳脱，畀韓子予之。韓子每縱酒，放論當世事，類狂者之所爲。母痛懲之，醉或不率，孺人斂容進杖，跪請代受朴，母怒爲霽。其後韓子爲其從兄搆訟，羈江滸者八年，遂破其家。孺人則獨肩孝養之責，母若忘其家貧也。母之寡姊孔媪者，老病無子，依母垂四十年。孺人善事之，敬重視姑，始終弗衰。媪廢不仁，孺人夙興瞰母未覺，必先詣媪室，扶掖而衣之，爲櫛髮，或間日一具沐，踞矮足几，以膝受足，爲左右束行，纏加履舄，然後詣母問安。比母出，則媪固端坐，人無知其不仁者。長姑既嫁楊氏，中年有惡疾，乃歸就醫。膏血潰漬，人弗能近，湔熏縛裹之役，孺人悉躬治之，無間寒暑。或嘆曰："賢哉婦也！無已，太勞且穢，盍使婢子？"孺人曰："彼固以姨若姊爲非吾家人已，强之，久則厭薄或形於色。姨若姊縱不言，母則聽之不可，撻之又不可，而謂婦與子安乎？且姨，母姊也，姊，母女也，均之母一體也。吾事吾母，事烏見其勞與穢？"韓子既中落，益肆於詩酒，連舉不得志，焚所治業，示不復戰。孺人曰："固知俗學，如母何？"韓子改容謝，乃勉就試，終不遇。生一子，既冠而死。母哭之慟曰："天胡疾余孝婦之深，而奪之愛也！"孺人則不敢引聲一嗷，佯以腹動慰母，惟夜盡私泣，淚浮枕簟而已。以是隱痛致疾幾三年，知不起，又以醫者言必進參餌，貧不易得，且重損母甘旨，求速死，以絶母念。癸酉五月十七日遂自經，得年四十有七。時姨與姊已先卒，諸姑存者猶三人，歸視其殮，皆撫棺號痛，哀母之不得孝婦之終事之也。

劉子曰：吾曩見南中一官人已，每揖客，三數言輒刺刺詡其内政之賢，甚至謁上官，亦屏氣述之。及察所爲，乃五十不令置妾，婢有身，杖而逐之，館於其僕之家，子三歲不許歸，再養他人女，嫁皆千金，所至括俸錢扃櫝中，自寢其上，雖絶炊弗問。既去，逋官物，官人奔走數百里稱貸以償，夫人未嘗一發櫝也。吾見人之賢其妻者，大抵類是，韓氏婦獨不然，異哉！婦方病篤，有鐘生思納交於韓子，餽以金，韓子受之。婦曰："鐘生非素善君者，君貧且母老，非可以身報人者，必却之。"嗟乎！此聶政之姊所難能者，婦也賢乎哉！韓子之賢之也固宜，彼官人者儻亦聞韓氏婦之風乎？

贈韓子序

劉子既一鞭出春明門外，行將綰墨綬爲奔走吏，祖道者惟一市賈，所交學士大夫，及所與歌詩飲酒，冠儒冠，服儒服，以文章自豪異者，率絶迹，無一至焉。於是仰天絶索而嘆曰："吏之不可爲也有如是！夫即其始事，已見絶於同類，况乎執手版，曳長裾，傴僂轅門下，伏聽鼓角聲畢，伺視門者之指揮而進退也哉！補官六年，士卒無一至者，劉子亦自分終與士類絶矣。"亡何而金陵韓子獨來，與之游。韓子者，江湖之奇士也。少以歌詩飲酒破其十萬之産，十三應鄉舉而不遇，而歌詩飲酒不輟。喪葬其父母，妻子貸其居室圖畫、尊彝玩好、衣冠帷幕殆盡，襆被外，無一長物，而詩益多，而飲益縱。讙呼入肆，挾方袍、魚服、黄冠、緇衣、屠儈、走卒、乞丐、士落拓有一節之奇者，識與不識，悉與之飲，醉則歌詩嗚嗚，叩其人，其人不解，則大罵咤之去而獨飲。而公卿大夫、世族豪右雖卑禮盛饌，招之不一往，或以書畫丐，輒抵之地，不顧而去，而韓子之狂名著大江南北。

方韓子之未識劉子也，携其甥司馬鐘，以書畫自鬻於盱眙之第一山頭，經月無一過問者。聞劉子之不苟於吏，乃逌然褰蹇，款關求見。長揖罷，立索飲，盡十斗，酣卧胡床上，未嘗道姓名。明日，出一巨軸，擲示劉子曰："試讀吾詩。"劉子善之，則又索飲，甫三爵，乃正容曰："子亦知夫飲乎？夫飲猶吏也。飲莫不醉，吏莫不敗。吾知其必醉，而有所持於未飲之先者既定，則麴蘗之毒不敵吾神明之堅，雖醉弗困；吾知其必敗，而有所操於未吏之先者既端，則嗜欲之撓不敵吾夢魂之恬，雖敗猶安。且醉與敗，皆危機也。譬之臨陣者然，以不危視危，鮮不危矣；以危視危，必終不危。吾見子之危於吏已，子必善飲。子亦知夫詩乎？夫詩猶吏也。吾操吾術而與天下争壇坫，謂吾固李杜矣，吾固韓蘇矣，未窺其庭户而掉以輕心，微論古人不易幾，即幾矣，徒貌乎李杜韓蘇，則亦李杜韓蘇之成詩而已，而何與於吾之性情；吾操吾政而與天下争殿最，謂吾固龔黄已，吾固召杜已，未諳其時勢而泥以成法，微論古治不可復，即復矣，徒托於龔黄召杜，則亦龔黄召杜之虚號而已，而何裨於今之利弊？且詩與吏，貴有以入人心之深，雖仇讎莫我瑕疵，而後其詩必傳，其吏必循。子既工於詩矣，何有於吏？雖然，今日而以爲有所持已，明日或醉；今日而以爲非徒貌已，明日或失其性情。要非久於其道，而勵以堅忍之行，一技之微不可成，况飲酒歌詩乎！况托以土田人民之重而爲之吏者乎！子幸矣，子且購剡藤十捆，美酒百甕，縱吾之飲與詩，而爲子監吏之得失，可乎？”劉子曰：“諾。”

不數月，人聞劉子之能客韓子也，謂非徒綰墨綬、事奔走之俗吏也，向所絶不一送之學士大夫，乃稍稍通尺書矣；士以文章自豪者，亦稍稍就之而與之游矣。劉子德韓子之有以雪其吏之耻也，於是乎序以旌之。

荆楚文庫

岱樵詩集

〔清〕何毓秀　撰　　魏　友　徐克謙　點校

前　　言

何毓秀，字鐘岳，號岱樵，湖北東湖（今宜昌）人。生卒年不詳。康熙五十二年（1713）癸巳恩科武進士，初任宫廷侍衛，累官至江西都司。有《岱樵詩集》。丁宿章《湖北詩徵傳略》、徐世昌《晚晴簃詩匯》有傳。《湖北詩徵傳略》稱其爲人“性嗜經史，喜詩歌，晝校士卒，夜接詞人，雅歌投壺，有儒將風。尤善書，出入兩文敏間，尺幅斷紈，珍若珙璧”。可見何毓秀稱得上是一個允文允武的博通人材。《岱樵詩集》由其同里覃弘澤（字蒼霖）、李岏（字穉山）、劉家麟（字聖祥）評選，李岏作序，其子何近思刊刻於乾隆十八年（1753）。集中多思親懷友、贈别酬唱、歌咏山水之作，大抵作於其入仕之後，詩風綿麗，感情真摯。《岱樵詩集》刻本初藏於杭州丁氏“八千卷樓”，後隨八千卷樓藏書被購存於江南圖書館（今南京圖書館）。丁立中《八千卷樓書目》卷十七集部别集類著録有“《岱樵書集》一卷國朝何毓秀撰刊本”，實際上便是今天南京圖書館所藏《岱樵詩集》一書，爲海内孤本。惟序言首頁被撕毁，佚失文字無法補足。本次整理即以南京圖書館藏《岱樵詩集》清乾隆刻本爲底本進行點校。

本書根據《荆楚文庫》點校條例，對原文加以新式標點。凡形近而訛等明顯舛誤，徑予改正；冷僻的异體字統一改爲通行的繁體字，不出校記。整理本書的分工情况如下：魏友主要承擔全書文字的點校工作，徐克謙教授負責審閲全書稿件。崇文書局的編輯和南京圖書館的工作人員，對本書的整理出版予以多方面關懷和積極支持，特在此一并致謝。

目　録

岱樵詩序

詩果必窮而後工哉？何以古今篇什不□□□□□□□□□□太平必借廟廊□□□（原书残缺，序文每页6行，每行15字，依此此处阙文共计107字）况少年榮擢哉！而公獨否，左琴右史，枰彝雜侍，蒔花種竹，弄月吟風，蓋其志有所在而識有大過人者。甲辰值禁闈，辛亥鎮江右，他人竭力經營，尚恐失墜，豈復旁及文墨；乃於憂勤惕厲之中，即爲琢磨性情之地，或咏懷古迹，或點綴風景，或往來贈酬，洋洋如古鐵石琴。自予告終養，與吾輩白社同盟，更唱叠和，忠貞孺慕之誠，時形於字裏行間。夫岱樵翱翔雲路，三十年無宦海之波；訓練闈中，拈筆處追盛唐之魄。寒酸之士對壁埋頭，看花聳肩，未能得其一字，此非取資於風雅而陶鎔於古訓者深乎？吾故曰："工與不工，視乎人之善取，不在境遇窮達也。"癸酉春，長君近思索序於余，中有不釋然者，謂："吾父馬首舸頭，固多吟咏，古文時藝，不乏精思，而南北宦游，散軼無存。今父老且病，不能盡舉而問世，憾事也。"余曰："人患無一可徵耳，翁集一出，有識君子誦厥詩，而其餘可概許矣，何憾焉？"時乾隆拾捌年正月，年眷世弟赤溪李屹穊山氏拜撰於北郭之稽古軒。

寄從兄芸野時癸巳，留京觀政

憶昔文章借品題，頻年風雨草堂棲。看花惟愛春深杏，剪燭同驚夜半雞。匏繫幾年慚未了，翀霄六翮養應齊。鳳皇池畔風光好，整頓周生取月梯。

天倫樂事夢想爲勞匏繫三秋漫成三憶

憶　親

膝下違顔歲已三，觸藩心迹每空慚。案頭檄捧仍留北，望裏雲飛盡向南。嚴訓甄陶憑筆札，慈幃鍼綫啓衣函。鼎鐘備養猶無補，何況頻年廢旨甘。

憶　兄

塤篪叶奏喜相成，别後愁聽旅雁聲。夢繞池塘懷謝草，花開歧路想田荆。風塵獨瘁兄憐我，薪水頻勞我憶兄。何日肩隨聯彩袖，高堂戲舞慰離情。

憶　子

别時憶汝尚呱呱，聞道蹣跚不倩扶。顧我科名慚癸巳，問伊曾否識之無。煙樓可破從人哂，風烈能繩得祖娱。一卷殘書雖有待，分甘聊且慰桑榆。

寄　内

結褵彌月帝城游，匏繫於今又數秋。題恨漫拈京兆筆，澆懷獨貰相如裘。犢轅何事嬌紅袖，鴻案還期訂白頭。片語叮嚀幾行淚，莫教菽水重予愁。

新　荷

十里陂塘種芰荷，如錢小葉貼清波。未堪楚客衣裳製，猶記吴娃婉轉歌。力弱能教龜卧穩，水清時有鷺飛過。夕陽步屧城西路，隨意蹣跌坐緑莎。

柳　絮

莫道顛狂體態微，應憐春色送春歸。高僧泥外禪心息，謝女庭前朔雪飛。寧有意來侵几硯，最多情是點人衣。長堤如許東風暖，嚦嚦鶯聲聽去稀。

送袁菊埜歸杭州

之子吟歸去，歸程望裹遥。野花縈別緒，垂柳送征軺。燕市春三月，浙江夜半潮。僵眠聊閉户，莫漫老漁樵。

送張亭岩歸嘉興

幾載連床住帝畿，可堪分手淚頻揮。一聲杜宇催歸騎，萬片飛花點客衣。煙雨樓頭思渺渺，盧溝橋畔月依依。嗟予滯迹如萍梗，獨對西山伴落暉。

和吴紹虞寄懷韻

暫携書劍出皇州，彩筆能輕萬户侯。離思未堪歸雁促，新詩還待故人酬。蕭蕭落葉風侵鬢，皛皛明河月滿樓。何日小齋重把手，醇醪相對頓忘憂。

觀政期滿留别勵雪持

燕山牢落幾經年，此日分襟倍惘然。四壁憐君羈北地，一鞭笑我出南天。柳掩别緒寒疑雨，花冷離亭暮欲煙。征馬亦知人去恨，蕭蕭鳴向楚雲邊。

簡郭梅谿乞竹

香山志合惟栽竹，庾信才非也索詩。凌雪籬邊增野興，吟風窗下助幽思。渭川千畝寒聲滿，小塢三竿碎影宜。看倦《黄庭》來謝屐，好分清韵入匏巵。

其　三

檀欒鮮碧一叢叢，惠我難期五月中。荷鍤看天惟望雨，編籬緑砌不愁風。濃陰只許安茶鼎，勁節寧教作釣筒。傳語林宗休顧惜，龍吟曉夜在墻東。

其　三

爲愛浮筠覆藥欄，肯燒玉版供朝餐。半池杜若香同瘦，一架荼蘼月共寒。問字客來陰作席，抱琴人至籜爲冠。奚童草就平安報，日日柴門一探看。

邱太守闢荆門百丈道成詩以紀之

荆門聯峙大江隈，吴蜀帆檣進復迴。半壁頓開如砥道，五驄真有濟川才。風高仰止千秋切，德湛安瀾萬禩推。自是邦家稱豈弟，爲歌樂只咏臺萊。

宗明府重修六一書院落成詩以紀之

桃李森森入化工，芳規今復仰文忠。三千禮樂琴聲裡，六一冠裳廟貌中。鳥革翬飛重焕彩，春風秋月共磨礱。他時載酒成高會，更建新亭待醉翁。

次王思贊秋野韻

爽氣横秋野，浮雲静暮天。水清深見石，山瘦淡含煙。擊缽頻乂手，探珠任聳肩。東皋饒逸興，不醉不言旋。

送胡方岳先生歸里

對君不敢理離琴，愁思如雲結寸心。八載關山纔聚首，一天風雨又分襟。舟依柳岸今宵泊，家在桃源何處尋。計到故園春正好，一枝先寄隴頭吟。

入蜀吟

車馬停長路，琴書寄短篷。中流思砥柱，破浪喜乘風。雪擬鹽山白，霞增赤甲紅。錦江春色好，沽酒醉臨卭。

新　灘

截斷蠶叢路，磷磷怪石撐。風聲同虎嘯，濤響隱雷鳴。夾岸千舟集，長空一鳥横。誰將巨靈手，劈令百川平。

巴　峽

峭壁排空立，懸岩俯地欹。帶煙巴子國，叢樹禹王祠。路轉江疑斷，帆輕岸自移。青天餘一綫，握管笑同窺。

舴　艋

舴艋衝濤上，迎眸春色深。岊梨香吐玉，岸柳嫩拖金。簇簇村如畫，潺潺水似琴。何殊剡溪棹，乘興向山陰。

永安宮

灔澦鎖夔門，蕭蕭白帝城。臺荒叢鳥聚，人去埜猿鳴。江咽吞吴恨，山憐返蜀情。日斜魚復石，隱隱陣雲生。

萬　縣

艤櫂曙煙收，閒行古渡頭。山城分上下，古寺繞松楸。日色涵江影，角聲咽戍樓。天儛橋畔立，客路正悠悠。

碧霞宮

探奇攀絶頂，小憩碧霞宫。大地無由縮，諸天有路通。樵雲横澗白，漁火映江紅。逸興孤飛處，悠然憶遠公。

午　晴

空濛山閣下，一葉寄蕭疏。雨斷篷聲寂，風平水勢徐。漁歌潮落後，牧吹午晴初。遥望江天曉，浮雲捲太虛。

書　事

燕山幾載賦長征，蜀水春風鼓棹行。細雨平沙鷗鷺影，夕陽芳草鷓鴣聲。

其　二

買得孤舟鎮日間，臨流一枕聽潺湲。更宜雨後天開霽，山外白雲雲外山。

其　三

一片風帆信短檣，茶鐺書卷與奚囊。綸竿偶向煙波釣，風送山花水面香。

其　四

竹籬石徑野人家，貪聽黄鸝挽客槎。乂手行行山路遠，歸來衣袖染煙霞。

其　五

耶許聲同欸乃遥，相逢强半是漁樵。塵心不覺翛然净，獨坐平沙看野燒。

天都山

乘輿上天都，枯籐手自扶。鳥鳴岩谷應，僧立板橋孤。臺殿通霄漢，峰巒駕海隅。珠簾頻眺望，下有流沙覆水，形似垂簾。禪榻任跏趺。白鹿仙踪窅，青牛紫氣徂。碣餘蕺子筆，樓隱爛柯圖。曲水流觴潤，迴欄過客娱。澗深修竹滿，樹老蘚苔鋪。城郭時明没，雲山乍有無。登臨忘逆旅，嘯傲失長途。不識臨卭路，逢人問酒罏。

郁山鎮劉子甸署中

昔年分手悲燕市，此日開樽對郁山。幾載離情風雨外，半肩行李水雲間。身輕藥圃閑時種，署冷柴門竟日關。顧我長安游汗漫，浮沉無計鳥飛還。

涪　州

城郭枕山嵐，涪渝二水涵。客帆吾楚衆，勝地老僧諳。池上流杯遠，亭中喜道南。州有太白流杯池、程子點易亭。野人能愛客，結網下澄潭。

塗　山

縱目塗山頂，携樽憩小亭。野花隨路艷，幽鳥隔溪聽。二水縈襟帶，千岩列障屏。登臨忘作客，斜日沐前汀。

李渡鎮登西山訪雲眠上人不值

層層石磴碧雲齊，藜杖芒鞵此暫携。兩岸青山千尺樹，數家茅屋一聲雞。碑餘魚豖苔痕蝕，春老風煙草色迷。惆悵雲眠人不遇，斷橋流水漲平畦。

次韻别劉八

涪陵江上酒盈觥，送我扁舟孤月明。舊恨新愁人脉脉，落花風裏鷓鴣聲。

又

歌殘驪曲解行舟，無那春風逐水流。聚散人生原不定，相期還擬鳳皇樓。

宗明府重修太平橋落成詩以紀之

美人爲政意何窮，跨水成橋訝彩虹。自昔已邀駈石力，於今重數濟川功。高車每羡題司馬，納履無勞憶石公。一路棠陰歌蔽芾，無人不在太平中。

哭雷五源紹

一朝千古事難量，弱冠如君更可傷。劍躍延津波渺渺，鶴歸華表月茫茫。

其　二

雄才自信邁終童，萬里青雲愜素衷。昨日金門猶獻賦，姓名空載蘂珠宫。

其　三

椒漿奠罷淚欄干，繐帳風凄不忍看。揀得案頭餘手迹，墨痕瑩處未曾乾。

其　四

曾向郊原共探春，東山嶺畔大江濱。鶯花來歲操觚往，數遍同游少一人。

其　五

白髮星星堂上慈，揮殘血淚畫嬌兒。最憐台背扶笻叟，遠寄醫方尚未知。

其　　六

結褵幾載敬如賓，一夕分飛實慘神。孤鶴離鸞千古恨，幽明應自兩眉顰。

其　　七

應識身前是鄧攸，中郎無女更堪愁。可憐寒食荒郊外，麥飯何人灑故邱。

其　　八

哭兄哭弟幾銷魂，遺囑重重想未惛。相聚夜臺同話舊，年來世事不須論。

送友人北游

山城相送阻仙舟，聳壑昂霄在此游。璞玉韜光寧久泣，明珠照夜不輕投。風雲有象客青眼，聚散無端人白頭。燕市交親如有問，遥天紅日苦雙眸。

内兄王霈蒼夜集草堂彈琴酌酒予飲而醉有詩來嘲走筆戲答

弄罷梅花飄逸韵，更携竹葉鬬芳巵。催殘羯皷花來早，醉失銀河月上遲。敢效劉伶輕荷鍤，漫隨王績强裁詩。背城再樹糟邱幟，白接羅看倒著誰。

妓館僧輮菊步高居義韵

楚地花沾兩屐回，東籬移種向章臺。梵王宮外履霜入，燕子樓前冒雨開。風静繡簾秋夢爽，月明静土妙香來。霜根應是菩提種，踏遍紅塵不惹埃。

次賦得禪室美人韻

金蓮寶相久傳神，愛向祇園作化身。緑袖風牽翻貝葉，朱顔雨灑滌香塵。短墻忽度流鶯夢，慧月長輝對鏡人。色相渾忘成解脱，維摩天女共禪春。

雲南吴紹虞同年以詩見寄賦此答之

静掩衡門拄兩頤，牘竿萬里問栖遲。別君淚落猿啼峽，寄我詩成菊滿籬。高卧岑樓能幾日，重游帝里又何時。離思惟托深宵夢，楚水滇山恐路歧。

懷武當山羽客趙鳳山

誰似羅浮羽士賢，餐霞服日自年年。懶來丹汞爐邊立，愛去白雲頂上眠。數著殘棋更甲子，一聲長笛動星躔。何時能到華陽洞，得見洪崖笑拍肩。

送張華國公車

送君惟一笑，十載愧劉蕡。才豈閑中老，心緣苦處勤。馬嘶村樹合，雞唱旅人分。記取河橋柳，征衣染緑雲。

三游洞以白香山、白知退、元微之得名

化工留勝迹，騷客費登臨。碑碣存魚豕，壺天自古今。陰岩流水静，風磴落花深。撫景懷元白，他時共此心。

胡季孫山莊

幾年同硯席，風雨感離群。塵累誰如我，幽栖獨羨君。山光摇野色，日影亂波紋。醉後忘歸去，樽前起暮雲。

戲贈友人七夕前一日燕爾

巧奪秋光入翠幃，好將彩筆畫雙眉。鵲橋預渡銀河水，翻笑牛郎佳會遲。

又

白璧雙雙映玉堂，芙蓉初醉露珠香。來宵莫向鍼樓卜，天上人間各自忙。

過陳芥舟先生山莊

雲間茅屋倚山根，十里梅花静掩門。半嶺松濤砭俗耳，一溪鳥語喚詩魂。庚申夜坐談玄客，甲子人歸采藥村。廿載神游塵事隔，榻懸深自愧陳蕃。

癸卯赴都途次别田有賢游秦

二十年來客路長，荆南邂逅兩茫茫。榻連野店雞聲促，話共征途馬足忙。燕市有心仍問訊，秦關無事莫相羊。不知此後相逢日，可是他鄉是故鄉。

磁州道上

滏陽橋畔獨踟躕，取次經過十載餘。何處濯纓歌孺子，誰人弔古倚邱墟。一渠紅菡深藏鷺，夾岸緑楊穩跨驢。此去帝城知不遠，計程應到上弦初。

漏澤園

主聖臣忠自古言，麻衣何碍祖孫冤。周公疆土今何在，剩有高翔漏澤園。

夜過黄粱祠

浮生若夢本荒唐，何事勞勞逐夢忙。欲向盧生訪消息，又從夢裏過黄粱。

謁楊椒山先生祠

正氣從教白骨殘，讀書不負紫宸班。乾綱移處威權替，邊衅開時國步難。兩疏達天心胆裂，一腔瀝地日星寒。平生未了誰能補，還待忠魂取次完。

周侍衛麐滇南人乙未成進士出入禁闥有聲甲辰歲以疾終於京邸元配恭人蔣氏僅生一女凡附身附棺殯殮悉如禮越三七沐浴祭奠以身殉焉噫自古從容就義難而求之巾幗爲尤難恭人獨重大義視死如飴誠不朽事也爰占二韻以附諸君子後

誓將一死報生存，禮畢方完伉儷倫。半幅鮫綃懸晝閣，滿天風雨泣幽魂。家園迢遞關難越，旅櫬荒凉月易昏。料得夜臺重聚首，雙雙血淚染衣痕。

又

如賓相對幾經年，此際追隨續舊緣。了却三生同白玉，不辭一死赴黄泉。中郎有女寧論地，伯道無兒敢問天。剩得好辭光宇宙，曹娥碑在可同傳。

白　塔

虹橋曲曲繞平湖，塔勢凌霄景不孤。翠鈿車隨花外轉，青帘人向醉中扶。雲間宫闕鋪金碧，樹裏樓臺展畫圖。寄語天涯游勝客，蓬萊仙境滿皇都。

轉馬臺

螺盤曲徑轉輕車，昔日繁華一望餘。雲起臺端風起腋，却疑平步上清虚。

兔兒山

怪石嵯峨擬女媧，玲瓏曲竇接天家。高樓日暮游人歇，古木疏煙噪晚鴉。

贈張丹崖孝廉

三刖從來有，如君數更奇。生涯千笏墨，經濟一囊詩。寒盡鑪頭雪，閑銷局外棋。莫愁雲路遠，自有泛槎時。

秋　　夜

梧桐月上暑全消，一榻清風透綺寮。饒有餘閑書懶讀，頗無磊塊酒頻澆。蒼苔露重蛩聲咽，朱户樓高笛韻遥。静夜踟跌心萬里，夢隨司馬話題橋。後承乏瑞州，有橋曰欲題，城門額曰鐘秀，復與余名字相合，豈偶然耶！

萬柳堂

暫破塵埃到上方，無邊風物麗朝陽。幾年虚擲三春景，十載重過萬柳堂。岸草多情留客住，林花無語笑人忙。老僧擬結白蓮社，許醉瞿曇一辦香。

夏日同李炳如劉元吉冀一儒南郊野望

爲餞春光筆偶拈，物情暗與客情添。鳥啼深樹群芳歇，馬度平湖百草纖。竹裏遥傳僧寺磬，橋頭斜出酒家帘。歸來瀹茗同清賞，一曲熏絃入夢恬。

歲杪林光禄齋頭群芳吐蕊分賦得醒字

萬卉凋殘霜滿坰，高齋驀見數枝馨。移來蓮步嬌無力，望去雲鬟睡未醒。半榻清分仙掌露，一簾斜映水晶屏。莫驚此地春偏早，須識托根有徑庭。

喜陳鐵屋得古琴

嶧陽佳製重南金，閱盡滄桑歷歲深。塞雁一聲風謖謖，梅花三弄月沉沉。孤清偶入高人夢，疏越能傳太古心。莫悵成連仙去遠，天涯到處有知音。

立冬瑞雪擬應制

三至初回律，六花兆太平。天衢銀作界，金闕玉爲城。積素明仙掌，凝輝晃太清。豐年知有象，萬國樂春耕。

仲冬湯山扈蹕擬應制

靈池巧鑿玉泉開，温潤應從天上來。羽騎春隨空外滿，林花暖向臘前催。已歌《魚藻》欣游咏，更仰龍光喜溯洄。共沐恩波争獻賦，濡毫深愧子雲才。

圓明園直夜同高居義曹寧一限韻時丁未正朔之二日

直廬尺五禁中天，子夜春回喜最先。酒醉南山分玉液，人歸北院撤金蓮。栖枝鸞鶴聲相應，映月樓臺景倍妍。扈蹕慚非劉向職，也同藜火校書然。

圓明園侍直恭紀

鳳城晴日曉含煙，瑶圃春光分外妍。隔苑落花紅映水，沿溪新柳碧涵天。山牽翠黛凝宸幄，鳥哢清音入御筵。《魚藻》頻歌忘退食，乘槎何必羡張騫。

瀛臺候扇

靈臺籌盡景鐘長，就日官僚列雁行。天外鸞旌風穆穆，雲中虎衛玉鏘鏘。花低閣道迎仙仗，草襯宸輿接御香。深愧不才蒙聖澤，也隨鵷鷺肅冠裳。

西苑恭紀

芙蓉渠

芙蓉別苑接楓宸，塵世何緣得問津。萬頃湖光銀漢隔，香風遠引入青旻。

金玉竹其莖白質黄章，純而不雜，殊方所貢

紆迴竹徑彈煙鬟，碎玉渾金籜有斑。一點紅塵飛不到，數聲鸞鶴響林間。

宛轉橋

屈曲虹橋跨水隈，瀛洲迤邐接蓬萊。日光倒映金波瀉，疑是六鼇駕海來。

勤政殿

茅茨不剪帝堯居，無逸盟心聖德餘。旰食宵衣稱際盛，神游萬里入華胥。

迎熏亭

阜財解慍壓宸衷，迎向南熏趂好風。滌盡炎熇游化日，高亭一氣萬邦通。

瀛臺閣

瓊樓矗矗插層雲，琪樹瑶華端彩分。民力不煩魚鳥静，靈臺何必頌周文。

陶然洞

玲瓏曲竇五雲連，小却華陽洞裏天。信識皇躬游豫日，萬方臣庶盡

陶然。

八音樓

聖德含弘律吕調，八風平處奏雲翹。有時玉振金聲歇，竹韻松風總舜韶。

鎮海祠

鵬溟蛟室接銀河，昭代靈英感應多。渤澥狂瀾歌永奠，鯨鯢萬載不揚波。

木變石木形石質，西洋所貢

何年喬木幻雲根，鳥篆龍紋萬象屯。移向瑶臺親御座，須知頑朽盡沾恩。

保和殿之東有歷代帝王像西有歷代功臣像黄封金鐷藏貯維嚴每逢秋爽拂拭典至渥也余待罪清班久切瞻仰丁未歲之七月望五日適逢其會敬成二詩以紀其事

群龍飛馭已多年，出震精神筆底傳。劈破洪荒昭太乙，拓開錦繡奠山川。聖心不逐乾坤老，明德還同日月懸。幸際熙朝崇往代，如從金闕拜諸天。

又

曾於青史仰芳蹤，今向金鑾謁畫容。凜凜鬚眉千載動，堂堂袍甲五雲封。春秋俎豆陪清席，帶礪功名勒景鐘。顧我才非投筆吏，欲回瀚海盡朝宗。時澤旺越嘆海負，固有煩天討。

王氏西園

鳳城東去枕河堤，門掩藤蘿徑欲迷。洗耳流泉隨地轉，科頭老樹與雲齊。煙開藥圃人初斷，路近花郵馬自嘶。笑我才非摩詰侶，恍疑身在輞川西。

其　　二

誰識此中别有天，紅塵飛不到莊前。暫抛人世三春夢，來結湖山一段緣。煙雨半簾僧對奕，苔英滿地鶴同眠。幾時移築山陰道，了我初心竹數椽。

哭從兄芸野

客中日日望平安，誰料清臞骨已寒。從此幽明成永訣，寸心何處勸加餐。

其　　二

春初一紙墨猶新，擬束輕裝上紫宸。古道寒蟬消息斷，猶從月下望車塵。

其　三

握手江干欲語遲，許多心事有誰知。可憐青草灘頭夜，即是生離死別時。

其　四

肩隨俱是少年人，取次凋殘盡鬼鄰。地下如逢兄弟輩，莫言親老更家貧。大兄、四弟、六弟相繼早亡。

其　五

功名泡影付東流，寡婦孤兒愿未酬。料得臨終心不死，幾多血淚洒床頭。

其　六

高天厚地總傷神，尤恨生前不了身。撇下老親年八十，白頭頻送黑頭人。

其　七

鵲鴒誼重本無文，當哭長歌心似焚。日暮天涯數行淚，隨風萬里到孤墳。

蹉跎八載僕人星散走筆戲遣

散盡金錢復散奴，天涯匏繫一身孤。多情剩有殘書帙，歷遍炎涼尚在厨。

其　二

黄昏手自搒紫荆，羸馬長嘶似有情。兔走烏飛人已遠，無心開口尚呼名。

其　三

豢養年來一旦休，落花飛絮水空流。海山使者歸何處，不及公權有海鷗。

其　四

備責苛求曾未曾，相看如子反如冰。可知種橘丹陽守，千樹木奴尚可憑。

其　五

露宿風餐去路遥，關山叠叠雨蕭蕭。夜來茅店雞聲促，莫説官家又早朝。

其　六

家園相伴又都門，誰料今宵一不存。自笑才非蕭潁士，莫言若輩盡忘恩。

毛母節烈蒙恩旌表詩以紀之

兩間有大節，死生而已矣。貪生不知辱，畏死不知恥。恥辱兩無存，斯人絶生理。古道既云遥，芳型寖以弛。維彼名教中，伊誰傳青史。壯哉毛太君，系出周之氏。清惟冰可方，潔惟玉可比。年少遭亂離，苦節堅自矢。有胎難自保，携幼不肯委。其計將何之，墜石與俱死。豈不愛此生，身死名不毁。我讀古人書，嗟嗟乏清士。乃知天地間，死榮尤足喜。太君去矣邈，天眷無時已。松柏老青山，蘭桂芬閭里。九重來帝命，一死爲之始。

和涂小蘧往富莊驛訪張百山韻

曉露浥輕塵，清風送客身。富莊今夜月，燕市昔年春。芳草遥迎馬，山花解應賓。懸知張仲蔚，杯水見情真。

送張冠南奉命葬親

八載鵷班待漏同，一章泣奏大明宫。思親夢斷青天月，戀闕心懸紫禁風。馬鬣封時龍在耳，牛眠卜處鶴騰空。《蓼莪》更有門人廢，還擬凌煙早建功。

辛亥秋送涂小蘧同年之任豫章

幾度與君頻送客，今番客裏送君行。莫嫌白酒情同薄，且喜黄花晚更榮。路過山依三户近，時來風掛一帆輕。懸知鈐閣連藤閣，潭影閑雲無限情。

江南道中登小孤山甲寅九月

落帆彭澤岸，來上小孤山。砥柱迴狂瀾，江天立大關。樓臺鼇背外，吴楚犬牙間。無數忘機鳥，飛飛自往還。

彭澤懷古

徵士今何在，山高彭澤深。秫田無故迹，官柳有餘陰。甲子人間曆，羲皇世外心。案頭《歸去賦》，猶得仰徽音。

登采石太白樓次壁間韻

千古文章伯，開元社稷臣。氣吞高力士，心折永王璘。放眼河山小，銜杯天地春。至今牛渚月，長伴謫仙人。

題舊縣迴龍閣

古閣號迴龍，停橈訪六宗。風鳴林外塔，泉冷澗邊松。地僻禪逾静，僧閑老更慵。山門長不開，一任野雲封。

荻　港

鶴水風相引，紆徐徑欲迷。人煙山市北，帆影石橋西。花氣通郵囿，波紋漾柳堤。行行忘近遠，疑是武陵溪。

長山磯早發中途遇風仍回舊泊戲遣

維舟高柳外，信信水西隈。解纜争先發，迴橈趂後來。山僧尋舊局，鄰舫折新醅。應是天留客，孤帆去又回。

望廬山

山光浸遠帆，南斗影相參。五老顔如霽，四仙迹少諳。紫霄留禹刻，白鹿敞經函。寺以栖賢勝，橋聞招隱慚。劃雲雙劍矗，飛瀑萬峰涵。鳥覰芙蓉漏，樵炊薜荔龕。金輪燈冉冉，佛影竹毵毵。客過猿啼峽，僧歸月照潭。洞天傳第八，梁石倒垂三。夢繞青松社，宋元豐間，真净文禪師住歸宗，與周濂溪、黄山谷結青松社，以踵白蓮，疏鸞溪以擬虎溪。腸迴白髮簪。往來憐塞雁，縮縛笑吴蠶。靈運心雖雜，遺民志不貪。鐵船何日渡，玉露有時甘。去去頻回首，雲屏掩翠嵐。

宜昌李太守調任臨江

相門才子拜恩頻，琴鶴翛然萬里身。但使心頭民樂業，不愁厨下釜生塵。洪州有慶迎廉范，峽水無緣借寇恂。却喜筠陽連五馬，仁風重得挹芳鄰。

華陽鎮早發

華陽古渡曉風催，十葉蒲帆一半開。岸岸秋山看不盡，小孤纔過大孤來。

水月禪林在湖口縣石鐘山之後

信步來幽地，僧閑境自偏。石鐘鳴夜月，春雨泛湖天。未覺三生夢，休參一指禪。他時琴與鶴，重破嶺頭煙。

湖口早發

湖口舟初解，汪洋路正長。四圍山色變，一派野雲忙。風急帆如駛，濤翻水似湯。宫亭遥在望，倏已過南康。

百花洲

幾年江右客，今過百花洲。天遠山如黛，湖寬寺若浮。捫蘿尋古碣，倚石數輕鷗。日暮高亭上，清風爲小留。

對月悼亡

疏星淡淡月溶溶，寒浸春衫豈是風。記得南園貪看處，潛携半臂過花叢。用宋子京事。

其　二

萬籟無聲月滿鈎，盈盈曾照玉搔頭。夜深一樹梨花影，疑是携琴上小樓。

其　三

淚眼愁看皓月圓，思卿不見意懸懸。慇勤試向天邊問，可共離人照九泉。

代内憶親

别淚盈盈不忍彈，恐傷親意强爲寛。無情最是吴江水，載得輕舟過遠灘。

其　二

纔喜團欒笑語温，一聲歸去黯銷魂。夢中不識三湘路，也逐飛帆到里門。

其　三

年來定省已全疏，千里恩情一紙書。升斗未能承色笑，封侯夫婿又何如。

其　四

掐指高堂已古稀，妾身難著老萊衣。宦游如海親如日，怕見疏林帶落暉。

丙辰夏代篆銅皷書事

小篆經旬鎖，重門竟日關。未邀三品綬，且得暫時閑。移榻依高樹，開窗納遠山。昔年燕市草，乘興手頻删。

其　二

案牘隨時遣，得閑且暫抛。開軒看鶴舞，設局待僧敲。守口圭三復，安身謙六爻。山殽兼野蔌，即此是烹炮。

其　三

曉日窺窻上，披衣獨起時。爐煙封燕户，花露點蛛絲。事簡成予懶，囊空應客遲。莫言山署寂，明月伴題詩。

其　四

颯颯凉風至，虛堂暑氣清。雲低攤竹杪，雨細濕苔英。濁酒邨前貰，枯琴石上横。捫心無寸補，何以答生成。

圓明寺

策蹇過圓明，峰回路轉清。諸天纔有象，萬籟已無聲。雲懶常栖鉢，泉流直瀉鐺。老僧多解脱，趺坐話無生。

其　二

久坐忘煩暑，閑行破翠微。松陰酣鳥夢，花雨逗禪機。水遠杯難渡，山空錫自飛。笑余空鹿鹿，又逐野樵歸。

許别駕樵香招賞桂花同學博趙元任分賦

仙吏閑招飲，素心欣與同。甕開殘臘酒，盤襯晚秋菘。桂子飄筵上，天香入座中。漫歌小山曲，攀援有文翁。

夜過許别駕郡齋彈琴口號

爲訪知音者，翛然晚抱琴。數聲鷗鷺引，一曲水山心。簾幕香猶裊，梧桐月漸沉。多君能賞識，不羡廣陵深。

和許樵香見贈韻

識得琴中趣，蓬萊可卧游。松風三友合，星月一亭幽。大雅人雖渺，高懷韻尚留。曲終閑把酒，露冷碧山秋。

許別駕以菊招飲夜出家樂漫成四韻

望裏南山入夢思，忽聞招飲過東籬。捲簾饒有三秋色，索句慚無五字詩。緩弄梅花邀瘦影，細傾竹葉伴寒枝。燒燈更按涼州拍，絶勝陶家獨把時。

趙學博枉過署園接桃戲題以贈

灼灼公門茂，蓁蓁玉洞斜。携將天上種，來接武陵椏。時雨滋新蔕，春風鼓嫩芽。三千仍結實，曼倩不須嗟。

苦　雨

九十春光剩幾何，涔涔强半雨中過。鶯聲聽去枝頭少，花事看來水面多。耐可閑游惟酒國，差堪作伴是詩魔。何時一霽青郊外，試馬垂楊踏軟莎。

冷　雨

冷雨暗疏窗，蛟龍鬬未降。浮階難渡螘，入夜易驚尨。絲漫琴聲細，苔融屐齒雙。由來鄰澤國，天漏説西江。

晴　郊

孤枕停檐溜，虛櫺透日光。攬衣林鳥唤，按轡野花香。潦水争橋道，墟煙散石梁。前邨有僧寺，清磬度微茫。

觸　目

觸目風光興轉賒，馬蹄閑駐問桑麻。緑拖柳帶鶯梭巧，香染芹泥燕剪斜。浦面雙罾漁子艇，林間一徑野僧家。歸來冰署逢迎少，午倦抛書自碹茶。

承　乏

筠陽承乏四年餘，一榻清風伴客居。問字雖無人載酒，捲簾時有鳥窺書。遥分泉脉滋欄藥，頻爇芸香走壁魚。明月不嫌官舍冷，長隨琴韻到階除。

其　二

空齋闃寂似山家，案牘無多早放衙。聲颯颯來風弄竹，影離離去月移花。陶情閑把安仁賦，破睡親煎顧沚茶。寸禄偶叨難報稱，幾回搔首望天涯。

大姑塘贈鄭夢九

不求聞達不逃名，流水行雲寄此生。除却醉眠無箇事，白泉寺裏聽松聲。

又

楳枯鶴瘦有餘清，山水仍歸月旦評。户外香生書帶草，高風不愧鄭康成。

丁巳舟次大姑塘阻風戲遣

匡廬在念幾經秋，五老峰前且卧游。應是山靈遲客駕，故令風伯阻行舟。

其　二

遮莫馮夷駕巨鼇，鯨波鼉浪鬬分曹。疑將天上銀河水，添作宫亭萬頃濤。

其　三

石梁何處訪吴公，桂露空傳飲老翁。焉得世雲白羽扇，乘風飛過蠡湖東。

其　四

强揭篷窗踏翠苔，大觀亭上獨徘徊。一行歸鳥衝雲去，萬點飛帆破浪來。

觀　瀑

石門瀑布劈山開，神雨神風鼓迅雷。欲繪真形何所似，玉龍飛下九天來。

吴　城

帆落吴城客思清，望湖亭上望湖平。風恬浪静晴光灧，舟在芙蓉鏡裡行。

題瑞州譚司馬畏壘吟後

碧落堂前借巨霶，劈開銅鼓應辰星。鄧子龍《銅鼓石詩》有“上應北辰開帥府，撑住乾坤奠吴楚”之句。山頭初見人耕火，林下時逢犢挂經。宦海冰霜心共白，離亭雲樹眼同青。可知醇澤濃於酒，飲遍三城醉不醒。

壽元任趙學博

廬山插紫旻，盱水接龍津。靈秀鐘賢喆，乾坤篤偉人。系傳周鼎盛，家珥漢貂新。帷下身如玉，書成筆有神。步蟾凌桂魄，射策動楓宸。將毋勞歸夢，封章辭近臣。群蒙開聖鐸，一檄慰慈親。化雨滋虔杏，初任贛州，起復瑞陽。春風拂瑞筠。典衣文會友，割俸苦留賓。立雪門常滿，眠花犬自馴。南豐香瓣瓣，東道士振振。絳帳寒秋月，鱣壇煥席珍。只愁心未了，不問釜生塵。喜我叨蘭契，交君似飲醇。柳營仁是里，藜閣德爲鄰。素位酬天爵，絃歌托此身。清芬泉乳合，賞析往來頻。洗耳琴三弄，論心酒數巡。臞臞同瘦鶴，矗矗並靄椿。陋彼千般幻，逢人一點真。淡容呈老圃，紫氣占揆辰。瀟灑登仙籍，瑽瑢秉國鈞。聖朝重耆碩，霜髩穩蒲輪。

竹

瞻彼青青竹，珊然玉一林。初生即抱節，到老更虛心。翠葉干霄上，霜根歷歲深。此君真脱俗，千載有山陰。

次施太守棠郵使滇留別韻

惠露仁風滿建城，冰壺朗朗逼人清。一符初拜三�命，五馬隨爲萬里行。浩蕩煙江鷗鷺引，參差茅店柳花迎。碧山到日應回首，楚水滇雲無限情。

次登錦水奇觀樓韻

巍然一閣枕江流，刺史公餘此躉游。橋鏁青虹横跨郭，波摇紅日倒垂樓。兩城煙火明於畫，一帶雲山淡若秋。傳道仙風留玅墨，新奇千載使人搜。

次雨中九日登巶然閣韻

落帽風高蕩遠空，巶然閣外雨濛濛。山如眉淡添新翠，楓似丹成洗舊紅。黄草臺前無戲馬，碧雲天際有飛鴻。韓公題後秋容壯，歲歲寒香滿徑中。

次至日過村前宿大慈菴韻

景物初逢一線添，鹿車迤逞過村前。日窺凍雪明還暗，路繞迴溪斷更聯。嶺外數聲山犬吠，林間幾點寺燈然。慈雲廣被三千界，肯信筠州雨露偏。

戊午先慈見背請假歸里偶過姜孝祠有感

幾行枯淚黯江流，羞過蘆林古渡頭。殘碣昜增陵谷恨，甘泉難洗古今愁。慈烏林外聲聲血，孝子厓前淡淡秋。留得此身身漸老，思親報國兩悠悠。

別親之任

傷心母氏墓門寒，忍別高堂淚不乾。五斗虛隨毛義檄，一帆愁過武牙灘。囊空儉歲真非易，人老離親覺更難。最是煙波兒已遠，日斜猶自立江干。

別　兄

扁舟江上黯傷神，雲際孤鴻隔紫旻。半世浮名尋鹿夢，十年大被冷車塵。莫嗟面目今非昔，須念肝腸老更真。陟屺興悲俱已矣，承歡尚有白頭親。

過東林寺

匡廬環抱古東林，十八高賢何處尋。蓮社尚留陶令碣，虎溪猶見遠公心。泉分三疊茶煙裊，松偃六朝佛影森。日暮肩輿重回首，數聲清磬隔雲岑。

登小孤山絶頂

小孤山截水雲齊，鼓櫂來游日未西。古佛岩頭栖衲子，靈鼉海上駕丹梯。午鐘初動諸天近，絶頂中分萬象低。趺坐不知歸路暝，手扳星斗下招提。

讀岳鄂王金陀編有作

肯信偏安志已盈，故教萬里壞長城。黄龍未遂生前飲，青史空垂死後名。三字冤沉千古恨，二宫魂斷兩河旌。墳頭剩有南枝樹，風雨猶聞破虜聲。

其　二

十載勤王一紙隳，賊秦堪恨又堪悲。如知南鄂封王早，應悔東窗縱虎遲。慘淡離魂憐馬角，海天忠憤冷龜兹。祠前俎豆階前鐵，遺臭流芳萬古垂。

抵章門喜晤賈元輔

宦海萍踪各一天，人生聚散豈徒然。今宵共酌西江水，回首長安廿四年。

湖口早發

早發南湖口，江平二月中。路因來往慣，船喜舊新同。柔艣欺春水，輕帆飽夜風。寺鐘何處動，已泊皖城東。

夜　發

斜月挂城隈，蒲帆趁夜開。夢尋幽處續，春向客中催。漁火當窗見，潮聲入枕來。長風堪破浪，愧乏濟川才。

曉　望

旭日盪清流，煙波四望收。遥帆天際没，遠樹水中浮。雁度寒江口，人蹲古渡頭。年來城府盡，乘興泛虚舟。

滃港阻風

曲港藏舟穩，閑行杖古籐。過橋尋酒肆，隔水喚漁罾。翠拾田間婦，樵歸嶺上僧。怪來蹊徑熟，想被阻風曾。

觀暴風示廣濟寺長老

鐵騎奪崑崙，雷霆出島門。聲摇山影動，氣束日光昏。吼樹翻栖鳥，掀濤走大鯤。何如登岸者，趺坐静忘言。

又

石尤晝夜騁威稜，鳩水維舟仍復仍。岸柳漸低潮有信，篷窗徐朗月初升。閑眠洗耳聽啼鳥，枯坐暝眸學定僧。乘興文昌樓上望，大江東去浪層層。

登采石太白樓

青蓮祠古倚山開，漫道長庚去不回。絶代風騷歸供奉，宜人眉宇動樓臺。江東縱飲非酖酒，亭北題詩豈禍胎。千載潮聲過采石，宮袍猶疑跨鯨來。

喜許培元夜過寓齋話舊兼以誌別

北闕三秋別，江南二月逢。十年關塞夢，一夕景陽鐘。各有終天恨，難留宦海踪。片帆懸浦口，回首暮雲重。

燕子磯

燕子磯頭燕子飛，舊時王謝是耶非。呢喃如話六朝事，又向鐘山破翠微。

儀　　真

儀真帶水接天潢，柳岸沙堤列萬檣。不盡東南財賦足，珙球萬國有梯航。

黄泥夾

黄泥夾口解吴舠，喜趂西風逐早潮。萬里海天望不盡，船頭幾點是金焦。

金　山

肯負濡中第一泉，留雲亭上雨連天。莫嗟泥阻登山屐，留待他時結後緣。

鎮　江

鐵甕城高羽騎屯，天家設險奠中原。東南疆理多雄鎮，控海襟山第一藩。

丹　陽

牙檣錦纜共飛揚，宛轉吴歌兩岸長。行到丹陽人乍静，繞成分水利舟行。

無　錫

曲沼方塘處處連，樓臺花柳水中天。會心頓覺滄洲近，活火親煎第二泉。

姑　　蘇

七里山塘一徑通，姑蘇城外水溶溶。莫將往事論成敗，惟聽楓橋夜半鐘。

庚申春莫偕王述遠易青標劉紀熊江同年鈞扶游西湖口占數截聊志一時之興唐突浣紗人不顧也一笑

湖心亭

千古清奇一鏡開，湖心亭上暫徘徊。澆懷何必凌滄海，座上波光面面來。

聖因寺

聖因樓閣彩雲屯，澤永湖山鳳藻尊。僧老箇中真佛子，人游此地半仙根。

放鶴亭

放鶴亭前野鳥窺，梅花落盡子空垂。逋仙去後風光冷，主管湖山近屬誰。

照膽臺

萬頃波光澈底清，鬚眉朗朗鑑如生。惟餘一點春秋胆，不假西湖照始明。

岳鄂王墳

風波幾度費心神，錬就乾坤不死身。長跽墓門何爲者，聊將頑鐵作金人。

賢王祠

曾受賢王一顧恩，十年扈從侍金門。此來如對藏書閣，怡親王閣名。水色山光欲斷魂。

蘇公堤

長堤如帶柳如羅，畫舫雕鞍此處多。行盡六橋歸路晚，夜來魂夢繞煙波。

西湖雨

恰值空濛景亦新，多情西子晚粧勻。他時載酒晴明候，莫負蛾眉淡掃人。蘇長公西湖詩云："水光瀲灧晴方好，山色空濛雨亦奇。欲把西湖比西子，淡粧濃抹總相宜。"

釣　臺

七里灘前想渭濱，開周猶是釣魚人。客星未入飛熊兆，一笠煙波老富春。

蘭溪同諸公飲江同年舟中即事

連檣濟瀫水，春雨怒濤生。人自天涯合，船從樹杪行。高談開遠嶂，豪飲走長鯨。莫負同舟約，聯驃帶礪盟。

衢江夜泊

衢水維舟夜，閑行一散襟。春聲夾岸遠，漁火入江深。春氣蘭成畹，香風橘滿林。常山明日到，歸夢逐雲岑。

常山道中

曉入常山道，行人似線牽。屏峰分戍火，屏峰關浙江、江西二省交界。茅店接炊煙。長路水千曲，輕裝雲半肩。籃輿方佇足，又泛玉溪船。

飲上饒劉參戎官閣兼賞瑞芝漫成二韻

舴艋初投岸，旌麾已在郊。燈前飛玉斝，花裏擗蘭肴。善政逢人道，新詩對客敲。醉歸猶眷戀，斜月挂松梢。

其　二

聞道靈芝産，兹來足大觀。一莖呈虎帳，萬里兆鵬摶。是歲公子成進士。黄石形堪擬，青雲秀可餐。栽培天意篤，莫作等閑看。

贈同年段全菴任本省參軍

聲價當年重御班，承恩特簡鎮鄉關。雲開虎帳軍容肅，月滿琴樓鶴夢閑。筆底文章涵贛水，胸中兵甲壓廬山。伫看奏績彤庭最，同譜叨輝霄漢間。

次張東川寄懷元韻

北窗一枕夢魂舒，花裏香風逗洛如。遥憶百城探索遍，緑陰閑看圯橋書。

其　二

漫狎煙波鷗鳥盟，蟠溪垂白有弓旌。魯陽三舍戈仍在，莫放西山日易傾。

其　三

山深林静日遲遲，自揀床頭晝裏詩。乘興采芝供午饌，松醪一醉更同誰。

其　四

薄宦從人笑暮遲，枯梅瘦鶴結心知。匣琴不向王門啓，露冷碧山望子期。

其　五

秋水爲神玉作胎，茂先原是掞天才。詩成赤帝迴炎馭，挾得風霜字裏來。時六月朔六日也。

庚申夏陳鴻儀枉過署齋予適有贛上之行俚言志別兼訂後期

忘年交我情何深，十載相思一櫂尋。相逢不話升沉事，急掃花陰聽我琴。聽我琴，横緑綺，開我蓬心豁君耳。海上成連慣移情，山外山兮水外水。水酌西江清且漣，不勞吴子咏貪泉。自斟斟客皆此味，相對瓦爐一縷煙。煙斜日暮身不倦，細雨芭蕉聲滿院。有時雲破月光瑩，猶把圖書看幾卷。羨君龍馬精神旺，蠅頭細楷鐘王上。兩脚能開五岳雲，不假壺公葛陂杖。鉦骨稜稜是后山，不逢知己懶開顔。夜深猛記心頭事，野鶴高飛不可扳。君去我留發浩嘆，歸期莫待菊花殘。仙侣洪崖暫盤桓，夢魂先繞十八灘。

長夏即事

長夏清閑愧素餐，輸他陶甓太煩難。殘書補就心方穩，訛字明時夢始安。偶爲池魚添嫩藻，頻遷窠蟻出叢蘭。熱腸不碍冰心冷，户外澄江六月寒。

庚申秋夜

爽氣滿衣巾，胡床坐漏頻。秋聲先到樹，虫語漸親人。皓月依南斗，明河静北辰。百年已過半，是歲余登辛。搔首愧青旻。

九日夜登左蠡

恐虛佳節漫題糕，向夜登山興轉豪。左蠡月明峰影瘦，揚瀾波冷雁聲高。科頭露坐休疑孟，繞砌孤吟不姓陶。欲傍素蛾借秋色，須憑北斗泛香醪。

銅陵早發

銅陵月上夢初還，纜解蘆花起白鷳。一葉舟輕風又正，片帆斜日過三山。

秦　淮

望氣徒爲耳，鑿山事更垂。六朝猶夢幻，二世自風霾。洲壅沙崩岸，潮回荻露荄。惟餘舟子輩，來往話秦淮。

庚申十月陪趙廣文往弔吴太史公太先生馬上口占

文星一夜落江干，破曉束芻共據鞍。珠嶺霜摧紅葉醉，易山人去白雲寒。圖書以外無長物，模範之餘有大觀。天上如瞻松雪句，趙公先有輓聯。玉樓含笑寫冰紈。

薄莫同趙廣文過伍橋家山

一鞭斜日遠相從，鄭杜風流同未同。緑水青霄山宛轉，恍疑身到五橋東。

其　二

狂歌醉舞夜如何，流水白雲處處多。可信吾廬塵榻在，溪橋風雪又重過。

次宜豐毛書雲栖蓬元韻

門前老樹幾千株，案上藏書日作徒。但使鳳麟堪世瑞，何妨牛馬任人呼。浮雲萬變觀心性，秋水一泓照髩鬚。仲蔚栖遲聊自得，蓬蒿有路到蓬壺。

次禮賢精舍元韻

斯人方解禮斯人，往古來今一點真。麥飯半盂堪寫意，梅花一夜可傳神。飛潛不碍金蘭契，吐握寧關笑語親。四壁清風三徑月，疏簾高卷絶纖塵。

次非非菴元韻

是非非是待如何，菴結非非取次過。法外象龍新佛子，字中衣鉢老頭陀。卧游六極湖山小，静了三餘歲月多。翻笑雲亭徒自縛，草玄嘲白總成魔。

次張東川寄懷元韻

林泉深處有虬鸞，偶過靈湫下翠巒。掉尾波閑三島近，蜚聲天外九霄寒。曲蟠似伴東山謝，冲漢如親北斗韓。笑我緑陰虛片石，雪泥痕爪眼空酸。

其　二

解頤何害更言詩，宦迹年來愧杖藜。青髩忽驚粘雪早，白雲應笑返山遲。時親鏤刻頻呼酒，未向玄門一問奇。争似巨卿與元伯，結言千里定如期。

其　三

清時莫漫感沉淪，泉石經綸轉眼新。换骨有丹身是藥，宜人非酒醉如醇。一犁霖雨辭莘野，夾岸桃花送道真。却憶奚囊又成帙，寄余佳句且頻頻。

冶鎮臺翠嵐軒落成詩以紀之

鈴閣層軒結搆初，翠光嵐影滿階除。窗迎葛道懸丹井，簾捲桃源倒碧虚。揖客高談當世務，退公細讀古人書。慚余匏繫西江遠，簪筆何緣傍綺疏。

仲夏雜咏題終養詩卷後

片羽已吉光，況乃闢錫類。置之飽蠹魚，拂之滋内愧。

對　月

人愛月光明，我嫌月色拙。如何仲夏時，照人滿頭雪。

梳　髮

呼兒梳短髮，含笑少而歪。唤起高堂夢，昔曾似箇來。

風　琴

壁上琴絲漫，囊中韻不清。掛向南窗外，風來時有聲。

聞　説

聞説青青柳，無情似有情。不隨沙叱利，曾否憶韓翃。

庚申八月壽朱太守

鳳閣雞林播遠音，三朝出入拜恩深。文章司命英雄彀，豸史威名古佛心。五馬晝嘶秋水澈，一琴夜對碧山岑。駐顔不假金莖露，歲歲天香酒滿斟。

辛酉八月予告終養舟次吴城登望湖亭有賦

一帆斜掛古彭蠡，湖上孤亭取次躋。秋水平鋪吴地盡，是月水漲異常。遠山横襯楚天低。浮雲渺渺風方北，倦鳥飛飛日未西。壯歲乞身蒙聖澤，高堂春酒正堪携。

星子阻風

莫道風多阻客舟，翻因風阻得閑游。落星臺畔霏霏雨，醉石岩前淡淡穮。稚子偶牽尋古寺，老妻相對數輕鷗。何須夢逐鄉江路，一出筠州即峽州。

九日湖上

去年左蠡夜登高，今歲揚瀾掣巨鼇。兩度重陽湖上過，放開雙眼看波濤。

其　二

八月歸帆出建州，那堪重九滯湖頭。西江未了因緣在，不用呶呶怨石尤。

發南康

十日南康郡，匡廬作別遲。馮夷如有意，行客豈無辭。去去開三徑，休休合四宜。司空圖云揣分、量才、老耄三宜休，余有老親，故云四宜。回頭謝五老，不要北山移。

赤壁口占時辛酉歲之九月念四日

鏖兵此地是耶不，誰向東坡續舊游。百雉層城橫赤壁，一江流水鎖黃州。山高月小人何在，木落霜寒歲又秋。讀罷豐碑重回首，數聲孤鶴掠余舟。

哭亡兒遵

淚盡三江口，魂銷可意兒。書聲猶在耳，墨迹尚凝池。恨病親求藥，寬余强問著。那堪風雨夜，從此永相離。

其　二

一歲喪慈母，相依十載身。忍將心上肉，拋棄大江濱。慧性憐師傅，靈心泣路人。舟子亦垂泣不已。臨危猶慰我，好侍白頭親。

其　三

解纜還惆悵，西風似惜群。事後阻風連日。愁雲迷野岸，泠雨洒孤墳。坐卧誰相伴，音容忍暫分。寸心如烈火，筆硯欲俱焚。

其　四

仗汝娱遲暮，寒氈可再青。豈知余蹇劣，難載汝寧馨。問難存餘味，云亡有剩靈。開船遲滯者再，若有物負者然。圖書束高擱，愁見《醴泉銘》。歐陽詢《醴泉銘》兒所習臨。

其　五

最是傷心處，孩年勝老成。一抔今永訣，千里早吞聲。解事先倫輩，分甘後弟兄。入門愁白髮，不見阿遵迎。

其　六

底事真難測，茫茫欲問天。如何離褢日，即是斷腸年。歿日即生日。客路歷三省，生於北京，長於江右，歿於黄州。他鄉歸九泉。情根如未絶，重結再生緣。

辛酉冬顧贊如招賞臺梅同陳夷白即席分賦

羅浮仙子絶纖塵，簇簇芳心更吐唇。月落參横情未已，雙呈笑靨伴幽人。

其　二

平生痼癖嗜梅花，乍見臺楳興更賒。應是花神憐我老，故將春色叠重華。

九月朔日隨家大夫放舟雙溪口號

去年今日九江西，夢繞鄉關路欲迷。今侍老親舟上宿，一鈎新月照雙溪。

其　二

廿年薄宦别林垌，此夕松窗醉醁醽。可信子由菜根味，餐來絶勝五侯鯖。

其　三

肩挑背負自成群，各各争先到夜分。曉揭篷牕江上望，一行人破遠山雲。

其　四

雙帆穩載過荆門，八口無勞慮飽温。親健身閑年大有，寸心何以答皇恩。

雙溪庄省太恭人墓喜晤程亦園步周三昆仲兼挽乃翁程以時

予告歸來省墓門，春風噓拂滿隣村。可知明道淵源久，萬頃澄潭月一痕。

其　二

訪舊重登百尺樓，寒鴉衰草動予愁。昔年載酒人何在，惟見長溪水自流。

癸亥五月王琢章觀瀾樓落成次陳允讓元韻

開軒迎爽氣，觀瀾集名流。座上千峰入，林間五月秋。黄陵迴水寺，青草下灘舟。不盡移情處，瑶琴響夜樓。

其　二

濯濯倚垂楊，流紋寫曲廊。直將濠濮想，幻作輞川莊。洲塞連三峽，江城插萬檣。長歌后山句，珠玉滿滄浪。

次韓其章三游洞元韻

風塵久阻問津船，元白遺踪古洞天。廿載山歸雙屐懶，三游人去一帆懸。荒荒日冷劉苪戍，靄靄雲迷玉井泉。幾度沉吟望峽口，子蒼新句好重鐫。

其　二

今古同游説大觀，翠光嵐影浸人寒。洞尋石髓供杯酌，碑洗苔紋逐字看。幾處樵擔山徑晚，數聲漁笛夕陽殘。放歌歸櫂春濤緊，驚起江天鷺一團。

癸亥十月客渚宫偕曹端揆向西京王思贊城南偶眺漫賦

氣吞南北古荆州，蜀水吴山控上游。千騎羽林天外駐，萬家煙火望中收。長堤迤逦連三市，遠浦微茫暗十洲。日暮高城同極目，西風何處仲宣樓。

輓雲笠上人

再到如來笑一場，虎溪人去月蒼蒼。經樓有句憐予拙，三十年前和雲笠参柏樓句尚存壁間。竹柏無言笑客忙。廿載宦游雙鬢雪，三生公案半爐香。即今饒有東林派，愚鄰、焕霞俱雲笠法徒。擬結白蓮社未遑。

冬月朔日即事

無端止水起波濤，蜃市樓臺拔地高。一掃鯨鯢看永奠，指揮風月属吾曹。謂曹端揆。

其　二

常言衆口鑠精金，誠可回天始見心。此夜荆州一杯酒，阿儂端爲萬人斟。

其　三

一星星火萬重山，座上欒巴噀雨還。喜極翻成愁不寐，卧聞落葉打禪關。

壽王外翰八十

小憩如來古寺清，恰逢槐里慶長庚。楓林遠繡方平石，霜月遥聞子晋笙。自有心傳開後學，從無手札到公卿。躋堂好醉東皋酒，一出磻溪隔楚城。

渚宫歸家省親留别王向曹仲諸子

握手遲遲思不禁，諸君共識倚閭心。目隨二别風帆遠，夢繞三湘雨雪深。雁度青楓頻寄意，樓高黄鶴且閑吟。歸家滿伫千壺酒，至喜亭前好酌斟。

亡妾卒日兼憶亡兒遵

幾年衰草冷孤墳，南北重泉子母分。地下有兒隨静婉，人間無路覓朝雲。長安月共三春夢，江右鴻抛萬里群。如許傷心書不盡，滿天黄葉斷腸文。此詩成，頗自疑抵家遴兒、任女相繼卒殆讖云。

癸亥八月既望有荆州之行口占得三截句

嵩呼萬歲動荆山，有客如來夜叩關。時恭祝萬壽。醉裏頓忘身在埜，夢魂猶綴紫宸班。

其　二

江邊埜寺鐘初度，竹裏漁家户半關。紅蓼乍添新霽色，青山不改舊時顔。

月夜留别如來僧焕霞

疏星淡月雨花臺，趺坐樓頭萬象該。明日西風促行脚，又從江上望蓬萊。

次友人偕某總戎六月六日登鳴鳳山原韻

冰壺不受溽塵侵，冒暑名山結伴臨。樓殿参差分隱現，峰巒高下别晴陰。聊舒人世窺天眼，須踏雲間最上岑。三十年來游屐冷，却因見獵動初心。

帝簡與余垂髫共筆硯三十年前嘗夢中得句云獨樹衆乃奇余心志之丁未歲以選拔入覲大廷特簡江右授廬陵令有聲壬戌夏丁太親母艱歸里服闋赴都即用夢中詩句爲首字率成五章聊當三叠

樹色連雲起，送君月正三。江花迎客棹，驛柳護行驂。東道應多識，名山亦半諳。如逢舊交友，道我老猶堪。

其　二

奇遇寧多覯，彼蒼定有因。欲酬難泯節，特降不凡人。太親翁去世，太親母年方二十許，冰霜守節，教子成名，受封如子職。文正平生志，頻陽報國身。遲君三十載，重醉故園春。

哭思贊王親家

公事關心苦費思，呼兒折柬勗相知。那堪送客出門日，即是瞿然易簀時。彝屯忽有幫運之累，公一力維持，三歷寒暑。是日邀集同社諸子飲於别墅，遽爾告終。

其　二

歲暮荆湖一棹歸，相期行樂莫相違。無端頓作遼東鶴，華表何年返令威。腊月念二日因屯田事歸自省，擬結真率會以相娱樂，即於正月十二日捐館，可傷也。

其　三

萬井桑蔴依舊春，餘波猶及姊歸民。惟憐勒石酬功日，不見回天第一人。彝屯不幫不運，歸州亦得照彝陵之例。

其　四

陶令歸來另結廬，平林曲徑稱幽居。樵湖載酒人何在，芳草年年恨有餘。樵湖有公别墅，僕嘗宴飲於此。

其　五

釀就梨花春滿厨，相邀甲子醉懸弧。王喬不肯人間駐，悵望雲中葉縣鳧。是歲爲公六秩，同人製錦爲壽，而公奄逝，無不悵然。

其　六

當年挾策喜相從，帝里輪蹄上苑鐘。促席連床成夢幻，人間何處得相逢。昔與公留京觀政，同居三年。

其　七

奎星一夜落鄉邦，多士拋書淚自雙。地下修文緣底事，空留衣鉢在寒江。

其　八

索莫周親欲斷魂，常從衫袖見啼痕。傷心不獨羊曇最，怕過西州北上門。

其　九

昔年陽穀咏棠陰，此日榆枋感倍深。聞道芙蓉城去後，深山窮谷有哀音。公昔爲陽穀令，有聲，今屯田不運，萬人感之。

其　十

風滿空庭日色低，凄凄繐帳夜燈迷。最憐兩歲嬌癡女，猶望親歸不解啼。

其十一

去年同客古如來，望裏白雲掃不開。回憶與君分手處，西風衰柳冷章臺。客冬因屯田事，同公赴荆州，僕遵父命歸里，公赴武昌，贈句“咫尺白雲萬里山，章臺握手送君還。時人莫訝歸心切，孺慕頻年不出関。”

其十二

一天愁思結爲雲，當哭長歌愧不文。惆悵君苗無限恨，從兹筆硯欲俱焚。

萬容和尚王思老嘗口致忽聞投止走訪不值悵然口占

平生未識寒山面，爲訪寒山過野橋。滿院花飛人不遇，豐干片舌豈徒饒。

其　二

草閣香銷一縷烟，三生石上舊因緣。恍如繫馬盤山寺，曾拾枯枝共煮泉。喜萬師枉顧，忽憶雍正七年隨駕謁陵過盤山，與僧智可煮茗夜話，今面目丰神彷彿似之。

其　三

大地山河一芥微，荆門十二錫高飛。此行不負西來意，携得峽雲片片歸。

小齋各色茶花盛放戲作截句柬方輯五

花以茶名定有因，托根應厭醉鄉人。灌澆須汲中濡水，更擬盧仝是後身。

其　二

對花宜酒不宜茶，因對茶花酒不賒。任教老傖殺風景，爐煙一縷裊晴霞。李義山對花啜茗與松下喝道同殺風景。

其　三

花開耐可傲春寒，紫白紅斕色幾般。怪得髯蘇題少態，當年惟有鶴頭丹。東坡題寶珠茶云："葉厚有稜犀角健，花深少態鶴頭丹。"

玉蘭一株余所手植今老幹扶蘇不勝司馬漢南之感口占八絶識之

韶光花事兩匆匆，曾記丹封一粒紅。玉蘭花子其色如丹。坐對忽驚青鬢改，與君同作白頭翁。

其　二

滿樹瓏璁玉一圍，素馨蟾魄兩依依。不隨紅紫驕春色，愛著王恭鶴氅衣。

其　三

花開無葉影蕭疏，玉瓣攢成如未如。静几明窻添韻事，一天晴雪照琴書。

其　四

秋水爲神玉作胎，珠珠香露點蒼苔。雲中紫鳳車猶在，恐有仙娥月下來。

其　五

氣如九畹色如珩，敢笑冰腸宋廣平。倚樹銜杯香浸肺，何須和雪嚼梅英。

乙丑蒲月客武昌偶過蛇山後之準提庵觀棋有感

誰將混沌鑿楸枰，談笑之間起戰争。用盡機關俱是幻，幻中何處辨輸贏。

其　二

饒人一著也非癡，何故埋頭苦費思。思到九天天盡處，終然黑白兩分離。

其　三

眼下風波指下禪，凝神兩兩欲通玄。百千萬劫行將遍，到了全虧一子先。

答貴陽姜啓東書成有憶

十年三共帝京游，往事真同海上鷗。金水橋邊人似玉，和寧門外月如鈎。分題蕭寺青燈冷，並轡長城白草秋。今日思君書一紙，遠憑飛夢到黔陬。

哈蜜瓜出自穹廬南北風土不同豈特橘枳之異云爾哉同年蕭復貞得子數粒種之藥圃托根結實宛然如故感而賦之

誰將哈密龍蹄種，移植南天萬里餘。猛憶乾清門外直，承恩雙捧帶霜初。龍蹄、獸掌、桂髓、蜜篩皆瓜名。

其　二

氣如雪藕色如丹，窗外遥憐浸齒寒。曾費天家十萬衆，東陵漫作等閒看。

讀王思贊行狀歷歷如昨内刻余二十年前相贈詩句益重河山之感率爾成章再申輓嘆

斯人一别眇予懷，往事昆明浩劫灰。白首青山抛四載，嚴師益友失三臺。思老别號。雲中目斷王喬舄，江上誰憐何遜梅。思老見懷句："恨無葉縣王喬舄，徒憶揚州何遜梅。"

其　二

重看舊句倍傷神，面目參來真未真。淡墨數行逢故我，素書一卷對伊人。汗青難盡生前事，鄉國應崇没後禋。東郭藍天山不老，幾回惆悵夢中身。

附録飛鳥食蝗丁未歲作

陽穀距京師，相去千里餘。君能布善政，口碑傳天衢。一心凜冰蘖，兩載民志舒。和風扇茅屋，絃歌感邨愚。六月偶降災，飛蝗下田渠。鄰境事撲逐，使君亦拮据。齋沐禱于神，誠積天意孚。忽來鳥蔽日，食蝗蝗盡除。稽昔古良吏，蝗飛不入區。君亦感神雀，四野同歡娛。君我同門友，力學富五車。遠懷康濟志，保民如携扶。初政已能然，所學良不虛。賤子懷書策，驤首共長途。禁廷謬出入，而君志早攄。臨風一長望，佳氣滿青徐。

寄懷顧贊如久客蜀中

暗裏摩挲已四秋，冥鴻杳杳思悠悠。東侯老大麟生未，遥問蜀中顧虎頭。

其　二

老友年來漸漸稀，離魂無地不相依。長思暮雨臨江路，甘露亭前繫馬時。往歲承乏瑞州，贊老有臨江之游，余送之甘露亭。

其　三

濁酒三杯學醉髠，日高猶未啓柴門。欲知飯後關心事，口授僧彌背負孫。僧彌，么弟小字也。

其　四

斷送頭顱一束書，得休閑處愛吾盧。王孫儘道臨卭好，未必能留病相如。

寄荆州陶際盛孝廉

燕臺市駿幾何時，三十餘年宛在兹。一卷新詩來梵寺，公見余如來菴壁間題句，遥賜和寄。七旬老友見鬚眉。輸君酒國稱先達，容我書田號小癡。渠印章："醉歌田舍酒，快讀古人書。"無限遐思門外柳，淡煙疏月雨絲絲。

贈宜鎮中權鄭軒舉總戎

旌旆遥下楚天長，又揀中樞自上方。但飲一杯西峽水，依然兩袖御爐香。昔年看柳陪青瑣，幾度聽鶯憶建章。昔與余共侍禁庭。却喜方回傳近訊，時賀介菴爲渠西席。挑燈頻話老馮唐。

冬月二十八日漫興

蕭然城市似山村，庭可張羅晝掩門。信口調腔憐幼弟，牽衣索果弄諸孫。凝霜竹斷湘妃淚，叫月禽無杜宇魂。苦茗三杯堪破睡，任他一石羨于髠。

其　二

看看六十鬢毛枯，有子不才也勝無。晰米分窠防鴿鬬，臨窗剌孔放蜂逋。寸書慵答真成懶，半老偷安豈盡愚。近向樂天悟心法，微聾暫啞養生符。

其　三

一束寒衣暖未添，攤書日日坐晴簷。灌園乍喜雙奚健，搔背偏宜十指尖。詩裏有仙鄰賈島，琴中無綫類陶潛。百年底事余先定，何用成都遠問占。

其　四

浮名浮利已全灰，剩得癡頑心尚孩。半夜吹燈翻字典，三冬汲水養莓苔。看人殘局與全局，消我新醅還舊醅。猛省前賢曾有語，寶山幸入莫空回。

送別賀八介菴時丁卯冬

別來魂夢苦相思，此番去聲。相逢勝別離。落落晨星憐爾我，澄澄秋水浸心脾。雁行中斷神同瘁，風木長鳴淚暗垂。彼此各有終天之恨、大被之感。莫漫折梅憑驛使，春光遥寄上林枝。

其　二

十載洪都恨未逢，每從天際見飛鴻。山城忽報征西使，籃轝旋臨仲蔚蓬。兩鬢微分巴蜀雪，一帆高掛楚江風。年來不作懷人夢，又逐煙波到粵東。

其　三

粵東歸去二難并，驛路山川好細評。庾嶺花飛人獨卧，時有斷絃之感。青田春暖鶴同鳴。一經課子憐長孺，五岳盟心憶尚平。我已投閑君散誕，幾時乘興過江城。

月夜賀介菴過訪口占二截

閑人閑景兩相親，池藻庭梧淡寫神。彷彿坡仙明月夜，承天乘興訪懷民。

其　二

一片清光水數甌，鬚眉朗朗鏡中浮。月憐人静人憐月，步影談天過古樓。

冬月二十一日徐元隰招飲同賀介菴次席間韻

歸卧西江舊草堂，御香空惹芰荷裳。青山一别花開謝，白首相逢路短長。天上常生惟日月，人間不死是文章。琴張曾晳遥難擬，自署清銜實酒狂。

次李穉山重游龍氏莊韻

聞道山莊别有天，紅塵遥隔武陵煙。林逋鶴使來雲外，孫楚泉聲落枕邊。芳草夕陽酣緑野，春風殘月笑平泉。玄真素具探幽興，未得青鞋共往還。

壽張泰友五十

五十年來鬌未蒼，趨庭立雪憶高堂。余同受業紹仙夫子，與公世講。心傳百忍長生訣，口授三編辟穀方。垂白親娱時醉舞，友善飲。紓青子課舊書香。眼看四代人倫樂，翻笑仙家歲月忙。

壽李詩一夫子七十二月二十九日

羹墻復幾人，夫子更精神。化雨雖同被，光風獨我親。心虚乾不息，德至老逾純。流水觀窮達，群山迭主賓。一杯常在手，萬事只從真。朝野無懷刺，乾坤有逸民。纔融門外雪，難紀洞中春。焉得壺公杖，雲間介壽頻。

寄閻惕菴

昔年擬釣海中鼇，錯認磻溪是六韜。徒讀父書千古笑，莫將殘卷悮兒曹。

一　見

一見春風一改顔，春來春去老人間。不堪回首三更夢，最易驚心兩髩斑。投筆已慚班定遠，卧雲終愧謝東山。頻年更有終天恨，馬齒空增十二閑。

飲魯應鼇齋中次壁間除夕韻

榾柮爐邊興不孤，年來何事足相娱。硯田歲稔官無税，花管春回夢有徒。千里頻通青眼客，一枝聊寄白頭烏。懶隨時態誇新靡，半是清狂半是迂。

丁卯十月曹端老因彝屯入京言狀西風疋馬人所難堪兼以六旬塗次闕於稱祝感而賦之

不將八斗笑寒儒，高卧陸城酒滿壺。讀史幾回憐鄭俠，許身偏似愛郇謨。行年六十抛鄉杖，客路三千達帝都。百折耻爲名利役，寸心曉夜奠枋榆。

塞大中丞奉命觀兵宜昌恭紀

江城宿雨净朝曦，玉帳遥臨大閲時。八陣風雲隨虎豹，九天日月耀旌旗。軍聲雷動摇山岳，公令霜嚴肅島夷。恭際聖明崇武備，特將閫外寄周伊。

西征恭紀

皇輿輮徼属遐荒，井底跳梁笑子陽。自是天心憐蠕動，暫教玉壘駐龍驤。春生士馬三冬日，野肅貔貅萬幕霜。彈指金川稽厥角，格苗干羽邁陶唐。

觀洞庭湖圖

幾年心醉洞庭秋，此日披圖可卧游。筆墨有靈雲島近，風帆無際水天浮。煙村遥對湘妃廟，漁網高懸浴鷺洲。勝狀萬千來眼底，不煩登眺岳陽樓。

六月七日夜坐

扶病當初夏，清涼似早秋。雷聲催雨脚，星斗掛雲頭。天意原多變，人生不免愁。殘軀見新月，乘興且登樓。

瘖恙初起簡李稚山

病不憐衰老，天留未了身。幾同强項令，重與洛陽親。攬鏡逢初我，題詩慰故人。自今新歲月，來往莫辭頻。

七　夕

流光如水感居諸，又見星橋鵲駕初。性拙難分天上巧，腹枵且曝笥中書。緱山白鶴歸何處，内殿青鸞信久疏。且逐兒童傳蠟燭，高燒蓮葉照門閭。

唐許渾夢游崑崙題詩反復紀其事至今傳焉此以幻爲真者鄭人薪於野獲鹿覆蕉俄而遺失遂以爲夢此又以真爲幻者幻耶真耶余不能知作噩夢述

昨宵睡夢中，種種堪驚愕。了不異於人，其心不可度。遷喬與幽谷，未知孰苦樂。一時髪指冠，劍氣匣中躍。旁有白頭翁，撫掌相笑謔。煉汝金石軀，服汝長生藥。日月不盈虧，四時不榮落。兒孫多且賢，瞽叟亦允若。話言未及終，曉鐘鳴屋角。起作噩夢述，非噩非非噩。

輓大愚山人劉月塘

近遇多傷慟，愁添哭大愚。浮生同是盡，短馭獨堪吁。舌上無臧否，胸中小顧厨。聖門贈不幸，吾黨失真儒。未了終天恨，遑憐繞膝孤。鵩來人絶筆，琴罷鳳栖梧。月冷談經地，庭空問字徒。笛聲悲向秀，酒社感黄壚。共洒新亭淚，難澆宿草枯。吞聲還嘖嘖，流怨滿東湖。伊太夫人停柩未窆，故有“未了終天”之語。

張南衡景山室落成

蚕叢矗矗凌天井，時有舟車争馳騁。長途日暮苦無休，幾人中道能猛省。多君閉户樂唐虞，識透黄粱夢一頃。買山上有白頭親，聊向塵闤闢静境。茅茨不剪傍城根，畫棟雕甍齊一屏。瓦爐木榻古之遺，明月清風足實領。興來抱膝發長吟，醉去兒童唤不醒。尚平五岳羅胸中，仲蔚寧希門外景。我今散步數能來，踏破蒼苔修竹影。

壽屈母百齡

纔晋江城百歲卮，女嬃世澤大家師。身經三萬六千日，命立雙鬟二八時。和去熊丸猶在指，賜來鳩杖不曾持。門前節壽天書焕，峽水峽山無盡期。

壬申元旦恭謁先大夫恭人墓

千門燈火出郊闤，一路肩輿曙色閒。此日南塘瞻馬鬣，當年北闕拜龍顔。貤封姓氏存碑碣，宿草春風冷墓山。未報深恩身漸老，仰天空有淚痕斑。

荆楚文库

子銘先生遺集

〔清〕李皋　撰　　魏　友　徐克謙　點校

前　　言

李皋，字子銘，湖北沔陽（今仙桃市）人。生卒年不詳。道光二十九年（1849）拔貢。有《子銘先生遺集》。丁宿章《湖北詩徵傳略》、徐世昌《晚晴簃詩匯》有傳。李皋負才不羈，雖累舉不第，畢生困厄以終，然播聲譽於江漢間，其詩名尤爲江漢學者所稱道。由於賦性豪放磊落，李皋作詩好摹擬李白詩風，丁宿章稱其七言古體"瑰瑋離奇，極激昂沉痛之致"；又高才絶人，善爲長篇歌行，"似香山哀艷動人"。惜其生平著述大都零落，未及流傳，然其詩才仍可從《子銘先生遺集》中窺見一斑。《子銘先生遺集》由沔陽盧氏慎始基齋刊行，慎始基齋爲近代著名藏書家盧靖、盧弼兄弟家中藏書樓，二人皆爲李皋同里後學，其中盧靖年少時曾親受教於李皋，故當其有志輯刻湖北先輩遺書時，頗留心訪尋李皋遺稿，後從友人處覓得遺稿一捲，便交由其弟盧弼校勘付梓，收入二人所編《沔陽叢書》。本次整理即以南京圖書館藏《子銘先生遺集》民國沔陽盧氏慎始基齋刻本爲底本進行點校。

本書根據《荆楚文庫》點校條例，對原文加以新式標點。凡形近而訛等明顯舛誤，徑予改正；冷僻的异體字統一改爲通行的繁體字，不出校記。整理本書的分工情况如下：魏友主要承擔全書文字的點校工作，徐克謙教授負責審閱全書稿件。崇文書局的編輯和南京圖書館的工作人員，對本書的整理出版予以多方面關懷和積極支持，特在此一并致謝。

目　録

序

吾鄉李子銘先生詞賦高才，敻絶里黨，賦性豪邁磊落，清狂自負，所爲詩篇摹擬太白，歌行似香山哀豔動人，江漢學者莫不稱誦之。先生善書法，興酣落筆，輒書數十紙，獲者珍如拱璧。苟不屑其人，雖重金索之，弗顧也。先生歿後，身世蕭條，生平箸述，大都零落，每欲訪覓遺稿，苦不可得。今年，席君襄坪郵寄先生手書《焚餘詩草》，展卷讀之，欣喜過望。席君保存先輩手澤之功誠不可没，亟寄余弟慎之付梓，屬以校勘之役。惟是吾鄉夙稱澤國，數苦水潦，士夫頻年奔走，饑寒交迫，不遑學問，囿於固陋，無所師承。先生獨具卓識之資，負絶世之才，鳳鳴高岡，不同凡響，其所以矜式後學者爲足多已。藉使先生不困躓窮僻之鄉，得與當世賢士大夫相周旋，雍容歌咏，當儕於古作者之林，不僅播聲譽於江漢間，可斷言也。吁！孤寒常有以挫其氣，環境不足以展其才，可慨也已。靖少時妄不自量，鄙帖括不爲，專治經世之學，爲貧賤所窘；又局於疇人之術，鄉人士多非笑之。獨晋謁先生，侈口狂談，頗蒙寬假，不以常兒相目，且時有奬誘溢量之辭。光陰彈指，忽忽五十年矣，音容回憶，宛如目前，而靖白首老病，坐廢津門，倏逾十載，學術功業，百無一成，有負先生之期許，愧何如耶！讀先生遺集，尤憮然不能自已者也。壬戌三月，同里後學盧靖序於天津知止樓。

序

弼自少年出就外傅，稍壯，遨游江海，往往數年或十數年不一歸，故鄉之山川風物，時時縈繞夢寐間，而故鄉之先哲耆舊，尤時時景仰私淑不能忘。蓋敬老尊賢與愛鄉之念，人情所同然，非有所阿好也。吾邑李子銘先生高才絶豔，卓犖一時，詞賦雄贍博洽，超邁不羈，賦性豪放，落落寡合，先大夫嘗稱道之。觀其爲先大夫所書屏聯榜幅，參合蘇、米而神妙其間，可以想見其人。顧其詩文散落，未及流傳，鄉里後進欲求所以徵文考獻者，卒不可得。家兄木齋嘗有志輯刻吾鄂先輩遺書，弼謂行遠自邇，集腋成裘，盍先自吾鄉始。近覓得先生遺稿一卷，亟付梓人，挑鐙校讐，恍如與先生晤對一堂，親受教益於几席間。鄉使先生功名富貴煊耀當時，未必有意於文詞，浮雲夢幻，倏忽消沈，姓字磨滅，草木同腐，求如今日後生小子之私淑景仰，與故鄉之山川風物流連歌咏、同垂不朽者，恐不可必得。嗚呼！先生之不幸，或亦先生之幸也。壬戌三月，同里後學盧弼序於都門寓廬。

卷　一

春日出武昌東門尋覽至卓刀泉汲飲咏歸

一路經行處，垂楊盡向西。野雲如白鵠，深樹有黄鸝。澗水流人語，山花入馬蹄。似忘途近遠，隨意度前溪。

十里隨飛絮，春風滿店香。途人多負販，村女儉梳妝。水聚新苗活，田乾大麥黄。漸看塵市遠，烟景似吾鄉。

斷嶺迴墟落，高峰出樹林。石平官道闊，松古寺門深。老衲無塵色，寒泉見道心。如能謝人事，常日此追尋。

江上送人東歸

夕陽見人面，遠影船頭立。不願有西風，吹得船去疾。

登寶通寺浮圖

盤空千磴鬱崔嵬，滿目風烟絶頂開。野闊江依平地轉，春晴山負遠天來。却看塵土連荒驛，早識星辰在上台。北斗迢遥呼吸近，不知誰擅碧雲才。

雲天翹首竟蒼茫，披髪何因下大荒。到此當逢青鳥使，全身都作紫霞光。浮生落落心千載，前古悠悠淚幾行。王粲不來崔浩往，村農齷齪酒人狂。

題袁氏倚樓樓在黄鶴樓北面東北

相逢道是息機人，結宇層巔迥出塵。小立招同黄鵠語，幽栖夢與白雲親。檻前花草依依發，屋外烟霞局局新。太息江頭奔走客，幾回風雨向前津。

烟波滿目愁崔浩，芳草千年葬禰衡。弔古其間滋悵惘，買鄰於此慰平生。地維穩載東流闊，時㖽夷擾江浙，甫退去。天宇高懸北斗明。子美草堂多過計，悲歌未及爾閒情。

金支曲

無邊芳草連天緑，捲地落花紅簇簇。樓臺歌管聚群嬉，唯有傷心人獨哭。聞道錦城春色賒，女兒顔色鮮於花。生小自憐遭磨蝎，却教纖手弄琵琶。琵琶聲逐水東流，巫山雲連楚水頭。楚國風騷委荆杞，蘅蕪何處生遥洲。哀音苦曲問誰識，對此零涕增長愁。昔年女伴常相見，開奩各鬭紅妝面。淺笑深顰一樣嬌，樽前戲賭黄金釧。傳來消息到江鄉，雕梁泥暖巢雙燕。記否昔時共命人，衹今零落摇歌扇。自古才人多失路，孤飛忍逐群雞鶩。寒水繡澀星文刀，寳光夜黯珊瑚樹。美人自怨容華銷，妝成竟使朱顔誤。可憐紅粉太漂零，可憐孤影寄伶仃。阿娘遠住蜀山西，阿爺不管猿哀啼。厮養亦任驕羅綺，坐使軟玉投污泥。鐙花昨夜照人泣，滿袖斑斕紅淚濕。侍兒强起倦難扶，心已成灰軟無力。漂蓬斷梗復何方，流水東風催人急。馬骨誰信值千金，而今最好修眉色。我亦生平不得志，偶語忽聞關心事。勸君愛惜金縷衣，勸君珍重少年時。玉裹金鑲無定質，世間終竟有真知。聽我高唱《金支曲》，天風裊裊吹晴絲。

擬古

美人在空谷，空谷生幽蘭。采擷動盈把，將以遺所歡。所歡常居處，七寶合雕闌。其中長紫芝，玉葉青琅玕。亦知非所愛，輾轉不能安。過時而不采，且恐秋露殘。况乃道路遠，風日愁枯乾。舉燭怨淚盡，抽繭怯絲單。素心不可見，方寸多波瀾。

有女臨妝閣，攬鏡看長顰。雙睛不肯轉，視此鏡中人。芙蓉媚秋日，桃李嬌陽春。卷施心獨苦，乃不爲灰塵。起滅千萬慮，一意不辭頻。寸心幾許地，中有雙車輪。手鏡忽欲墮，清淚盈羅巾。

織就迴文詩，反覆再三吟。鳳鸞爲我泣，浮雲爲我陰。將以示情人，輾轉愁意深。意深多委曲，端緒誰能尋。披胸見脾膈，君心非我心。焚之滅手迹，何用飽蠹蟫。

十二能織綺，十五能采桑。同行諸女伴，都祇如我長。伯姊董雙成，昇霄騎鳳皇。小妹劉懿真，控鶴雲中翔。仰首扳弄玉，移時送蘭香。低頭亦自顧，釵釧爛生光。石華紵廣袖，絲履曳文章。帝子降北渚，何處是瀟湘。

孝感道中

繞道出崇岡，幽花滿路旁。石盤如馬大，松立比人長。野積黄連屋，田苗緑過塘。不知流水意，何事出山忙。

亦爲農人喜，新田雨露饒。相風懸繭子，闢水放魚苗。犬飽形俱澤，牛閑目似驕。征夫懷往路，烟裏去迢迢。

分水嶺

萍蓬漂泊遠來過，牽挽回看卅六坡。堰口排山截楚界，嶺頭分水下淮河。遥瞻北極星辰近，初入中原意氣多。自古征人常感賦，接輿安肯廢狂歌。

雜　詩

驅車齊魯地，默默數城邑。矮屋周泥墻，罅漏晴補葺。野人蹲而食，粗飯飽粱稷。破柈盛苦荼，泥水生鹽汁。老人負畚來，糞土途中拾。蓬頭少婦人，求薪擘枳棘。後隨赤脚兒，呱呀牽衣泣。連年聞歲豐，升米值錢十。官貴蕩侈增，市肆巧僞集。環視鄉里間，生意日凋瘠。穀賤轉傷農，豐年亦不給。吾鄉水災頻，想像更愁悒。

人生一倮蟲，醜形甚畜類。被體飾儀容，偉然與畜異。聖人制衣服，典章文物備。大袖裁闊幅，垂裳至被地。長襟中不分，不見下歧二。歷古雖變更，率不渝此制。豈不厭紛繁，紆回而遲滯。豈不樂簡率，便捷而輕利。晨起必梳櫛，衣冠多附贅。所以約束人，舉動勿輕易。修容逾晷刻，積刻少惡事。手足不儇佻，奔趨鮮恣肆。本朝尚武功，勇狀人畏避。窄袖持弓矢，開襟便馳騎。高領不在衣，轉顧容睥睨。頭毛無幾莖，囚首免譏刺。周公走見賢，不必握髮至。以此示斯民，懦夫有立志。馴致天下强，聖人有深意。

國家重戎事，騎馬著短衣。羅紈與匹布，裁縫爲輕袿。紐釦五星聯，中襟易解携。厥制名曰馬，袖短露馬蹄。天上樞密地，庶務煩指揮。短袂便作事，新式滿黄扉。人人競仿傚，天下皆軍機。將軍盔在首，圓頂見應稀。舉步削到底，竟與寬平違。窄袖緊切肌，如羊足不肥。東夷人類此，瘦臂輕挈提。傳云服不衷，古言可與稽。天下所習尚，達者知其幾。宋人腰上黄，示兆幾亦微。視履錯倒底，堪嗟人事非。君子慎服物，道義生光輝。

通衢榜條教，諄切勸輸將。大僚計國用，發議何周詳。我思運京米，紆折來帝鄉。迢遥幾千里，銜尾千艅艎。通計所需費，斗米一千强。天地生人物，各地皆有糧。精者奉尊貴，粗者給蚩氓。不仰食外郡，俱樂豐年穰。必欲致遠物，輕税徠行商。古昔異國時，南北分土疆。南國未輸糴，北地儲囷倉。當今四海富，玉食奉吾皇。運艘繪龍首，布袋擎赭黄。趨走及承奉，赫若趣軍裝。因思鑄錢法，水部羅高堂。采銅自滇省，車船接遠方。爐火並工需，錙銖當較量。鑄錢十百成，費已兩倍償。計銀一兩值，兩貫錢陌長。給發論市價，半兩千錢當。誰秉司農政，斯言試與商。

過十二聯橋

十二橋頭駐馬臨，萬行烟柳碧森森。蒹葭摇漾飛鳧浴，忽聽漁歌入浦深。

秋水涵天動午潮，銀漢千里護層霄。過來詞客驚心眼，不數揚州廿四橋。

燕南趙北

古稱感慨悲歌士，今我來斯不可聞。車轍滿前何處往，野田幽草緑紛紛。

吕仙祠

征車滚滚入京華，未熟黄粱夢想賒。閑煞吕仙祠畔樹，年年開發馬纓花。

捧日篇咸豐元年山東旅次題壁

紅雲捧日出扶桑，翹仰高岡集鳳凰。九域萬年增氣象，層霄五色燦文章。孔公自道從周禮，魯國誰知過楚狂。賈誼憂時多痛哭，漢家天子是文皇。

卅年在位矢憂勤，四海悲歌頌聖君。鬻爵行權從宰政，和戎垂淚許將軍。道光初年欲停捐，大臣議以國用不足，不果停。暎求和，欽差將軍主和議，上涕泣許之。得邀殊錫膺隆禮，徐制府、葉中丞皆封爵。獨鑒勞臣起廢員。林少穆起用。草野聞知天上事，求賢不得更情殷。

公車催發到巖阿，黄榜頻開進士科。通顯有時嗟老至，饑寒無術患才多。漫言卜式知廉耻，自詡蘇秦善揣摩。論孟經言隨割裂，文章根柢日消磨。

生財大道帝王師，霸國權謀亦用奇。升斗不須求省嗇，茶鹽或許相機宜。豈容聚歛頒條教，要使司農領度支。中飽暗耗無益費，利源生聚本無涯。

關河險扼地圖開，有客行經萬里回。地遠始知民氣悍，時清真見戍樓摧。軍名待補常虧額，武舉須求異等才。益餉增兵皆浪説，岳家軍少奮如雷。

漢武開疆萬里通，威靈煊赫震西戎。秋天衰草羊眠雪，夕路驚砂馬畏風。得地不毛猶轉餉，其人革面亦稱功。明時交趾終淪没，鄙遠空勞議戰功。

周家同姓藩共主，漢室諸王啓大謀。但使朝廷無隔膜，須知胡越可同舟。往觀三代勤耕織，仰視諸星見女牛。孫子繩繩瓜衍蔓，聖人謀慮及千秋。

最惱官人間取樂，深愁兵力懈防邊。無窮金玉烟中燼，萬族魚龍火裏煎。厲禁打教鴉片落，緩攻催使鵠形痉。通商不賨遐方物，近見芙蓉種滿田。罌粟花一名阿芙蓉。

滂沛甘霖下九霄，年年陰雨膏枯苗。哺兒不辨親妍醜，畜犬何知主跖堯。況際聖神深愛養，只虞搜括重科條。溪毛涔水皆天澤，遍宇繁星護斗杓。

雲天翹首金門遠，風雨歡心玉燭調。姬籙方興綿嗣德，楚人多感愛《離騷》。側聞漢帝求言詔，思獻唐民擊壤謡。累牘不辭干禁忌，涓埃期補聖明朝。

夢登泰山吟

白月皎皎昇高穹，雲車縹緲乘靈風。珠幢羽葆紛前導，翠崖金壁行長虹。蒼松古竹露華洗，玉磬徹耳聲玲瓏。漫空雲氣填胸臆，浸天秋水涵青瞳。下視不知幾萬丈，碧霞銀霧浮中峰。蒼犬俄對立，元鵠乍高翀。白玉爲馳道，中有朱門通。珠光照耀，金闕巃嵸。雲衣綷縩，羽帔毵毵。平生不審此何所，羽客謂余青帝宫。青帝手中握春布，八表漫天匝地皆帡幪。生生無止極，永永不終窮。隨大化之遷轉，與元氣爲始終。室中渾渾藏幽窅，天雞長叫驚頑聾。金蛇萬縷忽電起，海波倒映東天紅。水底火輪初湧出，流沙萬里光曈曈。大地震盪不得定，須臾半壁青山融。排神馭氣行虚空，全身金色生雲中。紫烟赤道相間發，赫若大爐然紅銅。平生卑微偃蹇不稱意，天地鼓鑄無神功。飛身直上最高頂，始得放眼觀鴻濛。俯瞰塵擾雜，紛紛行倮蟲。真人游物表，涉想生明聰。緣慳不得居福地，運蹇那復符飛熊。昨日少壯今老翁，隍中蕉鹿終夢夢。仙靈窟宅誰引從，攀龍附鳳何時同，玉佩雲衣朝岱宗。

高生行

秦人高生童年貌美才高，以《灞橋春柳賦》爲金學使幕劉唯廷所賞。入泮，唯廷一見，即知孰爲高生。迎娶有日，生死，其女亦自經殉。劉君哀之，作傳徵同人咏詩。

天外神仙渺何所，海上瀛洲多仙侶。徐福挈行五百人，至今猶是童男女。對騎紫鳳雙垂髫，或是彩鸞與文簫。偶以目成致微譴，天風吹度灞南橋。灞橋春柳緑依依，飛絮影裏停征騑。星使亦從天漢下，幕裏群賓皆少微。聞有天台舊羽客，方瞳似水澄澄碧。落花看遍曲江春，斜陽弔影驪山夕。曉風殘月柳卿詞，十五女兒天人姿。標題品藻聞新語，想見當場下筆時。君身自抱九仙骨，説與旁人知不知。知是濃春送好風，春風偏長蕙蘭叢。千條楊柳生生緑，一色夭桃片片紅。金仙左挹浮邱袖，戲使摸索向暗中。乃知識人先識意，不在形骸在神氣。回眸一笑朱霞生，青童此日真游戲。裹玉裝花豔綺羅，手擷芹藻香風多。春日招摇閭巷側，窻虚簾隙感秦娥。消息傳入深閨裏，機中織錦初停梭。不知心中道何語，兩頰微笑紅雙渦。三星近在銀潢左，月姊邀期已報可。鳳皇臺上吹簫人，玉屏紅倚花雙朵。上元夫人降雲霧，夜深不省焚香訴。刹羅小劫住塵寰，未允人間成嫁娶。須臾金飈吹夢醒，迷離猶認來時境。傷心玉折春蘭摧，海棠墮地秋霜冷。秋霜皜皜血凝壺，閣裏嬌嬈泣無夫。寶鏡抵地紅鸞死，鴛紋裂斷合歡襦。鳳去樓空驚鳥散，女龍夜號天不旦。可憐尺組繫蝤蠐，鬘影頽雲了髻亂。墳前迸發連理枝，行路晝聞哀禽唤。吁嗟秦士失高生，灞橋殘柳亦傷情。踠地長條扶不起，歲歲寒山見女貞。卯金詞客重嘆息，如此嬋媛不負卿。楚水秦山幾千里，我亦爲作《高生行》。

渡黄河

晴午出河潯，天光俯照臨。奔波來浩皓，靈怪隱深深。利濟一時事，安瀾萬古心。神宜告海若，莫使毒龍吟。

庚戌出京至蘆溝橋回望有作

層闕聳崔嵬，迴膽亦壯哉。長虹天際出，征雁日邊回。黄葉隨車下，青山繞郭來。秋風人毷氉，慚乏鍊都才。

二

賈誼千言策，梁鴻五噫歌。憂天同此志，許國盼誰何。遠徼風塵擾，新朝雨露多。徵車起廢置，歡舞誦《卷阿》。咸豐元年起用林少穆。

三

天上富春秋，明光日月侔。啓賢能纘禹，姬德並興周。寶樹枝初發，神芝葉尚柔。聖躬頤養壯，慎莫爲民憂。

登兖州城樓

城上高樓樹杪攀，翛然意氣出塵寰。天開北極臨奎宿，地敞東隅讓泰山。日下征鴻何處集，江邊黄鶴幾時還。茫茫楚塞風烟接，變滅浮雲滿故關。

登峴山

群山合沓亂晴暉，遠樹蒼茫野色微。如此江山今我至，幾回登眺昔人稀。天低大漠龍蛇蟄，水滿荒塍雁鶩饑。日暮鄉關勞極目，登樓王粲欲何依。

游仙詞庚戌下第出都作

山外蒼烟鎖絳霞，山頭開滿碧桃花。白龍紫鳳排班立，知是天曹帝子家。

三千玉女嚴妝竟，五百仙人下拜遲。丹詔兩行新捧出，玉樓高處待題詩。

翹首迷離望玉京，金宮銀闕玉爲楹。繞階瑶草承珠履，何用拖泥帶水行。

兩扇朱扉際曉開，此身親得到蓬萊。門前銀榜分明見，爲底因風又引回。

酸心曲爲沔陽沙湖烈婦羅王氏作

辛卯之歲夏五月，群龍在田蛟出窟。平地波濤十尺餘，千人萬人相携没。鯨魚飽食乍轉晴，水裏逃得三人生。那知天意憐賢婦，不忍死其夫與母。那知婦不愛其軀，不忍死其姑與夫。母子夫婦幸不死，家亦無歸母老矣。書生無力難爲傭，母饑不語終憐子。子數顧母私零涕，俯見朱顏照清泚。窮秋九月風雨頻，野無青草水無蓴。東家老人僵路側，西家八口餘一身。妾欲剪髮髮無多，妾肉食盡將如何。婦人能以色事人，幾見溝中埋翠娥。翠娥羞向他人笑，妾心若死有如河。夫妻恩愛兩無惡，忽聞詬誶聲嘀嘀。男子不能食婦人，誰更相從委溪壑。鄰人摇首嘆息言，薪米夫妻終逸樂。不得畜水養生魚，何如開籠放飢鵲。母低頭泣婦無言，男子將言不忍諾。鵠面鳩形兩少年，慫慂覬得分媒錢。一家眼見三人困，一人去得兩生全。入門來者是新郎，衣帽楚楚湖南商。商人鰥居二十載，笑眉歡眼催促忙。婦叩辭母雙淚流，“兒身今去兒心憂。母老不得人服役，兒死能來亦已休。”更泣别夫與夫語，“風雨饑寒誰伴侣。只思前事不思仇，慎勿相念空酸楚。嚴霜雨雪自支持，碗漿杯粥親烹煮。所需頻繁與母謀，橐罄囊空孰貸汝。他日鸞膠續斷絃，地久天長常與處。願得皇天屢豐年，安居受享誰家女。猶記舊人今日心，一陌黄錢私焚楮。”喁喁幽語卒難終，旣毹商人敦促去。婦人二夫深可耻，人世財無苟得理。秏爾多財濟吾家，含淚擎杯深勸爾。“手中之酒甘奉人，一動一言皆越禮，含污急趁江波洗。”須臾船頭商人醉，譁言船尾新人墜。隣舟隔舫齊驚喧，水底茫茫星斗碎。吁嗟此婦志深沈，聞者傷懷感不禁。無可奈何之厄運，必不得已之危心。我爲走筆記顛末，白日黯淡浮雲陰。

窮 居

獨得窮居樂，幽閑與性宜。風雲天地事，言論帝王師。閉户思《周易》，挑燈誦杜詩。古人今聚首，常日慰心期。

弔楚霸王墓

漢高若得媿成康，暴氣如君敗亦當。灞上有軍猶畏力，關中不王底歸鄉。淮陰舊尉同亡楚，項伯宗人亦叛王。三代而還多詭道，范增陰計遜張良。

湯陰岳廟

英名烈烈到今垂，趙室河山祚屢移。天地本無私覆載，聖賢甘與道扶持。人心不死千秋淚，國運難回異代悲。今日祠堂謹奉祀，陰雲猶護向南枝。

長歌贈徐仲韋仲韋先爲僧，還初服，益工爲詩

三十年前李子銘，以戚誼交兩龔生。其時孝長倡高調，孝旃季舉爲弟兄。子重子壽子尚比，松門有筆相爭衡。子貞示我一卷詩，稱爲五字之長城。黃鶴樓下雲層層，武昌城外尋詩僧。豈知緣慳不得見，前因留作今日面。我誦詩僧紀事之長歌，涕泣爲嘆摧殘多。古來俠士有至性，如黃香者虎當如之何。孝長叙事相詰屈，云不死於虎死於佛。諷之今慰尊人心，孝旃爲易儒冠服。朋友聚散不可常，各天異地分飛翔。罡風吹落墮大海，茫茫四顧天蒼蒼。木民重尚二孝季舉死，子貞後晤情悲涼。聞説仲韋兩上京師皆不遇，西走巴渝復南渡。五溪游還浮彭蠡，南北東西人遲暮。子壽常讀仲韋詩，驚喜愧欲餘傷悲。慷慨舉杯賀仲韋，謂窮乃益工文辭。子壽達後不再晤，子貞亦逝聞更稀。身經大難十餘載，虎口幸留殘骨皮。未識重尚孝旃季舉面，蘭摧玉瘞徒想思。豪傑艱難困走死，餘生縱在將安依。眾綠生生新雨餘，鳥啼花落窮巷居。天邊忽下朵雲書，有客猶知今日吾。縱談十日不得盡，恩恩言去胡爲乎。嗚呼！仲韋實富有才具，游覽更得江山助。此行乞畫向松門，灑然西上竟陵去。南湖居近孝長里，孝長之婿子貞子。姻婭當悉遠音耗，問讀遺書今何似。

徐仲韋贈詩依韻酬之

平生勢位耻蘇秦，垂老翛然落拓身。涕淚滿懷天下事，草萊相望意中人。昔聞孺子聲名大，今識廬山面目真。我誦詩篇今更喜，文章一脉本情親。

贈李寅齋丁酉同年

群山迤邐荆門來，高陵忽下天爲開。江流遠導三峽水，縈紆迴繞章華臺。其間磅礴而鬱積，平沙大麓生金石，梗楠杞梓楝梁材。饑足稻粱寒足帛，文人隱映草澤間，青龍之文白虎脊。仙李蟠根特秀出，春發其華秋結實。章華臺下冬草黄，登高四顧天茫茫。遠山跳躑多虎狼，妖狐媚貍走且僵，老鴉鶻雀争飛翔。扼塞騏驥不得進，掩遏荆璧無精光。寒雲羃䍥滿前津，殷勤杯酒留羈人。推原見本同根發，亦爲同科情逾親。南山氣暖北山寒，一枝零落一枝春。鬱鬱葱葱見橋梓，荆樹生花顔色紫。長條下覆雙鴛鴦，嘉蔭密密生蘭芷。山有巉厓水有波，羊腸小徑多偏頗。人生快意對酒歌，蓽門静掩歡娱多。門前老柳長婆娑，九烈神語當無訛。世間實玉不終秘，千載人猶憶卞和。

清　明

濛濛烟雨沍成塵，林氣新鮮野色匀。楚楚桃花無賴好，生生楊柳可憐春。道旁草意親紅鬼，村裏鴉圍覦白人。一樣東風各消受，不堪回首記前因。

與陳稼卿叠韻

慘霧沉沉白日陰，寒風烈烈壞雲深。奔蹄滿地來剛鬣，矯翼登天有翰音。泥水濺埋無齒屐，塵灰漬滿斷紋琴。商量童子頻修竈，可笑三旬突未黔。

鶡鳥人皆謂鳳鸞，當門久已忌芳蘭。劉郎舊恨蓬山遠，李白長歌蜀道難。亦有綺紈厮養襲，誰供粗糲腐儒餐。鄭虔官冷休相悼，説酒論詩且自歡。

小結茅齋漢水陰，柴門霜老薜蘿深。高軒無自降顏色，空谷何人聞足音。窗外晚雲無體畫，檐前寒溜自然琴。有時濡髮爲顛草，夜卧驚看首尚黔。

自鑑形容鏡裏鸞，猶傳香色畫中蘭。雍門語及千秋後，賈島吟安一字難。得凛兜鍵常守戒，敢如饕餮未忘餐。坐間若許談風月，偃室周旋不盡歡。

再前叠韻

窮人靈輒餓淮陰，株守窮廬歲月深。舊雨喜承知己訊，中山愁聽感人音。對鏡忽驚潘鬢雪，安絃誰鼓伯牙琴。芙容既老秋江冷，昔日朱顏面已黔。

作對文鵷并彩鸞，成叢朱草亞紅蘭。長安米貴居非易，福地緣慳夢亦難。龍尾却羞華子附，猪肝應勸閔君餐。楚江萍合高風續，亦與名流一日歡。

登黄鵠磯有作

一代江山一代才，白雲蒼狗費疑猜。似聞古鶴淩霄下，會見驕龍舞浪來。此日左思常咏史，當年阮籍獨登臺。憑高入望秋無際，寂寞何人在草萊。

寄敖海洲用前歲贈詩元韻

君子昔見愛，慰我困風塵。相去日以遠，相憶情逾親。年景雖云暮，陽和當有春。松柏青不改，晚節良自珍。鑑影亦矜慎，羅敷本姓秦。感君纏綿意，常記語諄諄。門前東去水，來自藥江濱。篋中舊書迹，諦視生精神。愧乏一端綺，所惜儂居貧。

寄呈胡松門丈用前韻

兵中與水窟，相望隔煙塵。時天門兵災後大水。吉人多受祉，數數詢交親。青松不改色，四時常自春。展觀昔手迹，隸筆實奇珍。想像見顔色，古貌如先秦。安得侍几杖，時領誨諄諄。老人星夜明，朗朗天漢濱。文章有靈氣，妙墨皆通神。雞林求至寶，一字買堪貧。用杜句。

貴公子

富貴公子不知兵，乃欲僥倖成功名。若翁殉難武昌死，紈綺纏身有兒子。杖矛擂鼓，督兵進戰，時適無人，猛然跳起。白身賜邺加等，驟襲父職，小郎握兵人盡驚。驅市人前死，我督陣，未必飛矢來後營。有客進帳言機宜，大人赤剥熟睡，横擁三裸兒。睡醒當是飯熟時，睡起日過午。中軍驕擊鼓，賊果退避，莫予敢侮。快意追奔亂行伍，忽然圍合，飛礮如雨。大人身死全軍没，嗚呼珠爾杭阿巴圖魯！

東南平閲抄報作

六十餘日血三省，蘇杭繼陷任馳騁。東南財賦蓄聚二百年，煮不得爛，吃不得化。金銀錢守待賊走三日，始知覺重寶難携，沉不在淵，飛不上天。飛章告剋復，入城唯瓦磚。國用雖空，不愛賊財寶，東南民喜賊走了。

臣無功，臣弟忠。諸將受教令，臣弟實英雄。追奔逐北，算無遺策。眾口嗟呀，只不見黄與白。皇上天恩，兄封侯，弟封伯。

軍中十二年，老臣辛苦，皇上天威亘今古。賊死賊逃，部將畢力擒得僞王一。彼口稱與我戰，我皆不敵，唯遇諸葛始窮迫。生口解京途恐逸，臣下令已斬訖。似聞賊首死亂軍，餘賊膽寒不敢復造逆，皇上天威震遐邇。

題劉梧生前輩梁園醉雪圖遺册用原韻

寒山涷老冬青葉，窮巷年年天雨雪。冠裳裂碎酒漿乾，千古梁園音響絶。寡龍單鳳無時無，雪壓袁安壁已折。鄒生枚生久黄土，地老天荒名不滅。卯金才子曠世生，道路逢迎争曳掣。當年繫馬觀中原，風迴雪舞花如纈。公卿送酒醉千觴，天亦鬭奇霏玉屑。良時盛會不可常，虛譽流光纔一瞥。接輿自昔歌已而，中州人士至今説。凄凄雪打墓垣松，嗣君猶抱磨穿鐵。

丁卯中秋日闈中明遠樓望月

團團明月滿前山，空裏如聞鶴又還。世界如銀秋似海，桂花香已到人間。

李白年年對酒歌，天邊不老是姮娥。神山仙島周游遍，今夜清光此處多。

天宇茫茫四望開，渾身風露少塵埃。高樓此夕吟詩夜，已是人生十五回。

江東才子舊神仙，記在瑶池共綺筵。飛上崑崙高著眼，看人兒女拜嬋娟。時李筱荃監臨。

誰織天孫錦一端，荷衣蘭佩稱身難。楚騷天問天應笑，竊藥人都到廣寒。

明遠樓高見遠無，塵中夜色似模糊。玉皇不用凡鐙燭，要選光明大寶珠。

悦君詞

古詞有“心悦君兮君不知”一語，深情若揭，戲爲衍之，語雖近狎，而古來美人香草之喻，正不必執泥言之也。

心悦君兮君不知，我心歡喜我知之。願得須臾與終古，千秋百歲逢今時。

心悦君兮君不知，我心藴結我知之。可堪孤館迢迢夜，人定鐙昏月到時。

心悦君兮君不知，欲説與君君猶疑。非是君懷疑不釋，無術得瀝儂肝脾。

心悦君兮君不知，我得見君好容儀。長松當有歲寒操，僉緣非是蔦蘿枝。

心悦君兮君不知，我常見君好容儀。合眼分明開眼失，幾回夢醒人天涯。

心悦君兮君不知，要君知我意如斯。記取今年今月日，紅袖殷勤捧玉卮。

心悦君兮君不知，恐君知我意如斯。人生有懷不稱意，千思百慮消人肌。

心悦君兮君不知，世間如儂知復誰。華筵百味都常[1]遍，甘苦酸鹹只自思。

心悦君兮君不知，世間如君更有誰。天長地遠有時到，人意綿綿無盡期。

己酉冬武昌塘角火紀事次韓昌黎陸渾山火詩韻

江水倒塘旋流渾，沈沈夥矣來泉源。鰐鰉傍岸張口吞，蛟宫鼉窟開檻軒。有水可沃不憂燔，千艘萬舸來原原。淫酗腥穢暗乾坤，欲火貪饑無崖垠。艅艎外檥如高垣，連環中遶五花門。皎皎曙月連朝暾，徹夜不息跳歡猿。梟雄麀牝雜巨黿，雞祝雉鷺調纖鶤。鹺商誘引奩夜奔，閑無内外無卑尊。浮石載土開芳園，鐙火宵宴明星繁。祝融震怒風爲喧，嗷嘈絲管間篪塤。微茫星火下靈旛，飛爆入卧焚其褌。灼爾牛後炮黑臀，醒起驚如頸繫轅。火箭四射出空鞬，火車旋轉煨箱轓。飛上錦帆燎旌帑，焦頭烙足熟熊膰。幼子嬰兒罹艱屯，叫呼跳躑投火盆。陰火酒發傾罍樽，失聲荷荷何能言。千波萬浪熱湯翻，竄身滚滚角弓反。開目醒死睁雙暖，曳之不動如生根。稚男抱母祖携孫，肉爛皮開斷肩跟。誰知火帝酷無恩，奸徒應爾喪其元。百萬人死不能援，其中玉石豈難論。譆譆詘詘叫天閽，自訴浮尸滿烙痕，鬼驅神策亡其魂。因緣牽累多號冤，福善禍淫義所存。一人一死難絶飧，况復錢貝買私婚。更留遺孽災後昆，一炬不許陰藏蹲。有翼能展任高騫，善能逃死亦何怨。豈無脱化滄溟鯤，珠冠玉佩朝崑崙。舟人大估醒愚昏，不信吾言又將焚。作詩紀事不憚煩，且休哂吾舌莫捫。

傳教咸豐十一年事

孔道中庸立大中，開章三語闢鴻濛。測知後世談天説，喝起皇王翊聖功。唐代昌黎猶詆佛，宋朝秦檜竟和戎。大宗伯掌行邦禮，明時西士贊天工。

酬胡霞城韻

黄山仙迹著靈奇，欲往追攀未有期。卓犖人才當挺出，褒嘉天語共聞知。霞城幹辦公事，大府奏聞奉有上諭，殊屬可嘉之奬。賓興定展三年志，策畫曾行六月師。今日時行方暑雨，蛟龍騰起及兹時。

名倡篇

妾本貧家女，羞爲時世妝。窺鏡自嗟嘆，虚譽爲名倡。忍耻求衆好，挾瑟上高堂。堂上何所有，朱丹群鳳皇。堂下何所見，紫翠雙鴛鴦。歷歷身所遇，自道猶能詳。寵愛非敢望，顧盼亦承光。逝水不復回，幽憂填中腸。不敢復識人，受恩彌悚惶。纖指忽欲脱，何以奉衣裳。皓腕又已疲，何以持壺漿。衆女富謡諑，白肉生瘡瘍。况妾久零落，賤質誰謂良。古井深復深，汲綆安得長。自憐心血竭，兩目成枯眶。悲思與歡喜，不可更禁當。人生有感念，至死不能忘。恐負君子意，惻惻中懷傷。下泣如流水，引領歸空房。

戲爲斷句示鄭石雲同年時同客省垣

一隊青鸞紫鳳皇，就中私識杜蘭香。可憐昔日同車女，猶作邯鄲挾瑟倡。

玉轡金輿匝送迎，仙衣雲簿六銖輕。舉頭忽見雙成姊，笑我拖泥帶水行。

高會群真紫府寬，紅雪彩月擁仙官。劉安雞犬森森列，野鶴偷睛不敢看。

不慚形穢暫相依，玉宇瓊宮見亦稀。獨鳥羈雌底留戀，登山臨水送將歸。

海波清淺問麻姑，况隔蓬山兩地居。莫説諸天長甲子，一回相見一回疏。

蛛絲乞巧錦成堆，舊日諸姨暫得陪。相約倘邀鄰女伴，年年秋月抱琴來。

瑶草琪花爛熳栽，浮雲到眼亦無猜。仙槎此日秋江上，爲問芙蓉開不開。熊海槎同年在江夏幕時一相見。

大魚鼓沫一江風，結網垂竿此意同。看人取魚魚果得，也應歡喜釣魚公。謂江夏令任同年。

寄呈天門胡松門丈乞畫

唐人三絶稱鄭虔，宋人米老與坡仙。所南雲林繼代起，詩章書迹世猶傳。明董宗伯稱巨手，風徽不肯讓前賢。我朝大筆争輩出，往昔吾見查二瞻。文人筆墨侈通敏，三長之藝誰能兼。净烟漲墨都無骨，點涴玉版污霜縑。卅年前見劉孝長，作字吟詩氣蒼莽。爲言天門蕩蕩開，光芒夜見少微朗。同世里有二胡君，子重布衣松門丈。杜甫習與王宰交，餘事更擅倪黄兩。子重之才不可及，遺珠斷璧人什襲。松翁獨造過子重，今且精進年八十。我聞詩文書畫妙無窮，使力恃氣皆偏鋒。公權剛狠失古法，盧仝險怪非正宗。高才轉恐落邊際，命中直中中心中。此事一蹴不得到，少壯閱歷成老翁。造化小兒何神奇，千情萬態非人爲。才人以筆相摹擬，窮形盡相無参差。動合自然入老境，天地萬物皆吾師。君詩清與王孟比，更於羲獻接遐軌。況復韻遠神骨清，詩心書格通畫理。我亦有志竊攀躋，天門迢迢隔雲水。敖君許君翹高足，明瑶古璧愛雙美。長揖介紹爲求通，執贄前驅等弟子。拜賜或許睨瓊瑶，觀海尚能窺涯涘。古人生今我幸逢，一幅東絹情何已。老翁掀髯一笑時，前生呼我謫仙李。

贈賀老即送別歸荆門

難得文星聚武昌，萍踪吹散兩情傷。分張更復何時晤，進取都非少日狂。松柏有心扶棟宇，鳳皇通體是文章。芙蓉既老荃難察，嘆息嬋娟鬢已霜。

扶輿靈氣繞荆門，屈宋風流迹尚存。比玉並看雙璧映，群山合讓一峰尊。當時驛許常相過，李白詩應與細論。今日東風昨日雨，片帆西去又黄昏。五句謂石雲同年。

夏六月天大雷雨戊午詩記録

萬木如癡萬象頑，低天飛落倒懸山。粗砂大石聲齊發，碧焰金光手欲攀。定有蛟龍翻地底，真疑神鬼到人間。王師六月東行疾，驟起雷車下楚關。

和劉子綽韻酬贈庚申詩

王子著書今子雲，謂王子壽、子綽啓口輒道及與贈答詩句。竟陵劉尹與同群。謂劉孝長。昔時餘論猶知我，今日相逢更識君。露布文傳何記室，風流人憶鮑參軍。不才自分終淪落，學圃長甘四體勤。

天高木落萬山秋，最是傷心客倚樓。剩有友朋能道古，除將文字莫銷愁。四山風雨雙蓬鬢，萬里波濤一葉舟。讀罷《離騷》休感憤，古人詩教總温柔。

題江右夏馨甫蒼茫獨立卷送之北上丙辰詩

海上瀛洲路杳茫，楚山獨眺曉蒼蒼。夢回天地孤舟月，酒醒江湖兩鬢霜。壯志莫言人易老，豪游休羨客還鄉。紅雲晝擁簪裾接，多少真人拜玉皇。

亂後返里乙卯作

不惜奔馳苦，招邀返里門。頹垣留火色，委骨認刀痕。大漠風聲惡，荒原日氣昏。鄰翁相對語，悽惻不堪論。

險惡烏鳶叫，心傷舊壘營。書生難獻策，豎子易言兵。道路窺人怯，親朋見我驚。諸君須努力，莫更誤蒼生。

喜曹右臣至書舘

空齋坐岑寂，君子惠然至。慰我夙昔心，感嘆蒙不棄。憶昔趨庭時，教語今猶記。漢陽曹先生，孝友敦行誼。相與平生歡，老至通夢寐。恐不見汝成，教汝知師事。憶昔爲兒時，前輩未隨侍。艱苦經卌年，私憶每零淚。大水與兵戈，廹轉人萍寄。亦既見君子，坦懷無虛僞。皆念舊先人，勗勉繼先志。白地光明鍊，君德實克嗣。樗櫟乃不才，瞻企滋慚愧。别久心傷悲，遠念勞馳意。把握良獨難，日暮催歸易。二少刺船來，迎接婉然媚。丈人有二子，世業靡失墜。而我獨煢煢，孤坐垂涕泗。

贈武昌葉燮堂兄即慶其五十壽

江漢分流兩派通，沙邊爪迹見飛鴻。山迴去水連西塞，日照來帆飽朔風。雙眼青看人隴上，一燈紅話客途中。自言更歷平生事，艾髮成華願未終。

山居舊認葛仙蹤，野鶴寒松有壽容。道士幾曾窺顧兔，主人今更好真龍。親知聚晤論文友，子弟同游識字農。伯玉知非真嗜學，襟裾深喜暫相從。

中秋月和汪衵步韻

萬方清景合，高望入雲天。氣候精金王，規收大地圓。關山千里静，輪廓一丸堅。三島十洲客，何人得月先。

【校勘記】

〔1〕常，应作尝。

卷　二

伯牙碎琴賦以“流水高山，知音不易”爲韻

噫嘻乎！空山如夢，宿草如油。推軫餘恨，驚絃動秋。音希岩壑，怨入梧楸。索解人而不得，嗟陳迹之難求。持此安歸，知不同錚錚之響；昔人已往，而安問庸庸者流。

原夫伯牙之善鼓琴也，刻羽引商，移宮換徵，妙解觸心，元音在指，鷗如適夫化機，馬亦爲之仰視。茫茫世宙，更復何人；渺渺予懷，托兹薄技。箇中得趣，問訊則飛鳥游魚；象外忘言，寄情在遥山遠水。

乃有鍾生，山林隱逸，湖海人豪，賞音忽覯，傾蓋相遭。悟澈山風，心已通乎樵徑；情移水月，韻更寫入漁舠。證晤語於生平，徒令我心如結；寄相思於别後，應嘆此曲彌高。

向使未忘前好，無有後艱。來尋石徑，重款柴關。心期守素，鬢嘆成斑。則當相携篁裏，並鼓松間。謂知己之難逢，豈比歌聞下里；接傳人於後起，且須藏待名山。

豈期塵湮古玉，風萎靈芝，空懷顔色，猶感夢思。再至則高山改色，重來而流水生悲。試奏三終，或通冥漠；爲彈一曲，亦訴乖離。然而水枯石爛，以還斯人不作；其或玉碎珠沈，而後逝者有知。

忽驚柱促，轉訝音沈，物猶如此，人何以任。已傷人往而琴在，徒見山高而水深。顧此三尺孤桐，金寒玉冷；猶餘七條哀縵，鳳咽龍喑。冰裂何辭，諒箇人猶憐予意；瓦全奚事，以此物並詢知音。

自此世更寥寥，情懷鬱鬱。良會難期，好音易訖，寄感喟於蒼茫，托光儀於彷彿。願言思伯，化尻輪神馬而來；何以薦君，備桂醑椒漿之

物。若使改絃更調，此水有如；倘令翦紙招魂，入山恐不。

迄今憑弔高臺，栖遲故地；悵望芳徽，低徊往事。世既閱夫滄桑，古不傳夫文字。伯牙已去，逝水無聲；鐘子如逢，寒山轉翠。接遥情於千載，宛如蜀道登難；感知我之一言，益信長安居易。

黄鶴樓賦以“洞天别境，仙客離宫”爲韻

突兀層城，嵯峨高棟，勢出星辰，氣吞雲夢。昔時之勝境猶存，往古之名流代送。爲訝題詩之客，芳草隨車；好尋賣酒之家，垂楊繫鞚。樓頭控鶴，去此者一千餘年；天外游仙，探奇於三十六洞。

高飛黄鶴，遠舉雲邊；巍然城郭，渺矣風烟。王子晋來無定所，丁令威返更何年？而猶寄情瞻眺，托想翩躚，臨長洲而延佇，向舊舘以留連。乃不隨鸚鵡來歸，長懷逝水；或當與鳳凰上下，遠接遥天。

而登斯樓也，碧檻旁開，丹楹對列，額篆精金，簷鈴古鐵，龍蛇繞壁以將飛，星斗摇窗而不滅。白雲有色，光景常新；玉笛無聲，塵氛盡絶。其間風月，本無今昔之殊；到此登臨，大有仙凡之别。

於時天宇清，地維靖，展雄圖，開麗景。高擁峰巒，近臨臺省，人傑地靈，風熙日永，芝蓋蒙巖，蓉裳披嶺。流霞與仙佩齊光，飛鳥共珠輪逐影。林翳日而常陰，露横江而不警。覽上方之雲物，抗手群真；匯大地之煙波，馳眸四境。

下臨飛閣，近瞰長川，城開百雉，路指千廛。山鬱青而翹楚，湖瀲碧以生蓮。武昌之城郭外，漢陽之樹欄前。庾亮樓頭，秋仍接引；鄂王樓畔，草更綿延。門傍柳營，自昔原稱巨鎮；亭垂棗實，古來曾住飛仙。

若夫縱目遐方，凝眸遠驛，拱北斗而天寬，限南山而地窄，襟長江之路三千，抵洞庭之流八百，下峽水於須臾，接海雲於咫尺，仰埒連山，俯嘘大澤，莫不愜游，心動羈魄。極遠眺於微茫，笑俗塵之拘迫。

豔説江郎，夥稱楚客。

噫嘻！自唐而後，累世於兹，滄桑幾易，陵谷常移。而遂游燹不毁，大木猶支，流水終古，行雲四時。豈不以辛家善釀，崔灝能詩，藉仙人之品題，資大雅之扶持。因知岫復瀾迴，斯稱奇麗；莫以塵飛霧結，徒悵迷離。

偉哉傑構，卓矣高風。思超雲表，步出晴空。倏升高而自下，知立地之何崇。當頭映日，垂手承虹，扶搖可接，顧盼自雄。幸凡襟之盡豁，企仙路之遥通。方思駕鶴人還，名佇廣寒之府；竊擬望仙樓近，神馳蓬島之宫。

火輪船賦以“一日千里，全資火力”爲韻

有船焉，如四輪之車，如重樓之室，銅柱中空，金鋪外實，狂火内燒，頑煙上出，來捷於追風，去速於馳驛，耳際但聞波濤，目中不辨形質。譬以乘輿濟水，爲術猶疏；比之縱火因風，其勢加疾。曰木曰金曰火，固已兼而有三；爲釜爲炭爲爐，所以行之者一。

且夫船行之多患也，重任難勝，安行莫必，長風最患折頭，小艇僅堪容膝。料應難容萬斛，涉險多危；若使改易雙輪，前車既失。除軍書之火速，方許破浪乘風；但賈客之舟行，或當稽時緩日。

而遠人之善爲輪也，鳩工累萬，聚匠盈千，鑿雕處處，鏤刻年年。雖云柬軸疑空，罔能斵削；但信南轅既改，用是推遷。蓋求大木則窮雲山之遠，而製良器則同金石之堅。

然而匪火之攻，其船則止。焚巨突以銜烟，圍大鐺而煮水。石火常燒，金輪不毁。湯沸而飈輪，焰生而氣起。輪皆出力，大力之轉千鈞；火亦生風，因風之翔萬里。

五行並用，回禄爲君；一傑當權，祝融自喜。女丁婦壬之位置，呼吸相通；雞心龍骨之鈎連，循環不已。中通烈火，遠望濃烟。推詳其制

作，揣測其中邊：以輪激浪，以水作船；以機相發，以序相聯；以水運氣，水爲之旋；以火迫水，水爲之煎；以土範火，火不能延；以金衛木，木不能燃；相爲統制，常保安全。

視此汩汩滔滔，惟輪流而火轉；如兹炎炎滚滚，實火速而輪圓。其船之行也，撥龍鱗之葉葉，轉鹿角之枝枝，烟中擲箭，磨裏摇旗，團花亂落，熱霧交施。鬼火繞舟，跳雙丸於浪裏；風車轉斗，走一炬于炊時。詢王良而不解，問裨竈而焉知。謂止沸揚湯，有取于水也；苟止轅失軌，其何以行之。幾莫辨舟車之互用，而其實水火之相資也。

乘斯船者，輾開鎮火之銅釘，燒斷横江之鐵鎖。執熱誰能，探湯亦可。怪出燃犀之緒，白面花兜；人看載鬼之車，黔頭烟裹。或取一秉杆，方虞見異斯遷；爲問老斲輪，應亦謂多爲夥。倘欲東觀壺嶠，不乘輴而乘樏；轉恐西上艅艎，亦仗風而仗火。

因知南方之運火爲開，東夷之巧輪爲則，萬代所寶佛郎機，中國争傳渾儀式。雖則火牛火鳥，所向無前；火車火船，以戰則克。要未若此以輪爲功，用火斯熱。取其形製，更造刳木之奇；藉以推行，莫費吹灰之力。

漢江賦以“楚塞三湘接，荆門九派通”爲韻

夥也沈沈，楚人楚語。於山見衡岳之崇高，惟水以漢江爲深阻。禹王東下，從庚辰暨亥以馳驅；舜帝南巡，送女英娥皇而延佇。文王式型於江上之游人，召伯化行於江間之媵女。諸姬分土之邦，古國開封之所。百代舟航，萬年樽俎，炳耀於兹，輝煌如許。觀水者思深，望洋者氣阻。地闢天寬，神潛怪處。萬派中開，雙峰夾拒。溯巴峡巫峡而下楚門，過彝陵東陵而至鄂渚。瀉於南，注於北，而行於中；駛於蜀，震於吴，而大於楚。

且夫淩厲寰中，縱横宇内，扼上下於咽喉，擁朔南於腹背。回視

則荆郢爲頭，前衝則蘄黄在喙。劃疆索於中區，運樞機於大塊。流長而遠徼皆通，波及而遐荒已逮。映照四方，涵濡百輩。似往疑旋，如奔若潰。惟江之永，應天文據形勝而啓英雄；在漢之陽，蟠山阜峙城垣而開闤闠。仰視天璜，雲漢旁炳一星；因思荆阮，方城刊名九塞。

若夫行江上，歷漢南，其美其利，實敷實覃。萍花忽發，芰子餘甘。錡湘蘋藻，木筏梗楠。水衣石髪，文蛤金蠶。珠光月暈，晶影日涵。金沙細鍊，玉液窮探。水馬之鱗刺刺，江豚之鬣毿毿，龜貝之文盡現，蛟螭之性能諳。虵如龍而蜿蜿，鯊化虎而耽耽。神魚驚釣於曲澳，大鳥避弋於深潭。靈奇外炫，珍麗中含，而重以水居之練習，土著之争貪，官人之博訪，士女之深耽。承筐實篚，納軌盈函，又況爲禮以魚，既盈千而累萬；兼之備荒有穀，亦耕九而餘三。

又若皤腹大估，長髯老傖，招招舴艋，兀兀艅艎。金銀氣王，鹽鐵論强。川流百寶，波委餘糧。蠙珠多於薏苡，象齒繁於菰蔣。布金長於廣路，張錦密於連檣。橘包齊於外郭，茅匭高於短墻。黔珍粤寶，蜀賈吴商，無脛善走，不翼能翔，發陸於水，舍梯而航。臺省峨峨，利涉有通天之路；康衢擾擾，臨流皆賭勝之場。驚波失險，流水生香。萬津電沸，百里宵光。大都挹江流爲膏沃，傾漢水爲壺漿。豐腴若此，沾潤無方，固不僅通甌越，來戎羌，誇雲夢，侈衡湘已矣。

當其盛時，布化之公卿，安愚之臣妾，好禮之富人，尚矜之豪俠，名士多於鯽魚，游人豔於蝴蝶。命艇清游，搴裳競涉，風雅絺裘，歡呼扇箑。點也咏歌，義之褉帖，送酒移船，看山行艓。尋落後之梅花，遲歸來之桃葉。李白與張謂之宴，文士風流；黄祖壽禰衡之杯，才人敏捷。負販所慕聲華，羈旅亦霑餉饁。然且恤困窮，扶疲茶，張帆來拯溺之舟，抱甕鼓救焚之楫，疾風膽示禁之旗，佳日下放關之牒。樂利難喧，嘯歌亦協。蓋儀文與風氣實有本原，而富贍與奢華相爲引接。

肴同波藉，酒似江清，輿臺羅綺，下走簪纓。左相十千之勞費，彦伯百萬之輪贏。資郎粟尉，賤子憨生，同舟笑語，照影光榮，漢皋之贈佩，南浦之留行。問迷樓於曲水，燒鉅燭於殘更。琶琵江頭之畫舫，簾幕江上之雕甍。香風來而粉墜，紅雨漲而脂傾，萬雲頹而妝卸，千月照而鏡明。鷗乍驚而鳴鍾動，魚聚唼而棄粒盈。橫陳波影，醉夢江聲，窮朝畢暮，泳雨游晴。以至歌郎選服，丐子調羹，緣橦走索，騙馬囚猩，莫不指漢濱爲富水，詡江夏爲安城。幕無計士，闉有嬉賓，我所思兮，爲詢丈人。漁父來何暮也，相望柳鄂韓荆。

何意申酉之歲，水没高原。空堂集鷺，深闥藏黿，馮夷入市，水伯行村，魚爲民化，龍作人言。高冠半麓，大别一痕，鴻嗷中澤，蟻聚高墩。水花充食，席屋爲褌，洗污盪垢，瀉溷流渾。方陽侯之甫奠，更回禄之連番。猛如赤壁之火，酷類阿房之燔。裨竈之談已中，欒巴之術空論。濃煙噴而駭月，乾焰起而驚魂。一江水熱，十里山温，千艘魚爛，萬族豚奔。頭焦似墨，髪灼如髡。不知曲突徒薪，皆無上客；翻似恒沙抱石，爲得生門。

甫脱奇灾，俄跳小醜，裂赭加身，新紅抹首。抱痛金夫，懷貞玉婦，刈草當前，亂麻積後。染江水而成丹，漬江草而爲黝。游燹起而城爲墟，劫灰飛而石亦朽。瓦礫長衢，蓬蒿廣牖，四野皆空，一江自走。悲乎哉！魏犨之胸，郤克之肘，恤周親，慰良友；幸矣哉！南國之棠，西門之柳，咏干城，歌父母。猶是量金數玉，取萬求千；依然美景良辰，初三重九。

百足之蟲難僵，十尋之木不壞。威所攝而易安，利所趨而匪懈。倏九市之争開，見重城之入畫。千里來游，群真下拜。蠢蠢島夷，紛紛水怪。舟自能行，人不知誡。禹鼎當鑄其奸回，吕刑必誅其狡獪。犬當畏狂，蜂能無蠆。而乃遠物是珍，異端不戒。薪下之火未然，劍頭之蜜姑嘬。人在社而鬼謀，錢買山而國賣。遂令舜禹經行之地，晝見妖氛；周召治化之邦，陸游鱗介。古今未見之奇，天壤難言之話。豈濟漢者不問清流，而泛江者亦有别派歟?

夫天下以郧襄爲樞紐，荆鄂爲䍌幪，疆域逶迤不可極，江流界劃於其中。襟淮右，控粤東，帶黔蜀，引峭潼。楚耀威而四遠震，江順軌而萬方同。輪環輻凑，發育滋豐。而富厚不可覷，形勝不可攻，則人心之忠也；狎玩不可長，放佚不可終，則風俗之隆也。以漢江之華贍博遠，涵濡恢洪，樂易來而悲無盡，利所聚而害必叢。知憂則無患，設險易爲功。混茫元氣，櫜籥神工，深深莫測，永永無窮。然不能封其域，閉其宫，墐其隙，窒其空。則且籌思於八荒之仰日，九野之趨風，萬流之畢匯，四驛之交通也，亦幸甚矣！